GUY RACHET

Le Roman des Pyramides

*

Khé
le rêve de pierre

ROMAN

ÉDITIONS DU ROCHER
JEAN-PAUL BERTRAND

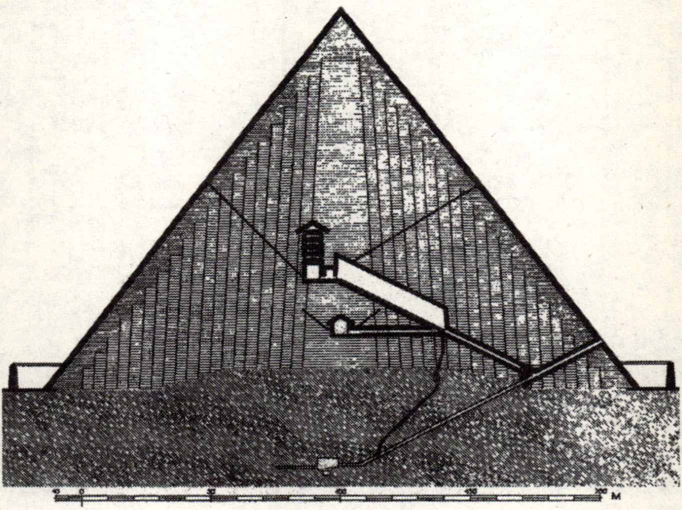
M

CHAPITRE I

La mer était houleuse, suffisamment pour que le long et fin vaisseau ait son étrave soulevée par la vague, pour ensuite retomber dans les creux en un éclaboussement d'écume. La grande voile rectangulaire, teinte en rouge sombre, était déployée tout au long du mât du haut duquel rayonnait un ensemble de filins fixés à la vergue inférieure. Le vent, soufflant du nord-ouest, gonflait la voile, poussait le bateau avec force, grâce à quoi les rameurs, vingt sur chaque bord, pouvaient prendre quelque repos. Khéops se tenait debout sur le rouf arrière constitué par une double rambarde à ciel ouvert, tout près des six pilotes qui manœuvraient les rames de gouverne, trois à tribord, et autant à bâbord. Il y avait maintenant sept jours que le vaisseau avait quitté les quais du port de Memphis, à la tête d'une flottille de quarante bateaux, tous des *kébénit*, ces long-courriers de haute mer avec lesquels les Egyptiens allaient aussi bien chercher le bois et les marchandises du pays de Kharou que l'ivoire, l'or, les résines aromatiques et les léopards du Pount lointain et mystérieux. Les kébénit étaient les « vaisseaux de Byblos », du nom que les Egyptiens donnaient à la cité phénicienne de Byblos, Kében[1]. C'est dans les chantiers

1. Le Kharou est le nom que donnaient les Egyptiens à une région couvrant le sud de la Syrie et le nord de la Palestine, côtes comprises. Ici, j'appelle Byblos l'actuel port libanais de Djebail,

des ports de ces côtes orientales de la Grande Verte qu'étaient construits ces bateaux de haute mer, et c'est à ces charpentiers et marins expérimentés que les hommes du Nil, le grand fleuve paisible, achetaient ces magnifiques coursiers des mers à l'étrave et à l'étambot rehaussés. Sur le haut de ces derniers avaient été peints une grande croix ansée, l'ankh signe de vie sur l'étambot, et l'oudjat, l'œil d'Osiris, sur le haut de l'étrave.

La flottille avait emprunté la branche orientale du Nil ; elle avait suivi le fil du courant sans grande hâte et fait une longue halte à Sébennytos pour y charger des grains en quantité et du lin destiné au filage et au tissage. Car les vaisseaux avaient leurs cales remplies de marchandises destinées à être échangées chez les Byblites contre du lapis-lazuli, du plomb et, surtout, du bois de cèdre, destiné à la construction de bateaux et à la taille de cadres de portes et de fenêtres, et de poutres, notamment pour renforcer et parementer les chambres des pyramides en construction. C'est d'ailleurs en raison de sa fonction auprès d'Ankhaf, l'architecte chargé des chantiers royaux, que Khéops avait été désigné par son royal père pour commander cette expédition maritime.

— Je te charge de ce commandement, avait fait savoir Snéfrou au prince héritier, non seulement

dont le nom phénicien antique était Gubla, que les Grecs ont hellénisé en Byblos. C'est aussi par commodité que je donne le nom de Phéniciens aux populations sémitiques occupant les côtes de Palestine et des Etats actuels d'Israël et du Liban, bien que ce nom n'apparaisse dans la littérature antique qu'au début du Ier millénaire avant notre ère. Mais les « Cananéens » qui occupaient les ports de ce que nous appelions jadis les Echelles du Levant étaient certainement les ancêtres des Phéniciens historiques. Grande Verte était l'appellation égyptienne de la Méditerranée. Le Pount, d'où les Egyptiens faisaient venir l'encens et les diverses résines aromatiques, devait alors se situer à cheval sur la partie côtière de l'actuel Yémen et la Corne de l'Afrique, soit les côtes de l'actuelle Somalie. Une telle expédition de quarante bateaux envoyés chercher du bois à Byblos est attestée sous le règne de Snéfrou, par les annales égyptiennes appelées « la Pierre de Palerme ».

parce que c'est en toi que j'ai le plus confiance pour conduire à bien une telle mission, mais encore parce qu'il est bon que le futur roi d'Egypte connaisse les souverains étrangers avec qui nous sommes en relations étroites. Ainsi pourras-tu prendre une connaissance directe et personnelle de ces riches cités du Kharou, mais encore les rois de ces villes pourront saluer et rendre hommage à celui qui est destiné à gouverner le plus vaste et le plus puissant royaume qu'éclaire le soleil.

Bien qu'il ait cherché à protester, sans d'ailleurs grande conviction, prétextant les contraintes de ses charges, l'attachement de ses deux jeunes épouses qui l'avaient rendu encore plusieurs fois père, Khéops n'était pas mécontent d'assumer une telle mission et de s'éloigner quelque temps de la Terre Chérie. D'abord il ne lui déplaisait pas de connaître ces cités maritimes, capitales de royaumes marchands petits mais opulents, d'en rencontrer les souverains, de pouvoir apprécier par lui-même leurs richesses réelles, leur puissance, leur attitude vis-à-vis de l'Egypte. C'était également pour lui une occasion de se faire valoir auprès d'eux et, aussi, reconnaître par eux comme le prince héritier légitime, ce qui était de bonne politique même si, désormais, il n'avait plus à craindre de trouver devant lui un rival susceptible de lui disputer la double couronne maintenant qu'il avait été officiellement désigné par son père, et, surtout, depuis que le seul prétendant qu'il aurait pu redouter se trouvait toujours emprisonné loin de Memphis.

C'est d'ailleurs à cela que songeait Khéops ce jour-là. Pendant tout le voyage sur la branche orientale du Nil, il avait été occupé par le spectacle des rives du fleuve, par la population qui s'y amassait pour voir passer la flotte en route vers de lointains pays, et pour porter aux équipages et au prince des boissons, de la nourriture, des dons faits par les gouverneurs des cités afin de participer à l'effort du roi dans cette aventure commerciale. A Sébennytos, il avait été reçu avec tous les honneurs, ceux qu'on pouvait accorder au prince héritier, à celui dont on devait être un jour le sujet, et aux chefs de l'expédition maritime organisée sur l'ordre de Sa Majesté. Chaque jour, avant que ne se couche le soleil, la flotte avait mouillé près des quais de l'une des nombreuses cités bâties sur l'une ou l'autre rive du fleuve. D'abord à Athribis où, en tant que fils du roi, Khéops avait sacrifié au dieu local, le Grand Noir, le Taureau sacré à la robe couleur de nuit, et au dieu faucon Khentekhtaï. On avait aussi relâché près du vénérable temple d'Isis, dans le voisinage du lieu où l'on croyait que la déesse s'était arrêtée lorsqu'elle était revenue de son voyage maritime à Byblos d'où elle avait rapporté le coffre qui renfermait le corps d'Osiris. Khéops y avait offert un sacrifice public à la déesse, bien qu'il ait su dans son cœur, depuis qu'il était passé à Abydos, que la déesse, symbole de l'Ame Universelle, n'avait nul besoin de culte, nul besoin de sacrifice, qu'elle n'avait aucun besoin d'être sustentée par la magie du culte, contrairement à ce qu'on enseignait dans les temples à ceux qui n'étaient pas initiés, puisqu'elle était à la source de toutes choses, qu'elle mouvait l'Univers, que d'elle découlait tout ce qu'il y avait de divin et d'immortel dans chaque être, dans toute créature, dans tout ce qui avait une existence réelle, humain, animal, végétal, et aussi objet d'apparence inanimée et pourtant doué d'une vie secrète et latente, enfin tout ce qui participait de l'ordre de la nature.

Maintenant que les vaisseaux avaient quitté la bouche du fleuve pour se lancer dans la mer, Khéops n'était plus aussi occupé. Il avait commencé par admirer ces immensités mouvantes, si profondément bleues, qui se fondaient avec le ciel à l'horizon, car c'était à ses yeux une grande nouveauté. Puis il avait longuement suivi du regard la côte basse et sableuse que longeaient les vaisseaux, à une bonne distance, cependant, pour ne pas être drossés par le vent sur des bancs de sable. Il s'était bientôt lassé de la monotonie de cette côte basse et sablonneuse qui traçait son trait fauve entre la mer et le ciel aux bleus contrastés. La rupture constituée par le cône inattendu du mont Cassius qui se dessinait dans un lointain flou, surgissant soudainement dans le ciel lumineux, avait un instant retenu son attention, puis il était revenu à ses pensées, et plus particulièrement à son frère Néférou, à ses frères.

Il y avait maintenant trois ans que Néférou se trouvait en résidence surveillée dans le château royal des « Chemins de Snéfrou ». Son père n'avait pas tenu à ce que soit instruit son procès. Il le croyait coupable, et tout l'accablait en effet, mais il ne voulait pas le voir condamner : il ne pouvait oublier qu'il était le fils de celle qu'il avait tant aimée, de celle qu'il aimait toujours, son épouse de cœur Neithotep, qu'il avait aussi été longtemps son enfant préféré. D'ailleurs, Neithotep était intervenue auprès de lui, elle avait pleuré, elle avait juré qu'il était innocent de si monstrueux forfaits, au point qu'il avait été ébranlé dans ses convictions, sans cependant aller jusqu'à absoudre son fils ; mais s'il avait tenu à ce qu'il soit étroitement surveillé, il avait permis que Néférou jouisse de tout le confort et de toute liberté à l'intérieur de la forteresse qui lui tenait lieu de résidence forcée. Ainsi le gardait-il dans cette prison afin de lui éviter la mort, car tout juge indépendant l'aurait condamné, même aurait-il été son beau-père et oncle, le vizir Néfermaât, une si grave affaire concernant un si haut personnage ne pouvant être jugée que par le tribunal suprême présidé par le vizir. De son côté, si Khéops avait quelque mal à se persuader qu'il fût coupable de tous les crimes dont il était accusé, le seul fait que, depuis qu'il était placé sous surveillance plus aucun crime, plus aucune tentative de meurtre n'avaient été à déplorer, militait contre lui, au point que tout le monde était convaincu qu'il était bien le responsable de la mort du mendiant et de Bénou, des tentatives criminelles faites contre Sa

Majesté en personne, et à l'encontre de Khéops et de son frère Rahotep[1].

Pourtant, Khéops ne se sentait pas satisfait. Il tenait dans sa main un petit rouleau de papyrus, un avertissement qu'il avait trouvé dans la cabine de la nef sur laquelle il naviguait vers Byblos. Une main inconnue l'avait déposé sur la natte qui lui servait là de couche, celle-là même peut-être qui y avait tracé ces seuls mots : « Méfie-toi de Rahotep, surtout si tu t'éloignes de Memphis. » Il avait interrogé le commandant de la flotte, installé sur le vaisseau de tête, le capitaine maître du « Soleil de Snéfrou », nom du bateau sur lequel il avait lui-même pris place, mais personne n'avait pu lui apprendre qui s'était introduit dans sa cabine pour y déposer cet avertissement mystérieux. Le capitaine lui avait même assuré, le sceau de Maât sur la langue, qu'il avait eu soin de faire garder la porte de la cabine, que les gardes en avaient interdit l'accès à quiconque n'accompagnait le prince lui-même. Or, seules étaient entrées avec lui dans cette cabine les femmes de sa famille pour lui faire leurs adieux : sa mère Hétep-hérès, et ses deux épouses, Méritités et Hénoutsen. Pourquoi l'avoir mis en garde contre son frère bien-aimé, l'homme en qui il avait le plus confiance après son propre père Snéfrou ? Rahotep lui avait toujours manifesté son amitié, sa fidélité. Sans doute ses fonctions de chef des armées du roi et de Grand Voyant de Rê, grâce auxquelles il était le chef désigné du clergé d'Héliopolis et du clan dominant la province dont la ville était le chef-lieu, lui conféraient une puissance très étendue, une puissance sans l'appui de laquelle Khéops aurait bien du mal à monter sur le trône des Deux Terres dans le cas où elle y ferait opposition. Mais comment imaginer que Rahotep puisse se dresser en rival de son frère aîné ? C'était, aux yeux de Khéops, inconcevable ! Et encore, qui avait pu lui

1. Pour ce qui concerne ces événements, voir *Khéops et la pyramide du Soleil*, tome 1er du « Roman des Pyramides ».

envoyer ce message ? Sans doute quelqu'un de l'entourage de Néférou, ou encore un haut personnage du clan de Memphis, voire un prêtre du temple de Ptah. Mais dans quel but détourner ses soupçons vers son propre frère bien-aimé ? Pour disculper Néférou ? Il est vrai qu'il lui était conseillé de se méfier de Rahotep, sans qu'il soit pour autant désigné comme un coupable possible. D'ailleurs, comment aurait-il pu être coupable puisqu'il avait lui aussi été victime des desseins de l'assassin ? Plus il y réfléchissait, plus Khéops se persuadait que c'était là une manœuvre des partisans de Néférou pour tenter de jeter un certain discrédit sur un frère, pour que l'ombre du soupçon l'éloigne de celui qui était son principal soutien, afin de les diviser, voire de les dresser l'un contre l'autre pour le plus grand profit de leurs ennemis.

Pour Khéops, le seul adversaire à redouter, c'était le clergé de Ptah avec Ptahouser qui en était non seulement le chef, mais encore la tête du clan de Memphis. C'était lui son unique ennemi, l'homme qu'il devait abattre avec tous ses partisans, et ce ne pouvait qu'être du temple qu'était parti cet avertissement. A part ces gens, il n'avait plus personne à craindre. Même plus une vengeance éventuelle de ce malheureux Abedou. Car, au cours de ces dernières années, on avait découvert ses concussions, on s'était aperçu qu'il était devenu le propriétaire de nombreux et vastes domaines à travers la Haute et la Basse-Egypte, au point que Snéfrou en avait été ému, car trop de voix à la cour s'étaient élevées contre lui. Néfermaât, le frère de Sa Majesté, vizir et premier juge du royaume, avait été saisi de l'affaire par le roi auprès de qui étaient intervenus des juges de provinces. Trop nombreuses étaient les accusations qui pesaient sur les épaules de l'ancien directeur des chantiers royaux, de sorte que Snéfrou s'était vu contraint d'abandonner son ancien compagnon d'études, son ami de jeunesse qui avait si insolemment abusé des privilèges que cette ancienne amitié lui avait valus. Aussi, Abedou avait-il été condamné, la plupart des biens qu'il avait acquis à l'aide des fournitures détournées destinées à l'entretien des ouvriers des pyramides et à la construction de ces dernières, lui avaient été confisqués, et le roi s'était vu obligé de le démettre de son poste de directeur adjoint des messagers royaux ; néanmoins, il lui avait évité la condamnation à la bastonnade et à une peine de prison qui avait été prononcée contre lui par le tribunal. Abedou n'était plus, désormais, qu'un simple particulier qui, cependant, ne semblait pas avoir été réduit à la misère car il avait conservé sa résidence de Memphis, une demeure dans la région d'Athribis et quelques revenus dont on ne percevait pas très précisément l'origine, mais qui lui permettaient de vivre décemment, bien que modestement. Son épouse ne l'avait pas quitté, ce qui était tout dire, mais il n'en était pas moins réduit à une obscurité qui lui fermait tout moyen de se venger des humiliations que lui avaient fait subir Snéfrou, Khéops et Ankhaf, bien involontairement pour ce dernier, établi à son poste sans qu'il l'ait sollicité. Quant à Hénoutsen, elle n'avait rien révélé à son époux de ce qu'elle savait à son sujet, de ce qu'elle avait appris grâce à l'aide de ses petits compagnons et en suite de ses visites à Sabi, ce maître en magie qui s'était détourné d'Abedou dès que celui-ci n'avait plus été en mesure de lui payer ses services.

Les pensées de Khéops se portèrent ensuite sur sa famille et il put se féliciter, se dire qu'Isis et les Sept Hathors lui étaient favorables. Méritités ne lui avait-elle pas donné un quatrième enfant, une fille qui avait reçu le nom de Mérésankh ? D'Hénoutsen il avait eu un second fils qui avait reçu le nom de Khéphren puis, l'année suivante un troisième enfant, une fille qui avait été nommée Khamernebti. Déjà père de cinq fils, outre ses deux filles, l'avenir de sa lignée était assuré, et, de ce fait, la succession au trône d'Egypte, ce qui était, à ses yeux, une belle sécurité. D'autant que lui-même était jeune, et ses deux épouses plus encore, même si Méritités avait sensiblement grossi à la suite de ses quatre maternités ; il est vrai que, peut-être parce qu'elle se sentait délaissée par son époux, elle mangeait de plus en plus de dattes, de pâtisseries au miel et buvait de plus en plus de bière. Quant à Hénoutsen, elle semblait toujours une toute jeune fille, gracieuse, ravissante, bien que trois fois mère elle aussi. Khéops pouvait songer avec fierté qu'il avait été comblé par les dieux, lui qui, après tant d'avantages, était maintenant bien destiné à devenir un jour le maître de l'Egypte.

Avant qu'il ne s'éloignât des rives chéries du Nil, il avait fait une dernière visite aux chantiers des pyramides royales que dirigeait Ankhaf avec une parfaite compétence. Il avait conduit habilement à son achèvement celle du Sud qu'il avait héritée d'Abedou. Sans doute le fait qu'il ait dû fermer les angles des côtés et abaisser ainsi l'inclinaison de chacune des quatre faces terminales, lui donnait un aspect étrange avec une silhouette rhomboïdale, mais il n'en demeurait pas moins que, par cette astuce, il avait sauvé le monument de l'effondrement qui le menaçait, comme c'était arrivé à la pyramide d'Houni. Snéfrou, qui avait daigné venir visiter le monument terminé, une fois les rampes de terre retirées, en avait été particulièrement satisfait.

— Majesté, lui avait alors demandé Ankhaf, quelle va être la destination de ce monument d'éternité ? Si Ta Majesté décide d'y ensevelir le dieu Houni justifié, le père de Ta Majesté qui réside auprès de son père Osiris, il faut lui tailler un nouveau sarcophage pour pouvoir le faire passer dans les galeries, pour l'emmener jusqu'à la chambre inférieure, car il ne peut être question de le hisser ensuite dans la chambre supérieure.

Le roi avait pris sa décision depuis longtemps :

— Voilà maintenant bien des inondations, remarqua-t-il, que le dieu Houni, mon père, se trouve à l'aise dans le beau sarcophage de granit rose où repose sa momie. Nous n'allons pas le déranger aussi intempestivement. Laissons-le y reposer en paix, car ce n'est plus maintenant qu'il pourra se plaindre de n'avoir pas pour lui une écrasante pyramide. Ce monument dont tu as si habilement mené la construction à bien, Ma Majesté a décidé d'en faire son trésor. De l'or nous vient en quantité de Nubie, et aussi de beaux objets qui sortent des manufactures royales, des meubles précieux, des coffres, des bijoux, des armes d'apparat, toutes choses destinées à garnir ma demeure d'éternité, mais plus encore à garantir la prospérité du pays et l'opulence du trésor royal afin de payer nos fonctionnaires méritants et à honorer ceux qui auront su se distinguer aux yeux de Ma Majesté. Tout cela sera enfermé dans la chambre haute de la pyramide. Et dans les salles basses, nous placerons les objets de moindre prix, et aussi ceux qui paraissent plus difficiles à dérober du fait de leur poids et de leur encombrement. Voilà à quoi je destine ce beau monument. Et, si d'aventure je venais à quitter le monde des vivants pour aller rejoindre mon père Rê dans sa barque céleste, avant que tu n'aies achevé la pyramide du Nord, alors, mon fils bien-aimé, mon digne héritier (et en parlant ainsi il s'était tourné vers Khéops qui l'accompagnait), Ma Majesté te requiert, pour dernière volonté, d'installer ma momie dans la chambre basse de cette pyramide, après l'avoir placée dans un sarcophage d'une taille idoine, prévue pour pouvoir passer à travers les étroites galeries qui y conduisent. Pour toi, tu pourras alors t'approprier cette belle pyramide du Nord à laquelle travaille Ankhaf avec tant de diligence.

Khéops avait opiné, mais, en lui-même, il s'était dit qu'il ferait hâter la construction de la pyramide du Nord afin qu'elle soit décidément la demeure d'éternité de son père, malgré tout, le corps du roi devrait-il patienter encore pendant quelque temps ; car, pour lui-même, il souhaitait un tout autre monument, dans le lieu de son choix, une pyramide qui étonnerait le monde par sa taille, par sa beauté, par sa puissance, reflet de sa propre majesté royale. Mais aussi un monument aux chambres multiples et complexes destiné à symboliser l'Univers. Au demeurant, il trouvait que, pour la pyramide du Nord, Ankhaf s'était montré trop prudent, il avait manqué d'audace, sans doute par crainte de connaître, de son côté, les avanies qui avaient causé la chute d'Abedou. Car il avait donné à sa pyramide un angle trop aigu, de sorte qu'elle paraissait quelque peu écrasée, trop basse par rapport aux dimensions de sa base. Il est vrai que ce n'était jamais là que le second monument de ce type qui était directement réalisé. Car Imhotep n'avait jamais construit qu'une pyramide à degrés à la suite de modifications et d'accumulations de mastabas entassés les uns sur les autres ; quant au malheureux Abedou, il avait péché par audace en tentant de régulariser, en les comblant, les côtés d'une seconde pyramide elle aussi à degrés. La première pyramide régulière n'était autre que celle du Sud, celle qu'Abedou avait commencé à bâtir sur des données trop audacieuses, en prenant pour modèle la pyramide effondrée. De sorte qu'Ankhaf n'en était jamais qu'à sa première expérience. Ce n'était encore qu'un essai : le coup de maître serait ainsi réussi dans le monument que Khéops voulait qu'il élève, sur des plans qu'ils élaboreraient en étroite collaboration, lorsqu'il aurait ceint la double couronne.

Tandis que Khéops méditait de la sorte, le vent avait peu à peu fléchi, puis il était soudainement tombé, au point que le capitaine du vaisseau avait ordonné qu'on reprît les avirons. Les hommes se courbèrent alors sur les rames qui brassèrent en cadence les flots qui s'étaient aussi soudainement apaisés pour offrir une infinie platitude aux étraves des vaisseaux, une mer devenue semblable au lent miroir du Nil. Pendant un moment Khéops regarda les robustes rameurs qui, assis, les jambes tendues, se redressaient et décollaient pour retomber sur leur banc en tirant la rame vers leur poitrine, en une cadence scandée par leurs chants. Et, soudain, sa nature prenant le dessus, il descendit dans la nage, pria l'un des rameurs de lui céder sa place et il prit un plaisir sensuel à saisir fortement l'aviron et à le manier en étroite communion avec les autres rameurs, à regarder son propre corps se tendre et se déployer selon la nage, à voir ses muscles se gonfler sous l'effort, à sentir au bout de la pale la résistance du flot qui cédait sous la poussée irrésistible. La présence de leur prince auprès d'eux galvanisait les rameurs qui rivalisaient de force et d'ardeur, tout en scandalisant les officiers qui voyaient le fils du dieu, destiné à monter sur le trône des Deux Terres, pousser sur la rame comme un simple marin, comme le plus humble de ses sujets.

CHAPITRE II

La flottille égyptienne suivit pendant plusieurs jours les côtes désertiques du pays des bédouins, ces nomades que les Egyptiens appelaient les Sept Arcs, puis elle aborda les rives sableuses, mais plus riantes, du verdoyant pays de Canaan. Chaque soir les vaisseaux mouillaient près des rivages lorsqu'il n'y avait pas de port, puis, après qu'ils étaient engagés le long des côtes cananéennes constellées de ports, ils se rangeaient près des quais qui leur avaient été réservés. Car un bateau fin et rapide pourvu de vingt rames sur chaque bord devançait le gros de la flotte pour annoncer aux princes des cités portuaires ou aux gouverneurs l'arrivée prochaine de la flotte du roi d'Egypte placée sous le commandement du prince héritier, porteur de présents et de produits d'échange. Aussi, dans chacun des ports, Khéops fut reçu magnifiquement par les princes qui souhaitaient commercer avec l'Egypte et jouir de l'amitié, sinon de la protection, du plus puissant et du plus opulent royaume du monde. Ainsi la flotte fit-elle escale à Gaza, à Ashqelon, ville toute proche, puis à Joppé qui fut atteinte après une grande journée de navigation. Au fur et à mesure de sa progression vers le Nord, Khéops découvrait les mœurs étranges des gens de ces rivages que les Egyptiens désignaient sous le nom général de Qedem, « l'Orient ». Personne dans ces régions ne mettait de perruque. Les hommes aimaient à se couvrir la tête d'un haut bonnet pointu de feutre qui les protégeait du soleil ; ils gardaient la barbe et la moustache qu'ils frisaient et taillaient habilement, et organisaient soigneusement leurs chevelures bouclées lorsqu'ils ne portaient pas de coiffe. Seuls les gens du peuple se contentaient de pagnes courts. On distinguait les riches et les nobles par leurs vêtements, de longs pagnes qui tombaient sur les chevilles, maintenus sur la taille par une épaisse ceinture de tissu nouée sur le ventre ; et lorsqu'ils sortaient de leurs demeures, ils endossaient un lourd manteau croisé sur le devant et pourvu de manches, sous lequel ils transpiraient visiblement en cette période de l'année, celle qui suivait l'inondation chez les Egyptiens. Mais le guide asiatique qui depuis Memphis accompagnait Khéops et lui servait d'interprète, expliqua au prince que, pour les Cananéens, c'était une marque de dignité que d'aller ainsi vêtu, même si l'on devait pour cela souffrir de la chaleur, car il était honteux pour ces gens d'aller en pagne, ou pis encore, entièrement nus, ce qui n'était que le cas des pauvres et des esclaves employés dans les champs. Eux-mêmes, de leur côté, étaient surpris de voir que les Grands du pays d'Egypte, et même leur prince, se montraient en public seulement les reins ceints d'un pagne étroit. Il est vrai que, paradoxalement, les divinités de ces cités étaient représentées, elles, revêtues d'un pagne semblable à ceux des Egyptiens, ou même parfois entièrement nues lorsqu'il s'agissait de déesses.

— Ils sont bien étonnants, avait remarqué Khéops, ces gens qui, sous prétexte de leur dignité, préfèrent souffrir de la chaleur et transpirer sous ces lourds vêtements. Pour moi, je suis heureux d'être un Egyptien et de pouvoir aller ainsi dévêtu, libre de mes mouvements. Mais ce qui m'étonne plus encore, c'est qu'ils vêtent leurs dieux comme nous-mêmes.

— J'ai entendu dire, avait avancé le capitaine du bateau à qui le prince avait fait cette remarque, que c'est parce que ces gens n'avaient pas de divinités et qu'ils ont adopté les nôtres, raison pour laquelle ils les représentent comme nous le faisons nous-mêmes.

— Telle doit être la vérité, avait admis Khéops. Le dieu s'est manifesté aux Egyptiens par l'intermédiaire de ses initiés, et ce sont ces derniers qui ont servi de modèles aux diverses représentations qu'on en a faites ; car le dieu lui-même ne peut être enfermé et délimité dans une forme humaine ou animale.

Lors des réceptions données par les princes, les prêtres des divinités protectrices étaient invités, à la suite de sa triple initiation, Khéops ayant acquis une réputation de sagesse dont il s'étonna qu'elle se fût répandue au-delà des frontières de l'Egypte, jusque dans les cités de Qedem. Il ignorait que, en réalité, le commandant du bateau détaché en ambassade pour annoncer l'arrivée du prince, un homme qui connaissait la langue locale, avait fait l'apologie de son prince et de sa grande sagesse, en mentionnant qu'il avait été initié aux mystères des dieux de son pays, à Héliopolis, Hermopolis et Abydos, cités prestigieuses dont les noms n'étaient pas étrangers aux gens de Qedem. Par le truchement de l'interprète, Khéops put ainsi s'entretenir de politique et de commerce avec les chefs des pays, et de religion et de rites avec les grands prêtres. Car, le but de ces entretiens sur les dieux n'était pas de démontrer la supériorité d'un culte sur un autre, mais plutôt de chercher ce qu'il y avait de commun entre eux. Or, ce n'est qu'à Byblos qu'il put trouver un terrain de communion entre quelques dieux de cette cité et ceux de la vallée du Nil.

A Gaza et à Ashqelon la divinité était Atargatis, une femme poisson qui vivait dans un lac mystérieux, dont nul ne pouvait dire où il était situé. A Joppé et à Tyr c'était un dieu de la mer qui se manifestait sous l'aspect d'un monstre marin à qui, chaque année, on sacrifiait une vierge afin d'apaiser sa fureur, pour qu'il ne ravage pas la contrée, selon ce qu'on rapporta à Khéops. Cette malheureuse victime était enchaînée sur un roc, au bas des murs de la cité, où venait la prendre le dieu irascible. On montra au prince héritier le roc sur lequel était liée la victime. Ce sacrifice n'ayant lieu qu'au début du printemps, avec le retour de l'année nouvelle, Khéops ne put assister à une cérémonie qu'il réprouvait, car tout sacrifice humain était en abomination aux habitants de la Terre noire. A Tyr, on rapportait que ce dieu de la mer était apparu une fois sous la forme d'un taureau et qu'il avait emmené sur la Grande Verte la fille du roi du pays, une princesse d'une grande beauté qui portait le nom d'Europa. On n'avait jamais su ce qu'elle était devenue. Certains prétendaient qu'elle avait été entraînée dans les fonds marins par le dieu pour régner avec lui sur cet habitat des poissons et d'une multitude d'êtres mystérieux, d'autres qu'il l'avait emportée ainsi jusqu'à une île lointaine pour en faire son épouse et la mère de la lignée royale, souveraine de ce pays. Cette notion d'une île perdue quelque part vers le couchant, laissa longtemps Khéops songeur. Où pouvait bien se trouver une semblable terre, aux confins du monde, sans doute ? Comment devaient être et vivre ses habitants ? Quelle était sa puissance ? Détourner sa flotte et naviguer toujours vers l'ouest, à la suite du soleil, comme le faisaient ses ancêtres dans le ciel, dans la barque de Rê, aller ainsi vers le mystère, vers d'autres mondes encore inconnus, insoupçonnés... Malgré sa puissance, et surtout celle qui serait la sienne quand il serait monté sur le trône des Deux Terres, il prenait alors la mesure de son insignifiance face à l'immensité du monde, face, surtout, à son ignorance de la Terre, de son étendue, de sa forme, par-delà les horizons de l'Egypte.

La flotte fit encore escale à Sarepta, Sidon et Béryte avant d'arriver en vue du port de Byblos. Khéops avait cessé de s'étonner et d'admirer les rivages de ces pays, bordés maintenant de montagnes qui dressaient haut dans le ciel clair leurs silhouettes sombres couvertes de forêts, aux crêtes irrégulières et nettement découpées, si différentes des falaises plates, basses et désertiques qui dominaient la vallée verdoyante du Nil. Aux alentours de Byblos, les montagnes baignaient leurs pieds dans la mer, contreforts de ces hauts monts où poussaient les cèdres, l'une des richesses des villes côtières, notamment de Byblos. Les avancées montagneuses formaient des caps couverts de forêts de pins entre lesquels s'inscrivaient de petites baies peu profondes, bordées de plages de sable. La cité de Byblos était bâtie sur un plateau bas qui se terminait par un large cap de forme arrondie, dominant au sud une baie sableuse et au nord les aménagements portuaires. L'importance commerciale de la cité apparaissait dans la multitude de bateaux tirés sur la plage de la baie du sud et dans le nombre de lourds vaisseaux accostés aux quais du port qui semblait trop étroit pour une si débordante activité. C'est cependant dans ce port que le roi de Byblos avait fait réserver des places pour la flotte égyptienne dont il avait été avisé de la prochaine venue.

Khéops n'étant encore que prince, ce n'est pas le roi en personne qui vint l'accueillir sur le quai, mais son fils, Elibaal, accompagné de dignitaires, d'hommes d'armes et d'un interprète, outre Inéki, le commandant du bateau messager arrivé trois jours plus tôt. Elibaal se tenait avec sa suite sur le quai, à l'abri du soleil sous un large dais, lorsque les vaisseaux égyptiens vinrent aborder et que furent fixées les amarres. Une passerelle fut jetée du vaisseau amiral et Khéops, suivi de quelques officiers, vint au-devant du prince qui se leva de son siège pour l'accueillir. Longues furent les salutations et plus prolongés encore les échanges de politesse au cours desquels chacun s'informa en multiples questions de la santé de son hôte. Le prince cananéen était accompagné de son propre interprète qui portait le nom phénicien d'Ibdâdi, mais qui, en réalité, était issu du mariage d'une Egyptienne et d'un homme du pays de Sumer, à l'orient de Canaan, et qui avait beaucoup voyagé, jusque dans les lointains pays du nord et dans les mystérieuses îles au milieu de la mer. Il connaissait tous les langages de ces nations, tout autant que leurs mœurs et coutumes et leurs histoires divines. Il parlait la langue de Khéops comme un Egyptien lettré, comme un vrai scribe, et le prince apprit par la suite qu'il connaissait l'écriture sacrée donnée aux hommes par Thot et Séshat, et qu'il était aussi à l'aise dans le langage et l'écriture des Sumériens, dont les cités fleurissaient par-delà de vastes déserts, dans une riche vallée arrosée par deux puissants fleuves, chacun étant semblable au Nil.

— Mon père Abishému, roi de notre cité, dit enfin Elibaal à Khéops, sera honoré de s'adresser au prince héritier du roi d'Egypte. Il se tient prêt dans son palais pour te recevoir au milieu de sa cour.

Elibaal invita son hôte et sa suite à se diriger vers le palais. Le port avait été aménagé hors des murs de la cité, de puissants remparts de pierre à redans, la ville royale étant bâtie sur une hauteur dominant directement la mer ou, vers le nord, une belle plage de sable. Mais la sécurité apportée par un Etat fort avait permis à la cité de se doter de faubourgs où se concentrait l'essentiel de l'activité économique et portuaire. En fait, Khéops put bientôt se rendre compte que les remparts enfermaient plus particulièrement les temples, le palais royal, les vastes demeures des Grands du royaume, cet ensemble résidentiel étant dominé au nord, à la hauteur des remparts, par une puissante forteresse où était cantonnée la garde royale. Le grand palais qui servait de résidence royale se trouvait au pied de la citadelle, près d'un lac sacré, entre le temple de la Maîtresse divine de Byblos, appelée par les gens du pays Baalat-Gebal, et celui du grand dieu Baal.

Le palais était une vaste et agréable demeure pourvue de salles à colonnes et de portiques, toutes les colonnes étant taillées dans des troncs d'arbres élancés, peints de brillantes couleurs, reposant sur des bases en pierres.

Contrairement à la cour du roi d'Egypte, celle du seigneur de Byblos n'était encombrée que d'un tout petit nombre de dignitaires. Abishému n'était entouré que de quelques hauts fonctionnaires, le roi assumant personnellement les diverses fonctions ministérielles, réparties entre plusieurs hauts personnages dans la complexe administration de l'Egypte. Il est vrai que, comme se le dit Khéops, le royaume de Byblos n'était pas plus étendu qu'une seule province de l'empire égyptien, lequel en comptait vingt pour le Delta et vingt-deux pour la Haute-Egypte. Abishému siégeait au fond de la salle d'audience, sur un trône dont les côtés étaient sculptés de profils de sphinx au corps léonin et à tête humaine, pourvu d'un haut dossier en forme de nacelle. Malgré des traits marqués, un nez fort, aquilin, une épaisse barbe noire bouclée au fer, son visage était avenant et, contrairement au roi d'Egypte qui, lorsqu'il trônait en majesté, prenait un air grave et figé, il était souriant. Il portait un épais vêtement à franges qui tombait jusque sur ses chevilles et ses pieds, chaussés de légères bottines de cuir, reposaient sur un petit escabeau couvert d'un coussin. Ce qui pouvait passer pour son sceptre, car il le tenait fortement dans son poing gauche, n'était autre qu'une tige de nénuphar sommée d'une fleur jaune épanouie. Bien qu'il fût en réception officielle, près de lui était disposée une table de bois aux pieds courbés et au plateau circulaire, sur laquelle étaient posés des paniers de fruits, des pâtisseries et des gobelets en or ciselé. A son côté, se tenait debout un homme, lui aussi enveloppé dans un vêtement qui tombait sur ses chevilles et, sur chacun des longs côtés de la salle étaient assis sur des tabourets une dizaine d'hommes qui constituaient son conseil de sages, ainsi que Khéops l'apprit par la suite.

Khéops s'avança d'un pas rapide et décidé, son pas habituel, quelles que fussent les circonstances, jusque devant le roi qu'il salua en inclinant légèrement le torse. Abishému se leva, il saisit les bras de Khéops et lui dit, dans la langue égyptienne :

— Bienvenu, sois le bienvenu. Salut au fils du grand roi des Deux Terres, au prince héritier de l'Egypte. Abishému, le roi de Byblos, salue son hôte.

Il poursuivit son discours dans sa propre langue, pendant un long moment, sans lâcher les bras de Khéops, ce que l'interprète traduisit de la sorte :

— Seigneur, le roi Abishému te prie de l'excuser de ne pas continuer de s'adresser à toi dans ta langue, car il ne la connaît pas bien. Il multiplie les saluts, les souhaits de bienvenue. Il est heureux de t'accueillir dans sa demeure qui est aussi ta demeure. Il t'invite à prendre place auprès de lui.

Khéops prit soin de répondre avec autant de courtoisie à son hôte, il le remercia de sa réception, puis il ordonna à ses serviteurs qu'on apporte les présents envoyés au roi de Byblos par Sa Majesté le roi des Deux Terres.

Tandis que s'approchaient les porteurs d'offrandes égyptiens, deux serviteurs byblites avaient avancé un fauteuil, légèrement moins haut et large que le trône du roi, de l'autre côté de la table jouxtant le siège royal sur lequel Abishému avait repris place. Lorsque Khéops se fut assis à son tour, Inéki, le commandant du vaisseau égyptien délégué en ambassade, fit déballer les présents déposés par les Egyptiens. Tout était enfermé dans des coffres en bois de tailles diverses : coupes en albâtre ciselé rehaussé de motifs d'or, vaisselle en argent et en pierres semi-précieuses, malachite, améthyste, béryl, turquoise ; feuilles roulées de papyrus, matériel de scribe taillé dans du bois d'ébène importé des hautes régions du Nil, diadèmes d'argent, colliers et bracelets en or ciselé et en pierres aux chatoyantes couleurs, cannes en bois précieux rehaussées d'incrustations d'argent, amulettes taillées dans des pierres rares... Abishému admira ces présents, mais, pour ne pas impatienter son hôte, après l'avoir longuement remercié, après avoir rendu grâce à Sa Majesté Snéfrou pour son immense générosité, il déclara qu'il consacrerait tous ces prochains jours à examiner chaque objet, à leur vouer toute l'admiration qu'ils méritaient, puis il frappa dans ses mains.

Tandis que des serviteurs emportaient les cadeaux, deux autres vinrent avec des cruches au galbe élégant et des boîtes en argile pourvues de couvercles. Ils versèrent dans les gobelets placés sur la table des boissons contenues dans les cruches, liquides dorés, roses, pourpres, blancs, puis, après avoir présenté au roi et à son hôte des gobelets pleins qu'ils déposèrent sur la table auprès d'eux, ils vinrent offrir ces divers breuvages aux Grands de Byblos et aux Egyptiens présents à qui on avait distribué des sièges. Abishému prit alors une coupe, il la leva, et pria son hôte de choisir une boisson et de la goûter. Ibdâdi, l'interprète du pays, apprit au prince qu'il s'agissait de bière, de vins des vignes de Phénicie, de lait d'amandes, de boissons préparées avec des fleurs, du miel et des pistaches. Khéops choisit au hasard et sa surprise fut grande lorsque, goûtant au breuvage, il le sentit très froid dans la bouche, une sensation encore inconnue car, si en hiver il avait eu l'occasion de boire des bières rafraîchies dans le vent du nord, jamais elles n'avaient atteint un tel degré de fraîcheur. Interrogé par le prince, l'interprète lui apprit que sur les sommets des montagnes où poussaient les cèdres, les eaux des pluies se figeaient sous l'effet du froid. Toute l'année, des caravanes d'ânes allaient dans les montagnes chercher cette substance merveilleuse qu'on conservait un certain temps dans de grands vases soigneusement clos et enveloppés de paille et de tissus mouillés, car, en contact avec l'air chaud, elle avait tôt fait de fondre et de se transformer en eau. Les boissons étaient soit préparées avec cette eau glacée, soit mises à rafraîchir dans les vases qui la contenaient. Pareillement, dans les boîtes apportées par les serviteurs, était conservée de la pulpe de fruits figée par le froid qu'il fallait se hâter de goûter avant que tout ne fonde.

Khéops fit part à son royal hôte de son émerveillement et il lui déclara, par le truchement de l'interprète, qu'il lui plairait de se rendre sur des montagnes où se formait une aussi étrange substance, afin de pouvoir la voir en place.

— On t'y conduira, assura Abishému, mais nous te donnerons auparavant une robe chaude car si tu y allais ainsi vêtu de ce seul pagne, tu risquerais d'être tué par le froid. Or, la vie du fils du roi d'Egypte m'est plus précieuse encore que mes yeux, plus encore même que celle de mon propre fils.

Khéops le remercia, assura qu'il était prêt à tous les sacrifices, même à se couvrir d'un si encombrant vêtement, pour pouvoir monter dans ces montagnes d'Argent, comme on les appelait dans le pays, pour voir de près cette substance blanche et froide qui en couvrait les sommets.

Ce jour-là, il ne fut pas question du but de l'expédition égyptienne, de la raison de la venue du fils du roi d'Egypte à la tête d'une si belle flotte, bien que chacun des partis sût à quoi s'en tenir. Le roi de Byblos chargea son fils de rendre les honneurs à leur hôte, de veiller à ses soins. Elibaal emmena Khéops et sa suite dans le palais qui leur était destiné, une vaste demeure au centre de la ville, elle aussi pourvue d'un jardin, de cours et de colonnades. Ibdâdi fut laissé auprès de Khéops afin de le guider en toute chose, de veiller à son bien-être, de faire part de tous ses désirs à Abishému. Khéops s'installa dans une chambre spacieuse, et ses officiers reçurent chacun une chambre, tandis que les hommes des équipages étaient logés à proximité du port.

Elibaal avait rassemblé la domesticité préposée à

la maison des hôtes royaux : il y avait des cuisiniers, des jardiniers, des hommes et des femmes chargés des services des chambres, des vêtements, des cuisines, et aussi des femmes jeunes et accortes :

— Ces filles, lui fit savoir Ibdâdi, sont des danseuses et des musiciennes attachées au temple de Baalat-Gebal, la Dame de Byblos. Elles sont aussi des hiérodules, des prostituées sacrées. Aussi tu peux choisir celle que tu désireras, une ou plusieurs, chaque soir, pour les emmener dans ta chambre afin qu'elles te tiennent compagnie pendant la nuit, qu'elles veillent sur ton sommeil. Pareillement, il y en a suffisamment pour contenter ta suite, tes serviteurs et tes officiers.

Khéops s'en réjouit : il songeait que depuis maintenant plus d'un mois qu'il avait quitté ses deux épouses, il lui venait parfois des désirs qui restaient inassouvis. Car, s'il s'était imposé des périodes de chasteté lors de ses préparations précédant l'initiation dans les temples d'Héliopolis, d'Hermopolis et d'Abydos, ce qu'il n'avait pu réaliser qu'au prix de durs efforts sur lui-même, lorsqu'il se trouvait engagé dans la vie normale, un tel état, opposé à la nature et aux élans suscités dans le corps par Hathor elle-même, lui était difficilement supportable.

Ce n'est que le lendemain que le roi reçut Khéops à sa table et que, ensuite, se tint une réunion à laquelle participèrent les conseillers du roi et les officiers de Khéops, pour commencer à discuter des modalités d'échange des produits que les Egyptiens étaient venus chercher. Il fallut plusieurs jours de discussion avant que les deux partis parviennent à un accord sur le nombre de troncs de pins et de cèdres qui serait échangé contre les biens conservés dans les coques des vaisseaux. Il s'agit ensuite de constituer les équipes chargées d'aller abattre les arbres, les ébrancher, les tailler et les amener jusqu'aux quais du port de Byblos, tâche qui fut estimée à plusieurs mois de labeur. Khéops songea alors à rentrer en Egypte. Une fois les accords commerciaux conclus, le nombre de troncs de bois à livrer fixé, les biens et l'or livrés en contrepartie du travail demandé et de la marchandise acquise, y compris de nombreux lingots de plomb ainsi que des blocs de lapis-lazuli apportés par des marchands sumériens de mystérieuses et lointaines régions vers les horizons où se levait le soleil, Khéops pensa qu'il pouvait laisser à ses officiers le soin de prendre en charge la livraison de bois et de la ramener à Memphis. Lui-même pourrait, sans plus tarder, rentrer en Egypte sur le rapide vaisseau éclaireur. Mais seulement après avoir fait l'ascension des montagnes d'Argent jusqu'aux cols où l'on trouvait les neiges qui recommençaient à tomber en cette saison.

— Attends aussi qu'ait été célébrée la fête du Seigneur de notre cité, suggéra le roi à Khéops. Nous l'appelons Baal ou encore Adonis, deux termes qui ont le même sens dans notre langue. En ce temps, nous célébrons ses amours avec la déesse, la Dame de Byblos, et nous prenons ensuite son deuil, car il a été tué par un sanglier surgi de la terre qui l'a emporté dans le royaume souterrain où vivent les âmes des morts. Durant tous les mois d'hiver, il reste dans le monde souterrain, dans l'empire de Môt, la mort, pour ressusciter, pour revenir à la vie avec le printemps.

Ibdâdi, qui avait été le porteur de la parole royale, avait ajouté :

— Seigneur, tu ne peux refuser, tu ne peux quitter la ville avant cette fête sans offenser le roi. C'est d'ailleurs une belle fête, toute la cité y participe, tout le monde se rend à Aphéca, aux sources de la rivière d'Adonis qui se jette dans la mer près de Byblos, car c'est là que se déroule la fête, c'est là que sont chantés les hymnes et que sont mimés les amours des dieux et la mort de Baal.

Khéops sentit qu'il ne pouvait se dérober, d'autant qu'il était curieux d'assister à ces cérémonies.

— Au demeurant, avait précisé Ibdâdi, pour autant de hâte que tu aies à rentrer en Egypte et de retrouver tes parents, ton royal père, tes épouses et tes enfants, tu ne seras que peu retardé car si tu es désireux de monter dans les montagnes d'Argent, il te faudra plusieurs jours pour t'y rendre et atteindre les cols où commence la neige. La fête d'Adonis débutera peu de temps après ton retour, sans que tu aies le loisir de t'impatienter. Tu pourras voir alors qu'Adonis est semblable à Osiris, comme lui il est mis à mort par un trouble ennemi, comme lui il descend dans le monde souterrain, dans les enfers où il doit résider pendant toute la mauvaise saison, pour renaître à la vie lorsque revient le printemps.

— Qu'il en soit fait comme le désire le roi de Byblos, mon hôte, accorda alors Khéops, trop curieux d'assister au culte d'un dieu qu'on lui décrivait si semblable à Osiris, cet Osiris dont il savait maintenant qu'il n'était qu'un modèle divin fondé sur une vie humaine.

CHAPITRE III

Très tôt le matin la caravane quitta Byblos. Pour l'occasion, Khéops avait revêtu un épais manteau de laine que lui avait offert Abishému et des bottines de cuir. Dans un premier temps, il eut du mal à avancer, les pieds serrés dans ces carcans de cuir, puis il parvint à s'y accoutumer. A une courroie nouée sur sa taille il avait attaché un court glaive, une sorte de long poignard fait dans un métal qu'il ne connaissait pas, si dur que d'un coup il fendait un morceau de bois ou il tordait une arme en cuivre. C'était aussi un présent que lui avait fait le prince Elibaal. Il lui avait appris que ce métal, le bronze, était obtenu par un mélange d'étain et de cuivre.

— Cet étain ne se trouve que dans de lointaines

régions d'où l'apportent des navigateurs venus d'îles et de régions du nord, lui avait appris Elibaal.

En bronze étaient aussi la pointe de la lance que tenait Khéops et le fer de la hache qu'il avait suspendue à sa ceinture, armes qui lui avaient aussi été offertes par le roi.

— Il est nécessaire d'être armé pour de semblables expéditions, lui avait fait savoir Ibdâdi. Non parce qu'on risque d'être assaillis par des brigands, car, même y en aurait-il, ils ne sont jamais suffisamment nombreux pour oser s'attaquer à une caravane royale, mais parce qu'on risque de rencontrer dans ces montagnes de dangereux animaux sauvages, en particulier des sangliers et des loups. Avec ces armes de bronze, tu as tout ce qu'il faut pour te défendre.

— Dans nos déserts, lui fit remarquer Khéops, nous rencontrons des bêtes tout aussi dangereuses, et plus encore peut-être, car ce sont des lions et des taureaux sauvages.

— Je le sais, lui accorda Ibdâdi, mais si tu ne t'avises pas de le provoquer, le taureau sauvage ne viendra pas t'attaquer, ni même le lion. Alors que les loups vivent en meutes et lorsque la faim les tenaille, ils sont très agressifs.

Khéops était accompagné d'une dizaine de ses officiers et la caravane, composée de nombreux ânes chargés de vivres et de tentes, était escortée par une vingtaine de gardes du roi de Byblos, outre Elibaal qui avait tenu à assister son hôte dans cette expédition, quelques officiers de la cour et les interprètes. Des ânes, uniquement chargés de paniers et de vases vides destinés à recueillir de la neige pour la rapporter au palais, suivaient avec des serviteurs.

Bientôt la caravane laissa derrière elle l'étroite plaine formant la façade maritime pour s'élever par des sentiers rocailleux vers le sommet de la montagne. Tout était pour Khéops d'une grande nouveauté : la fraîcheur humide qui s'accentuait au fur et à mesure de l'ascension, les torrents glacés qu'il fallait traverser à gué, les vallées profondes et verdoyantes que dominait le chemin escarpé à flanc de montagne, la forêt qui devenait de plus en plus dense et rendait le paysage d'autant plus sombre et effrayant que de noirs nuages s'accumulaient dans le ciel si bleu vers le bord de la mer.

— Nous pénétrons dans le domaine du géant Huwawa, annonça Inéki qui se trouvait dans la suite de Khéops plus à titre d'officier proche du prince que d'interprète.

— Qui est ce roi ? s'étonna Khéops.

— Ce n'est pas un roi mais une gigantesque créature préposée par un dieu, par Wêr, pour garder cette montagne. On rapporte que sa voix est effrayante, pareille à celle du tonnerre, un feu sort de son regard, un feu mortel. De sa tête partent les sept rayons, puissance qui n'appartient qu'aux dieux, force invincible qu'en vain tous les ennemis des dieux, dragons, démons de la nuit, humains éclatés d'orgueil, ont tenté de s'approprier.

— Inéki, s'étonna Khéops, que me racontes-tu là ? Qui a pu voir semblable créature ?

— Ceux qui l'ont vue de près ne sont plus là pour en témoigner, car la rencontrer signifie la mort.

— Qu'en pensent alors ces hommes de Byblos qui vont dans ces montagnes chercher l'eau de glace et couper les cèdres ?

— Eux, ils pensent que c'est une invention des gens du Sumer, car c'est par un homme venu de là-bas que j'ai entendu parler de cette histoire, alors que j'étais un adolescent établi à Byblos où mon père représentait Sa Majesté le dieu Houni. Ils disent que ce n'est jamais que la manifestation de leur propre dieu de l'orage, de Hadad qui, dans sa colère, gronde dans le ciel et lance la foudre. Aussi n'ont-ils de crainte que lorsque menace l'orage. Mais ils savent que s'ils s'abritent dans un creux de rocher, ou dans une maison de bois comme il y en a de nombreuses dans la montagne où logent les bûcherons et des charpentiers, ils ne courent plus aucun risque.

— Dans ce cas, remarqua Khéops, nous n'avons

rien à craindre. Et si d'aventure nous rencontrions cet Huwawa, avec nos armes de bronze, nous n'avons pas à le redouter.

Inéki jeta un regard de biais à Khéops, car il ne savait s'il parlait sérieusement, avant de répliquer :

— Seigneur, même avec une arme de bronze, on ne lutte pas contre un dieu ou un monstre né de la Terre.

— Inéki, intervint alors Ibdâdi qui marchait avec eux, ce géant dont tu parles, si jamais il a existé, ne sévit plus dans ces montagnes. Sache que voici déjà bien des années, j'ai rencontré à Ebla, une cité opulente vers le levant, par-delà ces montagnes, un homme qui venait d'Uruk. C'est une des plus puissantes cités du pays de Sumer. Il m'a assuré que le roi de la ville, voici maintenant quelques décennies, s'est rendu dans ces montagnes avec un compagnon et qu'à eux deux ils ont tué Huwawa, ils l'ont abattu comme un grand cèdre et ils lui ont tranché la tête.

— Qui est donc ce roi si fort et rusé qui a osé s'aventurer dans les montagnes des Cèdres pour mettre à mort ce géant ? demanda Inéki.

— Son nom était Gilgamesh et son compagnon s'appelait Enkidu. Je sais que ce dernier est mort depuis longtemps, et Gilgamesh l'a suivi vers le pays d'où l'on ne revient pas quelque temps après. Actuellement, c'est son petit-fils, Utulkalamma qui règne sur Uruk la Grande.

— Ibdâdi, demanda alors Khéops, quelle est cette cité que tu appelles Uruk la Grande ? Qui sont ces gens du Sumer dont vous parlez, toi et Inéki ?

— Seigneur, c'est un peuple riche et puissant, qui possède de nombreuses cités, loin vers le couchant. Uruk est l'une des plus opulentes parmi celles-ci. Mais chaque cité est indépendante, chacune est gouvernée par un roi, comme les villes de Phénicie.

— Dis-moi encore, comment atteint-on ce pays lointain ?

— Seigneur, il faut marcher pendant des jours et des jours. Vois : demain, ou le jour suivant, nous parviendrons au col le plus haut de cette montagne ; il donne accès à une haute plaine, riche en champs et en vignobles. De ce plateau il faut redescendre vers une autre vallée plus basse, séparée de la première par d'autres montagnes, arrosée par un beau fleuve appelé Oronte. Dans cette région dominent des cités, capitales de petits royaumes, dont les principales ont pour nom Damashqou, Hamath et Aleppou. Cette dernière est la plus septentrionale. De là il faut toujours marcher vers le levant jusqu'à un grand, un très grand fleuve semblable au Nil, mais dont le flot va en sens contraire ; il roule en direction du sud et de l'est. Il faut alors embarquer sur ce fleuve pour le descendre pendant des jours et des jours. Il traverse des plaines verdoyantes au-delà desquelles s'étendent des déserts, comme l'est la Terre noire entre les terres rouges où règne Seth. Tout au long de ce fleuve ont fleuri des villes plus ou moins vastes, plus ou moins riches. Enfin, tu parviendras au pays des Sumériens. C'est là que se trouve Uruk aux puissants remparts.

— Tu prétends que chacune des cités de ce pays est indépendante, qu'elle est gouvernée par un roi ?

— C'est cela, seigneur, un roi et aussi un conseil d'anciens qui se réunit aux portes de la ville pour délibérer sur tout ce qui concerne les affaires de la cité.

— S'il en est ainsi, il serait facile de conquérir chacun de ces petits royaumes, l'un après l'autre, remarqua Khéops.

— Peut-être, seigneur, mais encore faudrait-il parvenir dans de si lointaines terres avec une armée puissante. Or, une telle armée doit réunir un très grand nombre de guerriers, des hommes qu'il faut nourrir pendant toute la campagne. Vois : c'est déjà un difficile et pénible chemin que doivent parcourir les voyageurs et les marchands pour atteindre ces contrées, alors qu'ils sont reçus en amis par les gens des pays traversés. Une armée aurait à combattre mille cités, elle devrait chercher sa nourriture, elle devrait rester toujours sur le qui-vive. Seigneur, je crois qu'il serait bien hasardeux de songer à conquérir ces villes du Sumer. Il n'est pas sûr qu'une armée, même partirait-elle de nos côtes, puisse atteindre les villes de ce fleuve dont je t'ai parlé et qui s'appelle le Purartû, avant d'avoir été décimée par la famine, la fatigue, les maladies et les adversaires qu'elle aurait à affronter.

— Ibdâdi, répliqua Khéops, tu as mal interprété ma pensée. Je n'ai jamais imaginé qu'une armée égyptienne pourrait aller à la conquête de pays si lointains. Non, je m'étonnais plutôt que l'une de ces cités dont tu parles, à commencer par cette Uruk, n'ait pas entrepris d'annexer toutes ses voisines pour créer un grand royaume unifié comme mon lointain ancêtre Narmer l'a fait avec les cités de la vallée du Nil.

— Peut-être viendra un jour où se lèvera un conquérant dans l'une de ces cités, un homme avide de gloire et de puissance, mais aussi un grand guerrier, qui réunira sous sa houlette les villes du Sumer. Mais jusqu'à ce jour, elles restent chacune maîtresse de son destin.

— De telle sorte, seigneur, intervint Inéki, que l'Egypte sur laquelle règne le dieu, ton père, est le seul vaste royaume sur la face de la terre, le seul empire qu'éclaire le soleil.

Chaque jour passé dans les cités phéniciennes confortait Khéops dans le sentiment de la puissance incomparable du royaume dont il était l'héritier tout en lui apportant le plaisir de découvrir des mondes nouveaux et les mœurs parfois si curieuses des peuples étrangers. Il ne se doutait pas encore que ce voyage était loin d'être terminé et qu'il allait modifier sa propre existence et même, dans une certaine mesure, le destin de l'Egypte.

Bien avant de parvenir au col qui donnait accès aux hautes plaines dont lui avait parlé Ibdâdi, Khéops découvrit la neige après avoir pris, depuis déjà un moment, la mesure de la puissance et de la beauté des cèdres qui couvraient cette montagne comme une splendide chevelure de verdure. L'air était frais mais le soleil brillait de tous ses feux. L'effort de la montée vers le col avait échauffé les poitrines et les membres, si bien que les muletiers et les soldats commencèrent par ôter leurs vêtements pour se rouler dans la neige poudreuse. Khéops ne put s'interdire de les imiter, étonné par le froid revigorant de ce moelleux tapis d'une lumineuse blancheur. Suivant les incitations de ses compagnons, il en prit des poignées qu'il lécha et emboucha, surpris de la fonte de ces cristaux qui se transformaient alors en une eau glacée.

Tandis que les muletiers remplissaient les vases de neige qu'ils tassaient longuement avant de les fermer et de les placer dans les paniers, Khéops alla admirer le paysage immense qui s'ouvrait sous ses regards, à l'issue du col, les plaines verdoyantes qui se déployaient dans un lointain indécis. Il aurait bien été tenté de poursuivre sa route, d'aller toujours vers le levant afin de découvrir les nouvelles vallées, les grands fleuves, les opulentes cités dont l'avait entretenu Ibdâdi. Il dut cependant se résoudre à repartir avec la caravane chargée de son eau précieuse, de cette neige qui se transformait si facilement en liquide.

Trois jours plus tard ils étaient de retour à Byblos, tandis que de nouvelles caravanes de bûcherons empruntaient à leur tour le chemin de la montagne pour satisfaire aux énormes demandes des Egyptiens.

Abishému, le roi de Byblos, qui, non seulement commençait à sentir le poids des ans, mais dont les articulations se durcissaient malgré l'intervention de ses médecins, avait pris place sur une chaise portée par deux ânes. La reine avait, elle aussi, droit à une chaise semblable, mais toute la suite royale, son fils et ses hôtes Egyptiens allaient à pied. Par courtoisie, on avait proposé une chaise à Khéops, sachant bien que ce robuste jeune homme qui venait de rentrer frais et alerte de l'expédition dans la montagne des Cèdres refuserait un moyen de transport qui, s'il n'était pas utilisé par un vieillard ou une femme, faisait passer le passager pour un personnage veule, asthénique ou voluptueux. Aussi Khéops suivait-il à peu de distance la chaise royale, en compagnie d'Elibaal, le fils du roi, d'Inéki et d'Ibdâdi. Ainsi progressaient-ils lentement sur un étroit chemin pierreux qui s'élevait à flanc de coteau, tout au long de la rivière à laquelle les gens du pays avaient donné le nom d'Adonis, seigneur de Byblos.

— Adonis est un autre nom de Baal, disait Ibdâdi à Khéops, se faisant l'interprète d'Elibaal. Selon les prêtres du dieu, il serait né de l'écorce d'un arbre à myrrhe en lequel aurait été métamorphosée sa mère par la bonté des dieux qui l'ont ainsi soustraite à la colère de son père avec qui elle s'était unie par ruse, étant tombée amoureuse de lui. Ce qui doit vous étonner, vous autres Egyptiens qui vous unissez à vos sœurs et à vos filles.

— S'il est vrai que dans la famille royale nous nous marions entre frères, sœurs et cousins, il n'arrive guère qu'un père épouse sa fille, fit remarquer Khéops. Mais je ne vois pas ce qui pourrait nous étonner ? Serait-ce que ce dieu soit né d'un arbre ?

— Non point. Ce qui pourrait vous étonner, c'est qu'un père soit si furieux contre sa fille pour lui avoir fait commettre un inceste à son insu, qu'il était disposé à la mettre à mort. Selon moi, ces prêtres interprètent d'une manière puérile une antique histoire divine. Cet Adonis est simplement le génie de l'arbre et de la végétation, comme chez vous l'est Osiris, lui dont le cercueil a été enfermé dans le tronc d'un érica après que les vents et les flots de la mer l'eurent emporté jusqu'aux rivages de Byblos.

— Osiris a vécu sur la terre, il a régné sur l'Egypte avant d'être mis à mort par son frère Seth, fit remarquer Khéops.

— Adonis a aussi vécu sur la terre avant d'être tué par un monstre dont on dit que c'est un sanglier ou encore un dragon sorti de la mer et d'être mis en pièces comme l'a été votre Osiris. Mais, alors qu'Osiris règne désormais sur le monde des morts, Adonis n'y passe que le tiers de l'année, pendant les mois d'hiver, lorsque s'éloigne le soleil vers le sud et que déclinent la végétation et la nature. Quand s'en revient le printemps lui-même ressuscite, il revient sur la terre pour vivre sous le regard de la déesse soleil, Shapash, en compagnie de celle qui l'aime, de la Maîtresse de Byblos que nous appelons aussi Anat. Or, durant les journées qui vont suivre, nous allons chanter la gloire de la déesse et d'Adonis et prendre ensuite le deuil du dieu.

Ainsi Ibdâdi préparait Khéops à comprendre le sens de la fête qui, deux fois par an, attirait tout le peuple de Byblos vers la source du petit fleuve d'Adonis.

Ils avaient quitté Byblos la veille et ils avaient marché toute la journée pour retrouver le cours torrentueux du petit fleuve. Comme on était près du solstice d'hiver, les journées étaient courtes et c'est là que le roi avait ordonné que soit dressé le camp, avant que ne tombe la nuit. Les tentes, les lits, les meubles, les vivres pour tant de monde, portés à dos d'âne, avaient été déchargés et le camp royal dressé par les serviteurs. Les rives du fleuve étaient, là, escarpées, dans une gorge de montagne dominée par un plateau couvert d'une dense végétation. Bien qu'on fût au seuil de l'hiver, la température était douce, à peine fraîche la nuit, encore chaude le jour, lorsque brillait le soleil. Ils étaient repartis tard dans la matinée suivante, car le roi n'aimait pas se lever dès potron-minet. Avant la fin de l'après-midi, la troupe royale parvenait à destination. Khéops fut étonné de voir que déjà se trouvait là un nombre considérable de pèlerins dont les plus aisés avaient fait dresser des tentes ou construire des cabanes par leurs domestiques tandis que les autres se contentaient de lits de feuillages et de couvertures, disposés autour de grands feux. Une place avait été réservée au camp royal, au pied d'une haute falaise au bas de laquelle s'ouvrait une grotte. La plus grande animation régnait dans toute la vallée où arrivaient à chaque instant de nouveaux fidèles d'Adonis. On entendait fuser de partout des rires, des chants, des cris, des appels.

— Ce jour et demain, dit Ibdâdi, les gens peuvent se montrer joyeux et toute licence leur est donnée, au point qu'il n'est pas recommandé aux filles qui veulent conserver leur virginité et aux femmes mariées qui prétendent préserver leur chasteté, de se promener seules dans la vallée, car même leurs époux ne pourraient accuser d'adultère ni elles ni leur suborneur dans le cas où elles se laisseraient séduire ou simplement prendre malgré elles. Ensuite, tout le monde sera dans le deuil et l'ordre sera rétabli, après la mort du dieu.

— Ce dieu, remarqua alors Khéops, est comme notre Osiris : après sa mort il devient le maître du monde infernal. Mais ce monde des morts, quel est-il ? Où se trouve-t-il ?

— On rapporte qu'il se trouve sous la terre et que c'est la force de ce dieu qui fait renaître la végétation, chaque année, avec le retour du soleil et le printemps. Car chez les gens de ce pays, la croissance des plantes ne dépend pas de l'inondation d'un grand fleuve qui irrigue la terre, mais du retour du soleil, de cette déesse Shapash qui, chaque année, laisse venir les froids de l'hiver en s'éloignant vers le sud. Pourquoi en est-il ainsi, nous l'ignorons. Mais ce dont on est sûr, c'est qu'après trois mois d'exil, le soleil revient pour apporter sur la terre sa chaleur vivifiante. Mais pour ce que tu me fais remarquer à propos d'Adonis, contrairement à Osiris, il n'est pas le maître du monde infernal. Il y demeure comme l'amant de la déesse qui règne sur ce monde des morts. Car celle-ci est tombée amoureuse de sa beauté et elle a réussi à imposer aux dieux et à l'Univers cette loi qui oblige Adonis à venir passer auprès d'elle ces mois d'hiver. C'est, dit-on, la raison pour laquelle s'éloigne Shapash, horrifiée par cette absence, car la déesse du soleil est la compagne d'Anat, incarnation de l'amour et de la beauté : de l'amour qui est le grand moteur de l'Univers et de la beauté qui appelle l'amour. Passés ces mois d'hiver, Adonis revient sur la terre pour revivre en compagnie d'Anat. Et c'est pour les Byblites une nouvelle raison de fête, au début du printemps. Ils reviennent ici pour inverser le rite : on commence par les pleurs et les gémissements sur la disparition du dieu et, trois jours plus tard, on se réjouit de sa résurrection, de son retour à la vie, de sa montée vers l'empyrée.

Khéops et Ibdâdi conversaient ainsi tout en se promenant vers les bords du fleuve, parmi les tentes dressées, les cabanes de roseaux, les feux sur lesquels grillaient les volailles et les boulettes de viande, autour desquels se tenaient accroupis hommes et femmes dans l'attente du repas du soir. Tout en marchant, ils croisaient des hommes dont nombre d'entre eux avaient visiblement bu plus qu'à l'accoutumée et qui allaient en titubant et en chantant des chansons gaillardes.

— Pendant ce jour et tout demain, fit remarquer Ibdâdi, le vin et la bière vont couler à flots et nombreux seront les hommes ivres. On dit que le dieu les possède, il leur communique l'esprit du vin qui cause cet enthousiasme incontrôlé dans les corps. Ce sont de ces hommes que les femmes doivent surtout se garder, à moins qu'elles ne désirent s'abandonner aux étreintes amoureuses. Dans ce cas, elles ont pendant cette nuit et la nuit prochaine, toutes les facilités pour assouvir leurs passions déréglées.

Ibdâdi ne s'était pas aperçu que son hôte ne l'écoutait plus. Dans cette foule éclairée maintenant par la lumière de la lune, déjà haute dans le ciel, et les feux, son regard venait d'être happé par une vision qui l'éblouit, comme l'apparition d'une divinité. Il ne s'agissait pourtant que d'une femme, mais il n'avait pu manquer de la distinguer des autres, nombreuses, d'abord pour la beauté lumineuse de son visage, mais, surtout, pour la teinte de son ample chevelure. Car, jusqu'à ce jour, il n'avait jamais vu que des cheveux noirs, comme les siens, aussi bien dans la vallée du Nil que dans les villes qu'il avait connues au cours de son voyage le long des côtes asiatiques. Or, cette chevelure avait la teinte de l'or ; il lui avait d'abord semblé que la femme avait recouvert sa tête d'une perruque faite de souples et fins fils d'or, mais, lorsque, marchant vers lui, elle le croisa, il lui parut que c'était bien sa propre chevelure qui avait naturellement cette teinte, à moins qu'elle ne se la soit teinte. Car nombreuses étaient les femmes de Phénicie qui se teignaient les cheveux avec du henné : ils prenaient alors une teinte tendant vers le brun, ou encore rougeâtre, mais jamais cette lumineuse couleur dorée. Elle était passée auprès de lui, le torse droit, la tête haute, sans paraître le voir. Elle marchait aux côtés d'un jeune homme, un adolescent même, se dit Khéops. Mais alors que cette jeune fille semblait être une étrangère à ce pays, le garçon, avec sa chevelure sombre et ondulée qui tombait en boucles dans son cou, le nez légèrement camus, le corps bronzé, ce qui était visible car il ne portait qu'un épais pagne taillé dans une peau de chèvre, était manifestement un enfant de Byblos.

Khéops se retourna pour porter encore un regard vers la jeune fille dont la silhouette, drapée dans un long manteau à franges, s'estompa dans la nuit. S'il avait été seul, il aurait volontiers suivi le couple, tant l'étrange et exotique beauté de la femme l'avait fasciné. Cependant, la présence de l'interprète le retint dans ce mouvement spontané, et il reprit son chemin. Mais il n'écoutait plus les paroles d'Ibdâdi. Son esprit n'était plus occupé que par le visage de l'inconnue, par le ruissellement d'or de sa chevelure. En y songeant, il se dit qu'une telle teinte de cheveux ne pouvait être naturelle, qu'il s'était trompé, qu'elle portait bien une perruque tissée de fils d'or. Il songea qu'il pourrait faire confectionner de semblables perruques pour en coiffer ses deux épouses. Hénoutsen serait plus belle encore avec une pareille toison qui pourrait s'harmoniser avec la teinte dorée de sa peau. Elle l'avait, d'ailleurs, naturellement plus claire, mais elle se plaisait à demeurer toujours sans nul vêtement dans les jardins, de sorte que le soleil qui la baignait sans cesse de ses rayons conférait à sa peau cette teinte cuivrée, comme celle des hommes qui travaillaient tous les jours dans les champs et dans les marais, sans vêtement.

Ibdâdi continuait de pérorer, sans encore s'être aperçu que son interlocuteur demeurait muet, s'était plongé dans ses pensées. Un instant, Khéops pensa lui demander qui pouvait être cette femme. Mais il y renonça, car visiblement Ibdâdi ne lui avait pas prêté attention. Sans doute, il pouvait la lui décrire, mais il n'était pas certain qu'Ibdâdi sache qui elle était, tandis que lui-même ressentait il ne savait quelle vergogne à montrer qu'il pouvait porter un quelconque intérêt à une femme croisée dans la foule. Il pensa que si elle habitait Byblos, il pourrait la retrouver en parcourant les rues, en particulier les marchés. Puis il chassa une telle idée de son esprit. N'avait-il pas décidé de rentrer en Egypte dès le lendemain des festivités ?

CHAPITRE IV

Cette nuit-là, Khéops dormit mal, et pourtant il aurait voulu qu'elle se poursuivît encore longtemps, cette nuit lumineuse, car n'avait cessé de le hanter l'image de la jeune femme à la chevelure d'or.

Bien que l'on fût au seuil de l'hiver, le soleil brillait haut dans le ciel et la température était chaude. Aussi, Khéops se contenta-t-il de ceindre son pagne pour quitter la tente qu'on lui avait destinée et pour rejoindre son hôte royal. Le roi Abishému reprit place dans sa chaise et les ânes se mirent en route sous la conduite de leurs âniers tandis que se formait le cortège royal. Tout au long du chemin s'était massée la population de Byblos qui avait abandonné la ville pour assister et participer aux fêtes d'Adonis. Le roi fut acclamé, on s'inclina sur son passage, mais, contrairement à ce qu'il en était pour le roi d'Egypte, personne ne se prosternait. Khéops ne s'en étonna pas car il savait que pour les gens de ce pays, le roi n'était pas regardé comme un dieu fils de Baal, mais comme un simple humain, même s'il était censé être le représentant du dieu sur la terre, son vicaire. Le cortège remonta le cours du petit fleuve, lequel se rétrécissait de plus en plus mais devenait de plus en plus torrentueux et encaissé. Le chemin pierreux qui dominait le cours d'eau s'élargissait en contrepartie, permettant à un plus grand nombre de fidèles de se masser sans courir trop de risques de se voir précipités dans le lit abrupt du torrent en suite d'une trop forte poussée ou d'une bousculade. Habitué au cours large, lent et majestueux du Nil, Khéops s'étonnait et admirait ces eaux tumultueuses qui dévalaient la pente rocheuse du vallon.

Le cortège parvint bientôt en vue de la source du torrent. Les eaux sourdaient en cascades d'une grotte haute et profonde creusée par la nature dans le flanc d'une falaise rocheuse. Une végétation clairsemée de buissons et d'arbres où dominaient les pins, portait ses touches de verdure sur la grisaille des roches et des cailloutis qui parsemaient les coteaux descendant vers le cours du torrent. Près de la grotte s'ouvraient de larges places naturelles où déjà s'amassait une foule dense. La chaise royale et sa suite vinrent s'arrêter sur une esplanade rocheuse maintenue libre par un cordon de gardes. Au centre était dressé un large dais qui projetait son ombre sur un épais tapis où étaient jetés des coussins autour de quatre sièges : le plus haut était réservé au roi, les trois autres à son épouse, à son fils et héritier et à Khéops. Ils vinrent y prendre place tandis que les gens de la suite royale s'asseyaient sur les coussins ou restaient debout. Ce fut le cas d'Inéki et d'Ibdâdi, qui vinrent se placer derrière le siège de Khéops. Un pesant silence tomba sur la foule jusqu'alors bruyante lorsque apparut un prêtre vêtu d'une ample robe blanche, la chevelure couronnée de lierre, suivi de sept jeunes filles, elles aussi vêtues de robes semblables mais plus fines, en lin délicat amplement plissé, leurs sombres chevelures couronnées de roses et d'anémones pourpres dont les pattes avaient été plantées au printemps et pieusement soignées pour fleurir à la fin de l'automne, car elles étaient les fleurs d'Adonis, issues des gouttes de son sang.

Le prêtre et les jeunes filles, toutes vierges et filles de notables, selon ce qu'avait fait savoir le roi à son hôte, vinrent saluer le couple royal avant de se placer à l'extrémité de l'esplanade, autour d'un bassin creusé dans le roc que remplissait une onde toujours renouvelée par le flot porté par un étroit canal enté à la source et qui s'écoulait ensuite vers le torrent par une autre rigole. Le chœur des vierges entonna alors un hymne à la gloire du divin berger Adonis puis le prêtre, qui tenait visiblement lieu de coryphée ou chef du chœur, psalmodia l'histoire du jeune dieu. Sa voix était puissante et le roc lisse de la falaise abrupte la répercutait, de sorte qu'elle était entendue par toute l'assistance. Tandis qu'il narrait l'origine d'Adonis né d'une vierge incestueuse et son enfance, sortit de la grotte un jeune homme vêtu d'un pagne en peau de chèvre, sa noire chevelure bouclée couronnée de lierre. Il fut perçu par le peuple comme l'incarnation du dieu, car son apparition fut saluée par des hululements d'allégresse. Le coryphée le désigna de la main comme étant Adonis et les vierges chantèrent ses louanges. Puis le garçon mima les actions du dieu que décrivait en paroles le chef du chœur.

Khéops ne pouvait suivre que la gestuelle du regard, car le sens des paroles prononcées par le récitant dans la langue du pays et fortement scandées, lui était incompréhensible. Il ignora donc que le coryphée annonçait la hiérophanie de la déesse Anat lorsque sortit à son tour de la grotte d'où sourdait le torrent, une femme qui, si elle était restée immobile, aurait pu être prise pour une statue en or. Car tout son corps, entièrement nu et d'une parfaite plastique, ainsi que son visage, étaient couverts d'une peinture de la teinte et du brillant de l'or. D'or aussi semblait être sa longue chevelure qui flottait sur ses épaules en boucles ondulantes. Khéops crut alors reconnaître l'inconnue qu'il avait croisée la veille, bien que ses traits, particulièrement fins, fussent uniformisés par la teinture dorée. En regardant mieux le garçon qui tenait le rôle d'Adonis, il se persuada que c'était le même qu'il avait entrevu en compagnie de la blonde passante, ce qui le convainquit que le rôle de la déesse était bien tenu par cette jeune fille dont il avait rêvé toute la nuit. Il ne douta plus, dès lors, que ce fût Hathor elle-même qui avait une nouvelle fois fait croiser son chemin avec celui de cette créature dont la seule vision l'avait frappé comme la foudre d'Hadad, ce dieu de l'orage dont il avait entendu les grondements et vu les éblouissantes manifestations dans les montagnes des Cèdres.

Les deux acteurs du drame divin restaient toujours muets, leurs gestes éloquents illustrant le récit du coryphée, selon ce que fit savoir, à voix basse, Ibdâdi à Khéops. Le prince n'avait plus d'yeux que pour la déesse dorée dont il pouvait admirer la beauté des formes tout autant que la grâce de ses mouvements, tandis qu'elle se mettait à danser avec son Adonis. Ibdâdi, qui souvent se penchait vers son oreille pour lui donner quelques explications, lui souffla que la mime avait le corps peint en or car, comme pour les divinités de l'Egypte, l'or était la chair des dieux. Et si Adonis apparaissait sans maquillage, c'est parce qu'il était encore humain, qu'il ne devenait dieu qu'après être descendu dans le monde infernal, lors de sa résurrection ; car l'immortalité ne s'obtenait qu'après la mort, après cette expérience qui ouvrait les portes de la vie éternelle.

Bien que le récit des aventures divines se prolongeât indéfiniment et que les deux protagonistes semblaient infatigables, alors qu'il ne comprenait rien de ce qui était dit par le coryphée, chanté par le chœur et mimé ou dansé dans le même temps, Khéops ne ressentait aucun ennui, aucune lassitude, tant son regard se complaisait dans le spectacle que lui offrait l'incarnation de la déesse Anat, et il songeait qu'on n'aurait jamais pu faire un meilleur choix pour figurer la déesse de la beauté et de l'amour. Enfin s'éloignèrent les deux mimes qui disparurent dans la grotte d'où ils étaient sortis, tandis que le prêtre et les jeunes filles du chœur quittaient la scène par le côté opposé, accompagnés des cris de joie des spectateurs.

A la demande de Khéops, Ibdâdi lui expliqua qu'après avoir mimé la rencontre du jeune dieu et de la déesse, les deux acteurs s'étaient retirés dans la grotte où ils étaient censés s'unir pour que soit réalisée la hiérogamie, leur mariage sacré, couronnement de leurs amours. Dans l'après-midi, la cérémonie devait se poursuivre avec le récit de la mort d'Adonis tué et déchiqueté par une bête mythique dont on disait que c'était un sanglier monstrueux, prélude indispensable à sa descente dans le monde infernal où il allait demeurer jusqu'au retour du printemps, époque du renouveau de la nature à la suite de sa résurrection, de son retour sur la terre.

— Cette union sacrée, demanda alors Khéops, se réalise-t-elle réellement dans le secret de la grotte ?

— Nullement, assura Ibdâdi au grand soulagement de Khéops. Ce jeune garçon est considéré comme le frère de cette jeune fille.

— Qu'entends-tu par là ? s'étonna Khéops qui espérait, par cette question, obtenir sans paraître les avoir sollicités, des renseignements sur celle qui l'avait saisi dans ses filets sans y penser.

— Ayinel, tel est le nom de ce garçon, appartient

à l'une des plus riches familles de Byblos, expliqua obligeamment l'interprète. Chez les Byblites, comme d'ailleurs dans tous les petits royaumes de ces côtes, la richesse s'acquiert par le commerce, par les échanges de biens entre cités, mais surtout par le trafic de marchandises précieuses avec les pays lointains, aussi bien ceux du côté du levant et du sud comme l'Egypte, que ceux du nord et du couchant. Reyen, le père d'Ayinel, s'est enrichi par de nombreuses opérations commerciales et notamment en important de l'étain qu'il va chercher avec ses bateaux dans de lointaines contrées, par-delà des mers brumeuses où nos négociants n'osaient pas s'aventurer. C'est ainsi qu'il est devenu l'hôte et le familier d'un prince de l'un de ces pays. Puis, un jour, il y a plusieurs années, il est revenu avec cette jeune fille dont la chevelure est semblable à de l'or pur. Elle était encore bien petite. Il a déclaré qu'elle était désormais comme sa fille, mais, en réalité, elle est la fille de ce prince. Des guerriers ennemis avaient envahi le royaume lors d'un séjour qu'y faisait Reyen, et, face au danger, le prince lui avait confié sa fille. Il est mort peu après, au cours d'un combat, et sa capitale a été incendiée. Reyen a juste trouvé le temps de fuir avec son bateau, emmenant avec lui la petite devenue orpheline, car elle avait déjà perdu sa mère lors de sa naissance. Ainsi, à Byblos, a-t-elle trouvé un nouveau père, une mère et même un frère avec Ayinel.

Khéops ne put s'interdire d'avouer qu'il la trouvait singulièrement belle et il demanda quel était son nom.

— J'ignore quel nom elle portait dans le pays de sa naissance, lui répondit l'interprète. Elle est connue ici sous le nom que lui a donné son père adoptif, Khershet, ce qui signifie, dans la langue byblite, la Dorée. Tel est aussi le surnom que vous autres Egyptiens donnez dans votre langue à la déesse Hathor, Noubet. C'est à cause de la teinte naturelle de sa chevelure que depuis trois ans déjà lui est dévolu le rôle d'Anat lors des fêtes d'Adonis. Car les gens de ce pays non seulement pensent que, comme chez vous, la chair des dieux est faite d'or, mais aussi que la déesse a une chevelure dorée. Car dans nos pays, c'est une chose si rare qu'aux yeux des hommes la blondeur est un critère de beauté et, en conséquence, la déesse censée incarner l'idéal de beauté est parée d'une semblable chevelure.

— Pour ma part, déclara Khéops, je ne pense pas que la beauté tienne à la teinte de la chevelure ou de la peau, mais il n'en demeure pas moins que cette fille me paraît singulièrement belle, et elle le serait tout autant, ses cheveux seraient-ils aussi sombres que ceux de mes épouses.

— Nombreux sont ceux qui partagent ton sentiment, et tout aussi nombreux sont ceux qui se sont joints à la troupe de ses prétendants. On ne compte plus les fils des grandes familles qui ont frappé à la porte de Reyen pour la demander en mariage. Mais, jusqu'à ce jour, elle a refusé tous les candidats que son père lui a présentés. Car elle reste maîtresse de son choix et Reyen est si fier d'elle et si satisfait de l'avoir auprès de lui, dans sa propre demeure, qu'il ne la presse pas de se décider à prendre un époux qui l'emmènera loin de ses yeux. On rapporte même que, s'il n'avait pas déjà une épouse fidèle, la mère d'Ayinel, il l'aurait lui-même prise pour femme. Aussi peux-tu comprendre qu'il n'encourage guère sa pupille à se choisir un époux qui la lui enlèvera.

Comme Khéops restait silencieux, quelque peu rêveur et inquiet en entendant parler des nombreux prétendants de la jeune fille et de ses refus, tout autant que des prétentions secrètes de Reyen, Ibdâdi reprit :

— Seigneur, il me semble que tu n'es pas resté insensible aux charmes de cette personne.

Khéops ayant hoché la tête en signe d'acquiescement, l'interprète poursuivit :

— Il faut que tu saches qu'elle parle bien ta langue, car la mère d'Ayinel est une Egyptienne, fille d'un négociant égyptien établi à Byblos. Or, comme Reyen a aussi appris la langue de ta nation, car il a commencé par faire du commerce avec l'Egypte, c'est cette langue qui est parlée normalement dans sa demeure, son épouse n'ayant jamais été capable de posséder le dialecte des Byblites. Mais ce que tu dois savoir avant toute chose, c'est que, même toi qui es l'héritier d'un puissant royaume, tu ne pourras faire de cette fille une simple concubine. Celui qu'elle choisira parmi ses prétendants ne pourra l'avoir qu'en l'épousant. Son père adoptif est dans notre cité un homme riche et puissant. Tu n'as pas eu l'occasion de le voir à la cour de notre souverain car il est parti à la tête de ses vaisseaux pour une expédition commerciale vers une île appelée Kaptara, qui se trouve loin sur les routes du couchant. On attendait son retour pour les fêtes d'Adonis, mais sans doute a-t-il été retardé dans sa navigation. Il ne consentira à donner cette fille qu'à un haut personnage qui en fera la maîtresse de ses biens, comme on dit chez vous, en Egypte. Et elle-même n'acceptera d'abandonner sa virginité qu'à un homme susceptible de la chérir, de lui porter l'estime qu'elle mérite et d'en faire son épouse légitime.

Cette mise en garde n'effraya pas Khéops, tout au contraire, car il lui aurait déplu que la jeune fille eût été disposée à se donner au premier venu et qu'elle eût déjà connu l'amour des hommes. Cependant, il ne voulut pas laisser préjuger de ses sentiments par l'interprète, lui-même n'étant d'ailleurs pas encore sûr de désirer s'engager dans une quelconque aventure amoureuse.

— Il est bien, Ibdâdi, dit-il alors, que tu m'entretiennes ainsi de cette jeune fille, mais je ne t'ai pas dit que j'éprouvais à son égard plus qu'une certaine admiration pour la beauté de sa chevelure et de son visage, encore que je ne l'aie vue que de loin, d'autant plus que ce masque d'or qui enduit ses traits ne me permet pas de porter un jugement assuré sur sa beauté réelle.

Leur dialogue fut interrompu là par l'intervention d'Abishému dont Ibdâdi se fit l'interprète :

— Le roi t'invite, dit-il à Khéops, à venir dans l'ombre de ces grands arbres où ont été disposés des tapis et des coussins pour manger le chevreau trempé sept fois dans du lait et cuit dans ce même lait de chèvre, car telle est la nourriture qu'on doit prendre ce jour, avec du fromage de chèvre.

A l'instar du roi, de sa cour et de ses hôtes, tout le peuple mangea sur place du chevreau cuit dans du lait, accompagné de pain et de fromage, en attendant que se déroulât la seconde partie de la cérémonie, de sorte que la plus grande animation régnait dans l'étroite vallée et que la table royale, servie dans des plats d'argile disposés sur les tapis, se trouvait toute voisine des groupes de fidèles qui prenaient aussi leur repas en famille.

Tout en mangeant, Abishému s'adressa courtoisement à Khéops, lui demandant, par l'intermédiaire des interprètes, s'il était satisfait de son séjour, s'il lui plaisait d'assister à cette grande fête des Adonies, si la nourriture qui lui était donnée ce jour lui convenait, à quoi le prince répondait courtoisement par l'affirmative, sans avoir à se forcer, car il avait le sentiment que son passage à Byblos, et plus particulièrement la rencontre qu'il venait de faire à l'occasion de cette fête, allaient avoir une incidence inattendue sur sa destinée. Il ne fit cependant aucune allusion à celle qui occupait maintenant toute sa pensée et qu'il avait décidé d'appeler dans sa langue Noubet, ce qui évoquait en lui la beauté d'Hathor, déesse de la joie, de la beauté et de l'amour.

Le repas une fois terminé, de grandes coupes de vin une fois vidées, chacun retrouva sa place du matin, tandis que revenaient sur l'esplanade le chœur et le coryphée. Ils étaient accompagnés d'un joueur de flûte qui tira des sons lugubres de son instrument, puis le coryphée prit la parole, il rapporta comment Adonis, qui était allé chasser dans la montagne, avait été tué par un énorme sanglier, comment il avait été déchiré par son boutoir aux défenses acérées. Alors surgit de la grotte la déesse Anat brillante d'or. Sur ses reins pendait un carquois rempli de flèches ; d'une main elle tenait un arc, de l'autre une pique à la pointe de bronze. Ce n'était plus la déesse amoureuse mais la divinité guerrière qui se lança à la recherche de son jeune amant. Au son de la flûte et suivant le chant du coryphée, elle mima la quête de la déesse et ensuite sa colère contre les hommes, les éléments et les dieux. Après avoir planté la pointe de la lance dans le sol, elle prit une flèche dans le carquois, la plaça sur l'arc, le banda tout en tournoyant, puis lâcha le trait qui alla se planter dans le tronc d'un arbre, du côté de la grotte.

Tout en admirant l'adresse de la jeune fille, autant que l'élégance de ses gestes et la grâce de son corps qu'elle tendait et courbait dans sa danse échevelée, Khéops songea qu'il aurait alors été facile pour la danseuse ainsi armée, de frapper le roi ou n'importe quelle personne dont elle aurait voulu se débarrasser. Ainsi décocha-t-elle toutes les flèches contenues dans le carquois, chaque fois dans le tronc d'un arbre, puis elle reprit la lance et fit le geste de frapper d'invisibles ennemis :

— Le prêtre narre comment la déesse, armée de son arc, se bat dans la vallée, commentait Ibdâdi à l'intention de Khéops, comment elle fait tomber les têtes des hommes au lever du soleil, comment elle leur coupe les mains, comment les mains ainsi tranchées volent comme des sauterelles, comment elle trempe ses jambes dans le sang des guerriers qu'elle abat : mais ces adversaires, ce sont les démons de l'hiver qui ont accompagné le sanglier lorsqu'il a assailli Adonis.

Quatre hommes apportèrent alors le corps d'Adonis : il ruisselait de sang, celui d'un chevreau qui avait été sacrifié en son honneur et dont on l'avait aspergé. Il se laissait ainsi porter, restait sans mouvement, comme s'il était réellement mort. Il fut déposé sur le sol, près du bassin rempli de l'eau captée au torrent. Anat s'agenouilla alors auprès de lui et elle commença à gémir, simula la douleur du deuil en faisant semblant de se griffer le visage et la poitrine tandis que le chœur des jeunes filles entonnait un hymne funèbre. Alors tous les spectateurs se mirent à gémir et à prononcer le nom d'Adonis. Les hommes qui avaient déposé le jeune garçon entreprirent de lui laver le corps avec de l'eau puisée dans le bassin. Ils enveloppèrent ensuite le cadavre dans un suaire tandis que, cessant ses lamentations, Anat descendait dans le bassin où elle se trempait entièrement et se frottait le corps et le visage : les eaux se chargèrent de la poudre d'or qui la recouvrait et, lorsqu'elle en ressortit, elle apparut dans la splendeur de sa nudité, sa chevelure ruisselante et sa peau claire brillant des gouttelettes d'eau. Elle s'éloigna alors en direction de la grotte, suivie des quatre hommes chargés du corps d'Adonis serré dans le drap mortuaire, tandis que le soleil du couchant empourprait le ciel à l'occident.

Aussitôt après la foule se précipita vers la large rigole par laquelle l'eau constellée de poudre d'or se déversait du bassin dans le cours de la rivière. Chacun puisait dans le creux de la main de l'eau ainsi sanctifiée par l'immersion de la déesse, et la buvait. Les derniers arrivés se contentèrent de puiser directement l'eau à la rivière.

Khéops avait pu voir celle qu'il appelait Noubet dans toute sa splendeur, lorsqu'elle était ressortie du bassin. Il décida alors qu'elle serait sienne, quel que fût le prix qu'il dût payer, même devrait-il retarder son voyage de retour dans la Terre Chérie, même devrait-il s'attirer la colère de son père, de sa mère et de ses deux épouses.

CHAPITRE V

Une cabane de feuillages avait été bâtie dans la grotte pour abriter les deux acteurs du drame d'Adonis, Khershet et Ayinel. Car, une fois le drame joué, il ne convenait pas qu'ils soient mêlés au peuple venu de Byblos et des campagnes alentour afin qu'on ne cherchât pas à les importuner dans leur retraite, voire à adorer d'une manière par trop intempestive celle qui avait joué le rôle de la déesse. C'est la raison pour laquelle des hommes en armes étaient placés à l'entrée de la grotte pour en interdire l'accès à tout importun. Les deux mimes ne devaient quitter leur retraite que le lendemain où devait se donner un ultime sacrifice, et après que, de leur côté, les fidèles du dieu s'en seraient retournés chez eux.

La nuit étant tombée depuis déjà longtemps, des lampes avaient été allumées tout autour de la cabane pour éclairer les deux jeunes gens qui, assis sur un tapis, devant un feu de bois, prenaient leur repas, servi par une vieille femme qui appartenait depuis toujours à la maison de Reyen.

— Khéry, disait Ayinel, encore ce jour tu as montré ton grand talent de mime. Et aussi tu deviens de plus en plus adroite dans le maniement de l'arc : cette fois, chaque flèche a atteint son arbre. Tu te rappelles que, l'an dernier, tu en as quand même manqué deux.

— C'est parce que je tourbillonnais trop rapidement. Tu te souviens, j'ai bien failli planter une flèche dans la fesse du prêtre officiant. Au point qu'il tremblait chaque fois qu'il me voyait bander l'arc.

Ce rappel les fit rire, puis le garçon soupira :

— C'est bien dommage que notre père n'ait pu être là, ni non plus mère !

— Mère guérira bientôt, le médecin l'a assuré.

— Je l'espère, mais j'ai plus de craintes pour père. Il y a déjà plusieurs jours que nous l'attendons. Jamais encore, depuis qu'il fait des voyages vers Kaptara, il n'a tant tardé à rentrer. Il le répète souvent : la mer est la meilleure amie et aussi la pire ennemie du marin. Autant elle est hospitalière, accueillante, lorsqu'elle est calme, et elle est alors le miroir de Shapash, autant elle est terrifiante et redoutable lorsqu'elle prend les teintes noires de la colère et que son échine se hérisse de vagues énormes et écumantes. Or, vois, nous arrivons au seuil de l'hiver, et les bateaux de notre père ne sont toujours pas en vue, aucun des pêcheurs qui vont loin par-delà l'horizon ne les a aperçus, aucun des vaisseaux qui reviennent des ports voisins d'Ugarit et d'ailleurs, ne les a rencontrés, ni, non plus, n'a entendu parler d'eux par des navigateurs venus des îles lointaines.

— Ayinel, ce ne sont pas là des raisons pour t'inquiéter. Vois, père est un marin audacieux, depuis maintenant plusieurs voyages, afin de gagner du temps, il fait la traversée directe vers Kaptara, avec une seule escale dans l'île du Cuivre, sans suivre les côtes comme le font les autres navigateurs. C'est pourquoi aucun d'entre eux ne peut le rencontrer dans les ports voisins.

— C'est justement la raison pour laquelle je suis inquiet. Lorsqu'on navigue le long des côtes, si une tempête menace, on a toujours le temps de trouver un port, une crique, et si d'aventure le bateau est drossé sur les rochers de la côte, il est toujours possible de l'atteindre à la nage. Alors qu'au milieu de la mer, on doit subir les effets de la colère des dieux, et si le bateau est happé par la mer, quel espoir reste-t-il au naufragé solitaire dans ces immensités, loin de toute terre ?

Khershet soupira, persuadée en son for intérieur de la justesse du raisonnement de son frère adoptif et, bien que ne le laissant pas paraître, tout aussi inquiète que lui de la trop longue absence de l'homme qui lui était devenu plus cher qu'un père. Elle ne savait que répondre, car elle cherchait des encouragements et des raisons d'espérer et non de s'attrister, lorsque Ibdâdi se présenta devant eux.

L'interprète était un familier de la demeure de Reyen tout autant que du palais, raison pour laquelle les gardes l'avaient laissé entrer.

— Ibdâdi ! s'exclama la jeune fille, tu tombes bien ! Vois, Ayinel est plein de crainte pour notre père. Toi qui as voyagé dans tous les pays, dans les îles où il se rend si souvent, dis-lui qu'il ne court aucun danger, qu'il connaît si bien la mer et ses humeurs, qu'il n'a rien à redouter d'elle, d'autant qu'il sacrifie toujours pieusement aux divinités des flots.

— Ce que tu dis là est bien vrai, assura Ibdâdi en s'asseyant entre eux, mais même le meilleur navigateur n'est pas à l'abri des caprices des vents et de leur force. Quant aux dieux, il peut toujours en rester un qu'on a oublié et qui ne songe alors qu'à se venger du mortel trop aventureux qui paraît l'avoir méprisé.

— Peut-être, mais Reyen est trop pieux et trop prudent pour oublier un dieu dans ses sacrifices et ses prières, repartit la jeune fille avec à-propos.

— C'est vrai, lui accorda Ibdâdi, et c'est pourquoi vous n'avez aucune raison de vous alarmer tous deux. Ne te fais pas de soucis, Ayinel, si les dieux avaient voulu faire périr ton père, ils en auraient eu trop souvent l'occasion pour ne pas déjà l'avoir fait. Combien de fois a-t-il frôlé la mort ! Combien de fois s'est-il trouvé dans une situation si critique, si désespérée, que tout autre que lui aurait fait sa dernière prière et se serait abandonné à son sort ! Non, Reyen est un homme fort et impavide. Je ne sais même pas si la vieillesse et la maladie auront un jour prise sur lui.

— Voilà des paroles qui me plaisent, déclara Khershet d'un ton joyeux. Et dis-moi encore, Ibdâdi, qu'a pensé le roi de la manière dont nous avons joué nos rôles, Ayinel et moi-même ? Nous avons tant travaillé tous les gestes, toutes les mimiques par lesquels nous avons voulu exprimer la joie, la passion, la tristesse !

— Vous avez tous deux été merveilleux et notre seigneur semble très satisfait. Il n'a pas eu encore l'occasion de me l'exprimer ni de vous le dire, mais je n'ai aucun doute là-dessus et moi-même je tiens à vous féliciter. Pour toi, Khershet, ta beauté ne fait que s'affirmer chaque année, tout autant que l'assurance que tu montres lorsque tu tiens le rôle de la déesse, au point qu'on pourrait réellement croire qu'elle s'est bien incarnée en toi. Tu es faite pour être reine.

Le compliment fit sourire et rougir la jeune fille qui soupira et remarqua :

— Comment devenir reine, sinon en épousant un roi...

— Il est vrai que, bien que ton géniteur ait été comme un roi dans sa ville, son royaume n'existe plus. Mais il était bien trop petit pour une fille de ta noblesse et de ta valeur.

— Pourtant, je me serais contentée de régner sur un tel royaume, si petit aurait-il pu être.

— Ne m'as-tu pas dit un jour, qu'on avait consulté les astres lors de ta naissance et qu'il avait été déclaré à ton père que tu serais un jour reine d'un beau royaume ?

— On me l'a dit... mais on songeait alors au royaume de mon père. Qui maintenant voudrait m'épouser pour un royaume qui n'existe plus ?

— Quelqu'un qui t'épouserait pour toi, pour ta beauté.

— Combien de prétendants ont frappé à la porte de Reyen ! Lui aussi, ce cher père, voudrait que mon destin s'accomplisse et que je puisse épouser un homme puissant qui me plairait. Mais jusqu'à ce jour, aucun d'entre eux ne m'a séduite, aucun d'entre eux non plus n'a été agréé par Reyen. Au point qu'il n'est plus une famille de grands de ce royaume qui ne se soit mise sur les rangs.

— Il est pourtant possible que tu trouves celui qui t'est destiné par les dieux plus tôt que tu le penses. Lorsque tu as mimé le rôle de la déesse, as-tu remarqué l'homme qui était assis auprès du roi ?

— Veux-tu dire ce jeune homme qui me semble

être un Egyptien, car il ne portait qu'un pagne propre aux hommes de ce pays, comme en ont les Egyptiens qui viennent en visite à la maison de Reyen ?

— C'est de lui que je veux te parler.

— Serait-ce lui qui est venu à la tête de la flotte égyptienne pour acheter du bois à notre roi ?

— C'est bien lui. Que penses-tu de lui ?

La jeune fille esquissa une moue et prit un temps de réflexion avant d'admettre :

— Il n'est pas déplaisant à regarder. Qui est-il ? Sans doute un homme puissant dans son pays pour que notre roi lui ait donné un siège auprès de lui.

— Le roi invite avec ce même cérémonial aussi bien les riches armateurs étrangers que les envoyés des rois des pays ou les rois eux-mêmes, fit remarquer Ayinel.

— Certainement, reconnut Ibdâdi. C'est donc que cet Egyptien est un puissant personnage. Et ce que je puis t'en dire, Khéry, c'est aussi que ta beauté ne l'a pas laissé indifférent.

Cette remarque éveilla l'attention de la jeune fille :

— Ah ! fit-elle sans montrer un trop vif étonnement, comment le sais-tu donc ?

— J'ai été commis par le roi pour être son interprète car il ne connaît que sa propre langue. Aussi suis-je, en quelque sorte, son confident pour tout ce qui concerne les choses de notre cité. Or, il m'a laissé entendre qu'il serait heureux de pouvoir être introduit dans la maison de ton père et d'avoir des entretiens avec toi. Pour ce qui te concerne, le rencontrer ne t'engage en rien.

— Il est difficile de l'inviter chez nous tant que mère est malade et que père est absent, fit remarquer Khershet.

— En l'absence de ton père, toute invitation dans sa demeure est exclue, confirma Ibdâdi et il ne serait pas plus convenable que tu viennes au-devant de lui dans la demeure des hôtes qu'il occupe avec sa suite. Mais vous pourriez vous rencontrer, par exemple chez le fils du roi. Elibaal s'est lié d'amitié avec cet

Egyptien dont le nom est Khéops. Il le reçoit souvent dans sa demeure privée. Considérées les relations de ta famille avec le prince, il pourrait t'inviter, toi et ton frère.

— Peut-être. Mais depuis le départ de Reyen, ni Ayinel ni moi n'allons dans le monde. Nous ne sortons de notre maison que pour courir dans la montagne ou nous promener au bord de la mer. Pas une seule fois nous ne nous sommes rendus chez des gens en l'absence de notre père et sans son autorisation. Je ne sais si Elibaal acceptera de se prêter à ce jeu.

— Khéry a raison, intervint Ayinel. Quand père s'absente, nous ignorons tout ce qui se passe dans la ville, nous restons entre nous. Au point que même la rumeur ne nous a pas appris qui est précisément cet hôte étranger. C'est à peine si nous avons pu apprendre qu'il est le chef de la flotte égyptienne.

— Alors, annonça Ibdâdi, je peux vous confirmer que c'est un homme riche et puissant.

— Dans ce cas, en déduisit Khershet, il est d'autant plus redoutable. Il peut tout aussi bien chercher à abuser de moi sans courir de risques, ou même à m'enlever pour faire de moi son esclave, car s'il est aussi puissant que tu le prétends, sa volonté et ses désirs auront, aux yeux de notre roi, plus de valeur que ma propre personne.

— Khéry, je ne crois pas qu'il ait de tels desseins.

— Qu'en sais-tu ? Le connais-tu si bien ? Non, tant que notre père est absent, nous avons tout à redouter. Je t'interdis même de lui dire où nous habitons.

— Khéry ! Il m'a demandé d'intercéder auprès de toi pour te rencontrer. Si je lui oppose un total refus, il ne comprendra pas. Il risque soit de repartir, soit, au contraire, de chercher par tous les moyens à te retrouver.

— Ne lui oppose pas mon refus. Dis-lui simplement qu'il ne peut être question de me rencontrer tant que Reyen ne sera pas de retour et n'aura pas donné son consentement à une entrevue. En revanche, s'il dort ici et si demain matin il est encore là, je suis disposée à le voir sans lui parler. Le roi voudra nous faire venir devant lui pour nous féliciter, Ayinel et moi, après le sacrifice de fermeture des Adonies. Qu'il soit présent auprès de mon seigneur le roi. Je pourrai mieux l'examiner et lui-même pourra mieux me voir. S'il persiste dans son intention de me parler, il devra attendre le retour de notre père et son consentement à une entrevue.

Ibdâdi, qui avait été sollicité par Khéops pour s'entremettre auprès de la jeune fille, n'insista pas. Il ne lui dit pas non plus que, en réalité, Khéops était le prince héritier d'Egypte, car Khéops lui avait fait prêter serment, dans le cas où elle aurait ignoré qui il était en réalité, de ne lui en rien dire, afin de ne pas influencer sa décision. Il était de ceux qui désirent se faire aimer pour eux-mêmes et non pour ce qu'ils représentent.

Après avoir quitté les deux jeunes gens, Ibdâdi se rendit en hâte vers la tente du prince héritier. Ce dernier se tenait au-dehors, attendant sans montrer son impatience, le résultat de l'ambassade de l'interprète.

— Il me semble, assura-t-il, que tu n'as pas laissé cette jeune fille indifférente car elle t'a bien remarqué, assis auprès du roi. Néanmoins, elle est une fille respectueuse des volontés de son père et elle se soumet aux mœurs de sa nation. Aussi ne veut-elle pas te rencontrer hors de la présence de Reyen.

— Que me dis-tu là ? s'inquiéta Khéops. Son père n'est-il pas parti sur la mer depuis plusieurs lunes ? Ne devrait-il pas être de retour depuis déjà quelque temps ? Rien ne dit qu'il rentrera un jour. Son bateau peut avoir fait naufrage...

— C'est bien possible, mais dans ce dernier cas, ce sont son frère et le roi qui auront autorité sur elle. Dès lors, tu n'as plus de souci à te faire, car si tu la demandes à notre seigneur en lui assurant que tu en feras ton épouse, il sera trop heureux de te l'accorder, et je la soupçonne de n'en pas être fâchée de son côté. Quant à son jeune frère, j'imagine mal qu'il puisse se mettre en travers de la volonté du roi.

— Dans ces conditions, je suis disposé à patienter autant de temps qu'il faudra. Tout au moins dans la mesure où ce temps ne dépassera pas celui que prendront la coupe des cèdres et leur chargement sur nos vaisseaux.

— Travail qui va demander dans les trois mois. On a ainsi le temps de voir rentrer Reyen ou, tout au moins, de savoir qu'il a bel et bien fait naufrage et qu'il ne rentrera plus jamais dans sa demeure. Dans ce cas, il tiendra à toi de t'adresser à mon seigneur le roi Abishému.

Lorsque le lendemain Khéops se retrouva assis auprès du roi, à la même place que la veille, pour assister à la cérémonie de clôture de la fête des Adonies, il fut tenté de lui avouer la passion secrète qui le brûlait depuis le soir où il avait entrevu Khershet, il y avait moins de deux jours. Mais bien vite il songea qu'il était préférable, pour l'instant, de garder pour lui le secret de cet amour qui s'était si inopinément allumé en son cœur.

Un agneau fut encore sacrifié et le chœur des jeunes filles chanta des hymnes à la Dame de Byblos et à Baal. Puis vinrent se présenter au roi Ayinel et sa sœur adoptive. Elle portait uniquement le pagne des jeunes filles, qu'on disait avoir été emprunté aux paysannes de la vallée du Nil : comme ce dernier, il était pourvu d'un épais ruban noué sur la hanche qui le maintenait de biais en travers du ventre et il tombait à mi-cuisse, laissant la jambe et le torse dégagés, et elle avait serré sa chevelure dans un bandeau qui barrait son front haut et se nouait derrière sa tête, où il tombait en deux pans sur sa nuque. Elle s'approcha du trône royal, tenant son frère par la main. Cette fois, Khéops eut tout loisir de la voir de très près et il n'en fut que plus épris car il lui sembla que la beauté exceptionnelle d'Hénoutsen était ternie par l'éclat de celle de Khershet, la blondeur de sa chevelure lui conférant à ses yeux un nouveau piquant. Tout dans son corps et dans son visage lui parut irréprochable, d'une grande perfection mais aussi d'une exquise sensualité. Il ne put détacher d'elle son regard pendant tout le temps qu'elle demeura devant le roi qui parla longuement après l'avoir félicitée pour la maîtrise avec laquelle elle tenait maintenant son rôle dans la représentation de la passion du dieu. Quand le roi s'adressa à Ayinel, elle se décida à tourner les yeux vers Khéops. Sous la force de son regard il se sentit envoûté ; il aurait voulu lui sourire mais ne le put tant elle-même restait grave. Elle se détourna bien vite, soit pour qu'on ne pût remarquer qu'elle lui portait une quelconque attention, soit pour lui signifier qu'il la laissait indifférente. Il préféra choisir la première raison, sans être sûr qu'elle fût la bonne.

Lorsque le roi se fut tu et après qu'il eut donné leur congé aux deux jeunes gens, ils s'éloignèrent sans se retourner vers deux ânes qu'un serviteur tenait au fond du terre-plein. Ils en enfourchèrent chacun un et reprirent la route de Byblos, escortés par des hommes armés de lances qui marchaient à côté d'eux.

— Ibdâdi, dit Khéops quand il se retrouva seul avec son interprète en qui il avait placé toute sa confiance, sache que je suis prêt à attendre le temps qu'il faudra pour obtenir l'accord du père de cette jeune fille ou du roi. Mais tu dois savoir que, dans le cas où ils me la refuseraient, je suis disposé à l'enlever, voire à faire la guerre au roi de Byblos. Pour ce qui te concerne, j'ai aussi trop apprécié ta compagnie et ta discrétion, pour ne pas désirer te garder auprès de moi. Si tu acceptes de rester avec moi, je ferai de toi un grand de l'Egypte et je te comblerai de biens. Il me plairait même que tu deviennes le directeur de mes enfants et que tu leur enseignes tout ce que tu sais, que tu les entretiennes de tes voyages, des nations que tu as visitées, que tu leur apprennes les langues que tu connais.

— Seigneur, il est vrai que je suis un homme libre

et que je n'appartiens à personne. Mais je ne sais si le roi Abishému me verrait d'un œil heureux m'éloigner de sa cour, car je sais bien que je lui rends d'insignes services, précisément grâce à ces mêmes qualités qui te plaisent en moi.

— Je saurai lui compenser cette perte par de magnifiques dons, car tu me seras plus utile que tu ne l'es pour lui.

— Dans ce cas, je serais heureux de devenir le serviteur de mon seigneur. Cependant je voudrais être sûr de conserver ma liberté et de pouvoir quitter l'Egypte si d'aventure m'en prenait le désir.

— Je te prête ici serment que tu seras libre de tes mouvements et si tu n'es pas satisfait de ta nouvelle condition que je veux supérieure à celle dont tu jouis ici, je te rendrai ta liberté et tu seras largement dédommagé de tout le temps que tu auras passé à mon service. Mais si tu m'aides à conquérir cette Noubet, je te comblerai de tant de biens que tu ne désireras plus jamais quitter la Terre Chérie.

— Qu'il en soit fait comme le dit mon seigneur.

Chaque jour qui passait rendait Khéops plus nerveux. A sa demande, Ibdâdi était à son chevet dès son lever, et chaque fois il lui posait la même question :

— Reyen est-il enfin de retour ?

Mais on n'avait toujours aucune nouvelle de ses navires.

Khéops partageait alors ses journées entre des visites au palais du roi, des promenades dans les rues de la ville où il espérait croiser celle qu'il appelait Noubet, des courses et des exercices sur la plage située au sud de la ville. Là, il s'entraînait à la lutte avec les hommes de sa suite, au tir à l'arc, au maniement des armes de bronze que lui avait données le roi de Byblos. A ce dernier qui avait été surpris lorsque, après avoir assuré qu'il devait rentrer sans plus tarder en Egypte pour veiller à ses affaires, il ne se décidait plus à mettre à exécution son premier projet, il avait déclaré que, après mûre réflexion, l'importance du chargement de bois et de métal que sa flotte devait rapporter à Memphis requérait sa présence, car il ne pouvait laisser une telle responsabilité à l'un de ses subalternes, lui-même étant responsable devant le roi son père. La seule personne à qui il ait dit la vérité, la raison pour laquelle il prolongeait son séjour, était Inéki, en qui il avait placé toute sa confiance. Le capitaine du vaisseau éclaireur de sa flotte avait été surpris de sa décision, mais il ne l'avait pas interrogé sur ses raisons. C'est de lui-même que Khéops le mit dans la confidence :

— De cette jeune fille j'ai décidé de faire ma troisième épouse. Je te le dis, Inéki, car si d'aventure, soit son père soit le roi me refusaient sa main, je compterais sur toi pour m'aider à l'enlever et l'emmener sur le bateau que tu commandes.

— Seigneur, lui avait répondu Inéki, je te suis tout dévoué, tu le sais. Pour moi, je comprends la passion qui a envahi ton cœur à la vue de cette jeune fille car elle est d'une grande beauté. Donne tes ordres : quand tu le désireras, je l'enlèverai moi-même et l'emporterai sur mon bateau jusqu'à ton palais.

— J'apprécie ton dévouement, Inéki, et sois certain que tu n'auras jamais à te repentir de m'avoir servi fidèlement.

Près de deux mois s'écoulèrent sans que Khéops réussisse à revoir celle qui lui avait pris son âme. Il avait d'abord demandé à Ibdâdi qu'il lui indique où se trouvait la demeure de Reyen, mais ce dernier lui avait assuré qu'il ne le pouvait, qu'il avait prêté serment à la jeune fille de n'en rien dire, et il avait précisé que, même parviendrait-il à trouver sa demeure et à s'y présenter, elle ne se montrerait pas, elle refuserait de le voir. Khéops s'était finalement résolu à s'armer de patience.

CHAPITRE VI

La consternation régnait sur le palais de Memphis : Sa Majesté était bien malade. Une fois encore Snéfrou souffrait du ventre, mais, cette fois, la crainte dominait les cœurs des fidèles du roi. Les praticiens avaient donné leur diagnostic : « Du sang dans les selles de Sa Majesté. Ventre douloureux, front chaud. Mauvais esprit habite les entrailles qui se vident plus qu'il n'est raisonnable, et en un flux liquide. Nous soignerons le fils du dieu. » Mais les mires s'étaient trop avancés en assurant qu'ils guériraient le roi : le jeûne, les décoctions, les formules magiques, les amulettes, rien n'avait mis un terme à ces pertes de sang, de sorte qu'on craignait que, peu à peu, le roi ne se vidât de tout ce qu'il avait dans le corps, à commencer par cet indispensable support de la vie qu'est le flux sanguin. Les personnes les plus contrariées par cette affection étaient évidemment la Grande Epouse royale Hétep-hérès et les deux femmes de Khéops, Mérititès et Hénoutsen. Dès que s'était déclarée la maladie du roi, Mérititès s'était inquiétée de l'absence de Khéops.

— Voilà déjà bientôt trois mois que mon époux est parti, et nous n'avons toujours pas de nouvelles de lui, avait-elle fait remarquer à sa mère venue lui rendre visite.

— Crois bien, mon enfant, lui avait répondu Hétep-hérès, que je partage ton inquiétude. J'en ai parlé à mon frère Néfermaât. Il a l'expérience de ces voyages : il m'a assuré qu'ils ne duraient jamais moins de six mois car Byblos est à de nombreux jours de navigation et, ensuite, il faut passer les accords avec les grands du pays, aller couper les arbres dans la montagne, les ébrancher, les préparer, les traîner jusqu'au port qui est bien loin, et c'est ce qui demande le plus de travail. Enfin, il faut plus de temps encore pour charger ces énormes troncs dans les bateaux. Et, ensuite, rapporter à bon port une si lourde cargaison.

Quelques jours plus tard, la Grande Epouse royale avait convoqué ses enfants dans sa résidence : Méritités et Néferkaou, Hénoutsen en tant qu'épouse de Khéops, Rahotep et sa femme Néféret.

— Mes enfants, leur avait-elle déclaré, l'heure est grave. Sa Majesté, mon époux tant aimé, votre père divin, va de plus en plus mal. Mais encore, il a fait un rêve : cette nuit, a-t-il déclaré, un dieu est venu le visiter, Thot sous l'aspect d'un babouin. Il lui aurait déclaré qu'il a été injuste envers Néférou, qu'il n'est pas coupable des crimes dont on l'accuse. Il a aussitôt ordonné que son fils cadet soit libéré, qu'il revienne en hâte à Memphis afin de lui rendre ses prérogatives et ses droits princiers. En l'absence de Khéops, je redoute qu'il ne le déclare officiellement l'héritier du trône des Deux Terres.

— Mère, intervint alors Rahotep qui rentrait d'une expédition dans le désert et venait juste d'être mis au courant de la maladie du roi, pourquoi ne vas-tu pas au chevet de notre père pour le sonder, pour connaître les secrets de son cœur ? Et, ensuite, pour l'influencer, pour l'empêcher d'agir contre notre intérêt, pour l'empêcher de déshériter mon frère bien-aimé, dans le cas où une telle pensée traverserait son cœur ?

— Peux-tu croire que je n'y ai pas pensé, que je n'ai pas agi dans ce sens ? Le roi est devenu irritable, à cause des souffrances qu'il endure. Il ne veut plus auprès de lui que celle qui a été son aimée, Neithotep, la mère de Néférou. Je la soupçonne d'avoir influencé le roi pour qu'il rappelle son cadet. Elle le supplie depuis tant de temps, elle lui jure que ce ne peut être lui le coupable, qu'il a finalement cédé ! Ce prétendu rêve me semble être une justification de cette décision si inattendue et contraire aux principes de notre gouvernement. Moi, je n'apprends tout ce qui se passe au palais que par mon frère Néfermaât. Aussi, j'ai pris la décision d'envoyer en hâte un messager vers Khéops afin de l'avertir de ce qui se passe ici et de lui dire de rentrer en toute hâte.

— Mère, demanda alors Rahotep, comment envoyer un messager aussi loin ? Tous les vaisseaux de haute mer dont nous disposions, tous les *kébénit* ont été intégrés dans la flotte commandée par Khéops. Nous ne disposons plus d'un seul bateau susceptible d'affronter les grandes houles marines. Si nous faisions la folie d'armer l'un des bateaux du Nil, il serait renversé, ou pour le moins rejeté au rivage et brisé sur les bancs de sable ou des récifs bien avant d'arriver à Byblos.

— Je sais tout cela, mon fils. C'est pourquoi j'ai choisi parmi les hommes de ma garde en qui je peux mettre toute ma confiance, trois bons coureurs qui prendront la route dès demain. Vous avez le temps, mes filles, d'écrire un message à votre époux, une lettre que lui remettront nos messagers, afin de lui dire combien vous languissez loin de lui. Mais faites-les en trois exemplaires, un pour chacun des messagers, car ils ne partiront pas ensemble. Au demeurant, Khéops doit être aussi impatient que vous de vous revoir.

— J'en doute, avança Méritités. Sans quoi, il se serait contenté de passer les accords avec le roi de Byblos et il se serait ensuite hâté de retourner auprès de nous. Car qu'a-t-il besoin d'attendre que le chargement soit prêt pour rentrer avec la flotte ? N'a-t-il pas avec lui des officiers, des hommes compétents pour accomplir cette tâche ? Avec le vaisseau rapide qui servait d'éclaireur, il pourrait être rentré depuis déjà plusieurs jours.

— Ma chère enfant, tu me parais bien amère, remarqua Hétep-hérès. Tu sais combien ton frère aime le travail bien fait, combien il tient à voir tout de près, à s'occuper personnellement de tous les détails. Tu dois comprendre que convoyer tant de vaisseaux chargés d'une si précieuse marchandise représente une trop grande responsabilité devant

Sa Majesté pour qu'il en abandonne le soin à des subalternes.

Méritités se contenta de répondre par un soupir et une moue tandis que Rahotep prenait à son tour la parole :

— Ces messagers, mère, ne penses-tu pas qu'ils aient besoin d'une escorte pour traverser le désert et tant de cités asiatiques ?

— Une escorte ne pourrait que les retarder. D'autre part, plus une troupe est nombreuse, plus elle est facile à repérer alors que trois hommes qui iront chacun séparément, on les remarquera beaucoup moins. Pour ce qui te concerne, mon cher fils, garde auprès de toi le plus possible de bons guerriers : tu peux en avoir besoin pour défendre le trône de ton frère en cas de malheur. Comme tu ne disposes toujours pas d'une armée permanente, tu n'es pas beaucoup plus puissant que les gouverneurs de province ou les grands clans dont nous avons à redouter les ambitions. Et nous devrons aussi compter avec Néférou dans le cas où le dieu ton père partirait vers la barque de Rê.

Hénoutsen attendit trois jours, après cette entrevue avec la reine, pour prendre une décision qu'elle avait longuement mûrie, pesant le pour et le contre et les conséquences qui en pouvaient découler. Elle remplit un panier d'objets précieux et de fruits et, tout en évitant de se faire remarquer, elle se rendit à la demeure de Sabi, le magicien. Le nain qui lui ouvrit la porte ne lui demanda même pas ce qu'elle voulait, comme si elle était une familière du lieu ; il s'absenta un court moment, puis apparut le serviteur nubien qui l'invita d'un geste à le suivre.

— Bienvenue, jeune femme, lui dit le magicien dès qu'elle pénétra dans la pièce. Sabi est heureux et honoré de ta visite.

Il lui désigna d'une main un coussin disposé au milieu de la pièce sur une natte épaisse. Lorsqu'elle s'y fut assise, il reprit :

— Tu viens me voir au sujet de la maladie du roi.

Elle porta sur lui un regard étonné :

— Comment le sais-tu ? lui demanda-t-elle.

— As-tu oublié que j'ai le pouvoir de lire dans les cœurs ? Vois : tu t'interroges pour savoir si le mal qui ronge le ventre de Sa Majesté n'a pas été provoqué par ma puissance magique.

— C'est bien la question que je suis venue te poser.

— Sache alors que je ne suis pour rien dans cette maladie. Le mal vient d'ailleurs.

— D'un homme ?

— Peut-être.

— S'agit-il d'Abedou qui se serait adressé à un autre sorcier ?

— Abedou n'a plus suffisamment de moyens pour payer la mort du roi. Il a dû se faire une raison.

— S'agirait-il de l'homme si proche de la maison du roi contre lequel tu m'as conseillé de prendre garde, lors de ma dernière visite, voici plus de trois mois ?

— De quel homme parles-tu ? Car je n'ai nommé personne.

— Tu dois t'en douter. Ne m'as-tu pas dit de me défier des proches en qui je mettais ma confiance et de ne pas redouter ceux qui me causaient des craintes ?

— Je te l'ai dit. Mais c'est toi qui as tiré les conclusions.

— Je t'ai apporté ce panier rempli de beaux fruits. Ils cachent un serpent, mais un serpent en or dont les yeux sont deux turquoises habilement taillées. Puisque tu prétends soupçonner qui est le coupable des crimes que tu sais, décide-toi à me révéler son nom.

— Hénoutsen, tu juges avec trop de hâte. Je t'ai dit que je soupçonnais non pas une mais plusieurs personnes impliquées dans les crimes et les tentatives de crimes dont tu m'as parlé. Je ne peux, cependant, te donner des noms. Ce ne sont que des suggestions. Il te revient de chercher dans ce sens pour confirmer mes intuitions. C'est à toi de veiller et de surveiller.

Va aussi du côté du temple de Ptah, je crois que tu y feras d'étranges découvertes.

— Si tu acceptais de me livrer les noms des coupables, mon époux te comblerait de biens.

— Qu'ai-je besoin de biens ? Je suis peut-être plus riche que le roi et pourtant, tu peux le voir, je vis de rien.

— Néanmoins tu acceptes les paniers que je t'apporte, et tu prendras celui-ci avec le bracelet d'or qui s'y trouve.

— C'est naturel, toute peine mérite salaire. Mais je te répète ce que je t'ai déjà dit : je ne te donnerai de noms que contre toi-même. Sois à moi et je te livrerai tous les coupables, je les ferai mettre à mort par Tjazi, si tu me le demandes ; je ferai de toi la reine des esprits, de tous les akhou, alors que ton époux te fera à peine reine d'Egypte, un titre sans puissance que tu devras partager avec Méritités et peut-être une autre femme encore, voire plusieurs autres épouses, si encore il monte sur le trône de son père, ce qui n'est pas certain. Je la sens prochaine, la mort du roi, et Khéops n'est pas près de rentrer de son lointain voyage.

Hénoutsen resta un moment silencieuse. Elle se garda de lui faire savoir que sa mère avait envoyé trois messagers vers Byblos. Ce qui la troublait, en cet instant, c'est ce que le magicien lui avait dit juste avant. Elle lui posa la question qui lui brûlait les lèvres :

— Pourquoi as-tu laissé entendre que le prince héritier pourrait avoir une autre épouse ? Comment le sais-tu ?

— Tu parais oublier que je suis en communication perpétuelle avec les esprits, et aussi que je puis quitter mon corps et, par mon double, observer ce qui se passe au loin, très loin, même.

— Qui pourrait-elle être ? Où pourrait-il la trouver ? s'inquiéta dès lors Hénoutsen, sans songer à mettre un instant en doute la prescience de son interlocuteur.

— Un simple bracelet d'or n'est pas un prix suffisant pour que je te livre toutes mes connaissances. Reviens me voir plus tard. Je verrai alors ce que je peux te révéler. Mais n'oublie pas que ce que je désire de ta part, ce n'est pas de l'or, c'est ta beauté.

Hénoutsen se leva, outrée, et elle sortit brusquement. Sabi esquissa un sourire satisfait. A peine la jeune femme était-elle sortie que le nain se glissa dans la chambre, un fin et étroit rouleau de papyrus à la main.

— Bès, lui dit Sabi, aurions-nous déjà reçu un nouveau message ?

— Un pigeon vient juste de se poser dans le colombier. J'ai craint que cette jeune femme qui vient de sortir n'ait pu le remarquer lorsqu'il est tombé directement du ciel dans le jardin.

Sabi se leva, prit le petit rouleau dont la hauteur mesurait juste la longueur de la patte d'un pigeon voyageur, et le déploya. Le mage se mit dans la lumière de l'étroite fenêtre pour déchiffrer les signes qui le couvraient, des caractères hiératiques, puis, aussitôt après, il le froissa et le déchira en tout petits morceaux.

— Dommage que je ne l'aie pas eu un peu plus tôt. Mais c'est sans grande importance. Cette jeune femme est trop curieuse de savoir ce que fait son époux. Elle reviendra bientôt et je pourrai alors lui annoncer la nouvelle que je lui ai laissé entrevoir.

Sabi ne se trompait pas dans ses déductions. Quelques jours plus tard, Hénoutsen se présentait de nouveau à sa demeure.

— Je suis honoré que tu reviennes si vite rendre visite à un humble magicien, dit-il à la jeune femme lorsqu'elle se fut assise et eut déposé son panier devant elle.

— Sabi, lui dit-elle, sache d'abord que l'état de Sa Majesté ne fait qu'empirer. Tout le monde craint pour sa vie, car il s'affaiblit de jour en jour. Que peux-tu faire pour le roi ?

— Hénoutsen, je te l'ai dit : je ne suis pour rien dans sa maladie. Nul ne peut aller contre la volonté du dieu. Si tous les meilleurs médecins du royaume appelés à son chevet n'ont pas réussi à le soigner, pourquoi moi, pauvre magicien, ferais-je mieux qu'eux ?

— Précisément parce que j'ai bien vu que tu es un puissant sorcier.

— Sans doute, et je te l'ai prouvé, mais lorsque les dieux ont décidé de rappeler un vivant auprès d'eux, il n'est pas de magie qui puisse aller contre leur volonté. Dis-moi, jeune femme, aimerais-tu tant le roi pour te soucier pareillement de sa santé ? Pour toi, n'est-il pas de ton intérêt qu'il aille rejoindre au plus tôt ses ancêtres et les dieux ? Car n'est-ce pas ton époux qui est destiné à lui succéder ? Ne seras-tu pas alors reine, la deuxième femme de ce royaume, ou la troisième, car il ne faut pas oublier la reine-mère, voire la quatrième, après la femme que Khéops s'apprête à épouser ?

Cette dernière remarque fit sursauter Hénoutsen qui en oublia que, en effet, il pouvait sembler être de son intérêt que le roi passât le plus vite possible de vie à trépas.

— Que dis-tu là ? Quelles paroles sont encore sorties de ta bouche ?

— Je dis, simplement, précisa Sabi, que Khéops est décidé à se donner une troisième femme dont il fera son épouse favorite, car il est follement épris d'elle.

— D'où sors-tu cette histoire ? s'écria Hénoutsen en se redressant.

— Calme-toi, jeune femme. Ne crois pas que je parle en vain ou que je veuille te provoquer : je ne te dis que la vérité. Sois certaine que Maât est sur ma langue.

— Explique-toi plus clairement, demanda Hénoutsen en se rasseyant.

— Apprends alors que Khéops est tombé amoureux d'une jeune femme à Byblos. Je te l'avais déjà laissé entendre, la dernière fois que tu es venue devant moi, mais c'est à peine si tu as daigné m'entendre. Elle est très belle, il est vrai, et ses cheveux sont comme de l'or, ce qui a singulièrement séduit ton époux.

— Comment peux-tu savoir tout cela ?

— Ne t'ai-je pas dit, l'autre jour, que je peux me dédoubler, que mon esprit va de par le monde, où je le désire ? Aussi, j'ai voulu te servir, t'éclairer sur l'infidélité de ton amant. Je me suis rendu par la pensée à Byblos et j'ai vu ce qu'il en est. Si je mens, je veux bien que tu me coupes ce que j'ai de plus précieux, ce qui en moi est si amoureux de ta beauté. Si je te dis la vérité, en revanche, accepte de satisfaire mon désir.

— Pourquoi le ferais-je ? Je n'ai pas conclu un pacte avec toi. Je ne t'ai pas demandé de me parler de mon époux, de me révéler sa trahison. D'ailleurs, rien ne me prouve que tu n'inventes pas ce que tu me racontes, même si tu invoques le nom de Maât.

— Tu devras bien te rendre à l'évidence. Ce jour, il te faudra alors me rendre justice et admirer ma puissance. Car quel homme demeuré à Memphis peut savoir ce qui se passe en ce moment à Byblos ? Or, tu as pu te rendre compte par toi-même que je ne quitte jamais cette pièce. Mais, en vérité, c'est mon corps qui ne la quitte pas. Il en va tout autrement de mon esprit qui s'envole où il lui plaît, dans l'espace et dans le temps.

— Dans le temps, dis-tu ? Peux-tu alors me dire mon avenir, m'annoncer ce qui va m'arriver ?

— Si je te le disais, tu ne me croirais pas, tu me lancerais des injures et tu partirais sans m'écouter, avant que je n'en aie terminé.

— Comment le sais-tu ?

— Tu n'oses pas affronter le futur, et tu ne veux entendre que ce qui te plaît.

— Non, je veux entendre la vérité. Parle.

— Je ne veux pas parler tant que tu ne promettras pas de m'écouter en silence, sans t'emporter.

— Je le promets. Je resterai tranquille, je ne t'interromprai pas.

— Je veux bien te faire confiance. Qu'y a-t-il dans le panier ?

— Des fruits, ceux que tu aimes, des gâteaux, et aussi de l'or et des pierres rares, des amulettes précieuses.

— Alors, écoute. Ton époux est tombé amoureux de cette femme, de cette étrangère des pays du nord. Cela, je te l'ai dit.

Il baissa alors la tête, posa ses doigts sur ses tempes, parut se plonger dans une profonde méditation avant de reprendre :

— Ton époux ne rentrera pas de si tôt. Il me semble que le roi sera mort lorsqu'il se décidera à quitter Byblos en compagnie de cette femme.

— Je ne te crois pas. Il sera bientôt de retour. Tu ne sembles pas avoir vu que la Grande Epouse a envoyé vers lui des messagers pour lui dire de rentrer en toute hâte.

— Pourquoi penses-tu que je ne l'ai pas vu ? Crois-tu que j'ignore qu'elle a envoyé trois hommes de sa propre garde, trois hommes dont elle est sûre, chacun séparément pour faire savoir au prince ce qui se passe ici ? Pour lui dire que le roi a rappelé son fils cadet, le prince Néférou, afin de le rétablir dans ses droits ?

La réponse laissa Hénoutsen stupéfaite. Sabi laissa passer un silence, satisfait de l'effet produit, avant de reprendre, comme s'il déchiffrait peu à peu le grand livre de l'avenir :

— Encore faudrait-il que les messagers parviennent à Byblos.

— Ils y arriveront ! Pourquoi n'y parviendraient-ils pas ?

— La route est longue jusque là-bas et semée d'embûches.

— Ce sont de bons coureurs. Chacun va de son côté : au moins l'un d'entre eux réussira à rejoindre Khéops.

— Je vois, au contraire, qu'aucun de ces trois hommes n'arrivera à Byblos. Ils seront tous trois assassinés en cours de route. Ceci, je crois pouvoir te l'assurer.

— Assassinés, dis-tu ? Mais par qui ? Par des bédouins ?

— Il ne me semble pas. Mais si j'ai pu voir leurs corps gisant dans le désert, je ne sais qui est le coupable. Peut-être pourrais-je parvenir à le découvrir, mais pourquoi te le dirais-je ? A moins que tu me paies le prix que tu sais.

— Passons, je me ferai une raison d'ignorer qui est leur meurtrier. Dis-moi la suite.

— La suite, c'est que tu peux craindre de ne jamais revoir ton époux, car lui aussi pourrait bien être assassiné.

— Que dis-tu là ? Qui pourrait l'assassiner, là-bas ? Et pourquoi ? Tous les hommes de sa suite lui sont fidèles.

— Ne t'ai-je pas dit qu'il convient de prendre garde à ceux qui nous sont les plus proches, à ceux en qui nous mettons le plus de confiance ? Sans doute parmi les hommes qui l'entourent, il en est un qui veut sa mort.

— Dis-moi qui sont les ennemis de mon époux, je t'en prie. Et si tu as bien entrevu la vérité, si réellement il revient avec cette femme, alors, je te le jure, je comblerai tes désirs.

— Me prêtes-tu ce serment d'une bouche sincère ?

— J'invoque Maât comme témoin de mon serment.

— Alors, sache que quelques-uns des ennemis de Khéops, ce sont les princes, certains chefs de ses armées, ceux qui sont à la tête des clans de Bouto et de Memphis. Ce sont aussi les prêtres de Ptah, mais cela, le prince ne l'ignore pas. C'est aussi celui qui est près du roi, son fils...

— Tu veux parler de Néférou ?

Sabi ferma les paupières et pencha la tête.

— Et le roi l'a rappelé ! s'exclama Hénoutsen. Il sera ici avant la nouvelle lune ! En qui donc puis-je maintenant mettre ma confiance ? Qui pourra nous sauver ?

— Il semblerait, dans ce cas, qu'il ne te restât plus qu'une personne dans ton entourage, ton beau-frère, Rahotep.

— Oui, Rahotep est fidèle à son frère et à son père. Il faut l'avertir du danger que court Khéops.

En parlant ainsi, Hénoutsen s'était levée, tant elle avait de hâte à courir auprès de Rahotep.

— Attends, lui intima Sabi. Peux-tu être assurée de la fidélité de qui que ce soit ?

— Tu as raison de m'inciter à la défiance, mais, pour ce qui concerne Rahotep, je n'ai pas de crainte.

— Je te laisse la responsabilité de tes engagements. Mais que veux-tu dire à ton frère ?

— Ce que tu viens de m'apprendre.

— Et s'il te demande comment tu sais toutes ces choses, que lui répondras-tu ? Car il t'est interdit de prononcer mon nom. Tu ne dois jamais communiquer à personne tout ce que je t'ai prédit. Sans quoi, le malheur serait sur ta tête et moi-même je te maudirais. Tout ce que je te dis ici est un secret entre nous. Uses-en selon ta volonté, mais ne révèle jamais à qui que ce soit de qui tu tiens ton savoir.

— Sabi, sois tranquille, je ne l'oublierai pas. Mais je ne peux laisser assassiner mon époux et abandonner le trône à des coteries. Rahotep est notre salut.

CHAPITRE VII

Sans doute la nouvelle de son retour en grâce avait-elle donné des ailes à Néférou. Car à peine quelques jours s'écoulèrent entre le moment où le messager envoyé par le roi se mit en route vers le château où il était retenu prisonnier et le jour où le prince aborda au port de Memphis. Il est vrai que la barque qui avait emmené le messager et ramené Néférou avait vogué jour et nuit, à force rames. Aussitôt débarqué à Memphis, il se rendit au palais de son père qu'il trouva si amaigri que c'est à peine s'il reconnut ses traits dans son visage hâve, à la peau bistre, comme s'il était déjà momifié. Le roi reconnut cependant son fils cadet et il leva la main pour lui signifier de s'approcher. Néférou vint s'agenouiller à son chevet et pencha la tête vers lui. Quelques mots passèrent péniblement ses lèvres amincies et exsangues, des mots incompréhensibles, mais dans lesquels Néférou crut comprendre que Snéfrou lui demandait pardon d'avoir douté de lui et lui rendait tous ses droits et privilèges, ce qu'il interpréta comme une déclaration de droit de succession en l'absence de son frère aîné. C'est ce qu'il voulut faire croire à Néfermaât, son oncle et beau-père, qui se trouvait dans la chambre royale avec lui, ainsi que plusieurs grands du royaume. Il s'était éloigné de son père qui semblait être tombé dans une sorte de léthargie, comme, paraît-il, cela lui arrivait plusieurs fois par jour et il en ressortait à la suite d'on ne sait quelle intervention divine.

— Mes amis, s'était écrié Néférou, avez-vous entendu la parole de Sa Majesté ? Ne vient-elle pas de me désigner comme son successeur, comme le prince héritier ?

— Néférou, intervint Néfermaât, tu es le seul à avoir entendu de semblables paroles. Sa Majesté n'a remis encore à personne le pectoral aux deux déesses.

— Mon bon oncle, lui répondit le prince, pourquoi ne me soutiens-tu pas ? Pourquoi parles-tu ainsi contre moi ?

— Néférou, je n'ai à soutenir personne en particulier, sinon l'héritier légitime. Sans doute Khéops est absent, mais il est bien vivant, il est à la tête d'une flotte puissante et il représente, pour l'instant, la légitimité. Rahotep est, de son côté, commandant des armées royales et il lui revient de maintenir le droit de succession. Si tu osais te déclarer toi-même le successeur du dieu, tu provoquerais une révolution dans le royaume, car même si tu as de nombreux partisans, tes frères n'en ont pas moins. Et, pour l'instant, Sa Majesté, pour aussi affaiblie qu'elle soit, est toujours vivante. Le roi peut encore retrouver santé et verdeur et revenir s'asseoir sur son trône, comme jadis. Nous souhaitons tous que le mal qui lui ronge les entrailles s'éloigne et qu'elle retrouve sa vigueur d'antan.

La fermeté du vizir dissuada Néférou d'insister. Il songea qu'il était, en effet, de toute urgence de commencer par s'assurer de ses partisans, de les compter, de les préparer à le soutenir par tous les moyens. Car il n'était que trop vrai qu'après ces années d'exil, il ne savait de qui il pouvait précisément être sûr, car il ne doutait pas que ses ennemis avaient fait contre lui tout un travail de sape. C'est pourquoi il se rendit au temple de Ptah avant même de passer par sa propre demeure.

Lorsqu'il se présenta à la porte du temple, le prêtre qui le reçut se réjouit de le revoir, le félicita d'être rentré en grâce, d'avoir retrouvé l'affection de son divin père ; tout le monde dans le temple souhaitait son retour, car personne ne prêtait foi à l'accusation qui avait provoqué son exil. Il lui fit part de ces doléances tout en le conduisant auprès du Grand Chef de l'art qui ne le fit pas attendre. Il semblait même avoir prévu sa visite, ce qui n'avait rien de surprenant car le bruit de son arrivée à Memphis était parvenu jusqu'au temple.

— Prince Néférou, lui dit Ptahouser dès qu'il fut en sa présence, moi-même et tous les prêtres du dieu se réjouissent de ton retour parmi nous.

— Pas autant que moi, Ptahouser. Je viens du palais, j'y ai vu mon père. Il a quelques difficultés à parler, mais je puis assurer qu'il m'a désigné comme son successeur.

— Y avait-il des témoins ?

— Quelques Amis du roi et mon oncle Néfermaât.

— Une bonne chose. Sont-ils prêts à témoigner de ce choix ?

— Je ne le sais. Ils n'ont pu distinguer exactement les paroles de mon père. Mais tu pourrais aussi bien confirmer cette élection.

— Néférou, mon fils, il me serait difficile d'affirmer sans me parjurer que j'ai entendu Sa Majesté te désigner comme son successeur : je suppose avoir mal compris le sens de tes paroles...

— Tu dis vrai ! Je voulais simplement suggérer que tu peux prendre mon parti et me désigner comme le prince héritier, en assurant que je t'ai rapporté les paroles de mon père comme je viens de le faire. Ptahouser, n'oublie pas notre pacte. Pour moi, je sais que j'aurai en toi le meilleur architecte pour la construction de ma pyramide et pour achever celle de mon père.

— Pour cette dernière, c'est à peu près fait. Ankhaf s'est tellement donné à cette tâche, il y a attaché si assidûment les équipes qu'il a formées dans ce but, qu'il travaille maintenant à son revêtement. Il n'attend plus, pour l'achèvement de l'intérieur, que le bois que doit rapporter Khéops de son expédition à Byblos. Je ne puis me satisfaire de cette simple charge. J'aspire aussi à la fonction de vizir.

Trop désireux de conserver le concours du clergé de Memphis, Néférou n'hésita pas à s'engager :

— Tu l'auras, assura-t-il.

« Après tout, songeait-il tout en donnant cette assurance, une charge peut s'attribuer et aussitôt après se retirer. Une fois que je serai sur le trône d'Egypte, je verrai à refaire la distribution des fonctions selon mes propres intérêts et non de ceux qui espèrent m'utiliser pour réaliser leurs ambitions personnelles. »

Lorsqu'elle avait quitté la demeure de Sabi, Hénoutsen était décidée à se rendre directement chez Rahotep pour lui faire part de ses craintes. Puis, tout en cheminant, elle réfléchit aux suites d'une telle intervention. Elle ne pouvait douter que son beau-frère lui demandât d'où elle tenait ses renseignements. Comme il lui était interdit de le révéler, soit il ne la croirait pas et penserait que l'absence trop prolongée de Khéops ou l'intervention d'un esprit malin lui avait égaré les sens, soit il soupçonnerait qu'elle lui cachait quelque chose, et il se méfierait d'elle. D'ailleurs, rien ne lui prouvait que Sabi n'avait pas imaginé toutes ces histoires pour l'impressionner. Que savait-il de ces meurtres ? Rien de plus que le premier venu. Comment pouvait-il prétendre connaître le ou les responsables ? Ne cherchait-il pas à semer des soupçons dans son cœur pour jeter la discorde au sein même de la famille royale ? Quand il lui avait laissé entendre qu'elle devait se méfier de ceux en qui elle mettait toute sa confiance, elle avait alors pensé à Rahotep, mais elle n'avait pas osé s'en ouvrir à Khéops, ne serait-ce que parce qu'elle voulait garder secrètes ses visites au magicien. Elle avait alors utilisé le subterfuge de la missive anonyme, car c'était elle qui avait déposé dans la cabine du bateau amiral le mot destiné à mettre en garde Khéops contre son frère. Et maintenant, elle le regrettait d'autant plus que Sabi ne lui semblait pas avoir visé le frère cadet de son époux : elle en avait eu la confirmation lors de leur dernier entretien. A moins qu'il n'ait eu l'audace d'espérer que la curiosité qu'il pensait avoir éveillée en elle fût si forte qu'elle aurait accepté de se donner à lui pour entendre ses fausses confidences. Ce qui l'intriguait davantage, c'est ce que lui avait dit Sabi : d'aller voir du côté du temple de Ptah. Mais voir quoi ? Voir qui ? Elle n'était entrée qu'une seule fois, dans sa vie, dans le temple du dieu des artisans, et uniquement dans la grande cour et dans la première salle ouverte aux fidèles. Car les autres salles mystérieuses étaient destinées au culte du dieu et n'y avaient accès que les prêtres, le roi et quelques privilégiés. Voulait-il, par cette allusion, lui laisser entendre que le complot visant à éliminer Khéops et son frère partait du temple ? Elle prit la décision, après plusieurs jours de réflexion, de faire une visite au temple. Maintenant qu'elle était l'épouse du prince héritier, peut-être pourrait-elle demander à rencontrer Ptahouser. Mais pour quoi lui demander ? Elle pourrait, tout au moins, tenter de savoir quelles étaient ses dispositions vis-à-vis de Khéops.

Il arriva que, alors qu'elle parvenait au seuil de la grande salle ouverte au public, après avoir traversé la vaste esplanade inondée de soleil, elle se trouva face à face avec Néférou qui sortait précisément de son entretien avec le Grand Chef de l'art.

— Quelle bonne surprise ! s'exclama-t-il avec un grand sourire. Ma ravissante belle-sœur en visite au temple de Ptah ! Est-ce moi que tu voulais rencontrer ?

— Néférou ! C'est moi qui suis la première étonnée de te rencontrer alors que je te croyais loin d'ici, sur la route qui devait te reconduire parmi nous.

— Comme tu peux le constater, je suis venu sur les ailes d'Horus et me voici alors que nul ne m'attendait.

Il la suivit dans l'ombre tiède du temple.

— Je suppose, lui dit-elle, que ta première visite est pour Ptahouser pour intriguer auprès de lui.

— Pas pour intriguer, pour me faire confirmer le choix du roi mon père. Car sache que c'est pour notre bien-aimé souverain qu'a été ma première visite. Hélas, le roi est bien mal et nous avons tout à redouter quant à la durée de son séjour parmi les vivants.

— Je sais que Sa Majesté est au plus mal. Mais ne sois pas hypocrite : bien que ce soit ton père, tu ne peux que t'en réjouir car, sans doute, tu espères profiter de l'absence de Khéops pour tenter de t'emparer d'un trône qui n'est déjà plus occupé.

— Le terme d'emparer n'est pas judicieux. Je prépare ma montée sur le trône des Deux Terres car il me revient de droit, mon père venant de me désigner comme son héritier légitime.

— Belle invention de ta part. Qui pourra te croire ?

— Tous ceux qui souhaitent me voir coiffer la double couronne, et ils sont nombreux, et, ensuite, les autres qui savent, au fond d'eux-mêmes, que je suis le plus apte à gouverner ce pays.

— Néférou, cesse de vivre dans des rêves. Ceux qui ont mis en toi leur confiance sont bien peu nombreux et sache que tu te leurres si tu penses vraiment qu'on croira que Sa Majesté t'a désigné à la place de Khéops et que tu as plus de partisans que lui. Il serait plus digne de toi, précisément, de prendre le parti de Khéops et de défendre son trône en son absence. De cela il te serait reconnaissant et tu pourrais attendre de lui les plus grands biens.

— Je n'attends de grands biens que de moi-même, le plus grand des biens, oserai-je ajouter, puisqu'il s'agit de ce royaume.

— Néférou, dans une guerre contre Khéops, tu seras le perdant et pour avoir tout voulu, tu n'auras plus rien.

— Encore faudra-t-il que je trouve ton époux devant moi. Pour l'instant il est bien loin d'ici et rien ne te prouve qu'il rentrera en Egypte vivant et victorieux.

Il lança ces inquiétantes allusions avant de s'éloigner, sans que la jeune femme cherchât à le retenir. Ces dernières paroles réveillèrent ses anciens soupçons : et si c'était bien lui l'assassin ? Car, finalement, pendant tout le temps qu'il avait été maintenu captif loin de Memphis, il n'y avait plus eu de tentative de meurtre. Et voici qu'à peine de retour il brandissait la menace d'une mort prématurée pour Khéops. Hénoutsen fit quelques pas dans la salle avant d'être abordée par un prêtre :

— Jeune fille, lui dit-il, viens-tu apporter un don au dieu ?

— Entre autres choses. Mais je voudrais aussi voir le Grand Chef de l'art.

— Sache qu'on ne dérange pas un si haut personnage pour de simples affaires personnelles ou par curiosité.

— Ce n'est pas pour des affaires personnelles. Mon nom est Hénoutsen et je suis l'épouse de Khéops, le prince héritier. Je viens ici au nom de mon époux qui, demain peut-être, sera assis sur le trône des Deux Terres.

Cette révélation fit l'effet attendu par Hénoutsen : le prêtre s'inclina en levant les bras et répondit :

— Dans ce cas, daigne attendre un instant : je vais voir si le seigneur Ptahouser est présent.

— Il l'est, car c'est certainement de chez lui que sort mon beau-frère Néférou.

Sans protester, le prêtre inclina la tête et se retira. Il revint bientôt et invita la jeune femme à le suivre. Il l'entraîna dans plusieurs salles soit obscures, soit à peine éclairées par d'étroites fenêtres aménagées vers le haut des murs, avant de l'introduire dans une belle pièce aux parois peintes et au sol couvert de peaux de panthères. Ptahouser se tenait debout devant un petit autel sur lequel brûlait de l'encens, le dos tourné à la porte, mise en scène dont Hénoutsen ne fut pas dupe. Il se tourna vers elle et leva les bras pour la saluer. Elle lui rendit son salut et vint vers lui de son pas souple et félin dont elle savait qu'il lui était un puissant instrument de séduction. Sans lui demander d'autorisation, elle prit l'initiative de s'asseoir dans un fauteuil placé face au prêtre. Il esquissa un sourire, mais lui laissa le privilège de la parole.

— Je viens vers toi, lui dit-elle, au nom de mon époux Khéops, le prince héritier... Car tu ne peux ignorer que Sa Majesté l'a désigné comme son seul et légitime héritier voici maintenant plus de trois ans.

— Comment pourrais-je l'ignorer ?

Il y avait une certaine ironie dans son ton, mais il se tenait visiblement sur la défensive.

— Tu sais aussi que le prince se trouve en ce moment à Byblos à la tête d'une puissante flotte où il est allé chercher du bois sur l'ordre de son royal père.

Cette fois, le prêtre se contenta de hocher la tête.

— Tu sais encore que Sa Majesté est rongée depuis quelque temps par un mal qui ne fait que progresser et qu'on peut craindre pour sa vie.

— Le roi est très faible, à ce qu'on m'a rapporté.

— C'est sans doute mon cher beau-frère, Néférou, qui vient de te le confirmer.

— Il ne m'a rien annoncé là de nouveau.

— Sans doute, car l'état de santé du roi n'est un secret pour personne. Je suppose aussi que Néférou est venu te demander ton appui car il prétend avoir été désigné par le roi pour lui succéder sur le trône des Deux Terres et il espère ainsi s'emparer de la double couronne au détriment de mon époux.

— J'admire ta clairvoyance.

— Et toi, je suppose que tu es resté circonspect, que tu n'as pas fait l'erreur de t'engager auprès de lui dans une aventure qui ne pourra que se terminer à son désavantage.

— On ne peut vraiment rien te cacher. Mais puisque tu t'imposes ici comme le messager du prince héritier, peut-être pourrions-nous passer, par ton intermédiaire, un pacte.

— Je t'écoute.

— Khéops serait-il disposé à favoriser le clergé de Ptah et son clan, comme nous pourrions être prêts à le soutenir dans la conquête du trône des Deux Terres ? Serait-il disposé à faire de son serviteur, son vizir et son architecte ?

— Je ne peux sur ce point m'engager pour lui, d'autant plus qu'il me semble très satisfait des services d'Ankhaf qui a mis tant de diligence pour porter à son achèvement la pyramide du Nord dont le roi veut faire sa demeure des millions d'années.

— Si je te comprends bien, tu es l'envoyée de Khéops, mais tu ne peux prendre aucun engagement en son nom.

— Pour ces décisions lui seul reste juge.

— Dans ce cas, souhaitons qu'il revienne promptement parmi nous et dis-lui alors que je suis prêt à le rencontrer.

— Sois certain que je n'y manquerai pas. Mais auparavant, dis-moi ton sentiment sur une affaire qui nous inquiète tous.

— Tu as toute mon attention.

— Tu n'ignores pas qu'on a tenté d'assassiner le roi et deux de ses fils, et qu'on a retrouvé les corps d'hommes suspects.

— Il y a de cela déjà quelque temps. Depuis, tout est rentré dans l'ordre.

— Sans doute, sauf l'assassin. Il court toujours et il peut encore nuire. Quel est ton sentiment à ce sujet et aurais-tu quelque soupçon ? Car il est difficile de croire que ce cher Néférou ait eu de si noirs desseins. Sais-tu que tu as été soupçonné d'avoir manigancé tous ces crimes ?

— Le bruit en a couru et on s'est empressé de me le transmettre. Mais quels sont les preuves et les motifs ?

— Le motif ? Tout simplement la politique du roi qui tend à affaiblir la puissance de ton clergé. Et l'on a laissé entendre que mon époux ne ferait que durcir cette position. N'est-ce pas là un motif bien suffisant ?

— Il est vrai qu'on l'a dit. Mais les desseins politiques de Khéops ne sont pas confirmés. N'oublie pas, non plus, qu'il n'était pas encore désigné comme prince héritier lorsque se sont produites les tentatives de meurtre. Et, curieusement, elles se sont arrêtées lorsque Khéops a été officiellement désigné par son père. Au point qu'on pourrait tout aussi bien penser que c'est ton époux lui-même qui a imaginé ces prétendues tentatives de meurtre pour alarmer son père et le pousser à se déclarer. Car, en fin de compte, ces crimes se sont tous soldés par des échecs, ce qui laisserait entendre que les assassins sont tous bien maladroits.

— Il y a eu des morts.

— Justement, des hommes impliqués dans ces tentatives, comme si l'on avait voulu se débarrasser de témoins gênants.

— Et pour ce qui concerne Bénou ?

— Une manière de détourner l'attention et de laisser croire à une entreprise systématique d'éradication de tous les hommes de l'entourage du roi disposés à soutenir la candidature de Khéops.

— Quoi ! Laisserais-tu entendre que c'est mon époux qui aurait tué le Grand Voyant de Rê, alors qu'il était son ami, qu'il l'avait initié dans les mystères du Phénix ?

— Je n'accuse personne, je me contente de chercher des explications à ce qui ne s'explique que par une ambition forcenée, une ambition prête à tous les crimes pour parvenir au terme de son propos, lequel n'est autre que la possession du trône d'Egypte.

Cette suite de raisonnements avait étonné Hénoutsen et elle avait ébranlé ses certitudes. Ce n'est qu'une fois revenue dans la rue qu'elle se dit qu'une telle accusation n'avait aucun fondement puisque, lors du meurtre de Bénou, Khéops sortait juste de la maladie qui l'avait longtemps tenu couché et, ensuite, elle l'avait vu, chaque jour, chaque nuit. Puis elle songea qu'il pouvait aussi bien avoir un affidé. De toute façon, l'assassin avait des complices, ne serait-ce que lors de la tentative de meurtre de Snéfrou alors qu'il se trouvait en Nubie. Elle se dit alors que, en effet, après que Khéops eut été officiellement déclaré prince héritier, les tentatives de meurtre avaient cessé. Elle haussa les épaules et hâta le pas vers sa propre demeure. « De telles pensées sont aussi stupides que monstrueuses. Je connais maintenant trop bien Khéops pour pouvoir croire qu'il puisse avoir été à l'origine de ces crimes. » Elle eut honte d'elle-même, pour qu'ait seulement pu l'effleurer un seul instant un pareil soupçon.

Quelques jours plus tard, Rahotep se rendit au palais de sa mère. La maladie du roi qui n'en finissait pas de mourir, avait jeté la reine dans un profond état de tristesse, bien qu'elle ne se laissât pas abattre. Mais elle voulait ses enfants autour d'elle, ses filles et belles-filles, en l'occurrence, et Rahotep lorsqu'il ne se trouvait pas dans le désert à la tête de ses soldats ou à Héliopolis. Il se présenta devant Hétep-hérès avec un visage grave, si bien que ses sœurs et sa mère crurent qu'il venait annoncer la mort de son père.

— Non, notre père est encore vivant. Il lui arrive même d'avoir des moments de retour à la vie, et il se dit disposé à se lever, mais il a tôt fait de retomber dans un état de plus grande faiblesse. Je viens devant toi, ma mère, pour t'apporter une nouvelle navrante. Mes hommes sont rentrés d'une expédition dans le désert : ils ont rapporté avec eux les corps des trois messagers que tu as envoyés auprès de Khéops. Ils les ont retrouvés sur la piste du nord, bien morts, leurs corps déchirés par les vautours et les charognards du désert. On ne peut savoir comment ils ont été tués et par qui, mais lorsqu'on a apporté devant moi leurs corps, j'ai bien reconnu ces hommes que tu avais pris soin de désigner toi-même en ma présence.

Cette nouvelle bouleversa plus particulièrement Hénoutsen qui découvrait par là que Sabi ne lui en avait pas remontré en déclarant qu'ils ne parviendraient pas à Byblos. Mais elle garda pour elle ses réflexions tandis que la Grande Epouse royale, sans paraître s'émouvoir, prit la parole :

— Je ne m'attendais pas à ce qu'ils fussent tués après avoir parcouru un si court chemin. Cependant, j'avais prévu qu'ils pourraient être arrêtés dans leur route. Vois, mon fils. J'ai un fidèle serviteur, un bon navigateur qui connaît tous les bateaux du royaume. Le jour même où j'ai désigné les trois messagers, je lui ai parlé, je lui ai signifié mon désir. Or, il a eu tôt fait de me trouver un fin bateau de haute mer avec un équipage sûr. Deux jours plus tard, Gébi, car tel est son nom, mettait à la voile. Je ne sais s'il lui faudra plus de temps pour parvenir à Byblos, que n'en auraient mis nos bons coureurs, mais il y arrivera, j'en ai la certitude. Il doit maintenant avoir atteint l'embouchure du fleuve, peut-être même s'est-il déjà engagé sur la Grande Verte. Avant quelques jours, une quinzaine au plus, il sera parvenu à Byblos et il aura mis Khéops au courant de la situation.

— Mère, s'écria Méritités, voilà une bonne nouvelle ! Tu aurais pu nous en parler plus tôt afin de réjouir notre cœur.

— Mon enfant, j'ai préféré attendre, avoir la certitude que notre bateau était bien parti, était déjà loin avant d'en parler.

— Aurais-tu quelque crainte à notre égard ? Nous crois-tu capables d'indiscrétion ?

— Vous non, mes enfants, mais il suffit que la chose vienne aux oreilles d'un serviteur de l'une de nos résidences... Nous ignorons qui sont nos ennemis, où ils se trouvent, jusqu'où s'étend la toile d'araignée qu'ils ont tissée partout sur cette ville et même plus loin encore. Voyez, je ne peux douter que nos messagers n'aient été assassinés. Car il serait plausible que l'un d'entre eux ait été assailli par les bédouins, encore que si j'en crois notre cher Rahotep, les bédouins sont soit soumis, soit ralliés, soit chassés loin dans le désert ; peut-être une bête aurait-elle pu en surprendre un autre... Mais que tous les trois aient été tués accidentellement aux portes de l'Egypte, je ne puis y croire. Il y allait de l'intérêt de quelqu'un qu'ils ne parviennent jamais à Byblos. Aussi, croyez-moi : la discrétion, le silence, sont les meilleurs atouts dans des cas semblables.

Hénoutsen songea que la reine avait sagement agi et elle se félicita d'être de son côté restée discrète à propos de ce qu'elle avait appris auprès de Sabi. Néanmoins, elle pensa que cette réunion de famille venait à propos pour lui procurer l'occasion de parler de sa visite au temple de Ptah et de sa rencontre avec Néférou.

Lorsqu'elle eut rapporté l'essentiel des conversations, elle précisa :

— Visiblement, Néférou ne s'est pas assagi durant son exil et il nourrit franchement l'ambition de ceindre la double couronne. Mais je suis certaine que Sa Majesté ne l'a pas désigné comme son héritier légitime.

— Néfermaât, mon frère, m'a rapporté cette visite de Néférou au roi. Il n'est pas un seul des Amis de Sa Majesté qui témoignera pour Néférou, assura Hétep-hérès.

— Peut-être, intervint Rahotep, mais il peut le faire croire autour de lui.

— C'est aussi ce qu'on peut craindre, renchérit Hénoutsen. Ne l'a-t-il pas déclaré à Ptahouser ?

— N'as-tu pas dit toi-même que Ptahouser n'y a pas ajouté foi ? demanda à son tour Mérititès.

— Le Grand Chef de l'art ne croira que ce qu'il lui est utile de croire, intervint la reine. Et il ira de préférence vers Néférou qui a dû lui promettre la robe du vizir et même la charge qu'assume si bien Ankhaf. Pour ce qui est de Néférou, je ne pense pas qu'on ait à redouter ses entreprises. Il a perdu tout son crédit et le soupçon des meurtres pèse toujours sur lui. Néfermaât, qui était jadis enclin à le soutenir, s'est complètement détourné de lui et bien d'autres Grands l'ont suivi. Ce pauvre Néférou n'a plus guère de partisans et il se gonfle comme une grenouille vaniteuse.

— Peut-être, dit Rahotep d'un air pensif. Mais il faut toujours prendre garde à ceux qu'on croit désarmés ou abattus.

C'est le lendemain du jour où Hétep-hérès apprit que ses envoyés avaient été brutalement arrêtés dans leur mission que Bès, le nain de Sabi, rapporta à son maître un message écrit sur un tesson de poterie. Il y était écrit simplement ceci : « Que se déploie Horus et qu'il frappe sa proie. »

— T'a-t-il parlé ? demanda Sabi à son émissaire.

— Mon maître, tu sais bien qu'il ne me parle jamais et ne me rencontre que la nuit, si bien que je n'ai jamais vu son visage, assura Bès.

Cette réponse parut rassurer Sabi qui sortit son écritoire, tailla une mince feuille de papyrus, y transcrivit le texte peint sur le tesson, puis il sortit dans le jardin, suivi du nain qui tenait une torche, car la nuit était tombée depuis un moment. Une petite cabane en terre percée de trous abritait plusieurs pigeons qui y roucoulaient tranquillement. Il en choisit soigneusement un qui se laissa saisir sans battre des ailes, roula le bout de papyrus autour de sa patte, le fixa solidement à l'aide de fibres après l'avoir protégé par une écorce, puis il caressa l'oiseau, lui imprima la direction à maintenir et le lança vers le ciel. Le pigeon eut tôt fait de s'estomper dans le ciel nocturne.

Quelques jours plus tard, on annonçait que le dieu parfait Snéfrou était entré dans son horizon, qu'il était monté vers le soleil de Rê pour être absorbé par Celui qui l'avait créé.

CHAPITRE VIII

Un bateau qui venait du nord entra dans le port de Byblos. Il avait suivi les côtes depuis le port d'Ugarit. Il ne se passait pas un jour sans que plusieurs vaisseaux de commerce ne viennent mouiller dans le port de la grande cité maritime et celui-là serait passé inaperçu s'il n'avait ramené un homme qui, à peine fut-il débarqué, se hâta en direction du palais royal. Il était d'une extraordinaire maigreur, vêtu d'un simple pagne, de sorte qu'on aurait pu se demander ce qu'il pouvait avoir à dire au roi et, surtout, si ce dernier allait accepter de le recevoir dans sa salle d'audience. Or, à la suite d'une longue discussion avec les gardes du palais, il fut introduit auprès d'Elibaal qui, après l'avoir écouté, l'amena devant son père. Elibaal, suivant un ordre donné par Abishému, fit appeler Ibdâdi puis, en sa compagnie, il quitta le palais, traversa la ville, en sortit par la porte nord, suivit les quais du port et poursuivit sa route le long du sentier longeant la plage qui s'étendait au nord de la ville. Ce sentier desservait de belles demeures, résidences des riches négociants et armateurs byblites à la recherche d'un calme qu'ils ne pouvaient trouver dans les environs des docks où ils avaient leurs bureaux et, parfois, un logis à proximité.

Ils s'arrêtèrent devant une belle demeure aux murs blanchis à la chaux, entourée d'un grand jardin non clos. Un serviteur vint au-devant d'eux. Il reconnut visiblement la qualité de ses visiteurs, car il s'inclina en les saluant.

— Mes seigneurs, leur dit-il, le silence règne sur cette demeure car un grand deuil vient de frapper ses hôtes. Cette nuit, la maîtresse, l'épouse de notre maître Reyen, est descendue dans le monde souterrain. Le mal l'a vaincue, la mort l'a emportée. Tout à l'heure, on ira chercher les pleureuses et les hommes chargés de faire la toilette des morts et de préparer les convois funèbres.

Elibaal et Ibdâdi échangèrent un regard et poussèrent de grands soupirs.

— Conduis-nous auprès de ton jeune maître et de Khershet.

— Ils sont tous deux au chevet de leur mère. Suivez-moi et soyez les bienvenus en ces jours de misère.

L'épouse de Reyen gisait sur son lit, sur lequel elle venait de rendre son dernier soupir. Ses deux enfants étaient debout de part et d'autre de son chevet et pleuraient en silence.

— Elibaal ! Ibdâdi ! s'étonna Khershet, comment avez-vous été avertis ? C'est si bon de votre part d'être venus aussi vite... Est-ce un serviteur de la maison qui vous a appelés, sans nous en rien dire ?

— Non, Khershet, répondit le prince. Nous ignorions que votre mère venait de mourir. Nous venions pour tout autre chose. Mais....

— Des nouvelles de notre père ? interrogea-t-elle, anxieuse.

Il hocha la tête.

— Est-il de retour ? demanda Ayinel, plein d'espoir.

Elibaal secoua la tête et resta silencieux. Puis il se détourna et sortit, car il ne voulait pas parler devant la morte.

— Nous attendons dans le jardin, proposa Ibdâdi qui sortit à la suite du prince.

Khershet les rejoignit bientôt, seule.

— Ayinel redoute de vous entendre, leur fit-elle savoir. Il est si affecté par la mort de notre mère ! Pour moi, je l'ai sans doute profondément aimée et elle m'a toujours considérée comme sa fille, mais elle n'est tout de même pas ma vraie mère. Et aussi, peut-être la perte de mon propre père, alors que j'étais si jeune, a endurci mon cœur. Je suis prête à vous entendre.

— Khershet, dit alors Elibaal, un homme vient de se présenter au palais. Il est arrivé dans notre ville sur un bateau venant d'Ugarit. C'est un homme de l'un des équipages des bateaux de Reyen. Il nous a appris que tous les vaisseaux ont été engloutis au cours d'une terrible tempête, au large de l'île de Kaptara. Il est le seul survivant. Il a nagé pendant plusieurs jours avant d'aborder le rivage de l'île où il a été recueilli par les habitants. Il a séjourné plusieurs mois dans cette île, jusqu'au jour où est arrivé un bateau d'Ugarit, un de ces voiliers qui font du cabotage le long des côtes et d'île en île. Il a ainsi pu embarquer sur ce bateau et, de proche en proche, il est enfin revenu parmi nous pour nous annoncer la terrible nouvelle.

Khershet resta muette, comme terrassée par ce

second malheur qui la frappait le même jour. Après un silence, le jeune prince reprit :

— Tu dois aussi savoir que ton père s'est sévèrement endetté pour armer ses bateaux et acquérir la marchandise destinée aux échanges. De sorte que, s'il avait réussi dans cette entreprise il aurait doublé sa fortune. Ayant échoué, il est totalement ruiné. Tous ceux qui lui ont fait des prêts, ceux qui lui ont fourni de la marchandise, tous vont réclamer leur dû. Ils vont certainement demander la vente des biens qui vous restent, y compris cette belle demeure. Mais ne t'alarme pas : mon père et moi-même, nous sommes disposés à vous prendre sous notre protection, toi et ton frère. Nous te trouverons un bon époux et, pour ce qui concerne Ayinel, il pourra entrer au service du roi. Tu peux être sûre que, parmi tous les prétendants que ton père a refusés, il s'en trouvera bien un pour te prendre sans dot.

La jeune fille leva vers lui son visage mouillé de larmes.

— Je te remercie, Elibaal, lui dit-elle. Pardonne-moi...

Sans terminer sa phrase, elle s'éloigna en courant, jusque dans sa chambre.

— Ibdâdi, dit le prince à l'interprète qui venait de le rejoindre, je dois me retirer. Peut-être serait-il bon que tu restes ici pour apporter ton soutien et le nôtre à ces jeunes gens. Ils te connaissent bien et t'estiment. Tu leur seras d'un grand secours. Je te laisse aussi le soin d'annoncer la mort de son père à Ayinel.

Pendant les jours qui suivirent, la maison de Reyen fut dans le deuil et dans les pleurs, jusqu'à ce que son épouse ait été ensevelie de son côté. Les commanditaires n'attendirent pas plus longtemps pour venir porter leurs doléances à Ayinel, à qui on avait dû se résoudre à annoncer la nouvelle qui l'avait profondément abattu.

— Ibdâdi, dit Khershet d'un ton las, qu'allons-nous devenir ! Vois, non seulement nous avons perdu nos parents, mais aussi tous nos biens. Nos créanciers vont nous saisir notre maison, nous allons nous retrouver à la charge du roi, ce qui est pour nous une bien grande honte. Et moi, je vais subir l'humiliation de devoir me donner pour époux un homme que j'aurais dédaigné du vivant de mon père et qui acceptera de me prendre comme une misérable, sans dot, sans famille.

— Khershet, lui répondit l'interprète qui, dans le malheur qui frappait la jeune fille trouvait un avantage pour ses propres desseins, n'oublie pas qu'il y a un homme qui est prêt à tout pour que tu sois à lui, et qui n'a pas encore connu l'humiliation de ton refus. Toi-même m'as laissé entendre que tu n'étais pas ennemie de le rencontrer lorsque Reyen serait de retour.

— Tu parles de cet Egyptien que j'ai vu assis auprès du roi, lors des Adonies ?

— L'aurais-tu déjà oublié ? Cependant il me semble qu'il ne t'avait pas laissée indifférente.

— Je ne le nie pas. Mais il est vrai que, dans mon malheur, je l'avais oublié. Est-il toujours à Byblos depuis tant de mois ?

— Fatigué de demeurer dans cette ville sans pouvoir te rencontrer, il est parti depuis plusieurs jours vers les cèdres afin de suivre les travaux d'abattage. Sans doute ne tardera-t-il pas à rentrer, peut-être avec les premiers arrivages de bois.

— Je le rencontrerai alors bien volontiers. Mais s'il apprend ce qui nous arrive, va-t-il encore vouloir de moi, d'une fille sans bien, sans dot ? Ne va-t-il pas penser que j'accepte de l'épouser parce que plus personne ne veut de moi, parce que je me retrouve pauvre et orpheline ?

— D'après ce que je sais de lui, il ne se posera pas de telles questions. D'autant qu'on n'est pas forcés de lui faire savoir que tous vos biens vont être saisis. Il va falloir plusieurs mois avant que les créanciers de Reyen parviennent à leurs fins. Pour l'instant, cette demeure reste la vôtre et tu peux l'y recevoir.

— Apprends-moi alors : qui est-il exactement ? Sans doute un personnage important dans son pays puisqu'il commande une flotte, mais encore ?

La question embarrassa Ibdâdi, car Khéops lui avait bien interdit de dire à la jeune fille qui il était en réalité, voulant être aimé pour lui-même et non pour ce qu'il représentait. Il se rappela qu'il avait prêté serment, il ne pouvait ainsi se parjurer. Il se décida à tergiverser :

— C'est, en effet, un personnage non négligeable dans son pays, assura-t-il. Mais ce qu'il est réellement, je ne pourrais te le dire précisément. Sois cependant persuadée que c'est un bon parti.

— En es-tu aussi sûr que tu le dis ? intervint Ayinel qui avait assisté à la conversation. Apprends, Ibdâdi, que la manière dont tu nous as parlé la première fois de cet homme, lors des Adonies, a éveillé ma curiosité. Malgré ce que nous t'avons rappelé, qu'en l'absence de père nous ne venions plus guère en ville, moi j'y suis souvent revenu pour observer cet Egyptien. Je l'ai vu lorsqu'il s'est exercé sur la plage du sud au maniement des armes et à la lutte telle qu'on la pratique dans son pays, je l'ai aussi suivi en partie lorsqu'il allait dans la montagne pour chasser. Il va toujours seul, sans escorte, à peine vêtu de son simple pagne, toujours nu-pieds. Et c'est de la même manière, toujours seul, qu'il est parti l'autre jour dans la montagne. Je ne savais où il allait précisément, mais tu viens de nous l'apprendre. Alors, moi, je m'étonne qu'un homme que tu prétends riche et puissant, le chef d'une si belle flotte, puisse ainsi aller seul, toujours vêtu du même pagne, comme un pauvre paysan.

— Je vois, Ayinel, que tu t'intéresses de près aux possibles prétendants de ta sœur, remarqua Ibdâdi d'un ton amusé.

— Il le faut car je l'aime trop pour la laisser épouser n'importe qui. Or, cet homme ne me paraît pas aussi riche que tu nous le laisses entendre. Est-il vraiment le commandant de la flotte égyptienne ?

Car il m'a bien semblé que l'homme qui a le pouvoir, celui qui chaque jour va de la résidence des étrangers au port et donne des ordres, c'est cet homme qu'on a vu aux côtés de ce Khéops, et qui a pour nom Inéki.

— Aurais-tu interrogé l'un de ces Egyptiens ? lui demanda Ibdâdi.

— Non, je n'ai pas voulu me faire remarquer. Je suis toujours resté discret et je me suis fait un devoir de passer inaperçu.

— C'est une bonne chose, conclut l'interprète qui craignait que le jeune homme parvienne ainsi à découvrir la vérité à propos de Khéops et en avise sa sœur, de sorte que le prince aurait alors pu l'accuser d'avoir trahi son serment.

Il reprit, à l'adresse de Khershet :

— Khéops ne va pas tarder à rentrer de la montagne des Cèdres. Je te conseille d'aller chasser, seule, vers la route qui y conduit. Tu pourras peut-être l'y rencontrer sans témoin. Je ne doute pas qu'il vienne à toi et qu'il te parle. Tu pourras alors mieux le connaître et te faire une opinion.

— Je suivrai ta suggestion, déclara-t-elle.

Et, lorsque Ibdâdi se fut retiré, elle dit à son frère :

— Ibdâdi est de bon conseil. J'irai dans la forêt et je parlerai à cet Egyptien. Nous verrons quels sont ses sentiments réels. Car jamais je ne pourrai me résoudre à subir l'humiliation d'être prise comme épouse par l'un des hommes de cette cité que j'ai repoussés naguère et qui ne m'accueillera dans sa demeure que par pitié. Après ce que nous avons été, comment rester dans cette ville où nous n'allons plus être que des pauvres qui devront tout à la miséricorde du roi ?

Cette remarque fit éclater l'adolescent en sanglots, puis il soupira :

— Tu n'as que trop raison. Moi non plus je ne pourrai me montrer en public après qu'on nous aura tout saisi, jusqu'à notre belle maison. Quelle divinité avons-nous offensée pour que tous les malheurs tombent en même temps sur nos têtes ? Pourtant, Adonis et aussi bien la Maîtresse de Byblos devraient être satisfaits de nous, de la manière dont nous représentons leurs mésaventures.

— A moins, suggéra la jeune fille, qu'il ne leur déplaise de voir tenu par de pauvres humains leur rôle lorsqu'ils vivaient sur terre, à l'aurore du monde.

— Le crois-tu vraiment ?

— Avec un dieu, on ne sait jamais vraiment à quoi s'en tenir. Au moins, avec un humain, avec le roi, même s'ils sont fâchés contre nous, nous avons la possibilité de leur parler, ils peuvent daigner nous dire la raison de leur courroux, mais les dieux ne parlent pas avec les hommes, ou, en tout cas, pas avec n'importe qui. Ils ne consentent à communiquer qu'avec des prophètes ou des prêtres... Enfin, c'est ce que ces derniers prétendent.

Dès le lendemain, Khershet mit en pratique le conseil que lui avait donné Ibdâdi. Coquette et certaine de la beauté des formes de son corps, elle revêtit le pagne étroit des jeunes filles, le même qu'elle portait lorsqu'elle était apparue devant le roi, le dernier jour des Adonies. Elle avait serré son ample chevelure dans un épais ruban qui les maintenait dans son dos en une longue queue dorée, noué sur son front un bandeau de tissu brodé, orné son cou d'un large collier de pierres de couleurs, ses poignets et ses bras de bracelets d'or. Elle avait attaché à sa taille un long couteau au manche d'ivoire ciselé et à la lame de bronze, jeté sur ses reins un carquois rempli de flèches, et, armée de son arc et d'un court javelot, elle s'était mise en route vers les collines boisées qui semblaient former un socle verdoyant aux hauts sommets enneigés. L'hiver touchait à sa fin et la proche arrivée du printemps se faisait sentir dans la douceur de la température. Son adresse dans le tir à l'arc lui conférait une grande sûreté d'elle-même et éloignait d'elle toute crainte d'être assaillie par une bête sauvage ou quelque maraudeur.

Pendant la plus grande partie du jour elle parcourut le chemin qui serpentait dans la dense forêt, par lequel on accédait aux larges sentiers, parfois escarpés, qui conduisaient aux forêts de cèdres. La jeune fille avait appris à chasser et à manier l'arc en compagnie de son père adoptif qui, à sa demande, l'avait emmenée très tôt dans ses grandes randonnées dans les montagnes. Aussi avait-elle pris l'instinct du chasseur qui est fait de prudence et de ruse. Elle allait sans hâte, l'oreille aux aguets, attentive à tous les bruits de la forêt, prête à sauter dans des fourrés si elle en sentait la nécessité ; ainsi une telle prudence lui permettait de se dissimuler aussi bien aux regards de bêtes fauves qu'elle était désireuse d'éviter que du gibier qu'elle voulait chasser. Et parmi les bêtes sauvages et dangereuses, Reyen lui avait appris que la plus redoutable était l'homme, ce dont elle ne doutait pas.

Son esprit n'était cependant pas tourné vers la chasse, mais tout entièrement tendu vers l'homme qu'elle prétendait rencontrer comme par hasard. Elle ne l'avait certes pas oublié depuis le jour où elle l'avait vu assis auprès d'Abishému, car elle avait été frappée par sa prestance, par l'acuité de son regard, la force qui émanait de son visage et de toute sa personne. Mais il est vrai que l'inquiétude causée par l'absence si prolongée de son père avait quelque peu estompé dans son esprit l'image de l'étranger. Mais maintenant que ce qu'elle redoutait le plus était arrivé, que ses craintes ne concernaient plus que son propre avenir, et depuis qu'Ibdâdi lui avait rappelé l'existence de cet homme si désireux de l'épouser, ses pensées étaient entièrement tournées vers lui. De sorte que même la présence de gibier ne la fit pas tressaillir, qu'elle ne songea pas à exercer son adresse sur l'une des nombreuses bêtes qui se présentèrent à ses regards. Et, lorsque le soleil descendit sur l'horizon, annonçant sa disparition prochaine, elle prit en hâte le chemin du retour, désolée de n'avoir pas croisé celui qu'elle cherchait.

Elle rencontra son frère sur le sentier qui conduisait vers leur demeure.

— Je suis bien content de te voir, lui dit-il en s'arrêtant devant elle, haletant.

— Pourquoi cours-tu ainsi ? s'étonna-t-elle. Et pourquoi viens-tu au-devant de moi ? Aurais-tu eu quelque crainte pour moi parce que le soir tombe ?

— Non, Khershet, je n'ai jamais de crainte pour toi, surtout lorsque tu pars avec toutes ces armes. Je suis venu vers toi parce que je brûlais d'impatience de te parler.

— Qu'avais-tu donc de si important à me dire pour y mettre tant de hâte ?

Il reprit son souffle en marchant à côté d'elle, puis il ouvrit la bouche :

— Khéry, je suis allé en ville, cet après-midi. Je me suis décidé à faire ce que je n'avais pas osé jusqu'à ce jour : j'ai interrogé des Egyptiens qui se trouvaient sur l'un des bateaux. J'ai fait comme si je n'étais au courant de rien. J'ai parlé avec deux d'entre eux. Comme je me suis adressé à eux dans leur langue, ils m'ont regardé favorablement, et quand je leur ai dit que ma mère était égyptienne, ils en ont paru si contents qu'ils m'ont invité à venir sur le bateau, auprès d'eux. J'y suis monté et nous avons causé. Ils m'ont appris qu'ils viennent de la grande ville de Memphis et bien d'autres choses que je savais déjà. Je me suis enfin décidé à leur demander qui était leur chef, quel était son nom. Notre chef s'appelle Khéops, m'ont-ils répondu. J'ai insisté, je leur ai demandé s'il était un homme puissant dans son pays, s'il était un haut dignitaire. Alors, ils ont ri, et sais-tu ce qu'ils m'ont répondu ?

Comme sa sœur lui lançait un regard interrogatif sans ouvrir la bouche, il reprit :

— Alors, reste bien droite, et réjouis-toi : cet homme n'est autre que le fils du roi d'Egypte, le prince héritier.

— Comment ? s'étonna-t-elle. Ils se sont moqués de toi !

— Certainement pas. C'est d'ailleurs ce que je leur ai dit, mais ils m'ont assuré que c'était bien lui l'héritier du trône des Deux Terres, comme ils appellent leur pays. Mais ils m'ont appris aussi qu'il a déjà deux épouses.

— Deux épouses ?

— Oui, et c'est ce qui me paraît bien ennuyeux car il est donc marié.

— Mais, s'il a deux épouses, il peut en avoir une troisième, surtout s'il est roi.

— C'est bien possible. Mais tu ne seras pas la première.

— Il suffit d'être assez habile pour être considérée comme la première. Et puis, même la troisième épouse d'un roi est tout de même reine. N'a-t-on pas prédit à ma naissance que je serais un jour reine ? Vraiment, ce Khéops me paraît être un bien séduisant prince.

— Reste à savoir si le fils d'un roi destiné à devenir roi lui-même acceptera de faire son épouse d'une étrangère.

— Les rois épousent souvent des princesses étrangères pour des raisons d'alliance politique.

— Peut-être, mais le roi d'Egypte aura-t-il besoin de l'alliance d'un roi défunt qui a perdu son royaume ? Et, qui plus est, d'un royaume dont il n'a certainement jamais entendu parler.

La jeune fille haussa les épaules sans répondre. Elle n'avait aucun doute sur les sentiments que lui portait Khéops puisqu'il s'en était ouvert à son interprète. Elle se faisait fort, dès lors, de le séduire définitivement.

Le lendemain, dès l'aurore, Khershet repartit pour la forêt, cette fois non plus en musardant, mais d'un pas rapide. Ayinel avait insisté pour l'accompagner, mais elle lui avait opposé un argument incontournable :

— Ayinel, lui avait-elle dit, s'il te voit avec moi, il ne parlera pas librement et moi non plus, je ne pourrai m'exprimer. Ta présence risque de tout gâcher, et même de faire échouer notre projet. Il ne peut qu'être importuné par ta présence si vraiment il désire me rencontrer seule.

Elle marchait depuis un moment dans la forêt qui s'épaississait de plus en plus lorsque des voix la surprirent. C'étaient des voix d'hommes, encore lointaines. Elle s'arrêta et ne progressa plus que prudemment, à pas comptés, en évitant de se faire remarquer. Elle allait sans bruit, comme une ombre, évitant de faire craquer des branches ou des bois secs, se glissant d'arbre en arbre. C'est ainsi qu'elle découvrit trois hommes au milieu du chemin qui serpentait entre de gros arbres aux épais feuillages. Il lui fut encore possible de s'approcher et de se dissimuler dans un épais buisson d'où il lui fut aisé d'observer le manège de ces hommes en qui elle avait tout de suite reconnu des Egyptiens à leurs pagnes et à leurs perruques bouclées noires. Ils déployèrent sur le sol un grand filet de forme carrée puis, deux des hommes le prirent chacun par un bout et montèrent à deux arbres, disposés de part et d'autre du sentier. Le troisième restait en bas, donnant des directives. Il fit ensuite quelques enjambées en avant, puis revint sur ses pas et s'écria :

— Allez-y...

Les deux hommes lâchèrent le filet qui tomba rapidement sur le sol, derrière celui qui avait entretemps avancé.

— Les bords du filet ne sont pas assez plombés, déclara-t-il en se retournant tandis que ses compagnons descendaient en hâte des arbres.

Ils sortirent d'un sac des poids en plomb qu'ils attachèrent aux mailles du filet.

— Ne le lestez pas trop, sans quoi il risque de tomber en chandelle, déclara celui qui semblait être leur chef.

En regardant ce dernier avec plus d'attention, la jeune fille reconnut Inéki, le capitaine du premier bateau égyptien. Elle se sentit alors en sécurité et elle s'apprêtait à sortir de son repaire, pensant qu'ils devaient préparer ces filets pour attraper quelque gros gibier. Mais elle fut aussitôt retenue dans son mouvement par la constatation d'Inéki qui reprit :

— Il ne faut surtout pas manquer ce coup. Vous connaissez la force et la rapidité du prince. S'il reste libre de ses mouvements, je ne suis pas sûr d'avoir le dessus, même avec mon javelot.

Khershet resta figée sur place, ne pouvant encore en croire ses oreilles. Pouvait-il s'agir de Khéops ? Ces hommes avaient-ils l'intention de le prendre dans le filet pour le tuer ?

Une fois encore les deux hommes grimpèrent sur les arbres où ils maintinrent le filet tendu au-dessus du chemin. Cette fois, Inéki marcha et ralentit le pas en arrivant sous les arbres d'où le filet tomba et l'enveloppa, paralysant ses mouvements.

Il parvint à se dégager tandis que descendaient une fois encore les deux autres.

— On ne peut faire mieux, constata Inéki. Je m'arrangerai pour qu'il s'arrête lorsque nous arriverons à cette hauteur. Maintenant, allez prendre vos postes en vitesse. Moi, je vais au-devant du prince. Tel que je le connais, il ne doit plus être très loin d'ici.

Avant de s'éloigner, Inéki attendit que ses deux acolytes aient pris leur place dans les arbres.

— Veillez à vous entourer de branchages afin qu'on ne puisse vous apercevoir de loin, leur recommanda-t-il.

Khershet resta immobile, osant à peine bouger, tant elle craignait de se faire repérer par les deux hommes perchés dans les arbres.

— Dis, interrogea l'un d'eux, lorsque Inéki se fut éloigné, crois-tu qu'il tiendra parole ?

— Il faut bien lui faire confiance, répliqua l'autre. Déjà, nous avons reçu une bonne part d'or. Pour le reste, je ne vois pas en quoi il pourrait se parjurer.

— Et si l'affaire rate ?

— Avec l'or que nous avons, nous pourrons toujours nous installer dans ce pays. Après tout, il y fait bon vivre et il est facile de trouver son plaisir dans le temple de leur belle déesse.

Khershet ne doutait plus d'avoir été conduite en ce lieu par quelque main divine pour découvrir un complot destiné à mettre à mort celui qu'elle attendait. Elle adressa une prière à la Dame de Byblos et à Shapash, déesse soleil, maîtresse de justice qui voit tous les crimes.

CHAPITRE IX

Avant qu'il ne quitte Byblos pour aller voir où en étaient les travaux d'abattage et d'ébranchage des cèdres et des sapins, Khéops avait confié à Inéki le commandement des hommes restés dans le port et lui avait fixé le jour de son retour. Aussi, il ne fut qu'à moitié étonné de voir l'officier venir à sa rencontre.

— Inéki, lui dit-il, m'apportes-tu quelque nouvelle, pour mettre tant de hâte à me voir ?

— Seigneur, lui répondit l'officier, ta présence est pour nous comme le soleil, et ton absence nous pèse. Et aussi, nous sommes toujours un peu inquiets en te voyant aller ainsi seul, à peine armé de ton long poignard de bronze.

— C'est une bonne arme qui me plaît. Je me sens en sécurité avec elle. Mais dis-moi, comment savais-tu que j'allais rentrer ce matin ?

— Avant ton départ, ne m'avais-tu pas dit que tu resterais absent dix jours ? Or ce jour n'est-il pas le dixième ? Et n'es-tu pas parfaitement ponctuel ?

— Inéki, tu es vraiment un bon officier à qui rien n'échappe, lui accorda Khéops.

Ils marchèrent un moment en silence. Khéops avait maintenant hâte de savoir si l'on avait des nouvelles de Reyen, mais il ne pouvait s'en ouvrir à son capitaine. Il aurait préféré que ce fût Ibdâdi qui soit venu vers lui pour lui annoncer la bonne nouvelle. Il se contenta de l'interroger sur ce qui avait pu se passer en ville pendant les dix jours qu'avait duré son absence. Il ne lui fut annoncé que des banalités auxquelles il ne porta qu'une attention distraite.

— Seigneur, lui demanda alors Inéki, quand le bois va-t-il commencer à nous arriver ?

— On va pouvoir faire descendre les premiers troncs dès demain. Tout est maintenant coupé et bardé. D'ici quelques jours, on pourra entreprendre de charger les vaisseaux. Encore deux mois, trois tout au plus, et nous serons de retour dans la Terre Chérie.

— Mon âme s'en réjouit, seigneur.

Khéops marchait vite, trop au gré d'Inéki qui ralentit le pas, car ils approchaient du lieu où les guettaient les deux conjurés.

Khéops se retourna tandis qu'Inéki se mettait à boiter.

— Seigneur, dit-il, je crois que je me suis tordu la cheville... Je ne sais pas comment c'est arrivé.

Khéops ralentit encore le pas tandis que son compagnon traînait de plus en plus la jambe.

— Quoi, lui dit Khéops, souffres-tu à ce point ? Va-t-il falloir que je te porte jusqu'à la ville ?

— Non, seigneur. Je parviendrai bien à aller jusqu'au bout....

Ils étaient maintenant tout proches du piège. Khéops fit encore quelques pas.

— Seigneur, attends-moi un instant, supplia Inéki.

Khéops s'arrêta et se retourna. Au même instant, il sentit le souffle du filet qui tomba sur sa tête, l'enveloppa entièrement tandis qu'il voyait Inéki bondir vers lui en brandissant son javelot, prêt à le frapper. En vain il tenta de repousser les mailles du filet qui paralysaient ses mouvements, tandis qu'il voyait les deux complices d'Inéki descendre promptement des arbres. Le bras levé de l'officier était maintenant prêt à s'abattre sur lui, à le frapper de la pointe acérée du javelot :

— Inéki ! s'écria-t-il, que fais-tu ! Qui t'envoie pour m'assassiner ?

Les lèvres serrées, le regard dur, le visage crispé, Inéki ne répondit pas. Il était tout près de Khéops, il ne pouvait le manquer. Et, alors que le prince héritier attendait le coup fatal, prêt à se baisser ou à se jeter au sol pour l'éviter en un réflexe de sauvegarde, une flèche partie de derrière lui siffla à son oreille, vint frapper Inéki à la gorge, traversa son cou. Un jet de sang jaillit de sa bouche grande ouverte, ses yeux marquèrent une grande stupeur et il chancela, fit deux pas encore, lâchant le javelot avant de s'effondrer devant Khéops, tout aussi stupéfait. L'un des deux hommes qui venaient de sauter au sol brandit sa hache au-dessus de la tête de Khéops, mais à son tour il tituba et s'abattit de tout son long, un javelot fiché dans les reins. Khéops put alors reconnaître Khershet qui venait de sortir du buisson tout en plaçant une nouvelle flèche sur son arc.

En voyant le sort réservé à ses compagnons, le troisième complice songea alors à fuir plutôt que d'assaillir le prince. Il avait tourné les talons et détalait de toute la vitesse de ses jambes lorsque l'une des deux le trahit, percée d'une flèche. Il tomba à genoux en poussant un hurlement, puis il se redressa et tenta de s'éloigner en boitant. Mais un second trait traversa son autre mollet et il fut projeté à terre où il resta gémissant, incapable de se redresser.

Entre-temps, Khéops avait tiré son poignard et tranché les mailles du filet dont il se débarrassa. Khershet se tenait devant lui, fière et hautaine. Elle s'accroupit devant Inéki, retourna son corps puis elle leva la tête vers Khéops :

— Celui-là, il est bien mort, déclara-t-elle avec une remarquable sérénité. J'aurais préféré seulement le blesser, mais j'étais mal placée et tu me le cachais presque entièrement ; je ne voyais que sa tête et son cou. Je n'avais pas le choix si je voulais t'éviter de recevoir son coup de lance.

— Khershet ! s'exclama enfin Khéops revenu de sa

stupeur, un dieu, oui un dieu t'a placée sur ma route pour me sauver la vie !

— C'est aussi ce que je crois, répliqua-t-elle en s'accroupissant auprès du second complice. Celui-là aussi est mort, reprit-elle après avoir placé sa main sur sa poitrine, à l'emplacement du cœur. J'ai lancé trop fort mon javelot, mais il valait mieux que ce soit lui plutôt que toi. Ne crois-tu pas ?

— J'aurais bien du mal à te désavouer. Mais il en reste un qui n'a que les mollets de percés. Celui-là, il va parler.

L'homme s'était assis et il tentait d'arracher les dards fichés dans ses jambes.

— Je ne connais pas ton nom, lui dit Khéops lorsqu'il fut arrêté devant lui, mais tu es l'un de mes hommes d'équipage. Je te ferai soigner et tu auras la vie sauve si tu me dis qui t'a entraîné dans ce complot.

— Seigneur, c'est Inéki, notre capitaine. Je sers sous ses ordres depuis bien des années, une grande confiance s'est établie entre nous, et aussi entre lui et l'homme qui était avec nous. Et voici : il y a quelques jours, il nous a parlé, il nous a donné de l'or, en quantité, et il nous a demandé si nous en voulions plus encore. Qui refuserait de l'or ? Nous lui avons demandé pourquoi il voulait nous faire de tels dons....

Il se tut et poussa un cri, car Khershet venait de couper le haut de l'une des flèches et l'avait retirée de la jambe d'un coup sec. Elle le débarrassa pareillement de l'autre dard, puis elle alla dépouiller les deux morts de leurs pagnes pour en faire des pansements autour de ses mollets afin d'étancher le sang.

L'homme poursuivit ensuite sa confession.

— Il nous a alors déclaré que Sa Majesté venait de nommer son héritier légitime et qu'il avait reçu l'ordre du dieu en personne de mettre à mort le prince héritier afin qu'il ne cherche pas à se dresser contre la décision de Sa Majesté, qu'il ne sème pas le trouble et la discorde dans le royaume. Que pour cette action, non seulement nous recevrions encore d'autre or, mais qu'on nous donnerait de hautes fonctions à Memphis et que nous aurions aussi droit à une tombe, belle et grande. Comme les ordres venaient du dieu, nous avons obéi.

— Quoi, s'écria Khéops qui s'était accroupi auprès de lui, tu as osé agir ainsi sur ces simples paroles d'Inéki ?

— Seigneur, pourquoi lui aurais-je désobéi ? Ne suis-je pas un soldat, n'était-il pas mon chef ? Ne parlait-il pas au nom de Sa Majesté ?

— Comment as-tu pu croire un pareil mensonge ? Par qui cet ordre aurait-il pu être transmis ? Car personne n'est arrivé d'Egypte pour le lui apporter.

— Seigneur, qu'en puis-je savoir ? Je ne suis qu'un pauvre soldat, je ne fais qu'obéir. Ne m'a-t-on pas appris, quand je suis entré au service de Sa Majesté, que l'obéissance était la première vertu et que je n'avais pas à demander des comptes sur les ordres que je recevais de mes supérieurs ?

Khéops dut se persuader que l'homme lui révélait tout le peu qu'il savait. Inéki était trop habile pour avoir pu mettre de simples exécutants dans le secret du complot. Car il ne pouvait croire que l'ordre venait de son père. C'était toujours la même main qui, profitant de son éloignement, cherchait à se débarrasser de lui afin de libérer le chemin du trône des Deux Terres.

Il se redressa et se trouva face à la jeune fille qui se tenait debout, le regard baissé sur le blessé. Elle releva la tête.

— Khershet, lui demanda alors Khéops, que s'est-il passé, comment se fait-il que tu aies été là pour déjouer cette machination ?

— Il m'arrive souvent de venir chasser dans cette forêt, soit seule, soit, plus souvent, avec mon père quand il était présent. C'est ainsi que j'ai surpris ces hommes alors qu'ils préparaient le piège qu'ils t'ont tendu. J'étais embusquée dans un buisson où ils ne m'ont pas vue. Comme ils ont parlé et que j'ai pu comprendre leurs desseins, j'ai attendu pour intervenir quand il fallait. C'était le mieux que j'avais à faire.

— Tu aurais pu manquer cette peste d'Inéki, remarqua Khéops.

— Je ne rate jamais ma cible, assura-t-elle. D'ailleurs, je n'avais pas le choix, car si je m'étais manifestée, je perdais l'avantage de la surprise et je risquais de me faire tuer par eux.

— Tu as été aussi sage qu'habile, lui accorda-t-il avant de reprendre après un silence : Khershet, tu es venue devant moi conduite par la main d'Hathor, la Dorée. Accepte de rentrer avec moi en Egypte, sois à moi, et je saurai t'aimer comme tu es en droit de le souhaiter.

— Khéops, lui répondit-elle, Ibdâdi m'a déjà entretenue de l'amour que tu me portes et il t'a transmis sans doute ma réponse. Or, apprends que mon père est mort, il n'est pas revenu de sa grande expédition vers les îles. Et nous avons aussi perdu notre mère à la suite d'une pénible maladie. Je suis maintenant libre de mes décisions, mais il faut que tu saches que je ne me donnerai qu'à l'homme qui fera de moi son épouse.

— Pourrais-tu imaginer que tu puisses entrer dans ma maison sans devenir en même temps la maîtresse de mes biens ?

— N'aurais-tu pas déjà une épouse ?

— Pour ne pas te mentir, j'en ai deux. Mais je suis un prince de lignée royale et, chez nous, il est de coutume que nous prenions nos propres sœurs comme Grande Epouse royale. Mais ensuite, nous pouvons épouser toutes celles que nous désirons, celles qui ont allumé dans notre cœur la flamme d'amour de la Dorée.

— Dis-moi, alors, combien d'autres épouses as-tu déjà ?

— Je n'en ai qu'une seconde, mais sache que toi, tu seras mon épouse préférée, celle que j'aimerai le plus profondément, car déjà je t'aime ainsi et, en découvrant ton courage, en voyant comment tu as été capable de me sauver la vie, je suis déjà devenu ton serviteur et je te sais digne d'être ma grande aimée.

— Khéops, je veux bien te croire, mais ne pense pas que j'accepterai d'abandonner tout ce qui tient à mon enfance et ce que j'aime ici pour de simples promesses. Je veux d'abord que tu me prennes ici pour épouse, devant le roi Abishému qui sera le témoin de tes serments. Ensuite, sache que je ne veux pas me séparer de mon frère Ayinel. Si je te suis en Egypte, il viendra avec nous et je veux qu'il ait là-bas une belle maison et qu'on lui attribue une haute fonction.

— Tout cela te sera accordé et même plus encore. Quels sont tes autres souhaits ?

— Je n'en ai pas, sinon que tu prêtes serment sur les dieux de ce pays et ceux de ta nation, que tu ne me délaisseras jamais, que tu continueras de m'aimer et de m'honorer jusqu'à la fin de nos jours, car je me trouverai seule, loin des miens, dans un pays étranger.

— Khershet, le pays où je veux t'emmener ne te sera bientôt plus étranger. Et sache que je suis le prince héritier de ce pays dont un jour tu seras la reine, car je suis destiné à monter sur le trône des Deux Terres, à ceindre la couronne du plus puissant et du plus vaste royaume de l'Univers.

Tandis qu'ils parlaient ainsi, le soldat blessé avait perdu connaissance. Khéops le regarda puis il empoigna son long couteau.

— Que prétends-tu faire ? lui demanda Khershet.

— N'est-il pas mieux pour lui qu'il quitte cette vie pendant son évanouissement ?

— Khéops, tu lui as promis la vie sauve. Si tu le tues, comment pourrai-je alors croire en tes serments ? Cet homme a cru bien faire en agissant comme il l'a fait puisqu'il pensait exécuter les ordres de son roi. En tenant parole, tu ne peux que te l'attacher car il t'en sera reconnaissant, et tu restes pur face à Maât.

— Sans doute, mais crois-tu qu'avec ces deux blessures il pourra survivre ? Vois, son sang continue de s'épancher et avec son sang la vie le quitte.

— Il y a d'habiles médecins à Byblos. Il te revient d'aller chercher quelques hommes pour le ramener à la ville. Moi, je reste auprès de lui pour le réconforter quand il reprendra conscience.

Elle avait parlé avec une telle autorité que Khéops, après une brève hésitation, partit en courant en direction de la ville, le cœur débordant de joie.

Khéops était partagé entre l'enthousiasme que provoquait en lui la réponse de Khershet à son amour et l'inquiétude provoquée par l'attentat dont il n'était ressorti indemne que grâce à l'intervention inopinée de la jeune fille. Il se rendit directement au port où il rassembla quelques hommes et les envoya chercher le blessé et les deux cadavres, puis il monta dans le bateau sur lequel Inéki avait exercé le commandement afin d'inspecter la cabine où logeait cet homme en qui il avait mis toute sa confiance et qui avait pourtant tenté de l'assassiner. Il y trouva un petit morceau de papyrus roulé sur lequel il lut simplement : « Que se déploie Horus et qu'il frappe sa proie. » Il se posa la question de savoir d'où Inéki avait pu tenir ce pli mystérieux. Il interrogea les hommes de l'équipage qui ne purent lui donner de réponse. Il ne prêta que peu d'attention aux nombreux pigeons gardés dans une cage. On lui apprit que le capitaine était friand de ces volatiles rôtis. Nombreux étaient les Egyptiens qui élevaient des pigeons pour les manger. Il ne trouva pas de raisons de s'en étonner. Ce qui continua de l'inquiéter, c'est la possibilité qu'Inéki ait d'autres complices parmi les hommes de la flotte, déterminés à achever le travail. Comme le complice blessé n'avait pas repris connaissance quand il fut ramené par les hommes envoyés à sa recherche, Khéops le fit déposer dans la cabine occupée jusqu'alors par Inéki, puis il réunit tous les hommes d'équipage restés à Byblos et, après leur avoir fait part de l'attentat dont il venait d'être victime, il déclara bien haut :

— Les dieux ont permis que l'un de ces criminels ne soit que blessé. Pour l'instant il est sans conscience, mais avant de s'évanouir il a confessé qu'Inéki n'a pas agi seul, qu'il y a des complices. Dès qu'il reprendra connaissance, il ne manquera pas de les nommer afin que vous, fidèles serviteurs de Sa Majesté, puissiez juger et condamner ces criminels.

Ayant ainsi parlé, il conclut son discours en faisant savoir qu'il se rendait maintenant auprès du roi Abishému afin qu'il envoie auprès du blessé de bons médecins. « Ainsi, avait-il pensé, s'il reste réellement des complices parmi les hommes d'équipage, ils n'auront de cesse qu'ils n'aient mis à mort un si dangereux témoin. Si personne ne tente d'achever ce malheureux, c'est qu'il n'y a pas d'autres conjurés dans mon entourage. » Il confia ensuite le blessé à la garde de deux hommes, choisis au hasard, puis il se rendit au palais royal où Abishému le reçut sans le faire attendre, la rumeur de l'attentat étant déjà parvenue au palais.

— Khéops, lui fit savoir le roi, je me sens responsable devant ton royal père de ta sécurité. Désormais je me vois obligé de t'imposer une garde d'hommes choisis parmi mes propres guerriers et dans lesquels je mets toute ma confiance.

— Je te rends grâce, seigneur, de ta sollicitude, mais je me vois mal suivi d'hommes armés lors de mes moindres déplacements. Maintenant, je serai sur mes gardes et je ne crois plus courir de risques. Je te prie avant tout d'envoyer un médecin au chevet du blessé. Sans doute pourra-t-il encore terminer une confession qu'il n'a fait qu'entreprendre. Sache encore que j'ai appris la mort de Reyen et aussi de son épouse. C'est donc à toi que je m'adresse pour demander en mariage sa fille Khershet et te prier de témoigner de cette union que je veux accomplir ici même, selon les rites de ton pays et du mien.

malade, il est si faible qu'on ne sait s'il verra la fin de ce mois. Viens en toute hâte te saisir de la double couronne qui te revient, car nombreux sont ceux qui la convoitent, et plus nombreux encore sont tes ennemis. La reine a encore précisé qu'elle va faire tout ce qui est en son pouvoir pour préserver ton trône, mais elle ne sait si elle pourra résister à tant de convoitises. Elle redoute la puissance des prêtres de Ptah et des hommes du clan de Memphis dont on sait qu'ils sont disposés à soutenir un autre compétiteur. Sa Majesté une fois partie auprès de ses ancêtres, nul n'est capable de prévoir ce qui peut se passer. Et comme le roi est malade depuis déjà quelque temps, tes ennemis ont eu tout loisir de se préparer à s'emparer du pouvoir. Voilà ce que j'ai à te dire, seigneur. A ce jour, il est même possible que l'âme de Sa Majesté ait quitté son corps et que déjà tes ennemis s'apprêtent à mettre sur le trône des Deux Terres le prétendant de leur choix.

— Gébi, lui répondit Khéops, tu seras récompensé pour ta fidélité à notre cause et pour la célérité avec laquelle tu es venu jusqu'à moi. Donne ce jour de repos à ton équipage et je vais veiller à ce que chacun reçoive une récompense et vienne participer à ce jour de fête, car sache que la femme qui est assise ici près de moi est aussi mon épouse chérie, qu'elle sera bientôt ta reine avec mes deux autres épouses. Je vais donner des ordres pour que soit en hâte armé notre vaisseau le plus rapide et, dès demain, nous reprendrons la mer pour rentrer en Egypte.

Les deux vaisseaux naviguèrent nuit et jour, profitant que la lumière de la pleine lune dessinait nettement les côtes au large desquelles ils naviguaient. Khéops avait formé, pour chaque bateau, deux équipes qui se relayaient dans la manœuvre des rames et de la voile. Lui-même veillait sur le pont de son bateau, ne s'accordant que peu d'heures de sommeil.

Il attendit d'arriver en vue des côtes de l'Egypte et de la bouche du Nil, pour appeler le scribe attaché au bateau et lui commanda de venir à lui avec un morceau de papyrus, de l'encre et son calame. Il prit lui-même soin de découper une étroite bande dans le papyrus où il écrivit de sa propre main : « Horus a frappé sa proie. » Il ignorait si Inéki était convenu d'un code avec son mystérieux correspondant, mais il lui parut que cette réponse énigmatique ne pouvait qu'être comprise dans le sens qu'il espérait par celui qui la recevrait. Car il s'était dit que celui qui avait envoyé le message de mort était forcément en relation avec l'individu qui, dans l'ombre, avait tramé tous les meurtres et le complot destiné à se débarrasser de toutes les personnes susceptibles de faire obstacle à ses ambitions, à moins que ce ne fût l'assassin en personne qui avait tracé ces mots. Ainsi, s'il croyait mort le prince héritier, il n'hésiterait plus à se découvrir pour revendiquer le trône d'Horus. Khéops pensa que c'était la meilleure ruse pour le forcer à se montrer au jour. Khershet l'aida à attacher le message à la patte de l'un des pigeons qu'il lâcha en direction de Memphis. L'oiseau déploya ses ailes et s'élança vers le ciel.

— En espérant qu'un faucon ne l'intercepte pas dans son vol, soupira Khéops.

Il avait attendu de se trouver à peu de jours de navigation de Memphis pour lancer le message car, si le roi était mort, l'homme qui avait dirigé les mains meurtrières risquait de s'emparer du trône ou, en tout cas, d'y placer celui pour qui il avait ainsi agi, avant que lui-même n'ait eu le temps de reparaître bien vivant à Memphis. Ce qui n'aurait pas manqué d'entraîner une guerre de clan pour la possession de la double couronne. Et si sa mort était annoncée, même sa mère, la Grande Epouse royale, n'aurait pu défendre ses droits contre l'usurpateur. Il était vrai que le successeur de Snéfrou ne pourrait être couronné qu'une fois le roi défunt embaumé et enseveli dans sa demeure d'éternité, car, bien qu'elle ne fût pas encore achevée, les travaux de la pyramide étaient maintenant si avancés que toutes les chambres étaient aménagées et prêtes à recevoir les trésors et le corps du roi devenu dieu. Mais il savait qu'un usurpateur risquait de ne pas respecter les rites, dans sa hâte de s'établir solidement sur le trône d'Horus.

CHAPITRE X

Rahotep se trouvait à Héliopolis lorsque lui parvint la nouvelle de la mort de son père. Il rentra en hâte à Memphis pour venir saluer la dépouille du roi défunt en passe de devenir définitivement un dieu, puis il se rendit à la résidence de sa mère où il trouva la reine dans le deuil avec ses filles et ses belles-filles.

— Mon frère Khéops étant absent, on ne sait pour combien de temps, dit-il après avoir salué l'assemblée, quelles dispositions allons-nous prendre ? Car on peut craindre que les clans ne prennent parti et ne se déclarent contre le prince héritier. Nous savons aussi que depuis son retour à Thèbes, Néférou ne cesse d'intriguer car il n'a pas renoncé au trône.

— Pour ce qui est de Néférou, lui répondit Hétephérès, il n'y a rien à craindre. Néfermaât l'a désavoué. En tant que Grande Epouse royale, il me revient de désigner la personne responsable de la régence en l'absence de ton frère. C'est déjà fait : j'ai reçu le serment de ton oncle Néfermaât.

— C'est là, ma mère, une bonne initiative, mais dans quelle mesure peut-on lui accorder une totale confiance ? Nous ne devons pas oublier qu'il a longtemps soutenu Néférou.

Cette remarque provoqua l'indignation de Néféret qui n'hésita pas à intervenir :

— Rahotep ! Comment peux-tu ainsi mettre en doute la parole de mon père ? N'est-il pas ton beau-père et aussi ton oncle ?

Avant que son fils n'ait répondu à son épouse, Hétep-hérès leva la main pour mettre un terme rapide à une possible querelle de ménage et remarqua judicieusement :

— Il n'est que trop vrai que les serments valent plus pour ceux qui les reçoivent que pour ceux qui les formulent, mais, en tout cas, pour l'instant, Néfermaât ne se dédira pas. Tant que le dieu Snéfrou ne sera pas embaumé et que sa momie n'aura pas reçu les rites d'ouverture de la bouche et des yeux, tant que son âme restera présente en ce monde, nul n'osera se lever pour revendiquer sa couronne. Or sache que j'ai accompagné le cortège qui, dès hier soir, a accompagné le corps du roi dans la salle des embaumeurs. J'ai parlé aux prêtres chargés de la préparation du corps du dieu pour le grand voyage, en suite de quoi ils m'ont assuré qu'ils sauraient faire durer les opérations de momification autant de jours qu'il le faudra pour donner à Khéops le temps de rentrer en Egypte. Lorsqu'il sera là, personne n'osera contester ses droits à la succession de son père.

— Souhaitons alors que le messager que tu as dépêché là-bas arrive à bon port et nous ramène promptement notre frère bien-aimé, conclut Rahotep. Pour moi, je vais compter les hommes qui nous sont fidèles et les tenir sous les armes afin de parer à toute éventualité.

— Va, mon fils, lui dit la reine. Mais tout d'abord, dis-moi si tu es sûr du soutien des gens d'Héliopolis ?

— Je crois qu'on peut compter sur eux.

— Tu le crois, mais tu n'as pas l'air d'en être très sûr. Les soldats dont Sa Majesté t'a confié le commandement me paraissent fidèles à notre cause. Ils sont maintenant rassemblés dans leur majorité dans les cantonnements de Memphis : laissons-les là en toute tranquillité, mais prêts à agir. Pour toi, il te revient plutôt de retourner à Héliopolis et de commencer par t'assurer de l'appui du clergé du dieu. Il faudrait que, en tant que Grand Voyant de Rê, tu fasses publiquement acte de fidélité à Khéops et le déclares officiellement l'héritier du trône.

Rahotep marqua une hésitation avant de faire remarquer que, étant le frère de Khéops, et tous les grands connaissant l'étroitesse de leurs relations, il ne pourrait emporter leur conviction. Pour le moins, il devait obtenir l'adhésion de tous les hauts membres du clergé d'Héliopolis.

— Ton raisonnement est juste, Rahotep, lui accorda sa mère. Retourne donc à Héliopolis et obtiens cette adhésion. Tu pourras ensuite parler au nom de tout le clan de la cité de Rê.

— Cette fois, intervint Néféret, je t'accompagne. Depuis trop longtemps tu es absent de ta maison, loin de ton épouse.

— C'est, lui répondit Rahotep, que mes fonctions m'occupent totalement et que j'ai trop de tâches à accomplir pour pouvoir encore consacrer un temps à ma demeure et à ma famille. Mais j'ai la conviction que dans un avenir proche, j'aurai plus de loisirs à te consacrer. Pour l'instant, je te prie de demeurer à Memphis où tu as toute ta famille, ton père, ta sœur, et aussi ma mère et tes belles-sœurs.

Il avait parlé avec suffisamment de fermeté pour que la jeune femme comprît qu'il était inopportun d'insister. Elle se résolut à suivre son époux dans leur demeure afin qu'il se préparât à un nouveau départ.

Hétep-hérès attendit que le couple se fût retiré pour se tourner vers Méritités et Hénoutsen :

— Eh bien, mes filles ! leur dit-elle, vous voilà maintenant rassurées. A cette heure, Gébi, en qui nous pouvons avoir une totale confiance, est certainement arrivé à Byblos. Bientôt mon aîné, votre époux bien-aimé, sera de retour parmi nous et, dès lors, nul n'osera contester ses droits.

Elle invita alors ses filles à rentrer chez elles. Dès qu'elle se retrouva seule, elle frappa dans ses mains et entra un homme de haute stature, dont le teint foncé laissait supposer chez lui une ascendance nubienne. C'était le chef des Medjaï, de la police de la ville.

— Zouhor, lui dit-elle après qu'il se fut incliné devant elle, tu m'as dit être assuré de la fidélité des Medjaï.

— Ma reine, je te garantis qu'ils sont tous dans ma main comme une poignée de bonne terre du Nil et qu'ils m'obéiront en toute chose, quel que soit l'ordre que je pourrai leur donner, s'ils savent qu'il me vient de toi.

— C'est ce que j'espérais entendre de ta bouche. Tu as bien compris mes ordres, je suppose.

— Je les ai compris, maîtresse.

— Je te laisse alors le soin d'agir et de défendre les droits de notre maître.

Le chef de la police s'inclina et ressortit sans ajouter un mot.

Hénoutsen était la seule personne de la famille royale à être inquiète. Elle ne pouvait oublier les paroles de Sabi. Tout ce qu'il lui avait prédit s'était accompli. Dès lors, elle était obsédée par deux de ses allusions, savoir que Khéops risquait d'être assassiné bien que se trouvant au loin, et que la main qui dirigeait le complot devait se chercher du côté du temple de Ptah. Elle se retira dans sa chambre pour réfléchir au dilemme qui se posait.

Il lui était pénible de se rendre une fois encore auprès de Sabi. Au demeurant, que pouvait-il lui apprendre de nouveau ? Elle devait tourner son attention vers le temple. Que Ptahouser, le Grand Chef de l'art, soit l'âme du complot ou non, ce ne pouvait être lui qui en retirerait le premier avantage, c'est-à-dire la double couronne. Snéfrou maintenant mort, après Khéops, qui étaient les personnages qui pouvaient y prétendre ? Il y avait d'abord Rahotep, mais on avait tenté de l'éliminer. On en revenait ainsi à Néférou. Etait-il aussi innocent qu'il le prétendait ou, encore, aussi affaibli que l'avait déclaré la reine ? Il semblait bien avoir perdu un puissant soutien avec

Néfermaât, le vizir, mais cette défection ne devait rien changer à ses ambitions. Ensuite, les autres héritiers du trône, mis à part les fils de Khéops, en bas âge, n'étaient autres que Néfermaât en personne, et puis son jeune frère, Kanéfer. Hénoutsen ne le connaissait pas. Il avait suivi Snéfrou, son frère aîné, lors de sa dernière campagne en Nubie où, lors du retour du roi en toute hâte, ce dernier l'avait laissé afin de continuer l'œuvre de pacification, ce pour quoi il l'avait nommé gouverneur du nome du sud, cette vaste province au nord de la première cataracte appelée par les Egyptiens Ta-Sety. Les incessantes menaces que les Nubiens faisaient peser sur les régions récemment conquises et même sur cette ultime province, avaient maintenu là-bas le prince qui résidait à Eléphantine avec sa famille, soit son épouse et son fils Hémyounou, lequel avait reçu le commandement de la troupe destinée à défendre ces provinces. Il semblait devoir être mis d'office hors de cause. A moins, se dit cependant Hénoutsen, que précisément il ait tout manipulé de sa lointaine résidence. Elle s'attarda un instant sur cette hypothèse avant de la rejeter : il fallait près d'un mois de navigation pour rejoindre Memphis, ce qui rendait difficiles d'étroits contacts avec le clergé de Ptah.

« Tes réflexions ne te conduiront à rien, se dit-elle enfin. Il est mieux d'agir. »

Elle quitta la résidence en évitant de se faire remarquer et se rendit à la demeure de Ptahmaaou. Ses deux fils, devenus maintenant de grands adolescents, y apprenaient le métier paternel d'ébéniste, sans grande conviction. Elle apportait dans le panier qu'elle avait placé sur sa tête, des fruits, des pâtisseries, mais aussi des bijoux en or qu'elle remit avec le reste à Ptahmaaou en lui passant commande d'un long coffre en bois pour contenir de fins rideaux transparents de rechange, destinés à isoler le bâti en bois doré qui abritait le lit et le fauteuil favori de la Grande Epouse, dans la chambre d'Hétep-hérès et à tenir éloignés les moustiques et tout autre insecte, lors du sommeil de la reine : un présent qu'elle avait décidé de faire à sa belle-mère, expliqua-t-elle. Aussi le père ne trouva rien à redire lorsque la jeune femme lui demanda de lui prêter ses fils pour une tâche qu'elle ne pouvait accomplir personnellement et qui concernait la sécurité du royaume.

— S'il en va de la sécurité du royaume, admit Ptahmaaou d'un ton où se manifestait une certaine ironie, je ne peux te refuser le sacrifice de mes deux fils.

Des fils qui étaient trop contents d'avoir là un si bon prétexte pour quitter l'atelier paternel et aller courir les rues. Hénoutsen les emmena près du temple de Ptah où elle leur fit connaître leur mission : il s'agissait d'observer les entrées et les sorties de tous les personnages de quelque importance.

— Vous prétendez, poursuivit-elle, connaître tous les grands de cette ville. Il vous revient alors de noter dans vos têtes en les identifiant, tous ceux qui entrent dans le temple, et à quel moment du jour ou de la nuit, ainsi que le temps qu'ils y restent. Et aussi ne manquez pas de noter ceux qui reviennent trop souvent.

— Quoi, interrogea Chédi, tu voudrais que nous restions en observation non seulement le jour mais aussi toute la nuit ?

— Pour le moins, au début de la nuit, précisa-t-elle.

— Mais, après le coucher du soleil, le temple ferme ses portes et nous-mêmes nous ne verrons goutte !

— Il vous faudra vous rapprocher dans le cas où vous verriez venir un homme avec une torche. Il aura forcément le visage éclairé. Je passerai vous voir chaque matin pour que vous me rendiez compte de ce que vous aurez pu observer la veille. D'accord ?

— Et combien tu nous donnes pour cela ? demanda Inkaf.

— Ce que vous me demanderez. Des fruits, des pâtisseries, de la bière, du vin, tout ce que vous voudrez.

— Des baisers aussi ?

— Des baisers de qui ?
— De toi, bien sûr.
— Accordé.
— Et plus encore ?
— Non, refusé. Soyez de bons veilleurs.

Durant cinq jours, Hénoutsen rendit chaque matin visite aux deux garçons pour entendre leur rapport. Elle ne retint, de tout ce qu'ils lui rapportèrent, que ce qui concernait les gens qu'elle jugeait importants. Parmi eux, elle nota que Néférou était venu trois fois, dont une fois à la tombée de la nuit, le vizir Néfermaât n'était venu qu'une fois, une fois aussi Abedou, mais il n'était resté que peu de temps.

— Note, remarqua Chédi, que la troisième fois qu'il est venu dans le temple, dans la nuit, Néférou n'en est pas ressorti.

— Soyons sincères, intervint son frère ; disons plutôt que nous ne l'en avons pas vu ressortir. Mais comme nous sommes partis vers le milieu de la nuit, rien ne dit qu'il n'en est pas sorti après notre départ.

C'est ce que pensa Hénoutsen. En revanche, ce qui l'intrigua davantage, c'est la visite, un soir, de Tjazi, le serviteur nubien du magicien.

— Etes-vous bien sûrs qu'il s'agissait de lui ? insista-t-elle.

— Hénoutsen, s'indigna Chédi, comment pourrions-nous nous être trompés ? Nous le connaissons bien, ce grand Nubien. Il n'y en a pas deux comme lui à Memphis.

Elle se demanda ce qu'il avait bien pu venir faire dans le temple une fois les portes closes.

Ceux qui s'étaient présentés la nuit avaient frappé non pas aux grandes portes en bois de cèdre doublées de feuilles de cuivre, mais à une petite porte placée sur un côté, derrière laquelle se tenait visiblement un portier, car elle était chaque fois ouverte aussitôt que le visiteur frappait à l'huis.

Hénoutsen songea alors que cette guette ne l'avait pas grandement avancée dans son enquête. Cependant elle était troublée par la visite de Néfermaât, le vizir. S'il s'était réellement rallié à Khéops, comme l'avait assuré Hétep-hérès, quelle raison avait-il de se rendre de nuit dans le temple de Ptah d'où, visiblement, partait la conjuration contre son époux ? Pour qu'elle sache ce que pouvaient venir faire les visiteurs dans le temple, en particulier à la nuit tombée, il fallait qu'elle-même s'y introduisît. Lors de sa dernière visite, elle avait observé les véritables rues formées par les quartiers d'habitations des prêtres, les boucheries où l'on abattait les bêtes destinées aux sacrifices, l'étable du taureau Apis et de ses génisses, l'emplacement des ateliers, de divers bâtiments dont elle ignorait la destination, et surtout le vaste sanctuaire du dieu, qui, agrandi peu à peu au cours des siècles, était parvenu à des dimensions gigantesques. Elle songea qu'il lui serait certainement possible de se dissimuler dans l'un des si nombreux recoins de tout cet ensemble enchevêtré de constructions pendant le jour et d'y attendre la nuit pour tenter de surprendre la vie secrète qui continuait de s'y déployer, loin des regards profanes. L'idée l'excita si vivement qu'elle décida de la mettre à exécution dès le lendemain. Elle se rassura en se disant qu'elle ne prenait finalement que peu de risques car, dans le cas où elle serait surprise ou découverte, sa position dans la famille royale lui serait une sauvegarde. Il suffirait qu'elle prétende être venue porter une offrande au dieu et s'être endormie. C'était évidemment une explication futile et peu vraisemblable, mais les prêtres seraient bien obligés de faire semblant de la croire.

CHAPITRE XI

Hénoutsen attendit que l'après-midi fût avancé pour se mettre en route vers le temple. Elle avait emporté dans un panier qu'elle portait sur sa tête, comme le faisaient les paysannes, des dattes et du pain, comme si elle venait apporter une offrande au dieu, c'est-à-dire aux prêtres. L'homme placé près de la porte ne la remarqua pas dans la foule des fidèles et des visiteurs qui allaient et venaient et remplissaient la vaste esplanade située devant le temple. Elle se hâta de déposer son panier sur la table destinée à recevoir les offrandes puis elle s'éloigna vers un groupe de maisons où elle trouva un escalier extérieur qui la conduisit sur une terrasse. Elle se coucha sur le sol encore chaud des rayons du soleil déclinant et elle attendit patiemment que descendît la nuit. Elle sombra dans un profond sommeil avant même de songer à lutter pour rester éveillée. Quand elle ouvrit les yeux, le ciel noir, piqué d'étoiles, l'enveloppait de ses ombres. La lune, à son dernier quartier, commençait à monter dans le ciel et balayait les bâtiments blanchis à la chaux, écrasés de silence. Elle se redressa et embrassa d'un long regard le calme de la nuit. Elle s'injuria pour s'être ainsi assoupie, se demanda à quel moment de la nuit on pouvait être, puis elle se félicita de n'avoir pas été découverte. Elle craignait cependant que tous les hôtes du temple ne soient endormis et qu'elle ne soit venue pour rien.

Elle se décida à quitter son repaire. Elle se dirigea vers le temple sans espérer pouvoir s'y introduire. En découvrant son ombre projetée par la lune, elle se dit que si d'aventure un prêtre se montrait, il ne pourrait manquer de repérer sa longue robe blanche qui semblait presque briller dans la lumière lunaire. A moins que le blanc ne se confondît avec la teinte des murs des bâtiments. Mais ses craintes restèrent illusoires car il semblait bien que les prêtres étaient tous endormis. Sauf, sans doute, les veilleurs installés sur le toit du temple qui devaient scruter le ciel pour suivre la course nocturne du soleil, pensa-t-elle. Puis elle se dit que s'il en était ainsi dans le temple de Rê à Héliopolis, ainsi que le lui avait appris Khéops, ce n'était peut-être pas le cas pour le temple de Ptah.

Elle souhaita qu'il en allât différemment, sans quoi les prêtres veilleurs risquaient de la découvrir de leur observatoire. Elle se dirigea vers la grande esplanade qui s'étendait entre la haute porte d'entrée du sanctuaire et le temple proprement dit, dont la masse sombre dominait tous les autres bâtiments qui se pressaient dans l'enceinte sacrée. Elle songea qu'il ne lui restait plus qu'à trouver une issue pour sortir de l'enceinte sacrée, car il devait être trop tard pour y faire une rencontre de quelque intérêt. Il n'était pas question de tenter d'ouvrir la grande porte, mais elle espérait trouver une issue par la petite porte par laquelle les deux garçons avaient surpris les visiteurs nocturnes. Elle s'apprêtait à traverser en diagonale la grande esplanade, lorsque s'ouvrit précisément la porte par laquelle elle avait l'intention de sortir. Elle put distinguer le portier qui devait se tenir dans l'ombre, raison pour laquelle elle ne l'avait pas vu, et un visiteur qui traversa l'esplanade en direction du temple dans lequel il disparut.

Au risque d'être vue par le portier, Hénoutsen se glissa jusqu'à la porte par laquelle le nouveau venu s'était introduit dans le temple. Elle était entrouverte. Hénoutsen poussa l'huis qui pivota silencieusement, et elle se trouva dans une vaste salle à peine éclairée par une torche, ce qui avait l'avantage de lui permettre de progresser dans la pénombre le long des murs sans devoir marcher à tâtons. Elle passa ensuite dans une longue galerie, elle aussi vaguement éclairée par une torche : le mystérieux visiteur qui l'avait précédée n'était encore qu'à l'extrémité de la galerie et elle put voir sa silhouette disparaître dans le trou sombre formé par une porte ouverte. Elle se mit à courir, laissant glisser silencieusement ses pieds nus sur le sol lisse en pierre pour se rapprocher de l'inconnu. Une fois encore elle distingua sa silhouette qui parut se dissoudre dans les ténèbres d'une nouvelle salle obscure. Elle dut alors progresser à tâtons, l'œil fixé à une faible lumière qui auréolait le contour d'une porte entrouverte, derrière laquelle l'homme avait disparu. Elle s'arrêta derrière la porte puis la poussa doucement pour se glisser dans la salle.

C'était une grande pièce partagée par une rangée de piliers de pierre en son centre. Dans le fond, bien éclairé par de nombreuses lampes, se tenaient debout plusieurs hommes qui, tous, lui tournaient le dos. Ils faisaient face à un personnage assis sur un siège de pierre. Hénoutsen reçut un violent choc au cœur en découvrant que ce personnage, un homme robuste vêtu comme tous les autres d'un pagne blanc, avait le visage caché sous un masque ayant la forme d'une tête d'ibis. Elle évoqua aussitôt le mystérieux conspirateur qui avait assailli Khéops, Rahotep et, certainement Bénou, puisqu'on avait trouvé un masque semblable auprès de son cadavre. L'homme qu'avait suivi Hénoutsen venait de se ranger parmi l'assemblée composée de neuf personnes, d'après le compte qu'elle en fit. L'homme au masque d'ibis parla alors et, à nouveau, Hénoutsen tressaillit car, bien qu'elle fût partiellement déformée par le masque, elle eut le sentiment qu'elle connaissait cette voix, sans pour autant parvenir à l'identifier.

— Sois le bienvenu, Kahif, dit-il à l'adresse du nouveau venu. Nous n'attendions que toi. Qu'as-tu à nous dire pour ce qui te concerne ?

— Seigneur, je peux t'assurer la fidélité de la troupe de Memphis. J'ai contacté tous mes officiers, ils sont prêts à te soutenir : les guerriers suivront.

— C'est bien. Pour toi, Ptahouser, je sais que tu m'es acquis avec tout le clergé de Ptah.

— Nous sommes à ta dévotion, seigneur, assura le Grand Chef de l'art qui se tenait debout auprès du chef des troupes de Memphis.

A son tour, il demanda :

— T'es-tu assuré de la fidélité du clergé d'Héliopolis ?

— Ne comptons pas trop sur ceux-là. Mais nous n'avons pas besoin de leur participation. Ils devront bien se soumettre lorsque j'aurai coiffé la Double Couronne.

— Certainement, seigneur, dit l'un des conjurés, les prêtres d'Héliopolis ne sont pas pour nous une menace, mais il n'en va pas pareillement de la troupe de cette cité. Penses-tu pouvoir compter sur elle ?

— Leur chef, Raou, m'est acquis, assura le masque. Reste le vizir. Ptahouser, je sais qu'il t'a rendu récemment visite. Quelle est sa position ?

— Seigneur, il m'a confirmé sa fidélité au prince héritier. Comme je n'ai pu prononcer ton nom, je ne sais quelle sera exactement sa position lorsque tu te déclareras.

— Il ne sera alors plus à craindre, je peux l'assurer, d'autant qu'il ne dispose d'aucune troupe et que son pouvoir n'est fondé que sur la puissance royale.

— S'il en est ainsi, il me semble que nous n'avons plus à redouter que Zézi avec la troupe d'Hiérakonpolis ; car il est toujours resté fidèle à Sa Majesté et à ses décisions.

— Sache, lui répondit le masque, qu'il n'aura pas à trahir la dynastie royale. Il sera bien forcé de se rallier à nous. Car je veux vous faire part d'une bonne nouvelle ; je viens de l'apprendre à l'instant par ce messager qui vient d'arriver parmi nous. C'est lui qui va avoir l'honneur de vous l'apprendre.

Un homme sortit de l'assemblée et vint se placer près de l'homme au masque. Hénoutsen put alors reconnaître Tjazi, le serviteur de Sabi.

— C'est un messager qui nous est arrivé récemment du pays de Qedem, annonça le masque en le présentant. Il nous fait savoir que Khéops, le prince héritier désigné par le dieu Snéfrou, est mort. Il a été tué à Byblos où, comme vous le savez, il était allé chercher du bois, sur l'ordre de Sa Majesté.

A l'ouïe de cette nouvelle, Hénoutsen ne put retenir un grand cri qui résonna contre les murs de pierre de la salle. Tous les conspirateurs se tournèrent vers elle. Dans la pénombre, ils distinguaient vaguement sa silhouette trahie par la blancheur de sa robe. Elle voulut alors s'enfuir, mais elle sentait ses jambes se dérober et elle avait l'impression d'être paralysée. Déjà le masque d'ibis avait bondi vers elle tandis que Ptahouser, qui avait saisi une torche qu'il levait à bout de bras s'écriait :

— Que fait-elle là ? C'est Hénoutsen, l'épouse de Khéops !

Elle réussit à s'arracher à cette faiblesse qui venait de la saisir et elle bondit vers la porte, mais le masque lui coupa la route et l'empoigna fortement d'une main tandis que dans l'autre il brandissait une lourde hache. Hénoutsen poussa un cri en tentant de se dégager tout en tenant son regard attaché à l'arme qui la menaçait. Mais le bras ne retomba pas : Tjazi l'avait retenu en secouant la tête, pour marquer sa réprobation.

— Que veux-tu ? l'interpella alors le masque. Prétends-tu m'empêcher de tuer cette femme qui est aussi dangereuse qu'un serpent ? Que te prend-il, toi qui as mis à mort sans hésiter les trois messagers de la reine ?

Alors, à la stupéfaction d'Hénoutsen qui le croyait muet, Tjazi parla, bien que visiblement il s'exprimait d'une manière très élémentaire dans une langue qu'il ne connaissait que très mal, celle des Egyptiens :

— Toi, pas tuer.... Elle sacrée... Mon maître défend...

Il avait saisi dans son poing énorme l'avant-bras du masque et sa force était telle que l'homme ne parvenait pas à se dégager de son étreinte. Il lâcha alors Hénoutsen afin de repousser le Nubien. Une brève lutte s'engagea entre eux, mais le masque lança un coup de genou dans le ventre de son assaillant qui lâcha prise, et, aussitôt après, il abattit la hache sur son crâne qui se fendit comme une coloquinte. Hénoutsen, un instant paralysée par la crainte, bondit de côté pour se mettre hors de portée de son assaillant puis, en voyant tomber son défenseur, elle s'engouffra dans la porte. Tout en courant elle retrouvait sa vigueur, tant la peur la talonnait. Laissant le

Nubien s'effondrer dans un flot de sang, l'homme au masque s'élança alors à la poursuite de la jeune femme. Elle avait atteint la grande cour pavée d'où elle se précipita vers la petite porte de l'enceinte. Le portier s'était assoupi, à l'écart. Fébrilement, elle retira la barre de bois qui servait à maintenir la porte close : il fallait la faire sortir des supports entre lesquels elle était enfoncée en force afin qu'elle ne puisse glisser. Lorsqu'elle réussit enfin à soulever la poutre et à la jeter au sol, son poursuivant était parvenu tout près d'elle en brandissant son arme mortelle. Elle tira la porte et se jeta dans la rue, folle de terreur. Elle courut de toute la vitesse de ses jambes en direction du palais. Mais allait-elle y trouver du secours ? Dans la résidence de Khéops où elle avait sa chambre, il n'y avait que quelques serviteurs incapables de résister à l'homme qui la pourchassait. C'est pourquoi elle préféra se diriger vers la résidence d'Hétep-hérès. Et tout en courant, elle criait afin d'alerter non pas un passant, car à cette heure de la nuit les rues étaient sombres et totalement désertes, mais les gens du palais, maintenant tout proche. Cependant, sans paraître redouter une quelconque intervention, le masque terrifiant se rapprochait inexorablement et elle-même sentait son cœur battre à se rompre et ses jambes faiblissaient à la suite du terrible effort qu'elle fournissait pour tenir à distance un homme qui était visiblement un bon coureur.

Elle ne cessait d'appeler tout en s'élançant dans les allées du jardin, puis elle s'engouffra dans le palais de la reine, sombre et silencieux. Elle espéra alors pouvoir échapper à son poursuivant à la faveur de l'obscurité qui régnait dans les salles de la résidence royale. Mais il était maintenant si proche d'elle qu'elle entendait son souffle rauque sous le masque. Elle vit une lumière, sans doute vers la chambre de la reine : elle y courut, comme un papillon attiré par une flamme, en espérant qu'il y aurait quelqu'un pour la secourir. Et, en effet, malgré l'heure tardive, elle vit debout au fond de la pièce fortement éclairée, la Grande Epouse royale Hétep-hérès. Elle courut se jeter à ses pieds, tout en éclatant en pleurs. En voyant la reine, l'homme au masque s'arrêta et resta immobile, haletant.

— Mère, gémit Hénoutsen, cet homme est l'assassin...

Avec un calme stupéfiant, mais d'une voix sombre et triste, Hétep-hérès répliqua :

— Je le sais, ma fille. Mais il est vrai que je ne pensais pas qu'il oserait venir jusqu'ici le visage dissimulé sous son masque criminel.

— Mère, j'ai peur, il veut me tuer, il n'hésitera pas non plus à t'assassiner.

— Je ne crois pas, Rahotep, que tu oserais frapper ta propre mère. Car lorsque tu as tenté de supprimer ton père, tu l'as fait par l'intermédiaire de soldats à ta solde.

En entendant ces paroles, Hénoutsen se releva en murmurant :

— Rahotep !

— Oui, reprit la reine, tu peux ôter ton masque, Rahotep.

Il obéit, et à nouveau Hénoutsen prononça son nom en poussant un grand soupir.

— Mère, dit alors Rahotep, je ne te frapperai pas, et je ne frapperai pas non plus cette oie curieuse d'Hénoutsen puisque je suis démasqué. Mais peu importe, après tout, que l'on sache qui se cachait sous le masque de Thot. Vois, je viens d'apprendre que Khéops est mort... Réduit à l'impuissance est aussi Néférou, car nous le tenons emmuré dans le temple de Ptah : il suffit d'un ordre de moi pour qu'il soit étranglé.

— Un ordre que tu ne donneras pas, Rahotep.

— Un ordre que je donnerai si je décide qu'il en doit être ainsi. Maintenant, je suis le seul héritier légitime du trône d'Egypte.

— S'il était vrai que Khéops soit mort, l'héritier légitime serait son fils Kawab et non un criminel comme toi, un homme sorti de mon ventre dont j'ai honte, que j'aurais tué à la naissance si j'avais su qu'il était destiné à souiller de sang le trône des Deux Terres.

— Ma mère....

— Ne m'appelle pas ainsi, je ne suis plus ta mère.

— Dans ce cas, tant pis pour toi. Mais sache que je suis le maître de Memphis : le chef du clan de Memphis, Kahif, m'a prêté allégeance et j'ai le soutien du clergé de Ptah. Si je n'ai pas réussi à rallier le clergé d'Héliopolis, j'ai reçu le serment de Raou, le chef des troupes de cette cité. Qui pourrait, dans ces conditions, me résister ? Et puisque mes deux frères aînés ne sont plus que des ombres vaines, je reste aux yeux des hommes de ce pays le seul héritier légitime du trône. Cependant je vais être contraint de vous enfermer toutes deux dans une solide prison, au fond du temple de Ptah, afin que personne n'entende vos voix, car il me déplairait que l'on sût que je suis l'instigateur de tous ces meurtres.

— L'oserais-tu ? lui demanda la reine.

— Tu ne me laisses pas le choix. A moins que tu ne préfères être mise à mort, avec Hénoutsen, cette petite bête qui a cru habile de se glisser dans le temple pour surprendre nos conversations. Cependant je suis curieux de savoir comment tu as pu me soupçonner.

— Rahotep, tu t'es cru trop malin, trop habile, et c'est ce qui t'a perdu, répliqua la reine avec une parfaite sûreté d'elle-même, comme si les menaces de son fils ne produisaient aucun effet sur elle. Lorsque j'ai pu me persuader que l'assassin ne pouvait être ce malheureux Néférou qui était trop vaniteux et sûr de lui pour s'engager dans une si périlleuse aventure, il ne me restait plus grand monde à soupçonner. Mes premiers doutes sont venus quand Khéops m'a appris la manière dont il avait été assailli. Il se trouve qu'il n'avait dit à personne qu'il se rendait à Hermopolis, à personne sauf à ses deux épouses et à moi. Or, lors de cette fête donnée par Néférou, tu m'as toi-même demandé où se trouvait Khéops, et je te l'ai appris. Quand il nous a fait connaître cette tentative de meurtre, j'ai interrogé les filles pour savoir si elles avaient parlé, si elles avaient dit à quelqu'un où se trouvait leur époux. Aucune n'avait parlé : tu étais donc le seul à savoir où il était. D'ailleurs, tu manifestais trop ostensiblement ton attachement à ton frère, tu répétais trop que tu étais prêt à défendre ses droits comme s'il s'agissait des tiens propres. De si bruyantes marques d'attachement à quelqu'un ont quelque chose de suspect. Ma conviction a été définitivement établie à la suite du meurtre des trois messagers que j'ai envoyés à Byblos. C'était un piège que je te tendais ; je regrette pourtant d'avoir dû sacrifier ces trois malheureux, bien que, tout d'abord, il n'était pas certain qu'ils perdissent la vie au cours de la mission que je leur avais donnée. J'ai bien veillé à te mettre au courant de cette mission : ainsi, s'ils arrivaient sains et saufs à Byblos, tu étais en partie lavé du soupçon qui pesait sur toi. Mais ils ont été tous les trois assassinés avant même de quitter le sol de l'Egypte et c'est toi-même qui es venu me le faire savoir.

— Mère, intervint Hénoutsen, leur assassin est un homme que je connais. Il était dans le temple et c'est lui qui a arrêté la main de Rahotep quand il a voulu me frapper avec sa hache.

— Celui-là a payé son crime, répliqua cyniquement Rahotep. Je viens de lui fendre la tête.

— Un beau justicier que celui qui met à mort ceux qui ont fidèlement exécuté les ordres donnés. Mais tu n'avais pas prévu, Rahotep, que j'allais envoyer par la mer un autre messager sûr. Car là encore tu t'es trop hardiment aventuré en assurant qu'on ne disposait plus de bateaux de haute mer. Je savais qu'il en restait et mon fidèle Gébi a eu tôt fait de m'en procurer un. Rappelle-toi que je ne t'en ai averti qu'une fois assurée que tu ne pourrais plus intervenir contre lui.

— Je te félicite, tu as très bien raisonné. Mais ces

déductions ne te servent à rien, sinon à me contraindre à agir à ton égard d'une manière qui me déplaît, mais que je ne peux t'éviter.

— Le crois-tu ? demanda Hétep-hérès.

Et elle frappa dans ses mains. Aussitôt, des portes qui donnaient accès à la chambre, surgirent une douzaine d'hommes armés de haches et de lances, les Medjaï. Et, avant que Rahotep n'ait eu le temps d'esquisser le moindre geste, ils l'entouraient, le saisissaient, le désarmaient.

— C'est bien, Zouhor, dit la reine à leur chef qui avait été le premier à saisir Rahotep.

— Ma mère, qu'espères-tu encore en me faisant arrêter par cette poignée d'hommes ? demanda-t-il sans chercher à se défendre, trop sûr de lui. Je te l'ai dit, nombreux sont les hommes prêts à me soutenir. Et qui espères-tu mettre sur le trône d'Egypte maintenant que Khéops est mort ?

— Hélas, soupira Hénoutsen, ce qu'il dit est vrai. J'ai vu les conjurés dans le temple de Ptah, et l'annonce de la mort de mon cher époux leur a été faite par Rahotep lui-même.

— Ne te tourmente pas inutilement, mon enfant. D'ailleurs, tu as été bien trop audacieuse et, qui pis est, inutilement, en allant espionner ces conjurés dans ce temple. Car sache que je suis au courant de toute la conspiration... oui, Rahotep, par Raou que tu croyais avoir rallié à ta cause. Il a simulé ce ralliement afin de pouvoir connaître tes agissements et me les communiquer. Sendjemib, le deuxième prophète du temple de Rê qui t'a bien vite soupçonné lorsque Snéfrou t'a eu nommé à la tête du clergé d'Héliopolis, charge que tu comptais bien obtenir en supprimant Bénou, est le frère de Raou, tu sembles l'avoir oublié, ou ignoré. Sache aussi que Zézi, averti en secret par moi dès la mort du dieu Snéfrou, marche avec sa troupe sur Memphis, ainsi qu'Oudji qui vient avec les troupes de Bouto. Lui aussi a simulé un ralliement à ta cause afin de mieux te perdre. Ainsi, tu as en vain fait tuer les soldats félons qui ont tenté d'assassiner une première fois ton père en Nubie et ton frère quand il dormait dans le désert à l'occident de Memphis, en vain tu as toi-même tenté d'assassiner Khéops et tu as tué le témoin à qui tu avais fait apporter le pli à ton frère afin de repérer son logement à Hermopolis, en vain tu as fait égorger mes messagers. Mais ta mise en scène lorsque tu as prétendu avoir été assailli à ton tour dans le désert a été habile. Trop peut-être, car j'ai aussi été surprise que tu te trouves dans le désert oriental, et précisément seul, dans le même temps que Khéops était à Hermopolis, et aussi que le prétendu homme masqué t'ait si facilement retrouvé dans ce même désert pour tenter, une fois encore en vain, de te supprimer.

La reine fit une pause avant de reprendre :

— C'est aussi inutilement que tu as perverti Inéki. C'est lui qui est mort, et non ton frère. Sache qu'un de ces coureurs qui se relaient pour porter des messages à travers le royaume est arrivé ce soir même à ma résidence. Il portait un message de Khéops pour m'annoncer qu'il est déjà très engagé dans le bras du Nil avec deux vaisseaux qui naviguent jour et nuit. Sans doute sera-t-il à Memphis dès demain matin, après-demain au plus tard.

La reine fit une nouvelle pause et poursuivit :

— Tu dois concevoir que ce n'est pas sans sentir se déchirer mon cœur de mère que j'ai dû admettre une vérité que, tout d'abord, j'ai repoussée avec horreur. Mais trop de preuves étaient accumulées contre toi. Et tu m'en as donné de nouvelles encore récemment lorsque tu as cru habile d'éluder ma recommandation de prendre publiquement parti pour ton frère, de déclarer que tu te ralliais à lui, l'héritier légitime. Pareillement, ce même jour, tu as jeté le soupçon sur la fidélité de mon frère Néfermaât, afin d'éloigner de nous un allié trop puissant qui avait refusé de soutenir une tout autre candidature que celle de Khéops. Mais je ne comprends toujours pas comment tu as pu souiller tes propres mains de tout ce sang !

— Je n'aurais pas songé à agir directement, reconnut Rahotep, si je ne m'étais trouvé avec des hommes incompétents. Les soldats que j'avais réussi à rallier à ma cause et à soudoyer se sont révélés des incapables. Oui, c'est bien inutilement que j'ai fait suivre Khéops par mes affidés pour qu'ils puissent le surprendre et le mettre à mort proprement : non seulement ils ont échoué, mais ils se sont fait blesser, au point que j'ai dû moi-même supprimer ces maladroits devenus des témoins dangereux. Pour ceux qui se sont attaqués au roi, ils ont heureusement été tous deux tués avant de pouvoir parler. C'est alors que j'ai décidé d'agir personnellement et seul, sans mettre personne dans mon complot. Pour le reste, comment peux-tu me faire de tels reproches alors que tu nous as rapporté, à Khéops et à moi-même, tes soupçons sur la manière dont ton père Houni, mon propre grand-père, est monté sur le trône d'Horus, lui qui était le dernier de la famille, lui qui n'était pas destiné à régner, lui qui a su forcer le destin ? Pourquoi, parce que les dieux ont fait que je sois né le troisième parmi les fils de Snéfrou, et le second parmi les héritiers légitimes du trône, devais-je ainsi être défavorisé et renoncer à la double couronne ? Par ces actes, je n'ai fait que réparer une injustice du sort. J'ai échoué, je le regrette car je mérite tout autant que mes frères de régner sur le peuple d'Egypte.

— Pourrais-tu tout aussi habilement justifier le meurtre de Bénou ?

— Certainement. Lorsque nous étions adolescents et que nous étudiions dans le temple, mon frère et moi, j'ai commencé à le haïr : il était toujours sévère, dur avec moi, et il montrait d'une façon outrageuse les préférences qu'il marquait pour Khéops. Puis il l'a initié à ses mystères, alors qu'on a trouvé inutile que me soient conférées ces connaissances. Et c'est ce stupide Néférou qu'on lui a ensuite envoyé !

Comme j'ai su par mon père que tu l'avais incité à mettre ses fils à la tête des clergés, j'ai trouvé tous les arguments pour supprimer Bénou : dans le même temps je me vengeais des affronts qu'il m'a fait subir, je rendais disponible une haute fonction qui ne pouvait que m'aider dans mes ambitions et, finalement, je supposais judicieusement que les soupçons seraient reportés sur Néférou dont je me débarrassais par la même occasion. Je considère que mon calcul était parfait. Aussi, nonobstant ces recours obligés à la violence, tu devrais, mère, admirer mon habileté et ma ruse, y découvrir les qualités d'un véritable homme d'Etat et d'un prince habile, en conséquence de quoi, demande à ces hommes de se mettre à mes ordres. En revanche, je te conserverai tes prérogatives de reine mère et je jurerai devant Maât de laisser en paix cette oie d'Hénoutsen.

— Vraiment, Rahotep, répliqua Hétep-hérès, tu ne manques pas d'aplomb ! Sache cependant que malgré ton effronterie et l'audace de ta défense, malgré tout l'amour que je t'ai porté avant que tu ne te souilles de tous ces crimes, je ne puis te laisser vivre. Je veux t'éviter la honte de comparaître devant le tribunal du vizir qui ne pourra que te condamner à une double mort, car tu n'ignores pas que de tels crimes, non seulement condamnent ton corps vivant, mais aussi ton âme, que ta dépouille devrait être brûlée, que ton nom devrait être effacé. Je veux t'éviter cette seconde mort, et je laisse au tribunal divin le soin de peser ton cœur et de porter son jugement. Ta tombe est prête, près de la pyramide du Soleil, auprès de ce monument effondré qui prend pour toi la signification d'un terrible symbole. Je me suis même laissé dire que tu y as déjà installé les deux statues que tu as fait faire il y a trois ans, de toi et de ton épouse. Il tient à toi qu'il n'y ait pas de procès et que tu reçoives une sépulture avec tous les rites. Seuls nous tous qui nous trouvons dans cette pièce connaissons ta perfidie et tes crimes. Nous éviterons que le nom de l'assassin soit rendu public. Zouhor va t'accompagner dans ta demeure. Nous te laissons le choix de ta mort. Et n'espère pas y échapper, ni chercher un refuge dans le temple de Ptah. Sache que Raou, à la tête des troupes d'Héliopolis, avec Néfermaât mon frère et vizir, doivent maintenant avoir investi le temple et arrêté les chefs de la sédition. J'attends leur rapport d'un moment à l'autre. C'est pourquoi tu me vois ici, encore éveillée à cette heure et entourée de mes fidèles Medjaï. En entendant tout à l'heure les cris d'Hénoutsen, j'ai compris qu'elle s'était fait surprendre dans le temple et qu'elle était traquée. J'ai aussitôt délégué des gardes vers sa résidence, dans le cas où elle y aurait cherché un vain refuge. Mais j'avais plutôt prévu qu'elle se précipiterait chez moi, et c'est ce qu'elle a fait. J'ai alors demandé à Zouhor de se retirer dans la pièce voisine pour voir jusqu'où iraient ta rage et ton infamie devant deux femmes seules et sans défense. Et toi, tu es tombé tête baissée dans ce piège, comme une bête sauvage et sanguinaire.

Elle conclut en se tournant vers Hénoutsen, non encore revenue de sa stupeur :

— Tu vois, ma fille, qu'il était bien inutile que tu risques ta vie en t'introduisant dans le temple. Je te savais audacieuse, mais point insensée. Quand j'ai appris par Méritités que tu n'étais pas dans ta résidence, j'ai supposé que tu t'étais introduite dans le temple. Mais toute intervention nous exposait à faire échouer notre propre conspiration. J'ai eu peur pour toi, mais j'avais confiance en ton astuce. J'ai eu raison. Maintenant, il est temps pour toi d'aller te coucher.

CHAPITRE XII

Le cortège progressait lentement, accompagné des gémissements et des ululements des pleureuses. Le corps de Snéfrou, soigneusement embaumé et momifié dans ses bandelettes, enfermé dans un sarcophage de bois revêtu de feuilles d'or, était déposé dans une barque en cèdre façonnée pour cet usage tout récemment avec le bois rapporté des montagnes d'Argent par la flotte de Khéops. La barque elle-même était fixée sur un grand traîneau attelé de trois paires de bœufs à la robe tachetée. Quatre Grands, anciens Amis du roi défunt, tenaient symboliquement des cordes liées au traîneau pour donner l'illusion qu'ils tiraient la dépouille royale dans sa barque d'apparat surplombée d'un large dais. Derrière, suivaient immédiatement tous les Grands du royaume, le vizir et frère du roi défunt, Néfermaât, marchant à leur tête. Venaient ensuite quatre hommes qui tiraient le coffre en bois sculpté, orné de croix ansées, signes de vie, et du pilier djed, lui aussi disposé sur un traîneau contenant les urnes dans lesquelles avaient été déposés les viscères du défunt : foie, poumons, estomac et intestins ; puis, en un long cortège, s'avançaient les porteurs d'offrandes, des boissons et de la nourriture dont le dieu devenu Osiris allait avoir besoin dans sa vie d'outre-tombe, suivis encore par les porteuses des présents envoyés par les régisseurs des domaines de Snéfrou. De part et d'autre du catafalque marchaient, d'un côté ses deux épouses royales, Hétep-hérès et Neithotep, de l'autre ses deux filles, Méritités et Néferkaou. Devant le traîneau allait à reculons le prêtre-sem, une peau de léopard jetée en travers du corps, qui lançait vers le défunt les fumées de résines aromatiques brûlant dans un encensoir d'or. En tête du cortège, marchaient par couples les hauts fonctionnaires, scribes du palais, qui portaient tous les trésors du roi destinés à l'accompagner dans son long séjour dans l'au-delà : coffres et coffrets remplis de bijoux, d'amulettes, de vases précieux, de pots d'onguents, de cruches d'argent et d'or, lits et sièges aux formes variées en bois précieux incrustés de nacre des mers orientales, de lapis-lazuli, de turquoise du Sinaï et d'ivoire de Nubie. Ils suivaient les pleureuses, constituées par trois ennéades, qui poussaient les cris rituels tout en levant les bras en signe d'imploration ou en égratignant leur poitrine nue.

Khéops venait tout à fait en tête du cortège, derrière Néterapéref, ancien Directeur des inspecteurs des cinquième, sixième et septième nomes de Haute-Egypte, nommé par Snéfrou lui-même, peu avant sa mort, premier prêtre de sa pyramide, celle dont Ankhaf était en train de terminer l'édification.

Malgré la solennité de la pompe, Khéops ne lui attachait aucune importance. A la suite de ses diverses initiations, il savait que tout ce cérémonial n'avait de valeur qu'aux yeux du commun des mortels, que déjà le roi défunt était devenu un *akh*, un esprit, peut-être encore à la recherche d'un nouveau corps à animer soit dans ce monde, soit dans un autre monde mystérieux, peut-être déjà fondu dans le grand Tout. Il avait bien dû se persuader que dans le monde des apparences, tout devait se réduire au paraître, surtout lorsqu'il s'agissait de la majesté royale, raison pour laquelle le rite tenait une si éminente place dans les institutions du royaume. Ainsi, bien que depuis son retour en Egypte, cela allait faire bientôt trois mois, il ait pris solidement en main le gouvernement du pays, il n'en était toujours pas considéré comme le roi divin, n'étant pas passé par le rite du couronnement au cours duquel il recevrait en une première cérémonie un haut bonnet oblong blanc, la couronne de roi du sud avec le titre de *nesout* « celui qui est du roseau » (plante symbolique de la Haute-Egypte), et ensuite le mortier rouge au sommet aplati, la couronne du nord, avec le titre de *biti*, « celui de l'abeille » (animal symbolique de la Basse-Egypte). Ce couronnement ne se ferait qu'après les funérailles de son père. Son protocole royal avait aussi été établi par les scribes du trône : dans le premier cartouche serait inscrit son nom complet Khnoum-Khoufoui, suivi de son titre de « dieu grand » ; son nom d'Horus serait Medjedou, roi du sud et du nord, *nebty* (les deux déesses, c'est-à-dire Nekhbet, déesse vautour de Hiérakonpolis, protectrice de la Haute-Egypte et Ouadjet, déesse cobra de Bouto, maîtresse de la Basse-Egypte) Medjedou, Double Faucon d'Or, Horus au Bras Puissant.

Ces pensées sur une certaine vanité des choses humaines le menèrent par enchaînement à son frère Rahotep. Quelles n'avaient pas été sa stupeur, puis sa colère, enfin sa tristesse, en apprenant de la bouche de sa mère que l'homme qui avait attenté à sa vie, l'homme qui avait tué de ses propres mains leur maître Bénou, l'homme qui dans l'ombre avait ainsi conspiré pour s'emparer du trône des Deux Terres, n'était autre que son propre frère, l'être à qui il avait jusqu'alors porté le plus d'affection et d'estime. Ne voulant pas lui-même faire couler son propre sang, Rahotep avait demandé à ses gardes de l'étrangler, ce qui avait été proprement fait. Malgré sa colère, Khéops, désireux de satisfaire aux promesses de sa mère, avait permis que le corps fût embaumé et ensuite enseveli dans la tombe que le prince s'était fait construire auprès de la pyramide du Soleil et où l'attendait sa statue funéraire assise à côté de celle de son épouse. Khéops avait d'autant plus volontiers accédé à la prière de sa mère qu'il savait que l'enveloppe charnelle n'avait aucune valeur réelle et que l'esprit lui survivait, quel que soit le sort qui lui ait été réservé. La seule chose à laquelle il s'était refusé avait été de participer aux funérailles d'un frère félon, funérailles qui devaient se dérouler un mois après celles de Snéfrou. Avec lui devait être aussi ensevelie Néféret. Car la jeune femme, en apprenant les crimes de son époux, avait eu honte de vivre et, sans en référer ni à son père ni à la Grande Epouse royale qui, naturellement, l'auraient détournée des sombres desseins qu'elle avait formés à son égard et lui auraient montré qu'elle n'avait aucune honte à avoir, elle s'était pendue. Un drame qui avait profondément touché Khéops qui avait alors dit à sa mère :

— Si Rahotep n'avait pas été exécuté avant mon retour et si Néféret était intervenue en sa faveur en me laissant entendre qu'elle ne manquerait pas de se tuer s'il était mis à mort, je crois que j'aurais pardonné, laissant aux dieux le soin de juger. Car un amour si fort qu'il défie la mort, mérite respect et incite à la clémence.

Quant à Néférou, il avait été sauvé grâce à l'investissement du temple par la police de la reine. Car, lorsque les soldats avaient envahi le temple et arrêté tous les conspirateurs, ils avaient retrouvé le prince muré dans un réduit obscur, au fond d'une salle du temple, où Rahotep l'avait condamné à rapidement mourir de soif et de désespoir. Ses cris s'entendaient à peine par-delà le mur qui avait été élevé pour clore son cachot, de sorte que les soldats avaient bien failli l'y oublier. Ainsi, lorsque Chédi et Inkaf avaient déclaré à Hénoutsen qu'ils avaient vu entrer le prince dans le temple mais ne l'en avaient pas vu ressortir, ils ne se trompaient pas, ce n'était pas par simple négligence.

— Néférou, lui avait dit Khéops lorsque le prince vint devant lui après avoir retrouvé sa vigueur, tu as déclaré jadis qu'une fois monté sur le trône des Deux Terres, tu te contenterais de me laisser vivre selon mon bon plaisir parmi les bouviers. Je te sais gré de n'avoir pas eu l'intention de te débarrasser de moi. Comme je sais qu'il te déplairait de subir le sort que tu me réservais et qui ne m'aurait, en effet, pas été insupportable, voilà ce que j'ai décidé : il est mieux que nous ne nous voyions pas trop souvent. Aussi, tu iras t'installer à Eléphantine, car je te nomme gouverneur de cette province et je te charge de maintenir dans l'obéissance les tribus de cette Nubie que notre père a soumise et dont notre oncle Kanéfer a reçu la garde. Lui-même rentrera à Memphis avec son fils Hémyounou. Ainsi seras-tu prince dans ta province et libre d'agir à ta guise pour le plus grand bien de l'empire que nous ont laissé nos ancêtres.

Néférou, qui n'en attendait pas tant de la magnanimité de son frère, et qui redoutait même une mesquine vengeance à la suite du mépris qu'il avait ostensiblement manifesté à son égard, tomba sur le ventre pour le remercier, bien que nul ne sût ce qu'il pensait en son cœur, pas même son épouse, Méretptah, trop heureuse de voir son mari accéder à une si haute fonction. La mort de sa sœur l'ayant vivement affectée, elle avait été aussi satisfaite de quitter Memphis pour aller vivre sous un autre ciel, loin de pénibles souvenirs.

Le cortège était maintenant parvenu devant le temple d'accueil où se tenaient les prêtres chargés de l'entretien de la pyramide. C'est là que devait avoir lieu la première opération du rite, celle qui consistait à animer la momie par le rite de l'ouverture de la bouche et des yeux. Le traîneau fut arrêté à l'entrée du temple massif en pierres grises soigneusement lissées. Une galerie couverte, flanquée de doubles salles, conduisait dans une vaste cour rectangulaire au fond de laquelle s'ouvraient six chapelles derrière une double colonnade de cinq piliers chacune. On transporta dans la cour la momie royale, le coffre contenant les vases où avaient été déposés les viscères royaux et les coffres contenant ses couronnes. Chacune des chapelles reçut soit l'un des vases, soit l'une des deux couronnes, celle du Nord et celle du Sud, qui avaient coiffé la tête de Snéfrou, avant que ne commencent les rites funèbres. Les premiers, assumés par les prêtres, s'adressaient aux objets sacrés déposés dans les chapelles. Ensuite fut dressée la momie royale. Khéops vint se placer face à elle, tenant dans sa main droite une herminette que lui avait remise un prêtre. Puis il toucha les lèvres et les yeux de la momie tout en déclarant à haute voix :

— O roi, je suis venu vers toi car je suis Horus. J'ai frappé ta bouche car je suis ton fils bien-aimé. J'ai ouvert tes lèvres avec le ciseau du dieu Oupouat, j'ouvre tes lèvres avec l'herminette d'or destinée à écarter les lèvres des dieux. Horus, ouvre la bouche de ce roi. Horus a ouvert la bouche de ce roi, Horus a fendu la bouche de ce roi. Il ouvre la bouche de son père. La bouche ouverte, il parle avec la Grande Ennéade dans la Demeure du Prince qui est dans Héliopolis, il porte la couronne devant Horus, Maître des Dieux. O Osiris le Roi, je fends ta bouche ouverte pour toi avec l'œil d'Horus.

Ainsi dit-il. Alors s'approcha Néterapéref, désigné par Snéfrou pour être le premier prêtre de sa pyramide ; dans une main il tenait l'œil d'Horus, l'œil magique fait de matériaux précieux, serti d'or, dans l'autre un encensoir constitué par un tuyau creux au bout duquel s'ouvrait une coupelle où brûlait de l'encens. Il leva l'œil d'Horus en disant :

— O Roi, je viens vers toi, je te porte l'œil d'Horus. Qu'il protège ta face, qu'il la purifie.

Il souffla ensuite dans la pipe d'où la fumée d'encens fut projetée vers le visage de la momie, puis il dit encore :

— Ce parfum est pour toi. Le parfum de l'œil d'Horus est sur le Roi, il l'enveloppe de ses effluves, il le protège des débordements de la main de Seth. O Roi Osiris, que te protège l'œil d'Horus, pur, l'œil d'Horus est pur, pur ! O Horus, toi qui es Osiris le Roi, tu es protégé par l'œil d'Horus !

La momie royale fut ensuite remise dans sa barque et le cortège reprit sa route, tout au long de la chaussée qui s'élevait jusqu'au temple de la pyramide. Il s'agissait de la pyramide du Sud, celle dont Abedou avait entrepris la construction et qu'Ankhaf avait achevée. Car celle-là seule possédait son propre temple d'accueil, sa chaussée et le temple funéraire érigé tout contre la pyramide. La seconde pyramide, celle du Nord à laquelle travaillait encore Ankhaf, n'était pas tout à fait achevée, elle ne disposait encore ni de temple d'accueil, car un tel monument aurait gêné la montée des pierres qu'on traînait tout au long de la chaussée, ni de temple funéraire, et sa chaussée elle-même était encombrée de pierres et de traîneaux que tiraient les ouvriers pour la construction qui se poursuivait activement. Aussi, bien que selon la volonté du roi défunt, son corps devait être enseveli dans ce dernier monument, tout le rite s'accomplissait dans les aménagements extérieurs de la pyramide du Sud. C'est donc dans le petit sanctuaire construit du côté est de la pyramide, que se termina la cérémonie des funérailles. La momie fut une fois encore enlevée de sa barque et déposée devant l'une des deux hautes stèles sculptées, dominées chacune par la figure inscrite dans la pierre d'un Horus couronné. La cour étant relativement exiguë, n'y pénétrèrent que les proches du roi, les prêtres et quelques-uns des Amis. Le prêtre-sem psalmodia alors les incantations des métamorphoses du Roi défunt.

— Le Roi est le grand, l'Unique, le Roi est né du sein de la divine Ennéade. Le Roi a été conçu par la déesse- (lionne) Sekhmet, la Puissante de Réhénou, et c'est Shesmêtet qui a porté le Roi, telle une étoile brillante voyageant au loin. Le Roi est venu sur son trône au-dessus des Deux Déesses (Nekhbet et Oudjat), le Roi s'est manifesté comme une étoile.

Un autre prêtre enchaîna alors à son tour :

— Vous, les deux gardiens des portes célestes, je suis la fleur solaire qui jaillit de la terre. Ma main est purifiée par celui qui prépare mon trône, je suis le souffle du Tout-Puissant. Je suis venu dans l'Île de l'Embrasement, je me suis assis Justifié en elle, dans la place du Mauvais. Je me manifeste comme Néfertem, comme la fleur du Lotus qui est le souffle de Rê. Il se lève sur l'horizon chaque jour et les Dieux seront purifiés par sa vision.

Alors un troisième prêtre vint s'écrier :

— O Roi, prends garde au Lac de l'Ennemi !

Et par quatre fois, l'assemblée répéta cette mise en

garde contre les pièges de Seth. Puis l'un des prêtres poursuivit la litanie destinée à faire monter l'âme du roi vers le ciel.

— Les messagers de ton Ka viennent vers toi, les messagers de ton père viennent pour toi, les messagers de Rê viennent à toi. Ainsi va à la suite de ton soleil et purifie-toi toi-même, car tes os sont ceux du Faucon Divin qui est dans le ciel. Puisses-tu te tenir à côté du dieu, puisses-tu, Osiris, t'élever vers ton fils Horus. Tu vas baigner dans le firmament étoilé, les Henmemet, le Peuple du Soleil t'appellera à lui, car les étoiles immortelles se sont levées là-haut. Elève-toi vers le lieu où réside ton père, le lieu où se trouve Geb, lui qui peut te donner ce qui est sur le front d'Horus : ainsi tu auras là-bas ton âme, là-bas tu jouiras du pouvoir, là-bas tu seras le Premier des Occidentaux.

Alors les assistants levèrent leurs visages vers le ciel où déclinait le soleil et ils clamèrent ensemble :

— Le Roi est une flamme qu'emporte le vent à l'extrémité du ciel, à l'extrémité de la terre. Le Roi à travers la nue, parcourt la terre, il est la lumière qui brille au firmament. Maintenant le Roi a sa résidence à l'extrémité orientale de la voûte céleste, de là il suit la voie ascendante du ciel qui l'élève jusqu'aux astres errants.

La momie une fois encore fut enveloppée dans les fumées d'encens, puis elle fut abandonnée aux mains des prêtres tandis que le cortège prenait le chemin du retour. Personne ne savait, Khéops et les prêtres exceptés, que la momie de Snéfrou, au lieu d'être placée dans la pyramide du Sud, allait être emportée jusqu'à la pyramide du Nord, bien que la partie haute n'en fût pas achevée, pour être transportée par la galerie descendante dans son simple sarcophage de bois, jusqu'à l'une des deux salles aménagées à la base du monument et non pas en profondeur dans le sol vierge. Là, le sarcophage devait être enfermé dans le grand coffre de pierre aux côtés sculptés en façade de palais, qu'Ankhaf avait eu soin de déposer au moment de la construction de la salle, lorsqu'elle était encore à ciel ouvert. Seulement une partie des trésors destinés à accompagner le roi dans sa demeure éternelle, les offrandes en nourriture, les dons des domaines de Snéfrou, fut ensevelie dans les salles obscures de la pyramide dont les accès furent clos. Le reste des trésors, ce qu'il y avait de plus précieux, fut, en revanche, déposé dans la salle haute, la salle au trésor de la pyramide du Sud. Khéops avait voulu qu'il en soit ainsi car, les ouvriers continuant de travailler à la pyramide, il craignait qu'ils ne trouvent le moyen de pénétrer dans les salles funéraires grâce aux moyens mis à leur disposition pour terminer la construction du monument, et qu'ils n'en dérobent les objets en or et ceux de grande valeur marchande.

Khéops n'attachait pas d'importance à la croyance alors largement répandue selon laquelle le défunt continuait de poursuivre dans l'Amenti une vie terrestre, et que ses objets familiers et ses trésors l'y suivaient. Il considérait que ces richesses seraient mieux utilisées pour financer les besoins de l'Etat et surtout la grande entreprise qu'il méditait depuis qu'il avait suivi la construction de la pyramide du Soleil, plusieurs années auparavant. Aussi, la chambre haute de la pyramide du Sud lui paraissait inviolable, et parfaitement adaptée pour conserver ces trésors lorsque le besoin s'en ferait sentir. De son vivant, Snéfrou avait destiné cette vaste salle à devenir le coffre-fort du royaume, en suite de quoi il y avait déjà accumulé un nombre impressionnant d'objets précieux, de meubles magnifiques, de bijoux et d'or en poudre ou en lingots.

Cependant, si de tels trésors permettaient de récompenser les bons serviteurs de l'Etat et d'acheter à l'étranger aussi bien le bois nécessaire aux diverses constructions que les métaux indispensables à l'expansion économique du royaume, Khéops avait parfaitement conscience qu'on ne nourrissait pas les hommes avec de l'or. C'est pourquoi, avant même d'être couronné, il avait décidé de faire construire à travers toute la vallée de vastes greniers destinés à engranger les grains lors des années grasses, lorsque l'inondation n'était ni trop basse ni trop haute, afin de pouvoir pallier les dangers de famine lors des années maigres. C'est à la suite de l'imprévoyance de son père que, quelques années plus tôt, alors qu'il était enfant, le pays avait connu une sévère famine. Il ne voulait pas qu'un tel fléau vienne ravager son peuple et qu'il risque de mettre une fin brutale à ses entreprises.

CHAPITRE XIII

A peine la cérémonie des funérailles était-elle terminée que Khéops, laissant aux prêtres de la pyramide du roi et à Ankhaf le soin d'emporter le sarcophage dans le caveau de la pyramide du Nord et d'en fermer l'accès, rentra dans le château de son père dont il avait pris possession en attendant de se faire bâtir sa propre résidence royale, sans doute elle aussi hors de Memphis, vers le lieu où il déciderait de faire bâtir le monument d'éternité dont il rêvait. Il avait laissé Méritités et Hénoutsen dans le palais de Memphis et avait gardé auprès de lui Noubet et son frère Ayinel. Si Méritités avait paru indifférente lorsque fut introduite la nouvelle épouse de Khéops dans la famille, il n'en avait pas été de même pour Hénoutsen qui supportait mal une rivale dans le cœur de leur époux.

« Ainsi, s'était-elle dit, encore une fois Sabi a entrevu l'avenir, il m'avait bien avertie de l'amour de Khéops pour une femme aux cheveux d'or. Cet homme est bien un véritable magicien et un devin. »

C'est d'ailleurs parce qu'elle avait acquis une telle conviction qu'elle n'avait rien avoué de ses visites chez lui, ni révélé que Tjazi était son serviteur. Elle ressentait pour ce dernier un mélange de compassion et de reconnaissance, car il lui avait sauvé la vie au péril de la sienne, lorsque Rahotep avait voulu la frapper dans le temple. Elle avait bien vu la hache de Rahotep fendre la tête du serviteur de Sabi, et pourtant, lorsque le temple avait été investi, il ne semblait pas qu'on eût retrouvé son corps. Hétep-hérès, auprès de qui elle était intervenue, n'avait rien pu lui apprendre car lorsque Raou et ses hommes avaient occupé le temple de Ptah, ils n'y avaient pas trouvé le moindre cadavre, même pas de traces de sang dans la salle où se tenaient les conjurés.

Hénoutsen avait donc boudé la nouvelle épouse, sans cependant oser agresser directement Khéops.

— Voici Noubet, avait-il dit en la présentant à ses deux épouses. Je vous prie de la chérir comme une sœur et aussi comme celle à qui vous devez que je sois de nouveau auprès de vous.

Il leur avait alors appris comment elle lui avait sauvé la vie lorsqu'il avait été assailli dans la forêt par Inéki et ses deux complices. Mais cela n'avait pas paru à Hénoutsen une raison suffisante pour en faire aussitôt son épouse et une future reine d'Egypte, au même rang qu'elle-même. En revanche, Hétep-hérès avait accueilli favorablement la troisième épouse en lui disant :

— Bonne santé, bonne santé, mon enfant. Du moment que mon fils t'a choisie, qu'il t'aime et qu'il t'a jugée digne de devenir sa femme, sois la bienvenue et sache que désormais je te considère de la même manière que mes propres filles et mes brus qui sont aussi devenues mes enfants.

A Hénoutsen qui était venue la voir pour se plaindre de l'inconstance de Khéops et de ses foucades, elle se contenta de répondre :

— Ma chère enfant, ce qui compte avant tout à mes yeux de mère, c'est l'agrément de mon fils. Quand il m'a appris la passion qu'il te portait, je n'ai pas hésité à t'envoyer auprès de lui et ensuite, quand il a voulu à tout prix t'épouser, je suis intervenue auprès du roi pour qu'il ne s'oppose pas à ce mariage, bien que tout cela se soit fait au détriment de ma chère fille Méritités. Mais je savais qu'il n'aimait réellement Méritités que comme une sœur et non pas comme une épouse désirée. Il t'aimait, il avait besoin de toi, j'ai trouvé naturel d'accéder à son désir. Maintenant, il aime cette étrange fille, c'est à ton tour de le comprendre. D'autant que je suis certaine que ses sentiments à ton égard n'ont pas changé, qu'il continue de te porter le même amour que dans le passé. Il est bon qu'un homme ait toute liberté de s'unir à celles qu'il désire, et j'oserai dire qu'il devrait en aller de même pour les femmes, sans que pour autant le ménage soit brisé, la famille écartelée. A l'instar de Méritités qui t'a accueillie et aimée comme une sœur, qui tant se plaît en ta compagnie, tu dois te comporter pareillement avec Noubet et l'aimer comme une sœur et comme une femme qui fait le bonheur de ton époux et lui donne tout le plaisir qu'il peut en attendre.

Hénoutsen soupira, hocha la tête, promit d'essayer d'aimer la nouvelle épouse, qu'elle appelait en elle-même sa rivale, car elle aurait voulu garder pour elle tout l'amour de Khéops. D'autant plus que, maintenant qu'il allait avoir à supporter les charges et les soucis de la royauté, il n'aurait que peu de temps à consacrer à ses épouses et à ses enfants.

De son côté, Khéops avait bien senti l'hostilité larvée qu'Hénoutsen marquait envers Noubet. C'est pourquoi il avait préféré séparer les deux femmes, laissant l'une dans la demeure qui lui était devenue familière, auprès de Méritités et de sa propre mère, et emmenant l'autre avec lui dans le grand palais de Snéfrou afin de pouvoir plus totalement se consacrer à elle sans paraître provoquer Hénoutsen.

Noubet n'avait pas assisté aux funérailles, suivant la volonté de Khéops, car il considérait qu'elle était trop étrangère au roi défunt pour s'imposer de participer à la cérémonie. Il préférait aussi qu'elle restât éloignée de ses deux premières épouses, du moins dans un premier temps, car il lui déplaisait que ses femmes pussent se trouver en antagonisme et songeassent à intriguer. Il aimait l'harmonie et l'entente. En tant que souverain, il aurait voulu que tout le peuple de la Terre noire formât une parfaite union, que le corps social qu'il constituait fût comme la pyramide dans laquelle reposait son père, un monument où chaque pierre fût à sa place, où, en conséquence, chaque pierre fût indispensable à la cohésion de l'édifice, une pyramide dont le roi serait la pierre angulaire, ou plutôt la pierre terminale, tout à fait au sommet, d'où rayonnerait tout l'équilibre de l'édifice. Mais le château des millions d'années qui servait de demeure éternelle au roi, ne lui semblait pas un symbole suffisant car il paraissait aux regards des humains comme un monument de mort, alors qu'il voulait que le symbole du peuple d'Egypte et de l'alliance de toutes ses parties, soit un monument de vie, un monument qui s'élèverait vers le soleil, lui-même symbole visible du dieu d'éternité dont procédaient tous les autres dieux, autres symboles des mille aspects que prenait le monde, être vivant sans cesse en devenir. Ainsi se faisait jour en lui la conception du monument d'éternité qu'il voulait faire construire, non pas pour abriter seulement sa dépouille mortelle, mais pour qu'il soit la forme pétrifiée de l'humanité passée et à venir.

Suivant l'étiquette à laquelle il se voyait contraint de se plier, Khéops avait été reconduit dans son palais assis sur un palanquin élevé sur les épaules de douze hommes et flanqué de porteurs d'éventails, tandis que sa mère était ramenée à son palais dans sa propre chaise, portée par uniquement huit hommes, les deux autres épouses du prince héritier et la princesse Néferkaou n'ayant droit chacune qu'à une chaise à quatre porteurs.

Le palanquin de Khéops était accompagné d'un cortège composé des anciens Amis du roi, du vizir et des hauts fonctionnaires, outre une centaine de guerriers. Le cortège de la reine et des princesses était composé des épouses des Grands parmi lesquelles avaient été recrutées les pleureuses et des servantes attachées à leurs palais. Cette distribution des cortèges fit que Khéops ne put adresser la parole ni à ses épouses ni à sa mère, ce que, somme toute, il préférait, ne sachant trouver les mots qu'il convenait de prononcer dans de telles occasions.

Lorsque le cortège princier fut parvenu dans la vaste cour ensoleillée du palais de Snéfrou et que Khéops fut descendu de son palanquin, Sétribi dont Khéops avait fait le maître des cérémonies du grand palais, à la requête de sa fille Hénoutsen, vint vers lui, s'inclina profondément et l'invita à venir trôner dans la grande salle de réception.

— Sétribi, lui dit Khéops, je n'irai pas m'asseoir dans la salle du trône. Je ne suis pas encore couronné, je ne suis pas roi. La régence est toujours assumée par mon oncle Néfermaât, et il reste le vizir du dieu. Qu'il aille s'installer dans la grande salle et qu'il expédie les affaires du royaume. Il sera pour moi suffisamment temps, lorsque j'aurai ceint la double couronne, d'assumer ces tâches fatigantes.

Le chambellan voulut insister :

— Seigneur, tu te dois à tes sujets, au gouvernement de ton royaume. Je crois savoir qu'il y a d'importantes questions à régler ce jour...

Khéops se hâta de lui fermer la bouche :

— Ce jour est jour de deuil, on ne peut traiter des affaires du royaume. Va faire part de ma volonté à Néfermaât, qu'il aille siéger dans la grande salle car, pour moi, je n'ai qu'un désir, me retirer dans mes appartements en compagnie de celle vers qui vont tous mes désirs.

Il dit et, repoussant d'un geste les serviteurs qui s'apprêtaient à le suivre, il se hâta vers l'appartement royal, celui que s'était fait aménager son père au fond d'un jardin rempli d'arbres aux essences variées, de bassins d'eau courante et de fleurs.

Noubet l'y attendait avec une impatience qu'elle

manifesta en venant vers lui dès qu'il apparut dans l'allée et en se jetant dans ses bras sous le regard attendri de Khénou, venu aussi à la rencontre du maître, ce serviteur fidèle que Khéops avait emmené avec lui dans sa nouvelle résidence et dont il avait fait le directeur de la domesticité du palais.

— Khéops, mon aimé, lui dit-elle, cette fois je ne me trompe pas ! Péseshet, la directrice des doctoresses, est venue avec la sage-femme du palais pendant ton absence : elles me l'ont confirmé, je suis enceinte, je vais te donner un enfant, et, si Isis et Thouéris me sont favorables, ce sera un garçon.

Khéops enlaça ses épaules, il la félicita, mais au fond de lui-même il souhaitait que ce fût plutôt une fille. Car il ne pouvait oublier que, dans un transport amoureux, il lui avait juré que si elle lui donnait un fils, il serait son héritier, il lui succéderait sur le trône d'Egypte. Mais, maintenant qu'il était rentré à Memphis, après qu'il eut revu ses fils, ceux que lui avaient donnés ses deux épouses, il songeait que ce serait une grave injustice qu'il commettrait à leur égard s'il faisait son héritier d'un puîné né d'une femme étrangère, alors que c'était son aîné, fils de Méritités, qui devait lui succéder en toute légitimité. Et si d'aventure il arrivait un malheur à cet enfant, ce devrait être à son frère Baoufrê que reviendrait la couronne. Et entre ce dernier et le fils possible de Noubet, il y avait encore le troisième fils de Méritités, Djedefhor qui, bien que n'ayant que quatre ans, était le plus beau de tous ses fils, et le plus éveillé. Et si aucun de ces garçons n'avait de postérité, devaient ensuite venir comme prétendants légitimes, les deux fils qu'il avait eus d'Hénoutsen, Khoufoukaf et Khéphren. Or, il n'osait pas dire à sa blonde épouse qu'avant le fils possible qu'elle espérait lui donner, il y avait la barrière de tant de prétendants légitimes, ce qu'elle ne pouvait ignorer, ayant pu voir tous ces fils royaux à plusieurs reprises, depuis qu'elle était arrivée en Egypte avec lui. Mais il n'avait pas de raison de déjà se dédire, car il ne savait ce que lui réservaient les dieux.

— Tu m'as bien manqué pendant tout ce jour, soupira Noubet en se serrant contre Khéops.

— Pourtant, lui fit-il remarquer tout en marchant leurs tailles enlacées, j'ai eu tant de hâte à te retrouver que j'ai refusé à Sétribi d'aller siéger dans la grande salle du conseil. J'ai laissé cet ennui à mon bon oncle Néfermaât. Je sens que par bien des côtés cette Double Couronne que je désire pourtant ne manquera pas de me peser, car le roi des Deux Terres est soumis malgré lui à de nombreux impératifs, il doit vivre loin de ses sujets, il doit se faire adorer comme un dieu dans son temple. Je le sais, je dois agir de la sorte, et pourtant il n'est pas dans ma nature de me comporter ainsi.

— Khéops, mon seigneur, lorsqu'on est roi, on est tout-puissant et c'est ta volonté qui doit primer et faire la loi.

— Détrompe-toi, la puissance du roi est limitée et fragile, elle tient à la croyance en sa divinité que ses sujets lui attribuent, et aussi dans l'acceptation volontaire de sa domination par tous ses premiers serviteurs : ministres, courtisans, prêtres, administrateurs, princes de provinces, chefs de troupes, scribes royaux. Tous ces gens dépendent de lui mais lui aussi dépend d'eux.

— Si je comprends bien, soupira-t-elle, même un roi ne s'appartient pas !

— Ce n'est que trop vrai. Vois, mon aimée : dans notre langue, tu le sais, il y a peu de différence entre le titre royal de Majesté et le terme désignant le serviteur[1] et ce n'est pas sans raison, car le roi est aussi le serviteur de son peuple et l'esclave de la loi, de

1. Le terme de respect utilisé pour le « pharaon » qu'on traduit en français par Majesté (avec le pronom) est en égyptien le même que celui désignant le serviteur, voire l'esclave : *hm* (avec un h aspiré dur). En écriture hiéroglyphique, les deux termes ne se distinguent que par le déterminatif et, sans doute, leur prononciation devait être différente. Comme seules sont écrites les consonnes dans l'ancien égyptien, nous ne savons comment étaient vocalisés ces deux termes de sens apparemment si opposés.

Maât, celle qui est la Justice par excellence, celle qui voit tout, qu'on ne peut tromper.

Il parlait ainsi lorsque Néfermaât en personne vint en courant vers eux.

— Seigneur, mon fils, mon neveu, dit le vizir, ce n'est pas sans raisons que Sétribi t'a prié de venir siéger au conseil. Tu ne lui as pas laissé le loisir de s'expliquer. Or l'affaire qui est venue en ton conseil ne peut être réglée à la légère sous ma propre responsabilité.

Khéops porta vers lui un regard interrogatif :

— Quelle affaire peut paraître d'une telle importance que toi qui as été pendant tant d'années le vizir de mon père, toi qui as su si adroitement statuer à propos de tant de litiges, toi qui as en réalité, gouverné le royaume, ne sois pas capable de régler ?

— La plus délicate des affaires, celle que même mon frère, avec toute sa sagesse, n'est pas parvenu à résoudre : le Grand Chef de l'art, Ptahouser, que Sa Majesté la Grande Epouse royale avait fait arrêter avec tous les chefs du clergé de Ptah, a profité de ce que les troupes des provinces avaient regagné leurs cités et que toute l'attention de la cour et du peuple, était tournée vers les funérailles du dieu Snéfrou, pour fuir de la prison où il était gardé, avec les autres Grands de Ptah emprisonnés avec lui. Ce sont des prêtres secondaires du dieu que nous avions négligé d'arrêter, qui sont venus les délivrer : ils étaient trop nombreux pour les quelques gardiens chargés de surveiller les captifs. Il paraîtrait même qu'ils en ont tué plusieurs qui avaient la prétention de leur résister. Maintenant, Ptahouser et les autres prisonniers se sont réfugiés dans le temple avec leurs partisans. Ptahouser est monté sur le haut du pylône d'où il a harangué le peuple. Il aurait déclaré que tu es un fourbe, qu'en réalité tu as fait assassiner ton frère Rahotep, que tu as exilé ton frère Néférou qui avait été désigné comme son héritier par le dieu Snéfrou, que le dieu Ptah lui-même est rempli de colère contre toi et tes partisans, qu'il apportera sur le peuple d'Egypte tous les maux si tu oses ceindre la double couronne. Voilà ce que nos messagers viennent de nous rapporter, voilà ce sur quoi tu dois prendre une décision. Ce jour, nous ne disposons plus que de la police de Zouhor, ce qui est insuffisant pour disperser le peuple qui s'est maintenant rassemblé sur l'esplanade devant le temple. Nous ne pouvons faire appel à Kahif car, bien qu'il se soit rallié personnellement à ta cause sous la pression de la Grande Epouse royale, lui-même n'est pas sûr de sa troupe qui voue un culte à Ptah et se montre favorable à son clergé. Nous savons que, pour l'instant, il la tient en main et il a pu maintenir ses hommes dans son casernement. Mais il ne sait ce qui pourrait se passer dans le cas où il donnerait l'ordre de marcher sur le temple et de le prendre d'assaut. Or, si d'aventure Ptahouser parvenait à les tourner contre toi, les Medjaï ne pourraient leur résister et c'est nous qui nous trouverions assiégés dans ce palais.

Khéops fronça les sourcils, son visage se fit sévère, puis il ouvrit la bouche :

— Nous sommes sûrs des troupes d'Héliopolis et je sais que Sendjemib, qui est maintenant à la tête du clergé de Rê, nous est tout dévoué. Il faut envoyer en hâte un messager à Héliopolis pour que la troupe de Raou vienne à notre secours. Pour l'instant, il s'agit de gagner du temps. Jusqu'à demain tout au moins.

— Certainement, mais de quelle manière ?

— En restant passifs. Si nous envoyons les Medjaï investir le temple, c'est un acte de violence qui peut indisposer le peuple et le tourner contre nous. D'un autre côté, je ne peux m'abaisser à venir discuter avec Ptahouser, ce serait une marque de faiblesse. La seule chose à faire, en attendant l'arrivée des guerriers de Raou, c'est d'éviter que la troupe de Memphis ne se rallie aux partisans du temple. Que Kahif contienne ses hommes dans leur cantonnement, mais que les Medjaï prennent position dans les environs pour que, dans le cas où il y aurait une sédition et que quelque meneur tente de les entraîner vers le temple de Ptah pour rallier les prêtres félons, ils puissent intervenir. Pour toi, en tant que vizir, il te revient de te rendre auprès de Kahif pour apaiser ceux qui, parmi ses hommes, songeraient à se rebeller et d'envoyer des observateurs vers le temple de Ptah pour voir où en est l'agitation. Car on peut toujours craindre que ces prêtres ne poussent le peuple à marcher sur le palais. Et comme je n'ai pas été couronné officiellement, moi-même ne suis qu'un simple prince sans l'aura divine de la majesté royale. Il ne serait pas bon, en tout cas pour l'instant, qu'on me voie intervenir à tes côtés auprès de la troupe de Memphis. Va, mon oncle, et qu'on me tienne au courant de tout mouvement grave. Je verrai alors si je dois intervenir personnellement. Cependant, qu'on place des gardes armés au palais de ma mère et de mes épouses, car on ne sait jamais quelles peuvent être les réactions populaires. On peut aussi craindre que des brigands ne profitent d'une telle agitation pour tenter de piller nos biens. Pour ce qui est de Ptahouser, laissons-le aboyer. Nous verrons, demain, à nous occuper de lui et des prêtres de Ptah. La nuit ne va pas tarder à tomber : chacun rentrera alors dans son logis, car les besoins du quotidien ont pour le peuple plus d'importance que les grandes diatribes politiques dont il sait qu'elles ne changeront rien à sa condition, qu'elles n'ont d'effet positif que pour ceux qui les tiennent. Cependant, tant que je n'ai pas ceint la double couronne, je ne puis agir comme je le voudrais contre le clergé de Ptah et tous ceux qui chercheraient à me faire trébucher avant même que je ne gravisse les marches du trône de mon père.

Comme l'avait pressenti Khéops, nul incident ne se produisit au cours de la nuit. Le peuple qui s'était rassemblé devant le temple s'était dispersé avec la tombée de la nuit, nombre d'hommes venus là en badauds ayant été rappelés vigoureusement par leurs épouses à la maison et aux travaux domestiques. Zouhor s'était contenté de laisser un cordon de Medjaï aux alentours pour interdire aux prêtres toute sortie. Le lendemain, la troupe d'Héliopolis, arrivée dans la matinée, prenait position autour du temple et en entreprenait le siège. La raison de la mise à mort de Rahotep ayant été celée au peuple, selon la volonté d'Hétep-hérès, Néfermaât prit l'initiative de la divulguer publiquement afin que les prêtres de Ptah ne puissent utiliser le secret qui l'avait entourée pour laisser croire que c'était la conséquence d'une cruauté de Khéops désireux de se débarrasser de tout compétiteur. Il s'exprima personnellement devant toute la cour et devant les officiers de la troupe de Memphis, il rappela les faits, les divers meurtres déjà partiellement oubliés par la plupart des auditeurs, révéla que c'était la Grande Epouse royale en personne qui avait éventé le complot et laissé à son fils coupable le soin de se donner la mort. Il marqua la clémence de Khéops, étranger à toute l'affaire, qui avait permis que Rahotep reçoive une sépulture princière malgré ses crimes et qui avait élevé au rang de gouverneur de l'une des plus importantes provinces du royaume son autre frère qui, pourtant, avait ostensiblement manifesté ses prétentions à la couronne. Convaincus par ces arguments, les hommes de la troupe de Memphis, aux ordres de Kahif, demandèrent à participer au siège du temple de Ptah et exigèrent un châtiment exemplaire des prêtres rebelles.

CHAPITRE XIV

Khéops attendait d'avoir reçu la consécration du couronnement pour en terminer avec les prêtres de Ptah. Ces derniers, solidement retranchés derrière l'enceinte du temple, soutenaient d'autant plus facilement le siège que les soldats qui l'encerclaient ne

tentaient pas d'assaut, se contentant d'interdire toute communication entre les assiégés et l'extérieur. Et comme nombreuses étaient les réserves de grains et de vivres du temple, que ses étables étaient pleines de bétail, quoiqu'il fût considéré comme sacré, et que l'alimentation en eau se faisait par le bassin des ablutions en communication directe avec la nappe phréatique sous le lit du Nil, un tel siège pouvait se poursuivre presque indéfiniment. Mais Khéops n'était pas pressé. Il avait voulu que les rites du couronnement soient effectués vers l'époque de l'inondation, peu avant que n'apparaisse l'étoile Sothis, au moment du lever du soleil, annonçant le début de la crue salvatrice. Ainsi le peuple serait-il conduit à lier le couronnement du nouveau roi et la crue, ce qui marquerait plus encore dans les esprits l'aspect divin du nouveau souverain.

Vint donc le jour tant désiré du couronnement et de l'intronisation du nouveau roi. Il fit à la course le tour du Mur Blanc, la forteresse primitive fondée à la pointe du Delta par Narmer et, depuis, englobée dans les murs de l'agglomération de Memphis, ce qui lui fut occasion de montrer publiquement la beauté de son corps nu, sa vigueur et la rapidité de sa course. Il reçut ensuite la couronne blanche du sud puis la couronne rouge du nord, puis la double couronne, l'union de ces deux couronnes formant le pschent. C'est sur un haut palanquin porté par seize dignitaires, la tête coiffée de ce pschent, accompagné des porte-éventails, précédé par de nombreux guerriers et suivi par le long cortège des Grands du royaume, qu'il s'en retourna dans le palais de Snéfrou où il reçut, dans la grande salle du trône, l'adoration des gouverneurs des provinces, des Amis du roi, de tous les grands du royaume.

Le lendemain fut consacré à la réception des ambassadeurs étrangers, des porteurs des tributs : les Libyens, au nom de leur dieu Ach, seigneur des Téhénou, à l'abondante chevelure sombre ornée d'os, qui allaient toujours nus, portant seulement un rigide étui pénien agressivement redressé, seigneur des Téméhou, à la chevelure plus claire, aux yeux clairs, vêtus de pagnes comme les Egyptiens, hommes de Décher et de Baket, qui apportaient leur tribut de troupeaux de chèvres et de moutons, d'ânes et de bovins, de gazelles, d'oryx, de lions captifs, de sacs de dattes, d'herbes aromatiques de leurs déserts ; les Nubiens à la peau sombre, au profil droit, nus eux aussi, qui apportaient en offrandes des petits hommes qu'ils allaient capturer loin au sud de leur contrée, vers les marais d'où semblaient sortir les flots du Nil, et surtout de l'or fin, des défenses d'ivoire, des peaux de fauves, des guépards en laisse, des singes à longues queues, des autruches aux précieuses plumes ; les hommes rouges du Pount chargés de défenses d'éléphants, et surtout de résines aromatiques, myrrhe, encens, casse ; des bédouins Shasou du désert oriental, avec des tissus bariolés pour l'ornement des demeures, et encore des troupeaux d'ânes et de chèvres, du cuivre, de la malachite et de la turquoise ; des Cananéens venus des cités maritimes du Kharou, reconnaissables à leur longue barbe et à leurs lourdes robes brodées, chargés de vases aux formes élégantes, d'objets en métal, de cruches closes de vins aromatisés, de coffrets remplis d'onguents, de coffres lourds de bijoux d'argent et d'or, de lapis-lazuli et d'autres pierres rares chères aux joailliers de Memphis, de flacons de parfums élaborés dans une oasis au bord de la mer de Sel...

Et tous rendirent hommage au nouveau maître des Deux Terres, tous l'assurèrent de l'amitié de leurs chefs, de leurs souverains.

Pour ces réceptions, pour toutes ces cérémonies qui durèrent plusieurs jours, la Grande Epouse royale siégea en retrait, auprès de Khéops, et derrière lui se tinrent ses trois épouses, leurs beaux corps moulés dans une étroite et longue robe pommelée comme une peau de panthère qui couvrait l'épaule et le bras gauche, laissant nu l'autre bras, leur chef couvert d'une lourde perruque coiffée de la tête et des ailes retombant sur chaque côté de la déesse vautour du sud, dont elles apparaissaient comme la triple manifestation. Et chaque nuit, le nouveau roi tint à honorer à tour de rôle chacune de ses épouses.

— Khéops, Koufou, mon seigneur, mon roi, mon aimé, soupira Hénoutsen le soir où son époux vint la retrouver dans sa chambre, sur son lit où ils s'enlacèrent, je sens que tu me dédaignes, je crains que tu ne m'aimes plus. Tu réserves tout ton amour à cette étrangère, cette femme venue de si loin, dont tu as fait ton épouse, dont tu as voulu qu'elle soit notre égale, cette femme qui est maintenant reine des Deux Terres.

— Reine des Deux Terres tu l'es maintenant aussi, Hénoutsen, lui fit remarquer Khéops. Il est vrai que la flamme d'Hathor brûle en moi pour elle, mais je ne t'en aime pas moins...

— Comment te croire ? l'interrompit-elle. Depuis que tu es rentré avec elle de ce malheureux voyage, voilà maintenant bien des mois, tu ne m'as guère approchée, tu ne m'as plus demandé de chanter pour toi, de danser pour toi. Je me sens seule et délaissée.

— Quelles paroles as-tu prononcées ? Tu as auprès de toi tes enfants, nos fils et notre fille, cette petite Khamernebti, si petite mais déjà si mignonne et si éveillée, tu vis dans la compagnie de Méritités qui te considère comme une sœur et de ses enfants qui te regardent comme une seconde mère ; tu es entourée de serviteurs ; chaque jour viennent te visiter tes anciennes compagnes de jeu, l'opulence habite ton jardin et ta demeure.

— Qu'est tout cela sans ta présence ? Je préférerais vivre dans une simple cabane, sans serviteurs, sans compagnes, sans jardin, mais avec toi tout le jour, toute la nuit, chaque jour, chaque nuit.

— Cela ne peut être, tu le sais. Je suis maintenant roi, tu es toi-même reine. Nous devons assumer ce partage des dieux.

— Je l'assumerais volontiers si tu n'en aimais pas

une autre, si tu ne lui consacrais pas tes nuits et une partie de tes jours, si tu ne me dédaignais pas comme tu l'as fait tous ces derniers temps...

— Hénoutsen, chasse de ton âme toute pensée de jalousie, tout dépit qui ronge l'âme. Comporte-toi comme l'a fait à ton égard Mérititès, la fille de ma mère, celle par qui j'ai reçu le sang divin d'Horus. Tu as eu droit à la plupart de mes faveurs pendant des années, durant tout ce temps c'est avec toi que j'ai passé mes nuits lorsque l'implacable nécessité ne me tenait pas au loin de notre demeure. Tu dois maintenant accepter de t'effacer au profit d'une autre. C'est vers elle que va le flot de mes désirs, c'est elle qui est ma favorite du moment. Il faut que tu t'accoutumes à cette idée. Et, au lieu de te répandre en plaintes et en amers regrets lorsque je suis auprès de toi comme ce soir, il convient que tu oublies tout ce qui n'est pas en cet instant notre amour, que tu ne vives que cet instant pur, sans aucune amère arrière-pensée, que tu jouisses pleinement de notre amour sans songer ni à hier ni à demain. Telle est la profonde sagesse dont tu dois t'imprégner, tel est le comportement que tu dois adopter pour rendre nos cœurs joyeux et complaire à ton époux et à ton souverain.

Hénoutsen détourna la tête et murmura :

— Puisque tel est le désir de mon maître et de mon aimé, je ferai qu'il en soit ainsi, pour sa plus grande satisfaction.

Mais la nature ardente de la jeune femme ne pouvait se satisfaire de simples mots, d'une soumission passive. Le plaisir même qu'elle avait pris en compagnie de son époux cette nuit-là avait été gâté par ses pensées de rancœur, malgré les conseils de sagesse qu'elle avait reçus de lui. Lorsqu'elle se retrouva dans sa propre résidence, loin de Khéops bien établi dans le château royal avec sa troisième épouse, Hénoutsen évoqua les autres nuits qu'elle avait passées avec son époux, il lui semblait qu'il y avait bien longtemps, tant ces jours et ses veilles depuis le départ de Khéops pour Byblos et depuis son retour avec sa nouvelle passion, lui avaient paru s'étirer sans fin, sans aube. Elle se décida alors à mettre à exécution ce qu'elle avait conçu et sans cesse remis à un autre jour plus ou moins prochain : rendre une nouvelle visite à Sabi. Elle était curieuse de savoir ce qu'il était réellement advenu à Tjazi depuis la nuit mémorable où il lui avait sauvé la vie dans le temple de Ptah, s'il était bien mort, ce qui lui était le meilleur prétexte pour aller interroger le magicien. Cette pensée lui permettait d'en chasser une autre, ou plutôt de la masquer : la nuit, à plusieurs reprises, elle ne parvenait d'ailleurs pas à savoir précisément si c'était pendant son sommeil ou à des moments de veille, il s'était trouvé auprès d'elle, il l'avait enlacée, il avait même cherché à s'unir à elle sans lui donner le plaisir qu'elle en espérait. Sans doute parce qu'il n'était pas auprès d'elle dans la réalité, car c'est en vain qu'elle se cachait le pouvoir de fascination qu'il exerçait sur elle, et sans doute sur bien d'autres femmes. Elle repoussait l'idée d'être caressée par lui, et pourtant elle le souhaitait au fond d'elle-même, sans se le formuler clairement. C'est, en réalité, par crainte de découvrir dans son cœur ce qu'elle se refusait à admettre, qu'elle remettait toujours à plus tard sa décision de se rendre chez lui.

Enfin, un matin, elle remplit son panier des dons habituels et quitta sa résidence par une porte dérobée, sans être vue par les serviteurs car, maintenant qu'elle était devenue une épouse royale, elle ne pouvait, en principe, que sortir en chaise, accompagnée de gardes et de suivantes. Elle évita de s'arrêter chez Ptahmaaou, l'ébéniste, car sa visite n'aurait pas manqué d'attirer de nombreux curieux désireux de venir rendre hommage à la nouvelle reine. Elle se rendit directement à la demeure de Sabi, en se faisant aussi discrète qu'il lui était possible. C'est pourquoi elle n'avait pas attaché de lourd collier autour de son cou, elle n'avait pas revêtu la longue robe de lin blanc : elle était allée comme une paysanne aux champs, avec uniquement un étroit pagne qui laissait nue sa belle poitrine, un épais bandeau noué sur sa nuque et ceignant son front pour retenir son opulente chevelure.

Une première surprise frappa Hénoutsen dès que s'ouvrit la porte : elle avait devant elle non pas le nain, mais Tjazi en personne. Elle resta muette de stupeur sur le seuil tandis que le Nubien ouvrait grand la porte et l'invitait d'un geste à entrer. Elle l'examina un instant, arrêtant son regard sur sa chevelure crépue et son front : elle ne put y distinguer la moindre cicatrice ! Et pourtant, il lui semblait bien avoir vu la hache de Rahotep s'abattre sur son crâne et le fendre. En tout cas, elle avait bien vu en jaillir un flot de sang. Il le lui avait semblé, mais elle se dit que, dans son affolement, elle avait imaginé une chose qui ne s'était pas passée. D'ailleurs, à la suite de l'investissement du temple et de l'arrestation des conjurés, Zouhor avait bien assuré que nulle trace de sang n'avait été découverte. Il est vrai qu'il faisait sombre dans ces salles profondes mal éclairées par des flambeaux, et que des taches brunes sur les dalles grises du parquet avaient pu leur échapper.

Elle se décida à entrer et le serviteur referma la porte derrière elle. Aussitôt, elle lui dit :

— Tjazi, je veux avant tout te remercier d'être ainsi intervenu dans le temple, car sans doute m'as-tu sauvé la vie. Jusqu'à ce jour je n'ai pas eu l'occasion de te revoir pour le faire. Sache cependant que j'ai souvent pensé à toi et j'ai bien craint que tu n'aies été tué par Rahotep.

Le Nubien la regardait sans un mot, au point qu'il ne semblait même pas comprendre ce qu'elle lui disait.

— Je suppose, reprit-elle alors, que je m'exprime trop vite, car si j'ai bien vu que tu connais quelques mots de notre langue, tu dois aussi mal la comprendre, car, contrairement à ce que j'avais cru, tu n'es ni sourd ni muet. Tiens, voilà pour toi, voilà un présent en guise de remerciement.

Elle lui tendit le panier rempli de fruits et d'objets.

Il le prit, inclina le torse, lui fit signe de rester sur place et se retira. Hénoutsen adressa alors une pensée à elle ne savait quel dieu, Thot, ou plutôt Ptah puisque les choses s'étaient déroulées dans son temple, afin de lui rendre grâce d'avoir ainsi épargné un homme qui était intervenu si à propos en sa faveur et à qui, somme toute, elle devait la vie. Elle en oubliait que Rahotep l'avait accusé d'avoir tué les trois messagers qu'Hétep-hérès avait envoyés vers Byblos.

Le Nubien revint bientôt et lui fit signe de le suivre. Comme à l'accoutumée, Hénoutsen fut introduite dans la chambre où se tenait en permanence Sabi, en tout cas où il recevait ses visiteurs. Et, selon son habitude, Sabi se tenait assis en tailleur sur l'épaisse natte jetée sur le lit de briques. Devant lui était posé le panier qu'elle avait remis au Nubien. Lorsque ce dernier se fut retiré et après qu'elle se fut assise face à lui, Sabi prit la parole :

— Santé et beauté, voilà mes souhaits à ton égard. Je t'attendais, mais tu as longuement hésité avant d'oser venir devant moi.

— N'oublie pas que maintenant je suis une Epouse royale.

— Tu en es d'autant plus libre que ton époux te délaisse et vit dans le grand palais avec sa nouvelle épouse, celle dont je t'avais parlé.

— Il n'est que trop vrai, Sabi, que toutes tes prédictions se sont réalisées. Sauf une, car mon époux n'a pas été assassiné.

— T'ai-je dit qu'il était mort ? Je ne t'ai jamais annoncé que les menaces qui pesaient sur lui. Or, n'a-t-on pas tenté de l'assassiner ?

— C'est vrai, admit-elle. Mais tu m'as aussi dit de me méfier de Néférou, alors qu'il était innocent, alors que le véritable coupable était Rahotep.

— Tu t'aventures encore et interprètes mal mes avertissements : je n'ai jamais prononcé de nom. Je t'ai mise en garde contre le fils du roi, et c'est toi qui as nommé Néférou. Pour moi, j'avais bien vu que l'instigateur de ces complots était l'un des fils du roi, mais je ne pouvais discerner précisément celui dont il s'agissait. Comme tu as semblé soupçonner Néférou, je n'ai pu te contredire, mais je t'ai détournée de t'adresser à Rahotep comme s'il pouvait t'être une sauvegarde. Rappelle-toi. Et n'oublie pas non plus que je t'ai suggéré d'aller voir du côté du temple de Ptah. Je crois t'avoir mise sur la meilleure des pistes.

Hénoutsen dut le reconnaître puis, avisant le panier, elle reprit :

— Ces dons, j'ai voulu les remettre à Tjazi, pour le remercier de s'être interposé lorsque Rahotep a cherché à me tuer.

— Il avait reçu de moi l'ordre de te défendre contre tous ceux qui chercheraient à te faire du mal. Il l'a bien exécuté.

Cette attention que lui portait Sabi ne manqua pas de la toucher, mais elle évita d'y faire la moindre allusion.

— J'ai bien cru qu'il était mort, dit-elle, car il m'a bien semblé avoir vu son crâne fendu par le coup de hache que lui a porté Rahotep.

— Tu ne te trompes pas. Il a bien eu le crâne fendu.

— Cependant, non seulement il s'est déjà remis d'un coup qui aurait dû être mortel, mais il ne me semble même pas en avoir conservé la moindre cicatrice.

— C'est exact, tu as bien vu. Tu peux même examiner en détail son crâne, tu ne trouveras rien, pas la moindre trace. N'est-ce pas encore une preuve de ma puissance ? Car, lorsqu'on l'a ramené auprès de moi, il était mort. Or, je lui ai rendu la vie, j'ai effacé tout stigmate du coup auquel aucun humain ne peut survivre. Mais hélas, la seule chose que je n'ai pu faire, c'est lui rendre la parole : il est muet à jamais.

Hénoutsen resta un instant silencieuse, ne pouvant que reconnaître la toute-puissance de son interlocuteur. Puis, elle se rappela ce qu'avait lancé Rahotep à propos de Tjazi :

— Est-il vrai, demanda-t-elle, que c'est lui qui a mis à mort les trois messagers de la reine ? Ceux dont tu m'avais aussi annoncé la mort ?

— Qui t'a fait ce conte ? Comment Tjazi, que tu as bien vu dans ma demeure chaque fois que tu t'y es présentée, pouvait-il dans le même temps traquer ces messagers ? Et pour quelle raison aurais-je envoyé mon serviteur les mettre à mort ?

— Dans ce cas, que faisait Tjazi dans le temple de Ptah et pourquoi a-t-il annoncé la mort de Khéops alors que c'était faux ?

— Hénoutsen, bien que mes pouvoirs soient immenses, comme tu as pu t'en rendre compte, il est des choses que je ne parviens pas à discerner. J'avais entrevu que l'auteur des meurtres était l'un des fils du roi, comme je te l'ai dit, mais je ne parvenais pas à savoir de qui il s'agissait précisément. Or, je voulais t'aider, je voulais pouvoir te révéler avec certitude son nom. C'est pourquoi j'ai pris contact avec les prêtres de Ptah que je savais compromis, par l'intermédiaire de mon serviteur. Ainsi ai-je pu savoir qu'ils allaient se réunir avec le prétendant au trône qui devait apparaître sous un masque d'ibis. L'idée m'est alors venue de le démasquer en lui envoyant Tjazi pour lui annoncer que Khéops était mort. Je savais qu'il complotait contre lui et que cette révélation l'amènerait à lever le masque. Mais je n'ignorais pas non plus que la tentative de meurtre sur Khéops avait échoué et qu'Inéki était mort.

— Comment pouvais-tu savoir tout cela ?

— Ta question est blessante. Ne t'ai-je pas déjà appris que je puis me dédoubler et que dans mon sommeil mon âme peut instantanément se rendre où je le désire ? C'est de cette manière que je suis venu auprès de toi, la nuit...

— Quoi, est-ce donc bien toi qui es venu me visiter pendant mes sommes ? C'est parce que tu étais auprès de moi que je t'ai rencontré dans mes rêves ?

— Comment en pourrait-il être autrement ? lui demanda Sabi avec un sourire, satisfait d'avoir frappé juste en imaginant qu'elle aurait pu rêver de lui.

Ils demeurèrent un instant silencieux, se dévisageant mutuellement, comme en un défi. Elle restait indécise sur le parti à prendre, et, plus encore, elle luttait contre son admiration pour un homme aussi puissant, aussi maître de l'avenir et même de la vie, et contre la fascination physique qu'il exerçait sur elle. Lui, de son côté, il attendait patiemment, certain de sa victoire finale.

Comme le silence commençait à devenir pesant, Sabi prit l'initiative d'attaquer à son tour. Il ouvrit la bouche, s'exprima ainsi :

— Et maintenant, tu viens devant moi pour me demander d'intervenir contre cette rivale, la nouvelle épouse de Khéops, dont je t'avais prédit la venue, et tu viens aussi tenir ta promesse.

— De quelle promesse s'agit-il ? lui demanda-t-elle, bien qu'elle ne pût ignorer à quoi il faisait allusion.

— Aurais-tu la mémoire si courte ? Ne m'as-tu pas demandé un jour de te dire qui étaient les ennemis de ton époux et n'as-tu pas juré, en invoquant Maât, que s'il revenait avec la femme dont je t'avais dit qu'il s'apprêtait à l'épouser, tu comblerais mes désirs ? Ne t'ai-je pas non seulement désigné les ennemis de Khéops mais encore ne t'ai-je pas protégée contre l'homme qui en voulait à ta vie en plaçant auprès de toi, sans que tu le saches, mon plus fidèle serviteur ? Et pour te sauver, n'a-t-il pas risqué sa vie, n'a-t-il pas reçu une blessure qui se serait révélée mortelle si ma magie n'avait agi ? Et maintenant, vois : tu es reine d'Egypte, et en quoi cela t'avance-t-il ? Qu'en as-tu de plus ? En revanche, ton époux s'est détourné de toi, il t'a faite reine, vain titre que tu partages avec deux autres femmes, et il t'a abandonnée au fond de sa demeure. Ne t'ai-je pas dit que moi je te ferais reine des esprits, que je ferais de toi une vraie reine, plus puissante même que le roi des Deux Terres ? Ne t'ai-je pas aussi assuré que tu ne pourrais trouver un meilleur mari que moi, que tu aurais droit à toute ma passion, que je serais auprès de toi comme un taureau puissant, comme le bouc de Mendès ?

— Il est vrai, reconnut Hénoutsen, que tout cela tu me l'as dit, il est vrai que je t'ai prêté ce serment.

— Alors, qu'attends-tu pour tenir ta promesse, pour monter sur ce lit de briques qui est mon trône glorieux, afin que tu reçoives le sceau de mon amour, afin que je fasse de toi ma souveraine et que tu me reconnaisses comme ton maître ?

Sans plus se faire prier, Hénoutsen se redressa ; elle dénoua son bandeau afin de laisser couler sa chevelure en un lourd flot sur ses épaules, elle défit l'attache de son pagne qui glissa sur le sol, et elle vint s'étendre auprès de celui qui avait su si totalement l'ensorceler.

CHAPITRE XV

Le premier acte du règne de Khéops fut de se débarrasser du clergé de Ptah. Pendant quelques jours, des émissaires répandus parmi le peuple firent courir la rumeur selon laquelle les prêtres du dieu étaient des traîtres, qu'ils avaient comploté d'abord pour mettre à mort le dieu Snéfrou, ce en quoi ils avaient réussi, et ensuite pour faire assassiner son héritier légitime Khéops, comme en pouvaient témoigner de nombreux personnages haut placés ; que leur vindicte avait poursuivi le prince héritier jusque dans la lointaine Byblos où ils avaient corrompu des officiers pour qu'ils abattent le prince comme un arbre de la forêt des Cèdres. Aussi, lorsque les Medjaï et la troupe d'Héliopolis donnèrent l'assaut au temple de Ptah, le peuple se réunit pour prêter main-forte aux soldats de Khéops et réclamer la mise à mort des conspirateurs, des assassins. Le temple une fois investi, les prêtres une fois capturés, Khéops se contenta de faire exécuter Ptahouser dont les intentions criminelles étaient évidentes, car il avait avoué avoir eu connaissance des actes abominables de Rahotep et avoir ordonné que fût emmuré Néférou. Les autres chefs du clergé furent dépouillés de leurs biens et affectés au travail dans les carrières de Hatnoub en Moyenne-Egypte et du Rohanou en Haute-Egypte. Quant aux prêtres secondaires, ils furent répartis séparément dans divers autres temples à travers le royaume. En suite de quoi le temple de Ptah fut fermé. Le troupeau sacré fut conduit aux pâturages, les biens en nourriture amassés dans les greniers distribués au peuple pour ce qui concernait les denrées périssables à brève échéance, les grains entreposés dans les greniers royaux. Des scellés furent placés sur les portes et des gardes placés devant pour interdire toute tentative de les briser. Les champs et les troupeaux qui appartenaient au dieu furent partagés entre le temple de Rê et son clergé d'Héliopolis et les domaines royaux.

Comme le peuple murmurait à la suite d'une telle décision, demandant quel dieu il allait honorer et dans quel temple il pourrait porter les offrandes, Khéops vint sur le balcon des apparitions situé au-dessus d'une des portes du grand palais, et il déclara qu'il allait faire construire un temple unique où serait adoré l'esprit divin qui présidait au monde, esprit qui se manifestait dans Rê, le soleil, générateur de vie, source de lumière, mais qui régentait l'Univers par-delà ces simples apparences. Quant à porter des offrandes dans un temple, ils pouvaient tout aussi bien le faire dans le sanctuaire du dieu Snéfrou, au pied de sa pyramide, qu'au temple de Rê à Héliopolis.

Son second acte fut de nommer un nouveau vizir. Car Néfermaât était venu devant lui et s'était ainsi exprimé :

— Khéops, mon seigneur, mon neveu et mon roi,

je viens demander à Ta Majesté de me décharger de ma tâche de vizir. Vois, je me sens vieux, pendant des années et des années, je me suis occupé des affaires du royaume, j'ai été l'œil et le bras de ton père le dieu, de mon frère aîné le roi des Deux Terres. Je suis las du pouvoir, et j'ai aussi le cœur brisé car en si peu de jours j'ai perdu un frère que j'aimais et que je vénérais, une fille qui était mon soleil et un beau-fils et neveu en qui j'avais mis bien des espoirs et plus encore d'affection, car j'espérais que toi une fois monté sur le trône d'Egypte, tu en ferais ton vizir pour me remplacer. Car il est bon que chacun se mette à la place qui convient à son âme, à ses forces et à ses capacités, et, lorsque vient le temps de la vieillesse qui devrait être celui de la sagesse, de savoir céder cette place à d'autres plus jeunes et plus aptes que soi. Moi, je veux me retirer de cette vie active, je veux paisiblement jouir de ma vieillesse. Mon père le dieu, mon frère le dieu, m'ont laissé en héritage de beaux domaines, un palais, des jardins dont je n'ai jamais eu réellement le loisir de profiter tant mes tâches quotidiennes m'ont absorbé : le temps est venu pour moi d'en jouir et de faire de chaque jour une belle fête. Mon frère Kanéfer, ton autre oncle, est dans les mêmes dispositions que moi et il voudrait aussi bénéficier de l'avantage des ans. Nous voulons aller ensemble chasser et pêcher dans les fourrés de papyrus, jouer au senet, prendre notre plaisir dans la vue des belles danses de nos concubines. Aussi, comme ton frère Néférou est maintenant, en conséquence de la volonté de Ta Majesté, gouverneur de la province du sud, nous te suggérons, ton oncle et moi-même, de nommer vizir ton cousin Hémyounou. Il a reçu les premières initiations, il a étudié dans plusieurs temples, il a pris auprès de son père l'expérience des hommes et du gouvernement. Il sait comment on administre une province, il sait comment on gère un trésor, il a aussi glorieusement commandé l'armée levée par ton père le dieu pour défendre les marches de Nubie. Nous pensons que personne plus que lui n'est apte à me succéder dans la place de vizir.

— Néfermaât, mon seigneur, mon cher oncle, lui répondit Khéops, sache que ce n'est jamais qu'à regret et malgré moi que je te laisserai aller car tu as rempli la fonction de vizir pendant tant de temps, mieux que personne ne l'avait fait avant toi. Mais je comprends tes raisons et il est bon, en effet, que les anciens laissent la place aux plus jeunes afin de jouir paisiblement des dernières années qu'il leur reste à vivre sous le soleil, dans les vergers d'Osiris. Aussi, je te démets, selon ta requête, de tes fonctions de vizir et j'introniserai à ta place mon cousin Hémyounou. Je ne le connais pas bien, ayant vécu toujours éloigné de lui, mais je suis persuadé qu'il possède toutes les qualités pour faire un bon vizir, puisque tu m'en apportes la garantie et que ta parole coule dans mon cœur comme le flot de Maât.

Khéops entra dans la vaste salle d'audience du grand palais, il alla prendre place sur son trône, un fauteuil de bois doré, habilement ciselé. Il avait coiffé le pschent, il tenait dans chaque main le fléau et le crochet croisés sur sa poitrine. Hémyounou vint alors jusqu'au pied du trône, conduit par Sétribi, le nouveau maître des cérémonies. Il était vêtu de la robe du vizir qui montait haut sur la poitrine et descendait jusqu'aux genoux. Il se prosterna, il flaira le sol puis il se redressa et resta agenouillé, assis sur ses talons, les mains sur ses cuisses, écoutant le roi. Khéops lui rappela alors les devoirs du vizir, la manière dont il devait faire régner la justice, toutes les affaires dont il allait devoir assumer la charge, lesquelles étaient aussi bien l'application de la justice et le maintien de l'ordre que la surveillance des greniers de l'Etat grâce auxquels on pouvait faire face aux mauvais jours, lorsque menaçait la famine ; l'organisation des expéditions vers les mines, que celle des grands travaux comme la construction de temples ou le creusement de canaux ; le prélèvement des impôts et la gestion des finances, que la répartition des terres et l'irrigation des champs. A la fin, il conclut ainsi :

— Tu dois agir toujours en accord avec Maât pour sa plus grande satisfaction. Tu dois soutenir le faible face au fort, donner du pain à l'affamé, de la boisson à l'assoiffé, vêtir celui qui est nu, car le roi est le père de son peuple. Tu dois punir l'homme mauvais, chasser l'homme avide, tu dois repousser ceux qui tenteraient de te soudoyer pour recevoir des avantages, tu dois pourchasser la corruption comme une bête nuisible, tu dois faire que la justice règne sous tes pas, que la beauté parcoure le pays, poussée par le vent du nord. Car sache que c'est une tâche ardue que celle de vizir, un poste envié et pourtant amer comme la bile.

Le troisième acte du règne de Khéops fut de mettre en route les grands travaux qu'il avait conçus dans son cœur depuis quelque temps.

Il se rendit sur le chantier de la pyramide du Nord où travaillait Ankhaf avec acharnement. Lorsqu'il descendit de la chaise sur laquelle il avait dû se déplacer selon l'étiquette inviolable, l'architecte vint se prosterner devant lui, mais il se hâta de le relever.

— Ankhaf, lui dit-il alors en marchant à côté de lui en direction des ouvriers qui traînaient les pierres tout au long de la rampe de terre qui, maintenant, s'élevait très haut le long des flancs du monument, dans combien de temps penses-tu avoir finalement achevé la demeure des millions d'années de mon père ?

— Seigneur, vois : nous avons multiplié les ouvriers, mais songe qu'il n'y a jamais que trois ans que la construction de ce monument a été entreprise. Avant que ne soit placée la dernière pierre sur le sommet, qu'ensuite soient posés les parements sur chacune des faces afin que la pyramide soit lisse et brillante comme les rayons impalpables du soleil, encore au moins deux ans, peut-être trois, se seront écoulés. Il faudra ensuite baliser la chaussée, construire le temple du dieu et le temple d'accueil, ce qui demandera encore une bonne année.

— Ankhaf, je ne peux attendre aussi longtemps pour entreprendre la construction du monument qui sera l'œuvre éternelle de mon règne, une pyramide qui dépassera en grandeur et en beauté toutes celles qui ont été érigées jusqu'à ce jour.

— Je sais, seigneur, quelle est ton impatience, car tu m'as déjà entretenu de ton ambition. Et c'est une belle chose car certains souverains n'ont pour but que d'agrandir leurs Etats, augmenter leurs richesses, serait-ce au détriment de leurs voisins et même de leurs propres sujets, alors que toi, tu envisages de construire un monument qui défiera le temps et restera le symbole de la grandeur de l'Egypte et de la beauté du dieu.

— Ankhaf, tu m'as parfaitement compris. Il convient maintenant de déterminer le lieu où sera construite cette pyramide.

— C'est évidemment la première chose à faire, mais vois, seigneur : comment pourrais-je mener de front tous ces travaux ? Il convient que tu m'adjoignes plusieurs architectes qui m'aideront à penser le monument et à en tracer les plans.

— Je te donnerai tout ce qu'il te faudra. Quant aux plans, c'est ensemble, toi et moi, que nous les élaborerons. Pour ce qui concerne tes collaborateurs immédiats, je te laisse le soin de trouver parmi les hommes de ta confrérie, ceux que tu juges capables de te seconder efficacement. Pour le reste, tu pourras disposer de tous les bras qui te seront nécessaires. Pendant l'inondation, tous les paysans de ce pays sont disponibles. Ils vivent dans leurs villages au-dessus des eaux, dans l'attente qu'elles baissent. Alors, nous les utiliserons à ces travaux, ils recevront en compensation tout ce qu'il faut pour les nourrir, eux et leurs familles, ils seront aussi payés pour leur peine. Et ils travailleront avec d'autant plus d'ardeur que c'est pour un dieu qu'ils vont ériger ce monument d'éternité. Puis, lorsque les eaux seront redescendues et que les appelleront les travaux des champs, il te restera suffisamment d'ouvriers pour élever les pierres et les mettre en place, tandis que les carriers en prépareront de nouvelles dans les carrières et les tailleront. Vois : les greniers sont pleins, nous avons en réserve de la nourriture en abondance et, à la suite de l'inondation qui s'avère particulièrement favorable cette année, nos stocks de vivres s'agrandiront au point qu'il faudra construire de nouveaux greniers. Pour le reste, la sagesse de mon père a permis que s'accumulent dans nos trésors l'or, l'argent, le cuivre, et tous ces objets précieux grâce auxquels on peut récompenser les fidèles serviteurs de Ma Majesté et payer aux étrangers les produits indispensables que nous leur achèterons. Mon règne commence sous les regards favorables du dieu. Qu'il en soit ainsi tout au long des ans qu'il me sera accordé de vivre.

Il se dirigea ensuite avec Ankhaf vers la pyramide du sud, suivi à distance respectueuse des Amis, nombreux quoique dits Uniques, de Sa Majesté, des gardes et des scribes. Plusieurs prêtres vivaient dans des demeures en terre battue construites au voisinage du temple funéraire pour entretenir le culte du dieu Snéfrou sous les ordres de Néterapéref. C'est à lui que revenait la conservation et la surveillance des trésors emmagasinés dans les salles secrètes du monument. Pour l'aider dans cette délicate mission, Khéops avait placé auprès de lui une vingtaine de soldats chargés de monter la garde devant l'entrée de la pyramide. Khéops ayant décidé d'aller faire une inspection des biens qui y étaient entreposés, des gardes munis de torches, plusieurs scribes et Néterapéref, l'accompagnèrent dans la galerie obscure qui conduisait en pente douce jusque dans la première salle souterraine. Elle était déjà presque pleine d'une quantité d'objets hétéroclites, car c'est là qu'avaient été engrangés tous les biens non périssables apportés en tribut lors du couronnement de Khéops, ainsi que ceux qui avaient été confisqués dans le temple de Ptah. Après y avoir jeté un rapide coup d'œil, Khéops s'éleva tout au long de l'échelle qui conduisait dans la salle haute où étaient conservés les objets les plus précieux, bijoux, défenses d'éléphant, meubles marquetés, poudre et lingots d'or... Le roi, qui avait pris en main une torche, les examina avec plus d'attention, demanda aux scribes d'en tenir une comptabilité précise et de lui en remettre un double. Satisfait du nombre de richesses déjà accumulées dans les salles secrètes de la pyramide, Sa Majesté s'en retourna vers la lumière.

Khéops n'avait pas, pour autant, négligé ceux qui étaient rentrés de Byblos en sa compagnie. Il avait placé Ayinel auprès de Sendjemib, devenu le Grand Voyant du temple de Rê, afin qu'il en fasse un scribe.

— Quand il sortira de la Maison de Vie où il aura appris non seulement l'écriture sacrée mais aussi tout ce qui concerne les dieux, leurs mystères, et d'autres choses encore indispensables pour faire un grand serviteur de Ma Majesté, dit Khéops à Khershet à qui il ne donnait plus que son nom égyptien de Noubet, il recevra une maison, des terres, des serviteurs et nous verrons quelle haute fonction nous pourrons lui confier.

Le jeune garçon avait accepté cette perspective, et il avait précisé que ce qu'il préférerait ensuite faire, serait de diriger des flottes vers les cités du Levant pour y chercher le bois des cèdres et toutes les précieuses marchandises qu'on y trafiquait.

— Ayinel, lui dit Khéops, tu es placé sous la protection de ta sœur, mon épouse royale. Quand tu auras acquis la sagesse dans la demeure du Phénix, tu décideras avec elle de ce qui te conviendra le mieux.

Il avait donné à Ibdâdi une grande maison avec un beau jardin et des serviteurs, dans Memphis même, à proximité des résidences des reines, ainsi qu'il le lui avait promis. Son désir était que cet homme qui savait tant de choses et avait voyagé dans de mystérieuses contrées, s'occupât des enfants royaux, qu'il leur fît profiter de sa sagesse, de ses connaissances, qu'il les entretînt des pays lointains où il avait vécu et aussi qu'il leur apprît une ou plusieurs des langues qu'il connaissait.

— La connaissance des autres peuples qui vivent sous le regard de Rê, de leurs mœurs, de leurs croyances, de leur langue, est une bonne chose, avait déclaré Khéops. Nous autres Egyptiens, nous vivons trop sur nous-mêmes, enfermés dans notre immense vallée, en méconnaissant nos voisins, sinon pour leur faire la guerre. J'ai trop goûté le plaisir de la découverte des peuples qui vivent dans les cités maritimes de Qedem pour ne pas regretter de n'avoir eu que si récemment une connaissance de leur existence et de n'avoir eu avec eux que des contacts aussi éphémères, excepté avec les gens de Byblos. Je voudrais que mes fils, destinés à régner sur la Terre noire ou à y exercer de hautes fonctions, aient une connaissance de ces peuples et qu'ils y trouvent une autre forme de sagesse dont ils pourront profiter et faire leur miel, et encore qu'ils prennent la mesure de l'étendue de la terre.

— Seigneur, lui répondit Ibdâdi, c'est le miel de la sagesse qui coule de tes lèvres. Il est bon, en effet, de mieux connaître les hommes et les nations du monde afin de se nourrir de ce qui est bon chez eux, et il conviendrait que chacun fît de même avec tous ses voisins. Pour ma part, je crois avoir découvert des perles chez tous les hommes, jusque dans la bouche de simples femmes qui broient le grain sur leurs pierres lisses, et ces perles varient selon les pays et les peuples. Ainsi me suis-je tressé un collier fait de nombreuses perles multicolores tout au long de mes voyages à travers les terres, les déserts et les montagnes qu'éclairent les rayons de Rê. J'aurais un grand plaisir à faire profiter de mon expérience et de ces connaissances les petits princes royaux. C'est là une tâche qui me convient et qui me sera agréable tout en m'honorant.

— Ibdâdi, répliqua Khéops, c'est plutôt un honneur que tu feras à ces enfants en leur dispensant ton savoir, car la connaissance des hommes et du monde met le sage au-dessus des rois mêmes. Je te laisse toute liberté d'utiliser tous les moyens de persuasion, y compris le bâton, pour faire rentrer la sagesse dans leur tête dans le cas où ils se montreraient rebelles à tes enseignements.

— Seigneur, assura Ibdâdi, je ferais plutôt en sorte de rendre mes enseignements suffisamment agréables et riches de beautés pour qu'ils plaisent à leur âme enfantine et que ce soit de leur propre mouvement qu'ils me demandent de leur communiquer mon savoir, sans avoir à utiliser quelque autre moyen que la persuasion fondée sur l'enthousiasme, la curiosité de jeunes esprits, et le plaisir de la découverte des choses du monde. Cependant, Ta Majesté le sait bien, si le savoir peut se communiquer, si je puis enseigner à tes enfants les langues que je connais et mille autres choses sur les peuples chez lesquels j'ai vécu, aussi bien que sur les beautés de la nature, je ne puis leur donner la sagesse. Sans doute je peux leur faire des recommandations, leur dispenser des conseils de sagesse, sur la manière de se comporter avec soi et autrui, leur montrer que la modération est le meilleur des guides en toutes choses, qu'il faut se défier des grandes passions car elles peuvent conduire à des excès dangereux, mais pour ce qui est de la sagesse, ils devront la découvrir eux-mêmes, par leur propre quête et, surtout, la vivre. Car toute véritable sagesse ne consiste pas en vains mots, en simples paroles, elle doit se vivre, elle se manifeste dans des actes. Vois : il est dans mes possibilités de leur montrer la manière dont on peut vivre sa propre sagesse, par mon enseignement ils pourront connaître cette sérénité de l'esprit et cette sûreté de soi que donne le savoir, mais il faudra qu'eux-mêmes fassent leur propre expérience de la sagesse, qu'ils se donnent la forme de sagesse qui doit convenir à leur âme. Cela, je n'ai pas le pouvoir de le communiquer, on ne peut l'apprendre, on doit le trouver, en soi, par soi-même, à la suite d'une véritable quête et de profondes méditations. Car toute connaissance, toute sagesse personnelle a ses propres limites qui se trouvent en nous et dans nos propres capacités. C'est à chacun de nous de se conférer sa propre sagesse, celle qui s'adapte naturellement à notre esprit et à notre caractère.

— En vérité Ibdâdi, par ces paroles tu me donnes encore une preuve de ta grande sagesse, conclut Khéops.

Pour ce qui est de Noubet, pendant les premiers mois qui suivirent son installation dans le grand palais, Khéops, tout à sa passion nouvelle, lui avait consacré une partie importante de son temps. L'un de leurs plus grands plaisirs était de partir tous les deux dans le désert occidental, par-delà le domaine de Sokaris, le dieu de la nécropole memphite, afin d'y aller chasser, à l'arc et à la lance, la gazelle et même, parfois, le lion. Mais, en réalité, ce n'était pas tellement la chasse qui motivait ces sorties, c'était l'agrément de se retrouver seul avec elle, de la regarder marcher ou courir auprès de lui, sa blonde chevelure dans le vent, d'admirer les courbes de son beau corps, surtout quand elle tendait son arc pour lâcher un trait qui rarement manquait sa cible.

Mais, après avoir coiffé la double couronne, il se vit emprisonné dans l'étiquette de la cour, pressé par les courtisans, les scribes, les Amis Uniques, qui le suivaient pas à pas, assailli par les devoirs de sa charge royale, ce qui rendit difficiles, sinon impossibles ces courses folles dans le désert que ne pouvait que réprouver toute la cour anxieuse de conserver la vie si précieuse de Sa Majesté.

Par ailleurs, la grossesse de la jeune femme commençait à lui peser et il devenait dangereux pour elle de s'adonner à de trop violents exercices physiques et de fournir des efforts trop poussés. De sorte qu'elle se vit bientôt recluse dans le palais et ses jardins, sans même pouvoir aller rendre des visites à son frère qui, à Héliopolis, résidait à une journée de marche. Seuls

Ibdâdi et Hétep-hérès venaient lui rendre quelques visites. Mais Ibdâdi avait pris en main l'éducation des aînés des enfants de Khéops, de sorte qu'il ne disposait que de peu de loisirs. Il avait réussi à séduire Méritités par son éloquence et ses précieux avis, tandis qu'Hénoutsen conservait à son endroit une réserve fondée sur le fait qu'il était un compatriote de Noubet. Seule Hétep-hérès s'efforçait de manifester une parfaite impartialité dans ses relations avec ses brus parmi lesquelles comptait sa propre fille Méritités. Elle n'avait aucune raison personnelle de mépriser sa nouvelle belle-fille avec qui elle avait l'occasion de découvrir de nouveaux horizons ; son évidente inclination pour son fils aîné lui faisait d'ailleurs trouver bonnes et utiles toutes les décisions qu'il prenait, et elle ne pouvait qu'avoir de l'affection pour une femme qui lui apportait une nouvelle forme de bonheur.

Sans craindre la colère de son royal époux, Hénoutsen se refusait à se rendre dans le grand palais, et elle avait su entraîner sa belle-sœur dans sa réprobation, de sorte que les deux premières épouses n'allaient jamais rendre visite à leur mari dans sa résidence. Khéops lui-même ne disposait pas non plus de moments à consacrer aux deux autres épouses, ce qui, finalement, ne déplaisait pas à Hénoutsen qui, dans Sabi, avait trouvé un amant capable de satisfaire tous ses besoins amoureux tout en continuant de cultiver son admiration par le récit de ses actes merveilleux qui tous tendaient à mettre en valeur ses qualités et ses dons plus qu'humains aux yeux de la jeune femme subjuguée.

CHAPITRE XVI

Suivant l'étiquette à laquelle il avait été contraint de se plier malgré qu'il en eût, chaque matin Khéops était réveillé par le Directeur de la toilette royale accompagné des serviteurs chargés de ladite toilette, ainsi que des musiciennes dont la fonction était de donner à Sa Majesté, dès que ses yeux s'ouvraient au jour, une image totale de beauté, par la vue de leurs visages et de leurs corps gracieux, par l'audition de leurs chants et de leur musique, par les fragrances qui s'exhalaient des cassolettes qu'elles portaient et de leurs propres corps oints d'huiles parfumées. On lavait Sa Majesté, on la rasait, on la coiffait, on polissait ses ongles, on la parfumait, on l'habillait, dernier acte de la toilette qui, au demeurant, pouvait paraître simple, puisque le vêtement royal, comme celui des Amis et des scribes royaux, ne consistait jamais qu'en un pagne. Mais il fallait choisir entre de nombreuses variétés de ce vêtement, qui ne se distinguaient que par de si minces détails qu'une fois noué sur la taille, on ne percevait pas de différence avec celui porté la veille. Sa Majesté prenait ensuite son premier repas, généralement dans l'ombre d'une treille lorsqu'il ne faisait pas trop chaud, assise dans un haut fauteuil, devant sa table personnelle chargée de dattes, de pain, de poissons et de bière, laquelle était bue au chalumeau afin de ne pas absorber les mousses et les ingrédients plus légers qui avaient servi à sa préparation, le meilleur se trouvant au fond du vase. Noubet, qui avait sa chambre personnelle à la distance de trois salles de celle de son royal époux, venait le rejoindre pour partager ce repas matinal, assise sur son propre siège devant sa table. C'était le seul moment de la journée où elle pouvait s'entretenir librement avec Khéops qui, aussitôt après, se dirigeait vers la salle du trône pour y écouter le rapport de son nouveau vizir et se concerter avec lui sur les affaires à traiter ce jour. Elle ne revoyait plus son époux que le soir, après une grande journée au cours de laquelle elle s'adonnait à divers travaux féminins.

Or, ce matin-là, lorsque le Directeur de la toilette de Sa Majesté entra dans la chambre du roi, il trouva la pièce vide. Surpris, il se hâta dans le jardin, mais

Khéops n'y était pas. Quelque peu affolé par un tel manque à l'étiquette, il courut auprès de Khénou qui avait désormais la haute main sur toutes les affaires intimes du roi, pour lui faire part de son désarroi. On chercha Sa Majesté vers la chambre de la reine, puis dans toutes les salles du palais, mais en vain, personne n'avait vu Sa Majesté, pas même les gardes placés en faction devant les portes du palais. Il est vrai qu'ils avaient tendance à somnoler, surtout vers la fin de la nuit. Des messagers furent envoyés à Memphis, dans l'ancien palais, auprès d'Hétep-hérès et des deux épouses royales, mais on ne l'y trouva pas, et elles affirmèrent ne l'avoir pas vu depuis déjà plusieurs jours.

— Il n'y a aucune raison de s'affoler, déclara Hétep-hérès à Khénou venu personnellement s'informer auprès d'elle. Je connais mon fils. Je me doutais un peu qu'il ne pourrait longtemps supporter l'étiquette de cour, si contraignante qu'elle fait du roi un véritable esclave. J'ai même été surprise qu'il l'ait aussi facilement acceptée. Sans doute est-il allé courir je ne sais trop où. Que nul ne s'inquiète. Retourne au grand palais, fais savoir à mon neveu le vizir qu'il doit continuer de remplir ses fonctions comme si de rien n'était, mais surtout qu'on évite d'envoyer des hommes à la recherche de Sa Majesté. Je connais bien mon fils : il serait furieux et risquerait de mal les recevoir dans le cas où ils le retrouveraient. Il faut aussi éviter d'alarmer les courtisans et les Amis du roi afin que le bruit de la fugue de Sa Majesté ne quitte pas l'enceinte du grand palais.

Hétep-hérès avait bien compris ce qu'il en était en réalité. En effet, Khéops avait quitté sa résidence avant l'aube. Il s'était contenté de nouer une ceinture sur ses reins, comme il le faisait jadis avant de partir dans ses longues randonnées, et, pareil à un simple paysan du Nil ou à un bouvier, il s'était glissé hors du palais sans que les gardes qui somnolaient ne l'aient aperçu. Car, cette nuit même, il avait rêvé de Philitis, le berger mystérieux qui l'avait accueilli dans sa retraite, à l'orée du désert occidental. Il conservait de ce rêve le souvenir que Philitis lui avait demandé de venir vers lui afin de lui révéler une chose d'une grande importance. Quelle chose ? Khéops ne parvenait à se la remémorer. Serait-ce ce mystérieux livre de Thot, caché il ne savait où, dont il rêvait souvent comme si toute la sagesse des dieux et la connaissance suprême s'y trouvaient enfermées ? Toujours est-il qu'il puisa dans ce rêve une raison d'échapper aux contraintes de sa nouvelle fonction qui déjà commençait à lui peser, tant il éprouvait le besoin de cette liberté dans laquelle il avait vécu pendant ces dernières années. S'il goûtait les agréments du pouvoir, il n'en supportait que difficilement les contraintes. Il ne voulait du pouvoir que cette part qui lui permettait d'agir comme il lui convenait, et, avant tout, de réaliser la grande œuvre de sa vie, l'œuvre à laquelle il voulait se consacrer entièrement. Pour le reste, pour ce qui concernait l'administration du royaume, la chancellerie royale ne disposait-elle pas de grands scribes rompus à cette tâche et le vizir n'était-il pas là pour diriger tout ce personnel et gouverner le pays selon les directives données par le roi ?

Il avait marché vers le nord, à peu de distance du fleuve dont les eaux, parvenues au plus haut de l'inondation, s'étaient répandues presque jusqu'au pied des falaises où venait expirer le désert et où commençait le monde des morts. Malgré la chaleur déjà pesante, bien que le soleil commençât à peine à poindre sur l'horizon dessiné au trait par le plateau gris du désert oriental, il respirait largement, librement, se sentant délicieusement léger dans l'air à peine troublé par une fraîche brise du nord.

Le soleil avait acquis tout son éclat et il montait dans le ciel d'un bleu lumineux lorsqu'il parvint dans le domaine de Philitis.

Il fut accueilli par le chien du berger solitaire qui, l'ayant sans doute reconnu de loin, vint vers lui en remuant vigoureusement la queue. Khéops s'agenouilla devant lui pour se mettre à sa hauteur et le laissa le lécher tout en lui disant :

— Bien le bonjour, Aboutiou. Je suis heureux que tu m'aies reconnu depuis si longtemps que je ne suis venu te voir, toi et ton maître.

Il se releva et reprit sa route aux côtés du chien qui, tout en marchant, sautait vers lui en quête de nouvelles caresses.

Philitis se tenait accroupi au bord du plateau où, de loin, il semblait surveiller son troupeau qui broutait l'herbe desséchée tout près des eaux débordées du fleuve. Khéops vint s'asseoir auprès de lui, surpris qu'il n'ait pas levé la tête, tant il semblait absorbé par le spectacle que découvrit alors le visiteur : Philitis suivait du regard un scarabée qui poussait une boulette parfaitement sphérique vers son trou, boule faite de terre et d'excréments ; à plusieurs reprises elle échappa à l'insecte qui, avec une patience toujours renouvelée, redescendait la faible pente pour aller la rechercher et recommençait à l'élever. Khéops resta silencieux à côté du berger, respectant sa méditation, et il se plut, à son tour, à suivre le travail du coléoptère. Jusqu'à ce que, enfin, Philitis ouvrît la bouche et dît :

— Tu peux saisir là le mouvement éternel du monde, de notre univers semblable à une gigantesque sphère toujours en devenir, mais jamais parvenu à son accomplissement, jamais devenu parce qu'il a pour lui l'éternité.

— Entends-tu par là, lui demanda Khéops, que l'Univers a la forme d'une sphère ?

— En quelque sorte, affirma-t-il en consentant enfin à tourner la tête vers son visiteur. Il n'y a pas, dans la nature, de ligne droite. Ce sont nos géomètres qui ont partagé nos champs en carrés ou en rectangles et nos paysans qui, avec leur araire, tracent des sillons droits. Mais toutes les formes naturelles tendent vers la courbe. La sphère est la forme géométrique parfaite, car elle n'a ni commencement ni fin et le cercle est sa projection à plat. Vois, si tu jettes une pierre dans une eau calme, que se forme-t-il ? Des cercles concentriques qui vont en se dilatant et en s'éloignant du centre d'où est parti le mouvement. Dans une eau mouvante, les tourbillons se forment naturellement, car les mouvements de la nature tendent vers la forme circulaire ou vers la sphère. Ainsi en est-il des astres, du soleil et de la lune, ce qui est facile à constater, mais aussi de notre terre, malgré les apparences, car le domaine des apparences est le domaine des illusions, celui de l'ignorance des réalités profondes.

— Philitis, s'étonna Khéops, je ne sais quel hasard ou quel dieu m'a conduit vers toi, j'ignore pourquoi, le jour où je t'ai rencontré près du sanctuaire de Chétyt, je t'ai suivi dans ce que tu appelles ton royaume, je ne sais même quelle main divine m'a conduit jusqu'à cette nécropole où je t'ai rencontré, car mes pas m'entraînent habituellement vers le sud, vers la pyramide du Soleil et vers la grande oasis verdoyante, au sud de Memphis.

— Mon hôte, j'admire ta mémoire, car bien des années se sont passées depuis ce jour où tu es venu vers moi.

— Vois : il est des gestes quotidiens, des faits survenus il y a à peine quelques jours qui déjà échappent à notre mémoire, sans doute parce qu'ils ne nous ont pas frappés, parce qu'ils restent dans la banalité du quotidien, alors que certains incidents, certaines rencontres qui ont eu lieu des années auparavant sont définitivement inscrits en nous. Notre rencontre doit être une conjoncture extraordinaire.

— Tu as vu juste. Notre conjonction est un événement exceptionnel voulu par le dieu.

Bien qu'il pensât que Philitis exagérait quelque peu l'importance de leur rencontre, Khéops n'en fit pas la remarque et il poursuivit ainsi :

— Je n'ai pas oublié non plus les paroles que tu as prononcées lorsque je me suis retrouvé en ta compagnie dans ton royaume : que tu es dans la paix sereine du dieu, que tous les vivants sont des dieux et que l'immortalité n'est nullement l'apanage du roi et des Grands qui l'entourent. Et maintenant je ressens plus que jamais ta remarque lorsque tu m'as signifié qu'il n'y a guère de différence profonde entre le roi, ses courtisans et le simple homme du peuple, sinon dans l'apparence du pouvoir.

— Il est heureux que, maintenant que tu sièges sur le trône des Deux Terres, tu reconnaisses mieux encore la vérité de mes paroles, laissa tomber Philitis tout en fixant intensément Khéops, lequel sursauta.

— Philitis, comment sais-tu qui je suis ? Comment sais-tu que je suis le souverain de l'Egypte alors que je ne t'ai même pas dit mon nom, alors que, lors de notre rencontre tu as semblé croire que j'étais un pauvre, que j'errais sans abri et sans nourriture ? Tu m'as offert ton hospitalité, tu m'as dit que tu avais besoin d'aide pour garder ton troupeau qui ne cesse de grandir, et tu m'as proposé de devenir ton aide.

Philitis esquissa un fin sourire avant de répliquer :

— Khéops, je savais qui tu étais le jour même où je t'ai vu, mais je ne voulais pas que tu puisses le soupçonner afin que notre conversation se fît en toute liberté. Maintenant, contrairement à ce que tu peux penser, tu es encore un homme pauvre malgré tes richesses, car celles que tu conserves dans ton palais ou dans tes pyramides n'ont guère de valeur, comme tu le sais, c'est d'une tout autre richesse qu'il s'agit, ce qui fait que les pauvres sont souvent riches et les riches sont presque toujours des pauvres ; et aussi tu as besoin d'apprendre à garder le peuple d'Egypte qui est le troupeau sacré du dieu, tu as toujours besoin de mon aide, sans quoi tu n'aurais pas rêvé de moi et tu ne serais pas venu vers moi.

Khéops se trouva alors partagé entre l'admiration et la surprise, sans songer à s'irriter contre un homme qui savait qu'il était le souverain des Deux Terres mais n'en continuait pas moins de s'adresser à lui avec une telle familiarité, sans utiliser la distanciation de majesté.

— Quoi, Philitis, comment sais-tu que c'est à la suite d'un rêve que je me suis décidé à venir te retrouver ici ?

— Peut-être sais-je plus de choses encore que tu ne peux le supposer. N'est-ce pas aussi après avoir rêvé de moi que tu t'es éveillé à temps pour défendre ta vie contre l'attaque de cet homme à tête d'ibis, alors que tu résidais dans le sanctuaire de Thot à Hermopolis ?

— Serait-ce alors à toi que je devrais d'avoir eu la vie sauve ?

— Non pas à moi, mais au dieu qui est ton gardien, à ton propre ka, ce double qui est notre partie divine, notre forme immortelle.

— Philitis, vas-tu continuer longtemps de m'étonner ? Tu sais donc que j'ai reçu les trois initiations de Rê, de Thot et d'Osiris ?

— Je le sais. Mais ce que toi tu ne sais pas encore, c'est qu'elles ne confèrent jamais que les prémisses de la sagesse : c'est pour cela que j'ai pu dire à l'instant que tu étais encore pauvre, même si tu l'es moins que le jour où nous nous sommes rencontrés. Tu as suivi les chemins de la connaissance, mais tu n'as pas vu le bout du chemin. Tu as franchi de nombreuses portes du savoir, mais il en reste encore autant à ouvrir.

— Ne m'as-tu pas déclaré jadis que tu n'étais pas passé par une Maison de Vie, ce pour quoi tu avais conservé un esprit libre de toute entrave ?

— Je te l'ai dit, et c'est exact. Mais je ne t'ai pas dit ne pas avoir emprunté les chemins de la sagesse par la voie de l'initiation aux mystères de l'Univers et des dieux.

— Ces chemins, sont-ils des voies intérieures ou encore les routes du monde ?

— Ce sont les deux. Ce n'est qu'après avoir parcouru les routes du monde, qu'après être parvenu jusqu'à la Terre du dieu où naît le soleil que l'on peut en toute certitude s'engager sur les voies de notre propre esprit qui mènent vers notre soleil intérieur.

Mais c'est là une connaissance qu'on ne peut communiquer, une expérience qui nous est propre, qu'il n'est pas donné à tout le monde de vivre dans le cours d'une seule existence.

Ces paroles laissèrent Khéops un instant méditatif. Entre-temps, le scarabée était parvenu à pousser la boule sur un terrain plat et il se hâtait de la rouler vers un lieu, sans doute bien lointain pour lui, que Khéops ignorait, que l'insecte pourtant semblait connaître. Il l'observa un court instant en silence en songeant que, pour les savants d'Egypte, le scarabée était le kheper, le symbole du devenir, du monde dans sa dimension temporelle, du monde non encore accompli, de la nature agissante, de l'Univers en mouvement. Il pensa rapidement à tout cela avant d'ouvrir à nouveau la bouche :

— Philitis, il est encore certaines de tes paroles qui résonnent dans ma mémoire. Tu m'as assuré avoir connu bien des mondes et, finalement, t'être installé ici conduit par un dieu.

— C'est juste, et j'ai précisé que c'est ici même que réside le dieu.

— En te regardant, je ressens la plus grande surprise car je ne peux douter de ta sagesse, j'ai l'impression que tu as vécu plusieurs vies, que tu viens du fond des âges, et, pourtant, tu ne parais pas beaucoup plus vieux que moi, tu rayonnes de jeunesse.

— C'est encore une apparence trompeuse. Il est vrai que j'ai déjà vécu plusieurs vies comme il est vrai que mon apparence ne répond pas à la réalité de mon âge.

— Philitis, à qui songes-tu en me disant que c'est ici même que réside le dieu ? Ne serait-ce pas de toi qu'il s'agit ?

— Détrompe-toi, il ne s'agit pas de moi.

— Ce dieu, s'est-il alors manifesté ?

— Il se manifestera par toi. Et c'est pour cela que tu es venu vers moi en ce jour, alors que l'inondation a atteint son plus haut niveau. Car ne cherche pas plus loin l'espace sacré où tu feras élever le monument divin dont tu as tracé les plans dans ton cœur.

— Quoi ? Le dieu veut-il que ce soit en ce lieu que je fasse ériger ma pyramide, ce monument des millions d'années, symbole de l'éternité du monde et du dieu ?

— C'est en ce lieu. C'est pourquoi tu m'y as trouvé, c'est pourquoi je t'y attendais. Maintenant, écoute : il est écrit dans le Livre secret de Thot ces paroles mystérieuses : « Le ciel est achevé, la terre est achevée, la caverne est achevée et achevé est ce qui s'y trouve devant les quatre dieux lors de leur apparition. »

— Serait-il donc vrai qu'il existe, ce livre secret de Thot, et que des mortels puissent en avoir connaissance ? Car, à Hermopolis, j'ai pu lire le premier livre de Thot qui concerne la naissance du monde et celle des dieux, où il est aussi question du Phénix et de la Terre du dieu où il réside pendant la moitié d'un millénaire ; j'ai aussi lu le second livre de Thot, mais je n'ai pas le droit d'en parler. Quant au troisième livre, celui dans lequel est révélé le grand mystère, par lequel on acquiert la puissance magique de l'esprit qui confère la domination sur les choses et les êtres, Ibébi, le grand prêtre de Thot, m'a déclaré que la science qu'il recèle ne peut être acquise par un mortel, serait-il roi. Pourtant, il est dit qu'il est placé dans un coffret d'or, dans une cache secrète de ce même temple de Thot où j'ai reçu ma seconde initiation.

— Que ce livre existe, c'est certain, déclara Philitis, mais est-il vraiment enfermé dans un coffret d'or, au fond d'une cache secrète dans le temple de Thot ? C'est encore une énigme que tu n'es pas à même de résoudre. On rapporte aussi qu'il est bien enfermé dans des coffrets, mais qu'il est quelque part dans la mer de Coptos. Au demeurant, qui n'est pas initié ne peut comprendre le sens réel des signes qui en couvrent les feuillets. Ce n'est jamais qu'un livre d'images pour le profane. Mais Ibébi ne t'en a pas fait accroire en te disant que la science cachée sous les signes sacrés ne peut être acquise par un mortel. Mais il faut entendre par mortel, un homme qui n'est pas encore devenu dieu immortel par l'initiation et la connaissance des secrets du dieu Grand. Sache que toi, Khéops, tu es destiné à devenir un jour dieu immortel, un akh lumineux. Ce jour, néanmoins, sera le dernier de ton règne, de ta vie royale, de ton existence terrestre.

— Dis-moi, quand ce jour viendra-t-il ?

— Toujours suffisamment tôt.

— Je vois que tu m'as dissimulé bien des choses, bien des savoirs, lors de notre rencontre ! soupira Khéops.

— Je ne t'ai rien caché. Nous n'avons fait que dire ce qu'il y avait alors à dire, et je ne t'ai révélé que ce que je devais te révéler.

— Alors, explique-moi ce que signifient ces termes en effet bien mystérieux que tu viens de citer du troisième livre de Thot, à propos du ciel, de la terre, de la caverne achevés et de l'apparition des quatre dieux.

— Il s'agit du monde dans sa totalité, du monde achevé dans l'espace et dans le temps dont la caverne en question est le symbole. Quant aux quatre dieux, ils peuvent être toi-même et ceux qui après toi monteront sur le trône des Deux Terres, ou encore les divinités qui siègent auprès d'Osiris, ou d'autres encore. Je te laisse le soin de décider. Maintenant, daigne te lever et venir avec moi.

Khéops suivit son hôte jusqu'à un point élevé, éloigné du bord de la falaise où ils s'étaient assis, à quelque distance de la cabane qui servait de demeure au sage. Ce dernier s'arrêta au bord d'un trou circulaire large de quatre coudées, encerclé par une bordure en pierres qui arrivait à la hauteur de la taille, constituant une margelle. Khéops se pencha sur l'étroit gouffre dont le fond se perdait dans l'obscurité.

— Serait-ce un puits ? s'enquit-il.

— Le jour où nous nous sommes rencontrés, ne

venais-je pas chercher de l'eau claire dans le puits du temple de Chétyt ? Or, lorsque, conduit par une main divine je me suis installé en ce lieu, j'ai entrepris de forer un puits afin de puiser une eau claire. Mais je n'ai pu rencontrer la nappe d'eau souterraine. Sans doute est-ce encore le dieu qui a dirigé ma main, car c'est une chose inattendue que j'ai trouvée.

Ayant ainsi parlé, il alla dans la cabane d'où il revint avec un long cordage et des torches enduites de résine qu'il avait allumées au foyer entretenu en permanence dans un brasier de terre placé à l'entrée du logis. Il confia les deux torches à Khéops, noua une extrémité du filin végétal à un tronc d'arbre voisin de la margelle, attacha les deux torches à l'autre extrémité et les descendit avec précaution dans le puits. Grâce à leur lumière, Khéops, penché sur l'étroit gouffre, vit les parois éclairées puis, soudain, toute bordure disparut et les deux torches vinrent se coucher sur le sol de ce qui semblait être une galerie souterraine.

— Vois, lui dit alors Philitis, en forant le puits, j'ai découvert la caverne, un véritable labyrinthe qui court sous la falaise mais n'a pas d'entrée.

Il invita Khéops à descendre le long de la corde. Sans même imaginer que Philitis pût songer à mal et, par exemple, retirer la corde pour le laisser périr au fond de la galerie, Khéops, en toute confiance, se laissa glisser jusqu'au sol. Philitis l'y rejoignit bientôt. Ils détachèrent alors les torches qui continuaient de brûler, couchées sur la terre sèche, grâce au bitume qui les imprégnait.

— Nous sommes dans la caverne parfaite, dans les galeries qui conduisent vers le royaume d'Osiris, dit alors l'étrange berger en élevant la torche à bout de bras pour projeter la lumière le plus loin possible.

Khéops éclaira les parois, de part et d'autre du boyau. Elles étaient distantes l'une de l'autre d'une trentaine de pas et s'élevaient à des hauteurs irrégulières.

— Ce sont sans doute les eaux du Nil qui ont

creusé ces galeries souterraines à une époque où leur niveau était beaucoup plus élevé, déclara Philitis.

Tout en parlant, il marcha dans une direction qui, d'après la position du puits, parut être à Khéops, l'est. Il suivait son hôte qui allait d'un pas décidé, témoignant d'une grande familiarité avec les lieux. Khéops allait plus lentement, examinant chacune des parois, levant souvent sa torche pour prendre la mesure de la hauteur du plafond. Ils parvinrent enfin devant une muraille de pierres et de terre qui bouchait la galerie.

— Vois, lui dit alors Philitis, j'ai pris des mesures, en suite de quoi je peux assurer que ces éboulements ne font que quelques coudées d'épaisseur. Il serait facile d'y ménager une large ouverture et tu pourrais alors voir que l'entrée de ce souterrain se trouve au niveau du fleuve lorsqu'il est en crue, comme en ce moment, et même, peut-être, un peu en dessous. Si l'on détruisait ce bouchon, les eaux du Nil envahiraient cette caverne qui deviendrait un lac souterrain, étendu tout en longueur.

Khéops, qui commençait à comprendre où son interlocuteur voulait en venir, hocha la tête en silence.

— Et dans l'autre sens, jusqu'où va cette galerie ? demanda-t-il à Philitis.

— Elle s'enfonce loin dans la falaise et elle se segmente en plusieurs boyaux qui forment un véritable dédale avec des parties plus hautes et larges, semblables à des salles, comme si cette caverne avait jadis été la demeure d'un souverain d'un monde souterrain.

— N'as-tu pas parlé tout à l'heure de la demeure d'Osiris ?

— Khéops, la Douat n'est pas un monde souterrain comme celui-ci. Les morts n'ont plus de corps matériel, et leur esprit ne vient pas habiter de semblables demeures. Mais cette caverne n'est jamais que la matérialisation des demeures d'Osiris, son image dans le monde terrestre. Or, ayant été initié à Abydos, rappelle-toi le temple souterrain avec son lac symbolique et son île où est dressée la tombe du dieu. Ici devra être aménagé un lac semblable avec son île de l'Embrasement : il te revient d'en être le maître d'œuvre, toi qui es l'héritier et le fils d'Osiris.

Ils s'en retournaient sur leurs pas, en silence, car Khéops continuait de scruter les parois. Ainsi put-il découvrir des ouvertures dans chacune des parois dont il explora certaines. La plupart d'entre elles consistaient en larges salles, ou encore en courts boyaux qui se terminaient bientôt en culs-de-sac. Il évoqua alors les salles souterraines tout aussi labyrinthiques du temple de Rê à Héliopolis. Il fit part de cette comparaison à Philitis qui lui répondit :

— Les souterrains du temple de Rê représentent le monde inférieur que parcourt le soleil dans sa course nocturne. Il en va différemment ici car ce ne sont pas des mains humaines qui ont creusé ces galeries qui conduisent au cœur de la terre. Mais ce sont des hommes qui pourront les aménager, agrandir les salles, lisser les parois, faire qu'elles deviennent les appartements souterrains d'un dieu.

Ils parvinrent dans une salle beaucoup plus vaste que toutes celles qu'ils avaient pu entrevoir, au centre de laquelle se dressait une butte aux formes irrégulières :

— C'est là le site de la future île de l'Embrasement, annonça Philitis.

Khéops gravit la pente légère et se retrouva au sommet de la butte. Il leva alors le bras en brandissant la torche afin de mieux éclairer l'ensemble de la salle souterraine.

— Là sera l'île mystérieuse qui est à l'occident du monde, déclara-t-il en écho.

— Mais ce ne sera là que le symbole de cette île, sa manifestation dans ce monde des apparences, précisa Philitis.

Longtemps encore ils errèrent dans les galeries obscures, jusqu'à ce que les torches se missent à grésiller et que leurs flammes commençassent à décliner, annonçant une extinction prochaine. Ils se résolurent alors à remonter à la surface.

Dès qu'ils furent sortis du puits, Philitis entraîna Khéops jusqu'au bord de la falaise et il lui désigna un point au bas de la pente rongée par le courant du fleuve débordé.

— Vois, c'est vers là qu'aboutit l'extrémité de la caverne, bien au-dessous du niveau de l'eau. Si l'on fait sauter le bouchon qui en comble l'entrée, elle sera entièrement envahie par le flot et ceux qui y descendront auront de l'eau qui montera au moins jusqu'à la poitrine.

— Si je comprends ta pensée, il faudrait aménager la grande galerie, la mettre en communication avec le fleuve lorsqu'il est en crue et agrandir le puits, ou encore creuser d'autres ouvertures pour éviter de traîner péniblement les blocs de pierre tout au long de la pente. Il serait facile de les dresser sur des radeaux depuis les carrières, ou presque, et ensuite de les emmener à pied-d'œuvre sans que cela n'exige d'effort ni un grand nombre de bras.

— Tu as parfaitement compris ma pensée. Ensuite, poursuivit Philitis, il suffirait de construire des treuils au-dessus de chaque ouverture et de remonter à la surface du sol les blocs bardés sur les radeaux.

— Philitis, dit alors Khéops, je vois bien que, grâce à toi, j'ai trouvé le lieu sacré où doit être construit ce monument qui restera la gloire de mon règne et le symbole de la grandeur de l'Egypte.

— Ce sera aussi le temple du dieu Grand dont le soleil est le lumineux symbole, ce dieu Grand incarné en toi aux yeux de ton peuple, précisa Philitis.

CHAPITRE XVII

Sabi était un homme comblé, trop même pour être satisfait. Il s'était souvent félicité d'avoir réussi avec tant d'habileté et de bonheur dans toutes ses entreprises, et en particulier dans celle qui avait eu pour fin la séduction d'Hénoutsen, sans doute l'une des filles les plus belles des rives du Nil. Mais il ne pouvait s'interdire de penser parfois à un échec cuisant et aussi à deux conséquences inattendues du désir qu'il avait suscité dans l'esprit et surtout dans le corps de la jeune femme.

Il avait placé de grands espoirs dans la réussite de Rahotep. Il était entré dans le complot de ce dernier par un détour inattendu. Les confidences d'Abedou avaient éveillé sa curiosité et nourri son ambition tout autant que son sens de l'intrigue. Il l'avait fait suivre, il avait découvert les relations étroites que l'ancien architecte de Snéfrou semblait entretenir avec le clergé de Ptah et, après sa chute, il avait songé à reprendre l'intrigue pour son compte. Ainsi était-il entré en contact avec Ptahouser, lui avait fait savoir d'où Abedou tenait ses pouvoirs et lui avait proposé de mettre son savoir et son habileté au service du prince ou du candidat au trône que soutenait le clergé de Memphis. On ne dédaigne pas de telles propositions, surtout quand elles viennent d'un homme qui avait acquis la réputation de Sabi. Sans qu'il lui accordât pour autant une totale confiance. Car nul ne savait qui était réellement cet homme, ni même d'où il venait. Il s'était installé à Memphis depuis quelques années. Combien ? Nul ne pouvait le dire avec précision, mais, d'après ce qu'on rapportait, il était arrivé un jour sur une grande barque à voile qui descendait le Nil, avec ses étranges serviteurs qu'il avait ramenés à la suite d'un long séjour en Nubie, et même plus au sud, on ne savait précisément. Ptahouser avait d'abord voulu garder secrète sa relation avec le magicien. Il lui avait rendu des visites à plusieurs reprises pour le tester, pour mieux le connaître et, surtout, pour noter tous les domaines dans lesquels il pourrait lui être utile. C'est ainsi que, en particulier, il avait appris de la bouche de son nouvel allié, la raison pour laquelle il élevait des pigeons dans la cour de sa demeure.

— Ce sont les messagers les plus rapides du monde, avait fait remarquer Sabi à Ptahouser. Mais, en général, j'en utilise plusieurs en même temps dans l'éventualité où l'un d'eux serait saisi par un faucon ou ne parviendrait pas au destinataire pour une quelconque raison imprévue.

Avec une naïveté feinte, Ptahouser lui avait alors demandé :

— Comment as-tu pu dresser pareillement ces oiseaux que nous autres Egyptiens n'élevons que pour les plaisirs du palais ?

Sabi, qui avait compris qu'il posait la question dans l'espoir d'apprendre son secret pour l'utiliser pour son propre compte, s'était bien gardé de lui faire savoir que c'était un moyen de communication utilisé depuis déjà plusieurs siècles par les populations de Qedem et de Sumer, et que c'est là qu'il avait appris la technique et acquis les oiseaux.

— Ptahouser, lui avait-il dit, il faut être un magicien comme moi pour réussir dans une telle entreprise. Mais vois : je mets mon savoir-faire à ta disposition et par mon intermédiaire tu pourras communiquer avec des personnes désignées par toi aussi rapidement que si tu étais un dieu.

Le Grand Chef de l'art avait été amené à faire savoir à Rahotep que, si besoin en était, il avait les moyens de faire passer des messages à des tiers à une vitesse magique et d'en recevoir par le même chemin. Aussi, quand, après avoir circonvenu Inéki, Rahotep avait demandé à Ptahouser s'il connaissait une formule magique pour entrer rapidement en contact avec son émissaire, le prêtre s'était adressé à Sabi pour obtenir ses pigeons.

— Ils ne peuvent que revenir ici même où ils ont été élevés, avait assuré Sabi après l'avoir conduit auprès du colombier. Je peux te confier des pigeons, mais il faudra que celui qui va les emmener avec lui soit le premier à nous envoyer des messages. Ce sont ces mêmes pigeons qui reviendront de l'endroit où ils sont partis pour rapporter la réponse, au cas où il y en aurait une.

Sabi avait eu l'habileté de ne rien demander à son complice pour les services qu'il lui rendait. Il se contentait de répéter qu'il était satisfait de servir de la sorte le véritable héritier du trône, ce qui complaisait à Ptahouser en lui évitant de devoir faire des dons personnels à son acolyte.

Mais lorsque Rahotep, dont le Grand Chef de l'art était le seul à savoir que c'était lui qui se cachait sous le masque de Thot, était venu lui demander de trouver très rapidement un ou plusieurs hommes capables de supprimer trois messagers envoyés par la Grande Epouse royale vers Byblos, Ptahouser n'avait vu que Sabi et son serviteur Nubien. Cependant, il s'était étonné en un premier temps :

— Quoi, ne disposes-tu pas d'hommes capables de s'occuper de ces basses œuvres ? lui avait-il demandé.

— Je ne peux faire confiance à personne. Les hommes qui sont placés sous mes ordres ne sont pas sûrs. Je n'en connais aucun à qui je pourrais ordonner de retrouver ces coureurs dans le désert ou ailleurs et de les mettre ensuite à mort. Je ne peux le faire moi-même sans prendre de trop grands risques. Or il ne faut surtout pas que ces messagers parviennent à Byblos, car Khéops se hâterait de rentrer en Egypte et risquerait de faire échouer tous nos plans.

L'argument était suffisamment fort pour convaincre Ptahouser qui avait dû se résoudre à ménager une rencontre entre le prince et le magicien. Après que Rahotep, qui avait masqué son visage, lui eut fait sa demande, Sabi avait demandé :

— Je dispose de l'homme capable d'éliminer ces messagers. Mais il doit d'abord les voir pour les reconnaître et les pister.

— Ils partiront demain à l'aube. Je te les désignerai quand ils quitteront le logis des gardes de la reine.

— Seigneur, tu n'auras pas à te plaindre de ton serviteur, avait assuré Sabi qui avait aussitôt après demandé : mais encore, quelle récompense comptes-tu donner à ton serviteur quand les dieux t'auront placé sur le trône des Deux Terres ?

— Je peux te certifier devant Maât que tu n'auras pas affaire à un ingrat. D'abord, je te donnerai une belle demeure et des champs avec des gens pour les cultiver. Et je ferai de toi l'un des conseillers de Ma Majesté, car tu seras un Ami Unique du roi.

Sabi s'était incliné devant le prince dont il soupçonnait qu'il s'agissait de Rahotep tandis que le prêtre, qui, dans la promesse faite à Sabi, ne voyait plus en lui un rival possible à l'un des postes qu'il postulait, avait avoué au prince que c'était lui le maître des pigeons voyageurs.

Ainsi, l'échec du complot et la victoire de Khéops avaient fait basculer tous les espoirs de Sabi. Aussi avait-il trouvé une certaine revanche en se soumettant la deuxième épouse du nouveau roi.

La première des conséquences inattendues de son travail de séduction d'Hénoutsen était que la jeune femme, trop sevrée et délaissée par son époux, ne cessait d'assaillir son amant de ses ardeurs amoureuses au point de l'épuiser sans que jamais elle parût s'en lasser. Mais cela ne semblait pas lui suffire, car elle n'en avait pas pour autant éloigné d'elle toute idée de vengeance et elle n'avait pas non plus oublié qu'elle était reine et qu'il serait pour elle moins aventureux et plus aisé de trouver son plaisir auprès de son époux légitime que d'un homme qu'elle ne pouvait retrouver qu'en secret. Aussi ne cessait-elle de le harceler en exigeant de lui qu'il mît à son service sa puissance magique, et pour détourner le roi de son amour pour la blonde étrangère, et pour que cette usurpatrice soit exclue aussi bien de la vie de Khéops que du royaume, quitte à l'envoyer auprès de son défunt père. Et c'est cette exigence qui posait le plus pénible dilemme à Sabi : sans doute, il pouvait de nouveau soudoyer une servante du palais pour qu'elle verse ce poison au lent effet qu'il avait rapporté de l'un de ses voyages, mais il avait d'autant moins de raisons d'éliminer physiquement cette étrangère que Khéops risquait alors de reprendre Hénoutsen auprès de lui. Or, bien qu'elle l'usât par ses exigences, il sentait qu'il ne pourrait se passer de ces unions renouvelées avec une fille si belle et si ardente. S'il aspirait à réfréner son impétuosité, il ne voulait pas s'en débarrasser, et même parviendrait-il à se lasser d'elle, il éprouvait une trop grande satisfaction en songeant qu'il embabouinait le souverain des Deux Terres chaque fois qu'il s'unissait à sa royale épouse, pour renoncer facilement à un tel privilège qui le consolait de bien des déboires. En outre, bien souvent, lors de ses visites, elle lui apportait un panier suffisamment rempli de biens et de nourriture pour lui permettre d'entretenir sa maisonnée. Aussi devait-il tergiverser chaque fois qu'elle le priait instamment d'utiliser ses pouvoirs magiques pour la venger de l'affront que lui faisait subir en permanence sa rivale.

— S'il ne s'agit que d'enterrer un tesson de vase inscrit d'une formule magique dans le jardin du palais, dit-elle un jour à son amant, je me fais fort de satisfaire à ta demande.

— C'est, en effet, l'un des rites par lesquels ma magie devient efficiente, lui accorda-t-il. Mais ce n'est pas suffisant et il me manque un certain nombre d'ingrédients que je dois faire venir de très loin.

— De quoi s'agit-il et d'où peux-tu bien faire venir ces mystérieux ingrédients ? lui demanda-t-elle d'un ton irrité.

— Il s'agit de plantes et du venin d'un serpent qu'on ne trouve que chez les Libyens. Certains voyageurs qui viennent de là-bas m'en rapportent parfois, mais, pour l'instant, je n'attends personne susceptible de m'en fournir.

— Combien de temps devrai-je encore attendre ?

— Nul ne peut le savoir..., avoua-t-il.

— Quoi ! s'exclama-t-elle en se redressant sur leur

couche, même toi, dans ta prescience, tu ne peux le savoir ? Ne prétends-tu pas être capable de te dédoubler et d'envoyer ton ka auprès de personnes qui sont au loin ? Ne peux-tu, par ce moyen, contacter un voyageur qui, de là-bas, te rapportera les ingrédients qui te font défaut ?

Sabi était trop avisé et imaginatif pour être pris de court par une telle remarque. Il improvisa sur-le-champ :

— Il en est bien ainsi, mais je ne peux le faire qu'avec des personnes déterminées, dont je connais le nom, et, surtout dans un lieu précis, assura-t-il. Or, les hommes qui me fournissent ces biens sont des nomades et on ne sait jamais en quel point ils se trouvent dans des déserts immenses. Ainsi, mon ka peut parcourir des espaces très étendus sans parvenir à trouver ce qu'il cherche. Et si la quête dure trop longtemps, il risque de s'égarer, de ne pas retrouver le chemin du retour et je peux moi-même perdre ainsi mon âme et ma puissance. Tu comprends que je ne veux pas m'aventurer dans une quête présentant de si grands dangers. C'est pourquoi il faut s'armer de patience.

Et comme elle marquait son mécontentement et son impatience en lui tournant le dos, il se hâta de l'enlacer pour lui faire oublier son courroux.

Puis, un jour, Hénoutsen dut se rendre à l'évidence, elle était une nouvelle fois enceinte. Elle avait eu déjà, à plusieurs reprises, l'occasion de le supputer, mais elle préférait éluder la question, espérant que le flux périodique tant espéré se déciderait à se déclencher. Mais, après que le retard eut largement dépassé le mois, elle n'en put plus douter. Il lui vint alors à l'esprit qu'elle ne s'était unie à son époux qu'une seule fois depuis son retour de voyage, le jour qui avait suivi son couronnement. Elle calcula que cela faisait maintenant près de trois mois.

Elle allait en général retrouver Sabi vers le milieu de la nuit, après que tout le monde fut couché dans sa résidence et dans celle de Méritités, afin d'être sûre que personne ne viendrait la déranger, qu'on n'irait pas la chercher dans sa chambre. Pour ces escapades nocturnes, elle se contentait de ceindre ses reins d'un court pagne de fin cuir brun, de sorte que se fondaient dans la nuit son corps doré et sa chevelure sombre. Les rues de Memphis étaient alors désertes. On n'y rencontrait que des *sa-per*, ces policiers chargés de la sécurité de la ville, effectuant une ronde ou quelque noceur qui sortait de l'une des rares tavernes ouvertes pendant toute la nuit. Dans ces cas, les passants s'éclairaient avec des torches qu'Hénoutsen voyait de suffisamment loin pour avoir largement le temps de se cacher dans une rue adjacente ou dans une embrasure de porte. Sabi lui avait montré comment elle pouvait se glisser dans sa demeure en passant par un trou aménagé au bas d'un mur, au fond de son jardin. Ainsi pouvait-elle venir le rejoindre sur sa couche lorsque la fantaisie l'en prenait, c'est-à-dire très souvent. Ce jour-là, la découverte de son état la remplit d'une telle angoisse qu'elle n'attendit pas la nuit pour se rendre chez le magicien. Elle était devenue une familière de la demeure de Sabi et, afin d'éviter d'être vue frappant à sa porte lorsqu'elle y venait le jour, elle avait pris l'habitude de passer par le trou au fond du jardin, lequel donnait sur l'espace séparant les habitations du mur de protection contre les débordements du fleuve, lieu généralement désert où l'on jetait les détritus enlevés périodiquement et où venaient parfois jouer les gamins du voisinage.

Par ce chemin elle avait immédiatement accès à la chambre de Sabi qui s'ouvrait sur le jardin et dont la porte était laissée ouverte afin qu'y pénètrent le jour et l'air porteur des odeurs des fleurs que Tjazi cultivait avec soin. Aussi parvint-elle à la porte de la chambre sans avoir été aperçue par les deux serviteurs de Sabi. Elle se mouvait vivement, mais sans faire le moindre bruit, de sorte qu'elle fut arrêtée à la porte par des bruits de voix. L'une était celle de son amant, mais elle ne connaissait pas l'autre qui était celle d'un homme, ce qui la rassura car elle avait aussi reporté sa jalousie sur Sabi et n'aurait pu souffrir qu'il prît une concubine. Elle resta adossée au mur, tout près de l'huis, pour tenter de surprendre la conversation :

— Comment espères-tu pouvoir me payer un tel service ? demandait Sabi.

— Tu as pu voir l'objet que j'ai remis à ton serviteur pour être introduit auprès de toi, répondit le visiteur.

— Je le vois, c'est du bel or, de l'or vert de Nubie.

— C'est avec cet or que tu seras payé. Et je te procurerai aussi de beaux meubles, comme tu les aimes.

Il y eut un silence, puis la voix de Sabi reprit :

— Cette fois-ci, je ne compterai pas sur toi pour aller enterrer les formules dans son jardin.

La remarque fit dresser l'oreille d'Hénoutsen qui se pencha pour tenter de voir qui était le visiteur. Elle ne se rendit pas compte que Sabi, assis face à la porte, surprit sa fugitive apparition. Il eut la prudence de ne marquer aucun mouvement de surprise.

— Je suis prêt à tout risquer pour y réussir, assura son interlocuteur.

— Peut-être, répliqua le magicien qui, n'ayant pas oublié ce qu'il avait déclaré à Hénoutsen pour retarder le moment de pratiquer le bris des vases, précisa : c'est un gros risque à courir. En tout cas, pour l'instant, il me manque un certain nombre d'ingrédients qui me viennent de Libye. Mais il est possible d'utiliser d'autres moyens.

— Parle, je suis prêt à payer tout ce que tu exigeras de moi.

— Crois-tu être suffisamment riche ? s'étonna Sabi.

— Je le suis. Tu pourras le voir par toi-même.

— Je veux bien te croire. Vois, je ne peux te dire dans l'immédiat comment je procéderai. Laisse-moi le temps de réfléchir. Reviens demain, nous en reparlerons.

Hénoutsen attendit d'être sûre que l'homme fût sorti pour se manifester.

— Ah ! te voilà ! fit Sabi en la voyant s'avancer dans la pièce, marquant une fausse surprise. Es-tu là depuis longtemps ?

— Non, j'arrive à l'instant, ou presque... Qui était cet homme qui t'a offert un bel objet en or et que voulait-il ?

— C'est un client, un demandeur. Il s'appelle Abedou et il voudrait encore que j'envoie une maladie mortelle à une personne qu'il n'aime visiblement pas.

— De qui s'agit-il ? Je connais cet Abedou. C'est l'ancien architecte du roi défunt, mon beau-père.

— C'est bien lui. Nous avons cru qu'il avait perdu tous ses biens, et pourtant il a pu me donner ce beau bracelet et il m'a assuré pouvoir me payer largement. Je suppose qu'il a dû prodigieusement piller les biens du roi pendant qu'il exerçait ses fonctions.

— A qui en veut-il encore ?

— A Ankhaf à qui il ne peut pardonner de lui avoir succédé dans sa fonction et d'avoir réussi à bâtir deux pyramides.

— Cet Ankhaf est un grand sage. Tu ne dois pas accéder aux exigences de cet homme.

— Je lui ai répondu la vérité : je ne dispose plus pour l'instant des moyens de lui envoyer une maladie.

— Ne lui as-tu pas demandé de revenir demain ?

— Une bonne raison pour conserver le bracelet. Vois, il est pour toi.

Elle était venue s'asseoir auprès de lui sur le lit. Elle prit le lourd bracelet finement ciselé puis le lui rendit :

— Je le porterai ici, mais je ne peux le garder avec moi. Sabi, je viens te voir d'une manière aussi inopinée parce que j'ai acquis une certitude qui me terrifie. Vois, je suis enceinte, j'attends un enfant dont tu es certainement le père.

Contrairement à l'attente de la jeune femme, un grand sourire illumina le visage de Sabi qui voyait là un nouveau lien qui ne pouvait que conforter leur liaison :

— Enfant ! s'exclama-t-il, cette nouvelle ne peut que m'être très agréable et il est beau que tu aies mis tant de hâte à m'en aviser.

— Quoi ? Tu ne t'en inquiètes pas plus ? Tu sembles oublier qui est mon époux !

— Comment pourrais-je l'oublier ? Mais ne m'as-tu pas avoué qu'il était venu dans ta couche le lendemain de son couronnement ?

— Il y a trois mois de cela. Y a-t-il beaucoup de femmes qui accouchent après dix ou onze mois de grossesse ?

— Il y en a, surtout quand elles enfantent un dieu, car notre fils montera peut-être un jour sur le trône des Deux Terres.

La remarque la laissa pantoise. Elle était venue auprès de lui dans l'espoir qu'il lui donnerait une recette pour faire passer l'enfant, mais considérée la manière dont il accueillait la nouvelle, elle songea qu'il avait sans doute raison et que Khéops n'aurait peut-être pas de raison de s'alarmer d'un grand retard de couches, d'autant que l'enfant pouvait naître avant terme, c'est-à-dire à terme pour ceux qui ignoraient la vérité.

Sabi se réjouissait d'autant plus de la nouvelle que l'état de la jeune femme lui laisserait bientôt quelque répit, car il lui serait difficile de venir le retrouver lorsqu'elle serait trop grosse et dans les jours suivant la naissance de l'enfant. Il était cependant contrarié qu'elle l'ait ainsi surpris en plein jour, alors qu'il était en colloque avec Abedou, car il lui déplaisait que son impétueuse concubine puisse intervenir ainsi dans ses intrigues et qu'elle fût au courant de ses menées. Il ne savait trop depuis quand elle écoutait leur conversation et il espérait qu'elle n'avait pas menti en lui affirmant qu'elle venait d'arriver, car Abedou lui avait demandé de supprimer non seulement Ankhaf, mais encore Khéops. Il lui avait révélé ses intentions qui étaient de rassembler tous les adversaires du roi, à commencer par les anciens prêtres de Ptah dépouillés de leurs prébendes, et de les coaliser autour de Néférou qu'il se promettait d'aller retrouver à Eléphantine afin de lui faire connaître sa manœuvre, l'impliquer dans la conjuration et lui offrir dans le même temps la mort de Khéops et la double couronne. Projet qui semblait d'ailleurs à l'avisé Sabi particulièrement déraisonnable, sinon fou ; il avait souri pour cacher sa stupeur lorsque Abedou s'était présenté à lui en déclarant qu'il avait devant lui le futur vizir de l'Egypte, car c'est cette fonction suprême qu'Abedou avait l'intention d'exiger de Néférou pour lui avoir permis d'accéder au trône des Deux Terres.

Néanmoins, Sabi n'était pas totalement hostile à l'aventure dans la mesure où lui-même n'aurait pas à prendre de risques. Or, s'il lui était toujours possible de faire assassiner Ankhaf par son serviteur et, à la limite, Khéops, c'était là une entreprise quelque peu hasardeuse. Si jamais Tjazi échouait et se faisait capturer, bien qu'il ne pût rien avouer du seul fait qu'il était muet, on parviendrait finalement à découvrir qu'il était son serviteur, ce qui l'impliquait directement. C'est ce point particulier qui faisait hésiter Sabi à s'engager dans une entreprise assez périlleuse de laquelle il ne savait ce qu'il retirerait, à part les objets et meubles promis par Abedou. C'est pourquoi il décida d'attendre, de temporiser, et de voir venir.

Ce qui ne l'empêcha pas, lorsque Abedou revint à la charge le lendemain, de lui confirmer qu'il pourrait sans doute l'aider à réaliser son rêve. Hénoutsen n'étant plus là pour les épier — par une sage mesure de prudence il avait envoyé Tjazi dans le jardin pour surveiller l'accès de sa chambre — il lui dit qu'il allait voir de quelle manière il serait possible de se débarrasser des personnages en question.

— Afin d'être plus assuré de l'efficacité des charmes que j'ai l'intention d'utiliser, dit-il à Abedou, je dois faire venir diverses drogues de la Libye. Pour cela, je dois envoyer là-bas un serviteur qui devra se les procurer à grands frais.

Abedou comprit l'allusion et il revint le jour suivant avec divers objets de valeur. Sabi les examina longuement puis il déclara :

— C'est là une première avance pour les frais de voyage de mon serviteur et l'acquisition des drogues en question. Reviens demain avec des objets en or pour mon propre salaire. Ensuite, il faudra attendre trois mois le retour de mon serviteur avec les ingrédients précieux qu'il rapportera de son expédition. Je te ferai alors prévenir pour que tu viennes devant moi et nous pourrons envisager de faire un bris de vases.

CHAPITRE XVIII

Lorsque Khéops revint dans ce qu'il se plaisait à appeler le domaine de Philitis, il amena avec lui Ankhaf et Ibdâdi. Presque chaque jour, sur sa royale exigence, Ibdâdi se présentait au grand palais afin de s'entretenir avec Sa Majesté. Alors que Khéops recevait officiellement son vizir, ses Amis, ses hauts fonctionnaires, assis sur son trône dans la salle d'audience de la résidence royale, il accueillait en privé le précepteur de ses enfants. Ils se retrouvaient dans le jardin de Snéfrou, jardin qui avait été laissé quelque peu à l'abandon lors de la fatale maladie du roi défunt mais que Khéops avait non seulement ressuscité mais encore embelli en y ajoutant des arbres déjà hauts apportés de diverses régions du royaume, des fleurs en quantité, et aussi des oiseaux et des bêtes capturées dans le désert, tout cela pour le plus grand plaisir de Noubet. Ibdâdi lui rendait alors compte de ses relations avec les enfants royaux, de ce qu'il leur avait enseigné, mais ce qui plaisait surtout à Khéops, c'était de l'entendre lui parler des nations qu'il avait connues et de s'entretenir avec lui de la sagesse des autres peuples. Lui-même lui avait parlé de Philitis de telle manière qu'Ibdâdi avait prié Sa Majesté de lui faire rencontrer cet homme d'exception.

— D'après ce que tu m'en dis, avait-il déclaré, je ne peux douter qu'il s'agisse d'un vrai sage qui a acquis la connaissance suprême qui est dispensée vers la Terre du dieu, ce pays mystérieux situé à l'orient du monde que vous autres Egyptiens appelez le *Ta Noutir*.

— Ibdâdi, lui avait alors répondu Khéops, Ma Majesté est aussi persuadée que cet homme est un grand sage et tes paroles réjouissent mon âme car nul encore n'a pu me dire où se trouvait en réalité cette terre divine qui me paraît être la même que celle où réside le Phénix et d'où il prend son vol tous les cinq cents ans pour paraître à Héliopolis.

— Ne l'as-tu pas interrogé sur ce point ? s'était étonné Ibdâdi.

— Je n'en avais pas de raison car si j'ai bien senti que je me trouvais en présence d'un sage, je ne soupçonnais pas qu'il ait pu recevoir son ultime initiation dans cette terre mystérieuse.

— Cette terre est la même que celle que les gens du Sumer appellent la Terre du vivant, où réside un homme appelé Ziusudra. Or, sache que ce Ziusudra a acquis l'immortalité.

— De quelle immortalité parles-tu ? lui avait alors demandé le roi. Car, nous tous qui sommes venus à la vie en ce monde, ne sommes-nous pas immortels ?

— Sans doute, mais seulement après la mort, dans le monde où tout n'est qu'esprit, ce que vous autres Egyptiens appelez le monde des Akhou. Mais il en va d'une autre immortalité pour ce Ziusudra, car il vit loin vers l'horizon où se lève le soleil, en un lieu caché dont on dit que c'est un palais souterrain au cœur de hautes montagnes, peut-être ce qu'on appelle ici la Douat.

Khéops avait naturellement voulu en savoir plus sur ce mystérieux personnage car il songeait aussi à sa propre immortalité et aux galeries souterraines qui existaient sous le domaine de Philitis et pouvaient paraître le pendant occidental de la caverne du sage dans les montagnes où se lève le soleil ; mais Ibdâdi n'avait pu, ou voulu, lui en parler plus longuement. Il avait affirmé qu'il ne connaissait ce Ziusudra que par ce que lui en avaient appris les savants des cités du Sumer.

Ce jour-là, Philitis, qui se tenait comme à l'accoutumée assis au bord de la falaise, se leva lorsque s'approchèrent les trois hommes vers qui était déjà allé le chien. Khéops fut surpris qu'Aboutiou, après lui avoir fait fête, vînt renifler ses deux compagnons, puis il se coucha devant Ibdâdi qui s'était arrêté. Philitis, qui les avait rejoints, unit ses mains comme en une prière, puis il leva les bras et inclina le torse, salut que lui rendirent ses trois visiteurs.

— Philitis, lui dit alors Khéops, j'ai amené avec moi mon architecte Ankhaf afin qu'il examine ton domaine et qu'il commence à voir comment il pourra distribuer les différentes constructions nécessaires à la réalisation de mon entreprise. Je confie à tes soins Ibdâdi qui est un Ami de Ma Majesté, mais surtout un sage venu d'Orient qui s'est montré désireux de te rencontrer.

— Qu'il soit le bienvenu, assura Philitis, et qu'il en soit de même pour Ankhaf. Sa réputation de sagesse est aussi parvenue jusqu'à mes oreilles, car on parle beaucoup de lui et de ses travaux dans le voisinage du temple de Chetyt.

Ankhaf inclina le torse pour marquer la modestie avec laquelle il recevait le compliment.

Philitis emmena ses hôtes vers sa cabane pour y prendre les torches, puis il laissa Khéops et Ankhaf descendre dans les galeries souterraines. Ils y demeurèrent un long moment avant d'en ressortir, puis Ankhaf, à l'aide de la corde, prit la mesure de sa profondeur, à partir du bas de la margelle du puits.

— C'est à proximité de ce puits qu'il faudra déterminer l'emplacement où sera édifiée la pyramide, déclara Ankhaf, mais il faudra éviter que ce soit au-dessus d'une galerie. J'ai pris connaissance des plans que tu as dressés du monument. Jamais encore on n'en a bâti de si élevés et de si vastes. Il sera incomparablement plus haut et plus large à sa base que ces grandes pyramides qu'ont fait construire les ancêtres de Ta Majesté, celle du dieu Djeser, conçue par mon père Imhotep, et les trois autres élevées pour les dieux Houni et Snéfrou. Le poids des pierres ainsi accumulées sera énorme et il convient d'étudier auparavant la stabilité du terrain pour ne pas risquer un effondrement.

— D'autant plus, rappela Khéops, que j'ai dessiné les trois chambres superposées dans le même axe : tu as pu voir que la chambre inférieure qui représente le monde souterrain, sera creusée dans le roc de la falaise. La profondeur à laquelle je la veux la place presque à la hauteur des galeries souterraines avec lesquelles elle doit être en communication par un couloir secret.

— Si Ta Majesté le veut bien, allons nous rendre compte de la hauteur du fleuve lorsqu'il s'est répandu dans la vallée, au plus haut de l'inondation. Il semble qu'il ne dépassera pas le niveau qu'il a atteint ce jour. J'irai faire une marque pour en garder le souvenir.

Philitis et Ibdâdi les rejoignirent et, ensemble, ils parcoururent le plateau pendant un long moment, en suivant la crête, puis Ankhaf désigna un point au bas de la pente, du côté est :

— Il me semble que c'est à peu près là qu'il faudra creuser la montagne pour atteindre l'extrémité de la galerie souterraine. La crue dépasse le point de base, mais quand le fleuve va retrouver son lit habituel, il sera totalement découvert. Aussi, l'eau qu'on aura pu y déverser pendant la crue aura tôt fait de se vider dès la décrue.

— C'est pourquoi le premier travail va consister à creuser un long canal qui continuera d'amener l'eau dans un vaste bassin qui devra être aménagé à cette hauteur, au-dessus du niveau habituel du fleuve.

— Je suppose que Ta Majesté a bien vu que l'embranchement d'un tel canal sur le cours du fleuve ne peut se faire que loin d'ici, vers le lieu où le bras qui court parallèlement au Nil fait un coude pour aller se déverser dans le grand lac occidental.

— C'est, en effet, de là-bas qu'il faudra faire partir le canal dont le tracé doit demeurer sur la hauteur, à un niveau supérieur au fleuve, de sorte qu'il pourra ainsi alimenter tout le temps le bassin qui sera mis en communication avec les galeries souterraines dont nous ferons un lac après les avoir aménagées.

— C'est déjà un travail gigantesque, fit remarquer Ankhaf.

— Je m'en doute. Mais nous y mettrons les bras nécessaires. Vois, j'ai examiné le recensement que mon père Snéfrou a fait faire quelques années avant qu'il ne retourne auprès de son père Rê. Je peux disposer facilement de cent mille hommes, sans que la mise en culture de la terre noire en souffre. Dès que sera amorcée la décrue, nous mettrons la plupart d'entre eux à creuser le canal. Les autres construiront le village des ouvriers, les habitations, les entrepôts, les silos à grains, et aussi le palais dans lequel j'ai hâte de venir m'installer, dans le voisinage. Ce sera là la première tranche des travaux. Combien de temps estimes-tu qu'il faudra pour réaliser cela ?

— A mon avis, pas moins de trois ans, avança Ankhaf.

— C'est satisfaisant.

— Mais il faut aussi tenir compte d'un certain nombre d'imprévus. Par exemple, j'ai remarqué que la rivière souvent desséchée qui descend de la montagne orientale, au sud de Memphis, lors des pluies d'hiver, se gonfle et déferle dans le Nil si bien que les ouvriers qui travailleront au canal risqueront de voir tous leurs efforts mis en péril par un débordement soudain et intempestif du fleuve. Déjà le glacis qui protège Memphis des inondations a été érodé par la violence du courant suscité par les eaux de ce torrent. La prudence voudrait que soit construit avant tout un barrage afin de contenir les eaux, régulariser leur écoulement.

— Il te revient de prévoir tous ces dangers et d'y remédier, répliqua Khéops. Je pense aussi profiter des travaux de ce canal pour aménager de véritables ports avec des docks, afin de desservir Memphis. Jusqu'à ce jour, les bateaux accostent les quais bourbeux du Nil et le déchargement des marchandises est pénible pour les hommes qui le font, périlleux pour la marchandise. Tandis que des bassins portuaires mis en communication par un canal qui s'embranchera au sud sur le bras parallèle du fleuve et rejoindra le bras occidental du delta, seront à l'abri des détériorations de l'inondation, ce qui permettra d'aménager des quais en pierre, solides, faciles d'accès, comme ceux que j'ai vus dans le port marchand de Byblos.

— Je vois, seigneur, que tu as soigneusement étudié cette question, mais si l'on veut réaliser tant de choses en trois ans, les cent mille hommes que tu souhaites mettre au travail ne seront pas de trop. Car il faudra aussi établir tout au long du canal en construction des levées de terre, afin que lors des crues les eaux débordées du fleuve ne viennent pas détruire tout ce qui aura été accompli dans les temps d'étiage et n'empêchent pas les ouvriers de continuer de creuser.

— Crois bien, Ankhaf, que j'y ai songé et que c'est même le premier ouvrage à réaliser. Il suffira de creuser un fossé parallèlement au canal et d'utiliser la terre retirée du fossé d'une part et du canal de l'autre, qui seront creusés la première année pour en faire ce mur de protection. Le fossé recueillera le limon et rendra plus lent le travail d'érosion accompli par la force du courant lorsque la crue parvient à son maximum. Il serait heureux pour nous que celle de l'année prochaine soit plus basse que celle de cette année.

— Ne comptons pas sur ce qui ne dépend pas de nous, remarqua Ankhaf, car elle pourrait tout aussi bien monter plus haut encore, ce qui risquerait de menacer l'existence du mur qu'on aurait pu élever et, en conséquence, anéantir les réalisations d'une année de dur labeur.

— J'y ai songé. C'est pourquoi il convient de se mettre à la tâche dès que le niveau du fleuve le permettra afin d'avoir monté le plus haut possible les levées de terre. J'ai déjà donné les ordres pour que soient recrutés à travers la vallée le nombre prévu d'ouvriers, préparé tout le matériel et les outils indispensables et qu'on commence à prélever dans les greniers royaux et les domaines des temples et de Ma Majesté les grains, les légumes, la viande nécessaires pour nourrir toutes ces bouches. Pour toi, Ankhaf, il te revient de désigner les maîtres d'œuvre susceptibles de diriger de si vastes travaux.

— Ta Majesté peut être assurée que, de mon côté, j'y ai aussi pensé. Mais tout d'abord, je tiens à te rappeler qu'il convient de déterminer le tracé du canal, ce qui ne se fera pas en quelques jours.

— Je le sais, mais il faudra que tu mettes à l'œuvre tous nos meilleurs arpenteurs qui devront travailler sous ton étroite surveillance. Pendant ce temps, nos scribes recruteurs réuniront tous les hommes nécessaires au creusement du canal. Maintenant, dis-moi à qui tu penses pour te seconder dans ces tâches.

— Le premier d'entre eux doit être Hémyounou, en tant que vizir. Mon premier collaborateur, celui qui me remplacera dans les travaux que Ta Majesté m'a confiés, sera, si Ta Majesté n'y voit pas d'objection, Khaesnéfrou qui appartient à notre confrérie d'architectes et de maîtres maçons.

— Tu veux parler du père de cette Outa, la compagne de mon épouse Hénoutsen ?

— C'est bien de lui qu'il s'agit.

— Ces choix t'appartiennent, confirma Khéops qui se tourna alors vers Philitis et reprit à son intention : Philitis, c'est toi qui m'as désigné ce lieu pour qu'y soit élevé le plus prodigieux monument jamais encore conçu. Mais je crains que tu ne sois le premier à en pâtir, car ta solitude si favorable aux méditations va bientôt être si fortement perturbée que je crains que tu ne regrettes de m'avoir rencontré.

— Seigneur, lui répondit le berger, n'aie pas de scrupule, car si je suis venu m'installer ici, c'était pour te faire connaître le lieu où le dieu a manifesté sa volonté de voir s'y élever cette pyramide, monument d'éternité.

Ces paroles n'étonnèrent pas Khéops à qui le berger avait fait déjà part de cette mystérieuse volonté d'un dieu innommé, mais elles ne parurent pas non plus étonner Ibdâdi qui s'était déjà entretenu avec Philitis en qui il semblait avoir rencontré un condisciple d'on ne savait quelle mystérieuse confrérie.

Lorsque, quelques jours plus tard, Khéops revint, cette fois porté sur son palanquin, en compagnie des Amis du roi et d'une troupe d'artisans et de maîtres d'œuvre de la suite d'Ankhaf, avec Hémyounou et Khaesnéfrou, il fut surpris de ne pas voir venir vers lui Aboutiou, le chien fidèle. Il descendit du palanquin pour aller personnellement à la recherche de Philitis, mais sa cabane était vide et il ne le trouva nulle part. Même son troupeau de chèvres et de moutons avait disparu. Comme il s'en inquiétait, Ibdâdi qui suivait loin en arrière avec Ankhaf le rejoignit et lui dit :

— C'est en vain que Ta Majesté cherchera Philitis. Sache que sa mission une fois accomplie, il n'avait plus de raison de demeurer en ce lieu.

— Serait-il donc parti ? s'étonna Khéops. Pourtant, il me souvient qu'il m'avait assuré qu'un dieu lui avait désigné ce lieu sacré non seulement pour s'y établir, mais encore pour y terminer sa vie.

— Peut-être a-t-il reçu de ce dieu mystérieux un autre ordre, et il est allé ailleurs.

— Saurais-tu où ?

— Non, seigneur, je ne le sais pas. Philitis est l'un de ces mystérieux voyageurs venus d'horizons lointains qui passent dans le monde sans laisser de trace et qui pourtant y ont accompli une mission dont on ne découvre pas sur le moment les aboutissants ni les raisons d'être. Peut-être s'en est-il retourné parmi les siens avant de repartir pour une nouvelle mission, à moins qu'il ne se soit préparé à une mort salvatrice.

— Ibdâdi, tes paroles sont bien étranges et il semblerait que tu connaisses mieux cet homme que tu as vu moins d'une journée, que moi qui ai passé bien plus de temps en sa compagnie.

— Lorsqu'on a parcouru le monde comme je l'ai fait, et qu'on a été initié à bien des mystères, il est des hommes qu'on connaît ou qu'on reconnaît sans pourtant les avoir jamais rencontrés. Tel est ce Philitis dont le nom, dans une langue qui t'est étrangère, signifie Amour et Amitié.

CHAPITRE XIX

Le fleuve était lentement rentré dans son lit. Les arpenteurs royaux, sous la direction d'Ankhaf, avaient prestement agi afin de déterminer le cours du futur canal, d'en marquer le tracé. Une armée de scribes, envoyés à travers les campagnes du delta et les parties septentrionales de la Haute-Egypte, avait recruté déjà des dizaines de milliers de bras, dont les premiers travaux consistaient à bâtir des cabanes pour loger tout ce monde à la lisière du désert, entre le coude du bras du Nil, à l'endroit où il bifurque pour aller alimenter le grand lac de l'oasis occidentale, et le domaine de Philitis. Le point de départ du canal une fois déterminé avec certitude, il fut temps de procéder aux rites d'ouverture de ce gigantesque chantier. La veille, Khéops s'était rendu auprès du lieu où serait donné le premier coup de houe dans la terre déjà desséchée, à peu de distance du coude du bras du fleuve, loin au sud de Memphis. Il avait dû s'y rendre en grande cérémonie, d'abord sur une barque magnifique, puis porté dans son palanquin, flanqué des flabellifères, suivi par les courtisans et les porteurs des enseignes des provinces, escorté par une nombreuse garde. Il avait retrouvé sur place Ankhaf et Khaesnéfrou, installés dans les environs dès la baisse des eaux afin de diriger les travaux d'arpentage.

Avant que ne se lève le soleil, le roi et sa suite s'étaient rendus au point où devait être donné le coup d'envoi des travaux. Les ouvriers avaient été distribués tout le long du tracé du canal, côte à côte, à perte de vue vers le nord, armés les uns de houes, les autres de pelles, d'autres, face à eux, de paniers en roseaux tressés. Lorsque Khéops se montra, tout le peuple présent, Amis du roi, prêtres, scribes, soldats, paysans, se jetèrent sur le ventre pour saluer son apparition. Sur un signe de la main royale, ils se redressèrent, puis Khéops alla prendre place sur un trône disposé sous un dais. Ankhaf et Khaesnéfrou vinrent alors lui faire savoir que, en si peu de temps, avec un zèle admirable, les scribes avaient déterminé le tracé du canal et que ce jour était celui qui allait marquer le début de la plus grande entreprise jamais encore conçue par les hommes.

Peu après, le soleil rosissait l'horizon blafard, puis se levait lentement dans toute sa splendeur tandis que se prosternaient les prêtres, tous recrutés dans le clergé d'Héliopolis. Ils entonnèrent un hymne à la gloire de Rê, qui fut suivi de prières à l'adresse d'Osiris et de Thot.

Khéops, la tête coiffée de la couronne blanche de la Haute-Egypte, une fausse barbe attachée au menton, un lourd pectoral orné des deux déesses du sud et du nord battant sur sa poitrine, se leva de son trône. Des serviteurs vinrent alors s'agenouiller devant lui ; ils lui ôtèrent ses sandales, qui furent confiées au porteur de sandales, et son pagne. Il ne conserva que la ceinture des paysans, nouée sous le nombril et dont les deux pans tombaient entre les jambes. Un simple paysan vint s'agenouiller devant lui et lui tendit une houe dont la tête en bois était armée d'une lame de cuivre. Khéops prit l'outil et, suivi des flabellifères et de ses deux architectes, marcha jusqu'à l'endroit choisi pour ouvrir le point de départ du canal. Il resta un instant immobile, jambes écartées, face au soleil qui montait sur l'horizon, puis, levant à bout de bras la houe, il l'abattit vigoureusement sur le sol. Il frappa ainsi trois fois, et chacun des coups portés à la terre ainsi fendue fut accompagné des clameurs joyeuses des paysans. Et Sendjemib, le Grand Voyant de Rê à Héliopolis, qui dirigeait la délégation des prêtres du dieu, cria alors :

— Les portes du ciel sont ouvertes, les portes du firmament sont ouvertes. Que s'ouvrent les portes de la terre, que s'ouvrent les portes des eaux.

Aussitôt après, avec un parfait ensemble, tous les hommes rangés le long de la ligne constituant le futur bord du canal levèrent à leur tour leurs houes et commencèrent à frapper le sol, à ouvrir la terre, que leurs compagnons jetaient à coups de pelle dans les couffins qui, une fois remplis, étaient emportés pour être déversés sur une ligne opposée, au lieu où allait se dresser le mur de protection contre la crue.

Dans sa joie de voir enfin se réaliser l'œuvre à laquelle il pensait depuis tant d'années, Khéops continuait de creuser, sous les regards stupéfaits des courtisans, comme les paysans avec lesquels on aurait pu le confondre, n'eût été sa couronne et son collier royal.

— Seigneur, se décida à lui dire Ankhaf, il n'est pas bon pour le prestige de Ta Majesté de continuer de creuser comme un simple ouvrier. Il te revenait de fendre rituellement le sillon ; tu ne peux assumer plus avant ce rôle d'ouvreur du chemin.

Khéops se redressa, essuya d'un revers de main la sueur qui coulait de son front et déclara :

— Il est bon que celui qui ordonne une tâche prenne personnellement la mesure des efforts qu'elle requiert.

— Sans doute, seigneur, si tous les hommes qui donnent des ordres agissaient ainsi, ils se montreraient moins exigeants envers leurs subordonnés. Mais le monde est ainsi fait que ceux qui donnent les ordres sont les plus paresseux et n'exigent d'eux-mêmes que le moins d'efforts possible.

— Et tu penses, Ankhaf, qu'on ne peut changer le monde, conclut Khéops avec un sourire amusé.

— Précisément. Ou, si j'en juge à mon expérience, ceux qui le modifient ne le font qu'insensiblement, pour leur plus grand avantage. Mais ce ne sont jamais les gens du peuple, qui sont comme des moutons dans des pâturages : ceux-là se contentent de subir ce qu'on leur impose et il faut réellement dépasser toute mesure pour qu'ils osent commencer à se plaindre.

— Voilà pourquoi, Ankhaf, en tant que directeur des travaux de Ma Majesté, je te prie de veiller à ce que jamais personne ne dépasse cette limite.

Les temps qui suivirent cette inauguration furent heureux pour le roi. Il y eut d'abord Noubet qui lui donna non pas un fils, comme il le craignait, mais une fille qui fut nommée Khentetenka.

Pour ce qui concerne Hénoutsen, dès qu'elle s'était trouvée enceinte, elle s'était empressée de le faire savoir à son royal époux. Et comme il constatait qu'il ne l'avait pas touchée depuis trois mois et qu'elle avait attendu bien longtemps avant de l'aviser de sa future nouvelle paternité, elle lui répondit d'un ton désinvolte :

— Ta Majesté dédaigne ses épouses. Tu ne viens jamais nous voir, tu vis partagé entre ta troisième reine et tes projets. Tu nous méprises. Pourquoi me serais-je précipitée pour t'avertir de ma grossesse ?

Je supposais que tu n'en avais pas le moindre souci, maintenant que tu es père de tant de garçons et que Noubet, à ce que j'ai cru entendre dire, va sans doute t'en donner encore un.

— Hénoutsen, ce n'est pas parce que mes fonctions royales absorbent tout mon temps que je te méprise, toi et ma sœur Mérititès. Vois : j'ai choisi un emplacement pour faire construire mon grand palais. Il sera habitable avant que deux inondations ne soient survenues, peut-être trois. Vous viendrez alors vous installer auprès de moi, toi et ma sœur, et aussi ma mère, avec nos enfants. J'aurai alors plus d'occasions de vous voir.

Hénoutsen n'insista pas. Elle n'avait pas envie de quitter sa résidence, qui lui convenait, ni non plus de s'éloigner de Sabi, qui exerçait toujours sur elle la plus forte attirance.

Vers la fin de la saison de la germination, soit au milieu de l'époque appelée hiver dans les autres pays, Hétep-hérès prit place sur son palanquin pour s'en aller trouver son royal fils dans le grand palais de son père Snéfrou. Elle s'était fait annoncer, de sorte que Khéops renvoya sa cour et se retira dans ses jardins pour recevoir sa mère en tête à tête, car il savait que, si elle se déplaçait pour lui rendre visite, ce n'était pas pour être reçue par lui en public.

— Mon fils, lui dit-elle en prenant place sur le siège que lui avança un serviteur, je vois que tu n'as pas plus de temps que ton père pour venir me rendre des visites. C'est donc moi qui me décide à venir vers toi.

Sur cette entrée en matière, après que Khéops lui eut fait servir des boissons, des dattes et des fruits, elle lui déclara :

— Je viens parler à Ta Majesté de ta sœur, ma petite Néferkaou. Vois : elle est nubile depuis déjà longtemps et elle commence à s'étioler comme une fleur qu'on n'arrose pas. Il est bien temps de la marier. Elle a besoin d'un époux qui l'aime pour pouvoir à nouveau s'épanouir.

— Mère, opina Khéops, je suis d'accord avec toi. Il m'arrive parfois de penser à elle et je me suis dit qu'on doit lui trouver un époux. Mais celui qui lui était naturellement destiné, mon frère Rahotep, n'est plus de ce monde. Quant à Néférou, je pense qu'il est dangereux de lui donner une épouse qui ne pourrait que renforcer ses anciennes prétentions au trône.

— Elle n'accepterait d'ailleurs pas d'aller s'exiler si loin de nous, vers les marches de Nubie.

— Dans ce cas, qui vois-tu qui soit susceptible d'épouser une princesse royale ? Quel Ami du roi est digne d'elle ? Pour ma part, je n'en vois pas.

— Je ne vois, moi non plus, aucun Ami du roi à qui nous pourrions faire un tel honneur sans, d'ailleurs, susciter aussitôt la jalousie de tous les autres et aiguiser les ambitions et la vanité de l'heureux élu, reconnut la Grande Epouse royale. Cependant, il est un homme qui conviendrait parfaitement à ta sœur, ne serait-ce que parce qu'il a suscité en son cœur la grande flamme d'amour et que, paraît-il, lui-même n'est pas resté insensible à sa fraîche beauté.

— Ma mère, tu m'intrigues. De qui peut-il bien s'agir ?

— Sache que, depuis maintenant près d'une année que tu as placé Ibdâdi auprès de tes épouses pour entreprendre la première éducation de tes enfants, Néferkaou a commencé par s'intéresser à ses paroles ; elle a pris plaisir à sa présence. Finalement, elle s'en est éprise et, bien qu'elle soit restée discrète et qu'elle ait conservé toute la modestie d'une fille de sang royal bien éduquée, Ibdâdi a senti l'inclination qu'elle avait pour lui et lui-même n'est pas resté indifférent devant la vivacité de son intelligence, ses reparties amusantes et son charme mutin. Enfin, l'autre jour, Néferkaou est venue me voir et m'a avoué son amour et son désir de devenir l'épouse d'Ibdâdi. J'ai alors convoqué Ibdâdi, je lui ai parlé, il a reconnu éprouver le plus vif plaisir de se trouver en compagnie de la princesse, mais il a ajouté qu'il ne levait pas les yeux sur elle car il imaginait bien qu'une fille royale d'Egypte ne pourrait jamais épouser un simple étranger protégé du roi.

— C'est là une sage réaction, reconnut Khéops.

— Une réserve qui me plaît. Mais sache qu'il me plairait plus encore que tu donnes ton accord à un tel mariage. Vois : c'est précisément parce que Ibdâdi est un étranger, qu'il ne connaît pas les intrigues de la cour et surtout que c'est un sage encore en pleine force de l'âge qu'il est un époux parfait pour ma fille. Jamais il ne pourra songer à se prévaloir de son mariage pour songer à comploter ou à revendiquer ta couronne.

— De cela, j'en suis convaincu, opina Khéops.

— Ainsi, en mariant ta sœur à cet homme que tu as toi-même invité chez nous et à qui tu as confié l'éducation de tes enfants, tu fais deux heureux, car ils se consument en désirs mutuels, et tu empêches que ton demi-frère ou tout autre parent puisse revendiquer la main de ta sœur avec de troubles arrière-pensées.

— Ma mère, admit Khéops, Néferkaou est ta fille. Si tu considères qu'elle peut épouser Ibdâdi malgré son origine étrangère, je te sais trop avisée pour me mettre en travers de ton projet. Il t'appartient de décider. Tu ne l'ignores pas : le moindre de tes mots est un ordre exécuté pour toi, il te suffit d'émettre un désir pour que ce soit une volonté qui se réalise.

— Voilà, mon Khéops, des paroles dignes d'un fils aimant et respectueux de sa mère. Je te rends grâce et je vais convoquer cette enfant et notre hôte pour leur faire part de notre volonté.

— Va, ma mère. Et je veux que soit organisée une très belle fête pour ce mariage afin que chacun puisse voir en quelle estime Ma Majesté tient cet homme qui nous vient de la lointaine Byblos.

Dans le mois qui suivit, Ibdâdi épousa Néferkaou et entra dans la famille royale d'Egypte, sans que, pour autant, il ait conçu une plus haute opinion de lui-même. Il emmena sa jeune épouse dans la magnifique demeure que lui avait donnée Khéops et, de ce

jour, elle se fit son élève, avec les enfants de Khéops dont l'aîné, Kawab, avait maintenant sept ans. Il avait atteint l'âge, avec son frère Baoufrê, d'entrer dans une maison de vie d'un temple. Mais comme celui de Ptah était fermé, Khéops avait placé auprès d'eux un scribe habile pour leur apprendre le déchiffrement et l'écriture des signes sacrés. Il préférait attendre qu'ils fussent plus âgés pour les envoyer à Héliopolis. Ibdâdi se contentait, pour l'instant, de leur raconter de belles histoires et de leur parler des peuples lointains qu'il avait connus dans ses voyages.

C'est ainsi, dans l'enthousiasme, que furent entrepris les grands travaux destinés à marquer le règne pacifique de Khéops. Et, dans l'euphorie de ces temps, afin de montrer au peuple et aux clergés que, s'il avait fermé le temple de Ptah, c'était pour mettre fin uniquement à des intrigues politiques et que, bien qu'il fût tourné vers le culte du soleil, en tant que symbole lumineux de l'esprit du dieu caché, il n'en dédaignait pas pour autant les autres divinités qui, par leurs attributs, se rattachaient à la vision globale qu'il avait de la divinité, il ordonna la construction d'un temple d'Hathor, déesse de ce mouvement de cohésion du monde qu'on appelait l'amour, dans la cité qui lui était consacrée depuis des temps immémoriaux, Dendérah, et d'autres temples aux divinités tutélaires de Coptos et de Bubase.

Le gouvernement du pays et la surveillance de tant de travaux firent qu'il ne songea pas à faire un quelconque calcul lorsque Hénoutsen mit au monde un troisième garçon, qui reçut le nom de Minkaf, une dizaine de mois après la seconde nuit qui avait suivi son couronnement, et qu'il avait passée en compagnie de sa deuxième épouse.

CHAPITRE XX

Bien que son statut social fît qu'elle disposait d'un grand nombre de servantes, Hénoutsen tenait à s'occuper personnellement de ses enfants. Elle les avait elle-même nourris au sein, elle aimait à les porter sur sa hanche lorsqu'ils étaient encore tout petits et, lorsqu'elle se déplaçait pendant un certain temps, comme les simples femmes du peuple, elle serrait son torse dans une large bande de tissu qui maintenait l'enfant contre sa hanche et son flanc tout en lui laissant les bras libres. La présence du mignon corps nu de l'enfant tout contre sa chair lui était un plaisir, car elle sentait vibrer la petite vie qui s'épanouissait ; il lui semblait qu'elle participait plus intimement à sa croissance. Par ailleurs, lorsque le bébé s'oubliait, il lui suffisait de descendre avec lui dans l'un des bassins des jardins du palais pour laver le bambin aussi bien qu'elle-même.

Ainsi, ce matin-là, fit-elle son apparition dans le cercle formé par Méritités, Néferkaou, ses deux anciennes compagnes Outa et Chéry, maintenant toutes deux mariées à des Amis de Sa Majesté, Ibdâdi et les enfants qui, sagement assis en cercle sur des nattes, écoutaient parler le maître. Méritités se tenait entre ses deux fils préférés, Kawab et Baoufrê, qu'elle bourrait de friandises, dattes et gâteaux au miel, si bien que déjà les deux garçons commençaient à s'empâter, tandis que leur mère prenait un embonpoint avantageux. En revanche, Djedefhor, soit qu'il fût moins gourmand que ses frères, soit qu'il fût plus attentif aux paroles d'Ibdâdi, ne mangeait que peu et restait mince, ceci malgré les récriminations de sa mère qui déclarait qu'il risquait de mourir de faim. Hénoutsen, qui n'était pas peu fière de la sveltesse de son corps et de la beauté de ses seins, malgré ses quatre grossesses, se surveillait et s'adonnait à des exercices, outre ceux d'un autre genre que lui procuraient ses relations avec Sabi.

Elle portait la plus grande attention aux repas de ses enfants, voulant qu'ils reçoivent le nécessaire mais rien au-delà et, surtout, pas de gâteries à tout moment de la journée, dont on savait que non seulement elles engraissaient démesurément mais qu'elles gâtaient les dents. C'est sans doute la raison pour laquelle Djedefhor se plaisait plus en leur compagnie qu'en celle de ses deux frères et qu'il manifestait une grande affection pour Hénoutsen, qu'il appelait sa seconde mère. Ce dont ne se fâchait aucunement Méritités, qui continuait de porter une belle amitié à la deuxième épouse de son frère, sans marquer à son égard la moindre jalousie. Au contraire, elle admirait sa vigueur, la fermeté de son caractère malgré une grande douceur dans ses paroles et son comportement, la maîtrise qu'elle marquait en toute chose, la manière dont elle se dominait pour conserver sa beauté et sa grâce d'adolescente qui la faisaient paraître beaucoup plus jeune que son âge, contrairement à Méritités qui, cependant, ne cherchait pas à marcher sur ses traces, préférant s'abandonner à cet amour de la bonne nourriture et de la boisson qui compensaient son manque d'amour masculin. De son côté, bien qu'elle désapprouvât en elle-même l'abandon de Méritités, Hénoutsen se félicitait de son attitude à son égard, car cela évitait toute querelle et toute rancœur. Le seul reproche qu'elle lui faisait était de ne pas avoir plus pris à cœur l'infidélité de leur mari qui, non content de ramener avec lui une nouvelle épouse, les délaissait pour vivre avec elle dans le palais de Snéfrou, dont il avait fait sa nouvelle résidence. Mais, lorsqu'elle réfléchissait à la chose, elle s'en amusait en se disant que Méritités s'était consolée avec le vin et les dattes, et elle-même avec un amant. Chacune avait ainsi réagi selon ses besoins et ses inclinations.

Hénoutsen vint s'asseoir sur le fauteuil qui lui était réservé, dominant ses deux fils aînés, Khoufoukaf et Khéphren. Les deux filles de Khéops, Mérésankh, née de Méritités, et Khamernebti, celle d'Hénoutsen, étaient encore trop jeunes pour venir agrandir le cercle de famille ; elles jouaient ensemble plus loin, sous l'étroite surveillance de leurs nourrices.

Ibdâdi racontait l'histoire fabuleuse de cet homme nommé Etana, au pays de Sumer, qui vivait avant que les cités ne soient fondées, avant que la royauté ne soit descendue sur la terre. Il expliquait comment il avait aidé un aigle divin à sortir d'une fosse profonde où l'avaient jeté les dieux pour avoir trahi la confiance de son ami le serpent et mangé ses petits. En remerciement, l'aigle l'avait enlevé vers les cieux, jusqu'au seuil du monde des dieux, afin d'y chercher la plante magique d'enfantement, celle qui permet aux femmes stériles de mettre au monde un enfant. Puis il s'en était retourné sur la terre, où il avait régné sur une ville nouvellement fondée appelée Kish.

— Du ciel où il est monté, demanda alors Djedefhor, qui était décidément le plus éveillé des enfants, il a dû voir la terre et les hommes qui vivent dessus, le fleuve et les montagnes.

— Il les a vus, comme les voit un oiseau qui s'élève dans la nue et la fend aussi rapide que le vent. Mais s'il a pu voir notre fleuve, le Nil, il a aussi aperçu ceux qui coulent dans d'autres pays et, en particulier, les deux fleuves aussi larges que le Nil qui traversent le pays des Sumériens.

— Alors, si l'on pouvait trouver cet aigle, demanda encore l'enfant, on pourrait monter sur son dos et aller en un rien de temps d'une cité à une autre. La Majesté de papa pourrait se rendre d'ici aux extrémités du royaume pour voir ce qui s'y passe, pour y apporter ses ordres : il partirait le matin et le soir il serait de retour dans son palais.

— Certainement, mais on ne sait où se trouve cet aigle. Il n'est plus apparu depuis le jour où il a emmené Etana au ciel, assura Ibdâdi.

— Alors moi, quand je serai grand, j'irai à sa recherche et je le rapporterai à notre père pour qu'il

Majesté n'avait pas de raison particulière d'en parler. Néanmoins, je crois savoir que le roi a fait fouiller le temple de Ptah pour y chercher de tels pigeons, mais on n'y a rien trouvé. Ainsi, Sa Majesté reste encore dans l'ignorance du lieu où se trouve le pigeonnier dans lequel ces pigeons ont été élevés.

A la suite de cette conversation, Hénoutsen se retira dans sa chambre et déposa le bébé dans son lit, aménagé dans un large panier à hauts bords pour qu'il ne puisse tomber lorsqu'il s'éveillait. Elle voulait pouvoir réfléchir à son aise, car l'histoire de ces pigeons voyageurs avait éveillé son inquiétude, au point de se sentir toute faible et tremblante d'émotion. Car elle se souvenait d'avoir regardé avec surprise les pigeons que Sabi élevait dans son jardin : ils ne ressemblaient pas à ceux qu'elle avait l'habitude de voir en Egypte ; ils avaient la huppe mentionnée par Ibdâdi et des pattes curieusement longues. Et elle savait que Sabi ne les mangeait pas. Or n'était-ce pas le serviteur nubien de Sabi en personne qui était venu annoncer la prétendue mort de Khéops, lors de la réunion des conjurés, dans le temple de Ptah ?

Parmi les servantes et les familières, nulle n'était au courant de ses fugues secrètes hors de sa résidence, de ses sorties le jour pour aller musarder par les rues de la ville, et moins encore de ses escapades nocturnes. Seulement deux personnes avaient été mises par elle dans le secret : Chéry, son amie d'enfance, dont elle avait fait la directrice de sa demeure, et son autre compagne, Outa, nommée nourrice en chef de ses enfants. Lorsque cette dernière vint la retrouver dans sa chambre, surprise de l'avoir vue partir si soudainement, ce qui l'avait étonnée car elle connaissait trop bien son amie pour ne pas y trouver un comportement inhabituel, Hénoutsen, qui s'était étendue sur son lit, se leva brusquement :

— Outa, lui dit-elle, reste ici à garder le petit Minkaf. Il faut que je sorte. Comme d'habitude, tu n'en dis rien à personne et, si l'on me cherche, si l'on te demande où je suis, tu répondras que j'accomplis une besogne personnelle que personne ne peut faire à ma place.

Laissant la jeune femme au chevet du bébé endormi, elle sortit dans le jardin, qu'elle quitta par la porte dérobée aménagée tout au fond et en partie dissimulée par la dense végétation qui bordait le mur d'enceinte. Elle se hâtait vers la demeure de Sabi, car elle voulait voir de près les pigeons, disposée à interroger son amant sur le point qui maintenant la dérangeait et l'inquiétait. Car, se disait-elle, sa prétendue connaissance de ce qui se passait à Byblos ne viendrait-elle pas simplement de relations avec Inéki par l'intermédiaire de ses pigeons ? Et dans ce cas, il se serait grossièrement moqué d'elle.

L'idée d'avoir été sa dupe la faisait enrager. Elle marchait rapidement, courant parfois, tant, sous le coup de l'émotion, elle avait hâte de connaître la vérité. Elle était parvenue en vue de la maison de Sabi lorsque, soudain, elle s'arrêta et resta figée sur place. Elle venait de reconnaître Tjazi, qui lui tournait le dos et marchait en direction opposée de la demeure de son maître, d'où il devait donc venir. Comme elle savait que c'était Bès qui faisait les achats et assumait les relations du magicien avec le monde extérieur, elle s'étonna de rencontrer dans la rue son serviteur nubien. Aussi, poussée par elle ne savait quelle intuition, au lieu de poursuivre sa marche vers la demeure du magicien, elle décida de filer son serviteur, discrètement. A cette heure du jour, les rues étaient pleines de monde. Les places étaient occupées par les paysans et les boutiquiers qui offraient leurs légumes, leurs fruits, leurs marchandises les plus variées, sur des nattes alignées devant les façades des maisons ou dans d'étroits réduits leur servant de comptoirs, et par les barbiers qui officiaient dans les rues, auprès desquels les clients faisaient la queue en attendant leur tour de se faire raser la tête et le visage. Chiens errants et ânes chargés de sacs, conduits par leurs maîtres, occupaient le milieu des rues, causant de véritables embouteillages lorsqu'un âne décidait soudain de s'arrêter et de rester sur place, nonobstant les coups et les cris de l'ânier, tandis que les chiens ajoutaient au désordre en aboyant et en se battant entre les jambes des passants.

Hénoutsen passa complètement inaperçue dans cette pagaille bruyante. Tjazi parvint sur la grande place qui s'étendait devant le temple clos de Ptah. Il le contourna et disparut dans la ruelle qui bordait son aile orientale. En contraste avec la place particulièrement animée, la rue était déserte, silencieuse, écrasée de soleil. Hénoutsen glissa un regard dans la venelle, tout en continuant de se dissimuler dans l'angle du mur du temple. Elle put alors découvrir que, vers son extrémité, l'enceinte était partiellement écroulée ; Tjazi avait escaladé les éboulements de briques brisées, qui formaient un haut tas contre le mur derrière lequel il eut tôt fait de disparaître. Intriguée par une si mystérieuse visite dans un lieu déserté et interdit, Hénoutsen se hâta vers la brèche, l'escalada à son tour et se retrouva dans la cour du temple. Elle put alors voir le Nubien ouvrir une porte basse du sanctuaire et se glisser à l'intérieur. Elle traversa la cour déserte en courant et s'engouffra par la porte restée entrouverte. Elle se trouvait dans une salle à piliers, éclairée par des ouvertures aménagées haut dans les murs, presque au niveau de la toiture. Elle la parcourut, le cœur battant, ne comprenant pas ce que le Nubien pouvait bien venir faire dans le temple abandonné, et d'autant plus curieuse de le découvrir.

Le Nubien avait trouvé une torche, qu'il avait allumée elle ne savait trop ni où ni comment. Il s'était engagé dans une galerie obscure et tenait haut la torche, qui l'auréolait d'une lueur sur laquelle se guidait la jeune femme pour avancer prudemment. Elle suivit ainsi la lumière qui éclairait la silhouette massive de Tjazi, déchirant les ténèbres. Malgré son audace, Hénoutsen transpirait d'angoisse, car elle n'avait pas oublié son aventure lors de sa dernière escapade dans les dédales de ce même temple. Et cette fois, le silence épais qui l'oppressait, la densité de l'obscurité, la lumière mouvante du visiteur mystérieux, inquiétaient l'aventureuse jeune femme. Elle s'arrêta sur le seuil d'une salle dans laquelle venait de pénétrer Tjazi.

La pièce était éclairée par sept lampes à huile placées sur des trépieds en bois disposés autour d'une grande cuve de pierre, semblable à un sarcophage. Le Nubien avait planté la torche dans un support fixé au mur, puis il prit une grande cruche avec laquelle il remplit les lampes dont l'huile avait dû se consumer presque complètement à la suite d'un usage prolongé. Sûre de ne pas être vue dans la pénombre, Hénoutsen suivit du regard tous les gestes de Tjazi qui, après avoir ranimé les flammes des lampes, jeta de l'encens dans des cassolettes en terre cuite disposées sur le bord de la cuve, ce qui provoqua une montée de fumée et de parfum lorsque la résine entra en contact avec les tisons que le Nubien ranima par son souffle. Il resta ensuite un moment immobile, debout à une extrémité de la cuve, puis, reprenant la torche, revint sur ses pas. Hénoutsen se jeta dans l'ombre, vers l'un des angles de la pièce où elle se trouvait. Tjazi passa sans la voir et disparut dans les galeries suivantes. Elle attendit cependant d'être certaine qu'il se fût éloigné pour se diriger vers la cuve de pierre afin de découvrir ce qu'elle contenait. Elle s'arrêta sur le bord, éclairée par les flammes chancelantes des sept lampes. En découvrant ce qu'enfermait le sarcophage, elle ne put retenir un cri de stupeur : il y avait un corps momifié dont seule la tête n'était pas entourée de bandelettes. Elle était si bien conservée, après sans doute un long séjour dans des bains de natron et de divers autres ingrédients, qu'elle paraissait encore animée de la vie : là était couché Tjazi, qui portait sur le côté du crâne une profonde cicatrice qui se poursuivait sur sa tempe et jusqu'à la hauteur d'une joue.

N'en pouvant croire ses yeux, elle se saisit d'une lampe pour mieux éclairer le visage du cadavre : elle n'en pouvait douter, c'était bien le serviteur nubien de Sabi, et pourtant elle venait de le voir quitter cette salle, bien vivant. Elle sursauta en entendant une voix s'élever derrière elle :

— Oui, Hénoutsen, c'est bien Tjazi que tu vois dans ce sarcophage.

Elle se redressa et fit front à Sabi, qui entrait dans la pièce, muni d'une torche. Elle reposa la lampe sur son socle et porta une main à son cœur comme pour l'empêcher de continuer de battre si fort qu'il lui semblait qu'il allait éclater. Mais Sabi semblait calme, ne marquant ni colère ni hostilité.

— Cette peste de Rahotep l'a bien tué d'un coup de hache, poursuivit Sabi en s'arrêtant face à elle.

— Mais alors, lui demanda-t-elle en retrouvant son calme, car elle ne pensait pas avoir à craindre quoi que ce soit de la part de son amant, qui est l'homme qui vient de sortir d'ici ?

— Son frère jumeau. Je les ai achetés tous les deux alors qu'ils étaient encore des adolescents, loin d'ici vers le sud, par-delà la cataracte. Mais celui que tu as vu et qui reste vivant était déjà muet. Il avait eu la langue arrachée ; je n'ai jamais pu savoir par qui ni pourquoi. Pour lui, j'ai organisé cette tombe et j'ai moi-même embaumé Tjazi car, selon la croyance des gens de son peuple, pour qu'un jumeau survive à son frère il faut conserver le corps de celui-ci s'il vient à mourir. Ce deuxième Tjazi croit qu'il périra si le corps de son frère n'est pas ainsi conservé et entouré de ces lumières, qui sont comme ses âmes, au nombre de sept, chacune représentant l'une des vies à laquelle chaque homme a droit selon les décrets du dieu créateur. C'est pourquoi il vient ici chaque jour pour entretenir les lampes et voir si le corps de son frère continue de se conserver et de garder son apparence humaine.

— Sabi, lui répondit alors Hénoutsen, c'est une belle action que tu as fait en agissant ainsi et en aidant ton serviteur à se survivre. Mais pourquoi m'as-tu laissée croire que tu l'avais guéri, que ta magie était si puissante que tu étais capable d'accomplir un tel prodige ?

— J'ai agi ainsi par amour pour toi, afin de ne pas te chagriner et te donner des remords en t'annonçant froidement que Tjazi était mort pour te sauver la vie.

Cette réponse chassa tout reproche dans l'esprit d'Hénoutsen car, s'il lui avait menti, ce n'était pas pour la duper mais pour ne pas la chagriner. Au point qu'elle ne songea plus à l'interroger sur ses colombes. Mais lui-même reprit :

— Tu venais vers ma demeure. Je t'ai aperçue de la terrasse où je me trouvais. J'ai vu que tu t'étais détournée de ton chemin pour suivre Tjazi. Je t'ai alors filée à mon tour. En vérité, ma petite Hénoutsen, tu es trop curieuse et cette manie de fureter te perdra un jour. Vois : une première fois tu as failli te faire tuer par Rahotep et cette fois tu aurais pu découvrir un mystère que tu n'aurais pas dû voir.

— Existerait-il quelque mystère qu'il me serait interdit de connaître ?

— N'en doute pas. Déjà il me déplaît que tu aies pu découvrir la mort de mon serviteur car, si je te l'ai celée, c'est parce que je voulais qu'il en fût ainsi. Mais voilà : je t'aime, et je ne t'en voudrai pas pour cela. Mais tu pourrais tomber sur des hommes beaucoup moins bien intentionnés que moi, sur un homme qui ne serait pas le père de ton enfant et qui n'aurait aucun souci de te voir morte. Songe toujours à une telle éventualité et sache te montrer plus prudente. Cela t'évitera certainement bien des périls.

— Un bon conseil Sabi, admit-elle. Il est vrai que je suis parfois imprudente et aventureuse, mais telle est ma nature.

La repartie le fit sourire, puis il lui demanda :

— Pour quelle raison venais-tu me retrouver en plein jour ? Pourquoi agir ainsi, si ce n'est pour venir me montrer notre fils ? Car tu ne me l'as apporté qu'une seule fois, la nuit, et tu n'as pas voulu t'attarder, craignant que sa nourrice ne vienne le voir durant son sommeil et ne le trouve pas dans son lit, à ce que tu as prétendu.

Hénoutsen était trop fine pour être prise de court.

— C'est pourtant la vérité, affirma-t-elle sans d'ailleurs mentir. Je ne peux te l'amener pendant le jour, car c'est alors que je cours le plus de risques d'avoir une visite, en particulier de la reine Hétephérès, qui vient souvent à l'improviste pour voir ses petits-enfants. Je venais te suggérer de me retrouver cette nuit, dans ma résidence. Je t'ouvrirai la porte dérobée et tu pourras le voir tout à ton aise. La nuit, nul ne songe à venir me surprendre, mon époux excepté. Mais, depuis son retour, il est trop occupé de sa nouvelle passion pour songer à la quitter au milieu de la nuit et à courir auprès de moi.

— Dans ce cas, dit Sabi, je viendrai, car il me plairait de voir l'enfant dans sa chambre et de me dire que c'est le fils né de ma chair et qu'un jour peut-être il montera sur le trône des Deux Terres.

Ce que n'avait pas précisé Sabi, c'est que, en réalité, il se trouvait dans le temple lors du meurtre du Nubien. Il s'était dissimulé dans une salle voisine, afin de voir les réactions de Rahotep et des prêtres de Ptah lorsque son envoyé viendrait porter l'annonce de la mort de Khéops. Il n'avait pas eu le temps d'intervenir lorsque Hénoutsen avait été découverte et que Rahotep s'était précipité vers elle et avait finalement frappé Tjazi. Les prêtres purs s'étaient alors hâtés de laver le sang répandu, qui représentait une souillure intolérable dans cette partie du temple, tandis que d'autres prêtres, sur l'ordre de Ptahouser, se joignaient à Sabi pour enlever le cadavre. Ils l'avaient aidé à le rapporter jusqu'à sa demeure, peu de temps avant que la troupe des Medjaï n'investisse le temple et n'arrête les chefs du clergé.

Sabi avait alors entrepris d'embaumer le corps,

par respect pour le mort et par condescendance pour les croyances de son frère jumeau. Il l'aurait volontiers gardé dans une salle reculée de sa propre demeure si n'était intervenue Hénoutsen et si elle n'était devenue sa maîtresse. Après ce qu'il lui avait déclaré lorsqu'elle s'était étonnée de voir le double de Tjazi en parfait état, il ne pouvait plus garder la momie dans sa demeure, car il connaissait trop bien l'incorrigible curiosité de la jeune femme, qui n'aurait pas manqué de la découvrir un jour ou l'autre. L'idée lui était alors venue de l'installer dans une salle du temple désormais déserté et fermé. Il connaissait bien la salle qui contenait la cuve vide dans laquelle se pratiquaient les rites d'initiation aux mystères de Ptah, rites pour lesquels il marquait un mépris profond car, en réalité, Sabi ne croyait pas à l'intervention de quelque dieu que ce soit dans les affaires des hommes et il avait même des doutes pour ce qui concernait la survie de l'âme dans un autre monde. Ainsi profita-t-il d'une nuit pour, avec l'aide du second Tjazi, porter la momie dans le temple par la brèche qu'il avait repérée et l'installer dans la cuve devenue réellement un sarcophage. Il avait ensuite laissé le soin à Tjazi de disposer les lampes et de les entretenir lors des visites qu'il rendait chaque nuit à son frère pour veiller à ce qu'il ne lui manque rien pour assumer une survie végétative qui lui était aussi une assurance pour sa propre existence.

Quant à Hénoutsen, ses réflexions la conduisirent à la conclusion que son amant ne possédait en aucune manière les pouvoirs occultes qu'il s'attribuait, et elle ne l'en admira que plus en se disant que de tels pouvoirs secrets, qui étaient innés en un individu, ne pouvaient lui être un titre de gloire, alors que, si l'on était capable d'y suppléer par la ruse, l'intelligence et le savoir, on n'en était que plus méritant. Aussi ne chercha-t-elle même plus à se renseigner pour se donner la certitude que c'était bien par les pigeons que Sabi avait acquis sa capacité de connaître rapidement des faits qui se déroulaient loin de lui. Elle était maintenant convaincue qu'il en avait été ainsi, et tant d'intelligence mise au service de la duperie des naïfs lui apparut une raison pour plus encore aimer un homme qui lui donnait, par ailleurs, tant de plaisir lorsqu'ils se retrouvaient dans l'intimité. C'était pour elle la plus puissante des magies, le plus efficace des charmes.

CHAPITRE XXI

Abedou se laissa lourdement choir sur le siège pliant que venait d'ouvrir son serviteur. Il se sentait las. Il venait de recevoir encore un étrange choc dans la poitrine, et son bras gauche lui semblait pesant, douloureux. Son second serviteur, qui l'accompagnait avec le premier dans toutes ses sorties, chargé, lui, de ses sandales, d'une outre remplie de bière filtrée et d'un éventail, se hâta de lui faire de l'air en lui proposant de boire un peu. Abedou refusa d'un signe de la main.

— Ça va aller, soupira-t-il. Je me sens un peu fatigué, ce ne sera rien.

Devant lui se déployait tout le plateau de ce qu'on appelait maintenant le chantier de la Grande Pyramide, le temple des millions d'années, dans le domaine du berger Philitis. Depuis maintenant douze ans que Khéops avait fait entreprendre les travaux de la construction de son rêve fou, Abedou s'était attardé un nombre incalculable de fois à soigneusement observer les chantiers, car il s'y était rendu, à certains moments, presque chaque jour. Il songeait qu'il rendait à Khéops les longues observations silencieuses dont avait fait l'objet, dans sa jeunesse, le chantier de la pyramide du Sud, la pyramide du Soleil, la pyramide effondrée qui avait été à l'origine de tous ses malheurs. Et il songeait avec une certaine amertume que ç'aurait pu être lui le maître d'œuvre de ce formidable ensemble né de la volonté inflexible du fils de Snéfrou. Il n'avait interrompu ses visites que pendant les quelques mois qu'il avait consacrés, jadis, à parcourir la vallée du Nil pour rallier à ses vues et à sa rancune les anciens prêtres de Ptah répartis dans les divers temples, entre Saïs et Bouto, au nord du delta du Nil, et Edfou et Eléphantine, au sud de la Haute-Egypte. Mais si tous avaient manifesté leur amertume à la suite de la fermeture du temple de Ptah et de leur exil, si tous lui avaient assuré qu'ils se rallieraient à sa cause le jour où il aurait trouvé les puissants capables de prendre la tête d'une révolte contre le pouvoir de celui qu'il appelait l'usurpateur, pas un seul n'avait proposé de quitter le temple où il vivait dans la paix et l'abondance pour l'accompagner dans ses tournées de sédition. Sa plus grande déception, il l'avait trouvée auprès de Néférou, qui l'avait à peine écouté et l'avait éconduit en lui conseillant de se tenir en paix et de lui rendre grâce de ne pas le faire arrêter, car il était décidé à rester fidèle à un frère qui, au lieu de l'emprisonner ou, pis encore, de le faire mettre à mort, lui avait donné l'une des provinces les plus importantes de l'empire.

— Abedou, avait-il conclu, pour lui faire comprendre que ce n'était pas tout à fait la reconnaissance qui le faisait parler ainsi, mais plus encore la certitude que toute conspiration était vouée à l'échec, abandonne toute pensée de vengeance et de révolte. Vois : Sa Majesté est toute-puissante, elle a été couronnée en toute légitimité. Le peuple lui est dévoué, et tous les gouverneurs, les hauts scribes, lui sont entièrement acquis. Il a réorganisé l'armée ; il l'a placée sous son commandement direct avec, comme chef immédiat, Raou, qui lui est aussi fidèle que Zouhor, le chef des Medjaï dont les effectifs ont été triplés, ce qui en fait une puissante garde royale. Qui serait susceptible de lever une armée pour marcher contre un roi si solidement établi ? Abandonne tes rêves et rentre paisiblement chez toi vivre auprès des tiens les beaux jours que le dieu voudra encore t'accorder.

Il avait alors dû se rendre à l'évidence : Khéops était bien le maître de l'Egypte, et nulle puissance au monde n'était capable de le jeter au bas de son trône. Restait, bien sûr, l'assassinat. Mais lorsqu'il avait entendu tomber des lèvres de Sabi l'énorme contrepartie demandée pour pratiquer le bris des vases, il avait d'autant plus promptement renoncé à son entreprise qu'il était rentré déconfit de sa tournée auprès des anciens adversaires du roi. Dès lors, à quoi auraient bien pu lui servir des morts qui n'auraient jamais satisfait que son désir de vengeance, trop largement émoussé par l'usure du temps ? En y renonçant, Abedou avait pris une sage décision. Il ignorait que le faux magicien ne trouvait aucun intérêt dans la mort de Khéops et qu'il l'aurait joyeusement tondu sans jamais parvenir à lui donner satisfaction. Comme le nouveau rêve de Sabi était de voir Minkaf monter sur le trône des Deux Terres, il savait ne pouvoir le réaliser que si la mort frappait Khéops une fois l'enfant devenu un homme, après que lui-même l'aurait préparé à s'emparer du trône. Car, considéré le nombre de prétendants ayant la primauté sur le dernier-né d'Hénoutsen, il fallait qu'elle-même et son fils aient suffisamment d'ascendant sur le roi pour le persuader de nommer Minkaf prince héritier. Si d'aventure Khéops venait à trépasser alors que ses descendants étaient encore des enfants, Kawab lui succéderait normalement, tandis qu'Hémyounou, en tant que vizir, exercerait la régence sous l'œil sourcilleux de la reine Hétephérès, qui avait une grande influence sur tous les membres les plus éminents de la cour. Minkaf perdrait alors toutes ses chances.

Abedou avait ainsi dû se résoudre à abandonner ses rêves de gloire et de vengeance. La seule consolation qui lui était venue tardivement, plusieurs années après, avait été la mort soudaine d'Ankhaf, après qu'il eut achevé la construction de la pyramide du Nord où reposait le corps de Snéfrou. Mais il avait largement participé aux travaux de la Grande Pyramide, il en avait tracé les plans avec Khéops, il avait un temps suivi de près les opérations avec l'aide des deux directeurs officiels, Hémyounou et surtout Khaesnéfrou, qui assumait maintenant la responsabilité de la construction du monument.

Avec le passage des ans, Abedou avait perdu de sa hargne, il avait même retrouvé une paix intérieure en partie alimentée par ce qu'il aimait nommer son secret. Un secret qu'il avait gardé pour lui, dont il n'avait même pas parlé à son épouse, mais qu'il était temps de transmettre à ses deux fils, car il soupçonnait que les jours qui lui restaient encore à vivre dans ce monde lui étaient désormais comptés.

Ses rancœurs apaisées, il ne se dissimulait pas l'admiration qu'il portait au travail accompli au cours de ces années écoulées.

Non content de réaliser le long canal qui s'embranchait sur le bras du Nil et courait parallèlement au fleuve pour alimenter un large et profond bassin rectangulaire qui amenait l'eau jusqu'à la hauteur de l'entrée des galeries souterraines, Khéops en avait profité pour aménager des bassins portuaires entre Memphis et la nécropole de Soker, et faire construire des quais empierrés à l'ouest de la ville afin de disposer de ports plus stables et sûrs que les berges bourbeuses du Nil, à l'est de la ville : ce port avait reçu le nom de Per-nufer. Le canal avait ensuite été poursuivi vers le nord pour se brancher sur le bras occidental du fleuve et alimenter un autre bassin au nord du grand bassin, auprès duquel il avait été décidé de construire le temple d'accueil de la Grande Pyramide. La chaussée de pierre devant relier ce temple bas à celui de la pyramide était maintenant achevée et servait aussi au transport de blocs, afin que s'accélèrent les travaux.

Les galeries souterraines avaient été soigneusement aménagées, leurs parois avaient été unifiées et le réseau de canaux qui se déployait dans le sous-sol du plateau conduisait à un grand lac souterrain au centre duquel avait été bâtie une île artificielle semblable par la forme à celle sur laquelle Khéops avait reçu son ultime initiation dans le temple secret d'Abydos, mais incomparablement plus grande. Un temple-palais était maintenant en voie d'achèvement, construit sur l'île, dans lequel avait été disposée la cuve destinée à recevoir la momie royale. Abedou n'avait pas eu la possibilité de descendre dans ces canaux souterrains, car il ne voulait pas trop se faire remarquer par les contremaîtres et les chefs des équipes constituées pour se relayer dans le travail, mais il se les était fait décrire par des manœuvres qu'il avait circonvenus.

Il était assis au bord du plateau, de sorte qu'il avait une vue sur l'ensemble des constructions. Au pied de la colline, vers l'est, était bâtie la ville des ouvriers, maintenant immense, presque aussi étendue que Memphis, voisine de la nécropole qui lui était attachée et où étaient enterrés les paysans et les artisans morts durant les travaux ainsi que les personnes de leurs familles venues loger avec eux. De l'autre côté du bassin et des canaux qui le mettaient en relation avec le grand canal, au nord, s'élevait la cité administrative dominée par le vaste palais royal, la nouvelle résidence de Khéops construite en quatre ans, où Sa Majesté était venue s'installer avec sa famille. En face de lui se dressait l'immense base de la pyramide, enfermée dans de larges rampes de terre qui, contrairement à celles utilisées pour les constructions précédentes, ne venaient pas perpendiculairement aux côtés du monument mais tournaient tout autour en s'élevant peu à peu. Des rampes perpendiculaires avaient été utilisées au début puis, considérées la longueur de chaque côté et la hauteur à laquelle on devait finalement parvenir, il avait fallu se résoudre à trouver une autre solution, car les rampes auraient été beaucoup trop longues ou leur pente trop forte. C'est Ibdâdi qui avait suggéré la méthode finalement adoptée de rampes parallèles aux côtés.

— C'est ainsi, avait-il déclaré, que procèdent les architectes de Sumer pour construire les bases pyramidales de leurs temples. Ils utilisent la brique dans leurs constructions, ce qui évite de traîner de lourdes pierres, mais le noyau du monument est entouré de rampes inclinées hélicoïdales qui permettent ainsi de s'élever d'une manière ininterrompue jusqu'au sommet, chaque étage étant réduit par rapport au précédent puisque, comme pour les pyramides, ces monuments vont s'amenuisant jusqu'au sommet. Agissez de même : les rampes s'élèveront ainsi en se rétrécissant, au fur et à mesure que les pierres transportées rempliront les strates. Mais il faut que les rampes soient suffisamment larges pour que les traîneaux sur lesquels seront bardées les pierres puissent tourner sans difficulté à chacun des angles.

Abedou avait dû reconnaître que la méthode était efficace, car maintenant le monument s'élevait presque au tiers de sa hauteur. Les blocs, extraits de carrières voisines ou lointaines, étaient transportés sur des radeaux par les voies d'eau dans le grand bassin, d'où ils étaient entraînés dans les canaux souterrains jusqu'aux orifices des puits. Là, ils étaient élevés à la hauteur du sol à l'aide de chèvres faites à l'aide de solides poutres taillées dans du bois de cèdre. Ils étaient alors liés sur des traîneaux et tirés par des équipes attachées à des cordages, tout au long des rampes, pour être mis en place.

En revanche, ce qu'Abedou n'avait pas très bien compris, personne n'ayant pu lui expliquer les raisons du roi, qui avait élaboré les plans et les coupes du monument en collaboration avec ses architectes, c'est pourquoi on avait commencé par aménager dans le sol une chambre à une grande profondeur, excessive de l'avis d'Abedou. Suivant le principe qu'il avait imaginé et lui-même inauguré dans la pyramide du Soleil, maintenant effondrée, et ensuite dans celle du Sud, terminée par Ankhaf, cette chambre n'était pas accessible par un puits vertical creusé directement à partir du sol du monument, comme l'avait fait Imhotep pour la pyramide à degrés de Djeser, mais par une longue galerie descendante qui traversait obliquement le sol et se poursuivait dans la maçonnerie de la pyramide jusqu'à son entrée aménagée en hauteur sur sa face nord. Cette chambre souterraine, dont on aurait pu penser qu'elle allait être la seule, destinée à recevoir la momie royale, était prolongée par une galerie vers le sud qui s'arrêtait brusquement, sans issue apparente. En réalité, elle devait être en correspondance avec les canaux souterrains à la hauteur desquels elle se trouvait, pour accéder directement à l'île. Ceci, Abedou l'avait appris à la suite d'une indiscrétion de l'un des chefs d'équipe.

Mais, toujours suivant les conceptions mystérieuses du roi, une galerie ascendante avait été branchée sur le couloir descendant, et construite dans la maçonnerie au fur et à mesure de la mise en place des nouveaux degrés. A une hauteur définie, cette galerie était greffée sur une nouvelle galerie, cette fois horizontale, qui conduisait à une belle salle placée exactement dans l'axe médian de la pyramide, sur la verticale d'une ligne imaginaire tirée de son sommet vers la base.

Les galeries d'accès et la nouvelle salle avaient été aménagées au fur et à mesure de la construction des strates, et Abedou avait d'abord pensé que, la salle à l'intérieur de la construction étant achevée, il n'allait plus rester qu'à accumuler les niveaux de pierres jusqu'au sommet, en suivant l'inclinaison prévue des arêtes du monument. Il avait donc été surpris de découvrir que, à l'endroit où le couloir d'accès à la chambre nouvelle devenait horizontal, s'embranchait une nouvelle galerie ascendante, dans l'alignement du couloir ascendant, mais dont les côtés s'élevaient à une hauteur anormale par un faible encorbellement, ce qui permettait de réduire la portée des dalles de pierres de couverture sur lesquelles allaient être accumulées les pierres du cœur du monument.

— Ainsi, se disait Abedou, dans le plan est prévue au moins une troisième salle superposée aux deux autres, puisqu'on a entrepris la construction d'une haute galerie d'accès. Et, vu la magnificence de cette galerie avec son plafond à une telle hauteur, la salle à laquelle elle donnera accès sera d'une importance primordiale. Il y a décidément là un mystère qui m'échappe car, si le roi veut se faire ensevelir dans cette chambre qui, à mon avis, se trouvera à peu près à la hauteur du tiers du monument, pourquoi avoir fait aménager les deux autres salles inférieures ? Et comme il semble bien qu'on parviendra à la salle supérieure par une galerie d'une telle hauteur de plafond, son accès ne pourra en aucune manière échapper à l'attention d'un éventuel voleur. Au reste, dans cette hypothèse, quelle serait l'utilité des deux chambres basses ? Serait-ce pour tromper un pilleur de tombes ? Il faudrait qu'il soit bien stupide, mais, dans ce cas, tant de précautions ne peuvent que se révéler inutiles. La chambre souterraine, profonde, si j'ai bien pris les mesures, d'environ une soixantaine de coudées, pourrait bien être destinée à recevoir le corps du roi, mais, je m'en suis assuré, on n'y a pas mis d'avance de cuve funéraire et l'exiguïté du couloir d'accès ne permettra pas d'en introduire une par la suite. Il en va de même pour la chambre supérieure. Ce sera donc dans la plus haute pièce que sera déposé le corps du roi. Dans ce cas, quelle pourra être l'utilité de ces salles ? Combien la manière dont j'ai conçu et aménagé les chambres de la pyramide du Sud avec leur système de communication me paraît autrement plus intelligente et pratique ! En tout cas, ce n'est pas encore demain que sera terminé ce monument. Je doute d'en voir la fin, et Khéops pourrait se demander si lui-même aura la chance de le voir terminé avant sa mort.

Abedou soupira, puis se leva, ordonna à son serviteur de se charger du siège pliant et s'en retourna vers sa demeure.

La distance à parcourir entre le chantier et Memphis était assez longue, mais pas suffisamment selon Abedou pour que cette promenade provoquât en lui une si grande fatigue au point qu'il dût se coucher en arrivant chez lui.

— Que t'arrive-t-il ? s'inquiéta Irty, son épouse. Tu es tout pâle, tu as les traits tirés !

— Ce n'est rien, un peu de fatigue, je suis resté trop longtemps au soleil et j'ai trop marché. Demain, j'irai mieux.

Après une nuit de repos, il se sentait en bonne forme, tout prêt à se remettre en route vers le domaine de Philitis. Cependant, Abedou était un homme prudent et circonspect. Ses deux fils sortaient de l'école de scribes ouverte à Memphis, sur l'initiative de Khéops, afin de remplacer celle qui était attachée au temple de Ptah, toujours fermé. Ils y avaient séjourné longtemps, plus que de coutume, car c'était pour eux une raison de prolonger des études qu'ils jugeaient inutiles car l'abondance avait toujours régné dans la maison. Ils avaient pris l'habitude de se laisser vivre, l'exemple de leur père, si promptement démis de ses fonctions et finalement chassé de la cour, les ayant dégoûtés de toute carrière officielle. Abedou leur ayant toujours assuré que jamais ils ne manqueraient de rien, qu'il leur donnerait le temps venu le secret de la richesse, ils ne trouvaient aucune raison de se fatiguer dans des tâches imposées par des tiers alors qu'ils pouvaient jouir pleinement de leur vie de loisirs sans souci de l'avenir. Si leur père avait tenu à ce qu'ils fissent des études, c'était pour qu'ils ne paraissent pas des paysans illettrés au regard des autres, car sortir d'une école de scribes était toujours une bonne référence et un moyen de promotion sociale, mais il ne les avait jamais encouragés à se choisir ensuite une quelconque profession. Aussi partageaient-ils leur temps entre la chasse et la pêche dans les fourrés de papyrus parmi les marais bordant le Nil, la séduction des filles, les jeux de société et les tavernes, où ils faisaient des maisons de bière, selon l'expression populaire.

Mais, ce matin-là, Abedou les fit tirer de leur lit par un serviteur pour venir devant lui.

— Mes enfants, leur dit-il, toi, Ankhi, tu as maintenant plus de vingt-cinq ans et toi, Djati, tu en as vingt-trois. Vous avez pu mener une vie agréable parce que je vis et que je pourvois à tous vos besoins. Mais je ne suis pas éternel et le jour viendra, très bientôt peut-être, où je devrai rejoindre mon âme.

— Père, s'exclama Djati, qu'Osiris nous protège d'un tel malheur !

— Même avec la protection du dieu, nous n'en sommes pas moins mortels et tous nous devons quitter un jour ce monde. Un sage d'antan a bien conseillé de faire de la vie sous le soleil une belle fête, car nul n'est encore revenu de l'Amenti pour nous apprendre comment sont les choses là-bas. Aussi, contrairement aux autres pères, je ne vous incite pas à choisir une profession, je ne vous conseille pas d'entrer dans l'administration du royaume. La vie me paraît trop courte pour en gâcher la plus grande partie dans des tâches harassantes auxquelles on est contraint de se soumettre pour pouvoir recevoir en échange de la nourriture et un salaire. De cela, vous n'aurez pas besoin. Puisque la vie que vous menez vous convient, je vous exhorterai à continuer d'agir ainsi selon votre bon plaisir. Mais il faut que vous en ayez les moyens, et c'est cela que je veux maintenant vous donner.

Sur ces mots, Abedou fit signe à Ankhi de s'approcher de lui et, lui prenant l'oreille, lui fit pencher la tête vers ses lèvres et lui murmura :

— Va d'abord t'assurer que personne ne nous espionne, que nul étranger ne nous écoute, pas même ta mère.

Ankhi se hâta de visiter les pièces voisines et, n'y trouvant personne, rassura son père.

— Maintenant, mes enfants, écoutez-moi avec attention : je vais vous livrer le secret de notre fortune.

Après avoir longuement parlé à ses enfants, Abedou fit appeler son serviteur pour qu'il l'aide à se laver les pieds et à se vêtir. Une fois qu'il eut brisé le jeûne nocturne, il dit à sa femme :

— Je me sens très bien ce matin. Je vais encore aller faire un tour vers le chantier de la Grande Pyramide.

— Mon mari, tu as bien tort de te ronger le sang en regardant ce que font les autres et que tu aurais aimé réaliser toi-même. Tu ferais mieux de prendre ton plaisir là où il se trouve et de faire comme nos garçons que n'assaille aucun tourment.

— Justement, répliqua Abedou, c'est en regardant s'élever cette pyramide que je prends mon plaisir. Je retrouve mes passions de jeunesse et, aussi, je formule des souhaits pour qu'elle s'écroule, comme c'est arrivé pour la mienne.

— Je crains alors que tu ne sois déçu sur ce point, répliqua-t-elle d'un ton aigre. Vois : celle que tu avais entreprise et qu'Ankhaf a terminée, tout autant que celle qu'il a construite, paraissent bien solides et le jour n'est pas encore venu qu'elles s'effondrent.

— Certainement, mais tu as pu voir toi-même combien leur aspect est inélégant. Celle du Sud, ainsi tronquée, a perdu tout élan et n'a rien à voir avec des rayons solaires pétrifiés, et l'autre est complètement écrasée tant cet Ankhaf a été timoré dans le calcul de ses angles. Alors que la Grande Pyramide présente des angles très proches de ceux que j'avais donnés à ma pyramide. Si la mienne s'est effondrée, pourquoi n'en irait-il pas pareillement pour celle de Khéops ?

— Tout simplement parce que tes erreurs ont certainement servi à l'expérience d'Ankhaf et de Khaesnéfrou, qui en ont dressé les plans avec Sa Majesté, et qu'ils ont dû prévoir ce qu'il convient de faire pour qu'un tel malheur ne se reproduise pas. Cependant, si ton plaisir est de regarder tous ces hommes ahaner en tirant les pierres, je ne t'en ferai pas un reproche, car j'ai maintenant trop bien pris l'habitude de me voir délaissée par mon époux, tout autant, d'ailleurs, que par mes enfants, qui passent leurs jours à faire des maisons de bière.

Sur ces mots, elle sortit, son panier sur la tête, comme si elle allait faire son marché, mais, en réalité, pour aller rejoindre son amant, raison pour laquelle elle se réjouissait en secret de ce dont elle venait à l'instant de se plaindre.

Abedou regarda sa femme s'éloigner, puis il appela ses deux garçons.

— Mes fils, leur dit-il, prenez mon siège pliant, mon éventail et mes sandales. Ce jour, vous serez comme mes serviteurs, car je veux vous conduire vers le lieu où est enfermé mon trésor. Or, il faut que personne ne puisse soupçonner quoi que ce soit. Jusqu'à ce jour, c'est moi qui y ai puisé dans la solitude de la nuit. Maintenant, je me sens trop faible pour continuer de pourvoir ainsi à la subsistance de nous tous. Il va vous revenir de me remplacer. Mais il tiendra aussi à vous d'user avec modération de ces biens car, à vouloir trop prendre dans ce trésor, vous risquez de l'épuiser, ou plutôt de vous en voir fermer l'accès. La discrétion et la modération seront votre sauvegarde.

CHAPITRE XXII

L'élégante embarcation était accostée au quai de la darse royale dans le Per-nufer, le nouveau port de Memphis. Le bateau avait été commandé par Sa Majesté elle-même, afin de se promener sur les canaux et les bassins portuaires aménagés sur son initiative dès le début de son règne. Et, ce jour, le roi avait voulu faire visiter à sa famille, ses épouses et ses fils, sa pyramide, le chef-d'œuvre de son règne, et les canaux et le lac souterrain. Il est vrai que la pyramide n'était pas encore achevée, car on n'était encore parvenu qu'au-delà du tiers, mais on terminait la construction de la chambre supérieure avec sa magnifique galerie d'accès, et il voulait que ses fils la voient en construction. Car, ensuite, nul ne pourrait y accéder qu'il n'ait été initié aux mystères du dieu, de l'être immanent et innommé, de la cause des choses et de leur essence.

Lorsque Khéops avait pris possession de son nouveau palais, il avait voulu que toute sa famille, ses épouses, ses enfants et même sa mère et la mère de Néférou, viennent s'y installer. Hétep-hérès avait décliné l'offre en déclarant qu'elle se plaisait dans sa résidence, qu'elle y avait ses habitudes et qu'elle ne voulait pas en changer. Méritités avait accepté sans se faire prier, car il lui plaisait de se retrouver auprès de son frère, d'autant qu'elle se considérait de droit comme la Grande Epouse royale, la véritable reine. Hénoutsen n'avait pu refuser. Elle avait pensé pouvoir contrebalancer l'influence de Noubet, voire la faire exiler par son époux. Sans doute s'éloignait-elle de Sabi, mais elle songea que, s'il lui serait plus difficile de le voir, il ne s'en attacherait que plus à elle. Les canaux et les ports qui mettaient maintenant en relation Memphis et le nouveau grand palais faisaient que, avec les barques mues par la voile ou de nombreux rameurs, on avait tôt fait de communiquer.

Mais la cohabitation n'avait duré que peu de temps. Tout de suite le caractère entier d'Hénoutsen s'était heurté à celui de Noubet. Cette dernière avait d'abord tenté de séduire la deuxième épouse, mais Hénoutsen s'était chaque fois détournée d'elle car, ce qui comptait pour elle, c'était de reconquérir Khéops. Or, malgré la présence de ses deux premières épouses, le roi ne leur consacrait pas plus de temps que dans le passé récent et il manifestait trop ostensiblement son amour pour Noubet. Seule une équitable répartition de ses loisirs et de son amour entre ses trois épouses aurait pu incliner Hénoutsen à faire preuve de moins de ressentiment. Or Khéops s'abandonnait à ses propres passions sans tenir compte des désirs et des sentiments de ses épouses. Il continuait de brûler pour Noubet d'une passion qui semblait aller plutôt en augmentant avec le temps, de sorte que c'était elle qui régnait dans le palais car il lui passait tous ses caprices. Entre-temps, Noubet avait donné à Khéops un nouveau fils, Didoufri, et, l'année suivante, une fille qui fut aussi appelée Hétep-hérès. Le nom avait en réalité été choisi par Noubet, et d'aucuns avaient aussitôt assuré que c'était par flagornerie, pour faire sa cour à la reine-mère.

Ce qui avait déclenché la fureur d'Hénoutsen et désolé Méritités, c'est le jour où des amis complaisants se hâtèrent de venir rapporter aux deux premières épouses qu'en présentant son fils, alors âgé de deux ans, à des envoyés du roi de Byblos à qui Khéops voulait passer une nouvelle commande de bois destiné à ses chantiers navals et à la construction de ses fondations, elle leur avait déclaré :

— Vous avez devant vous le nouveau prince héritier, le futur roi d'Egypte.

Car elle n'avait pas oublié le serment que lui avait fait Khéops lors de leur première union, et elle n'avait pas manqué de le rappeler au roi, qui lui avait confirmé ce choix, ne voulant se dédire tout en pensant qu'il avait longtemps encore à vivre, qu'il aurait bien le temps de revenir sur sa décision, selon les circonstances du moment.

Hénoutsen avait fait irruption dans la salle d'audience où se tenait Khéops, en conversation avec Hémyounou, repoussant les gardes qui avaient vainement tenté de s'interposer.

— Horus Medjedou, l'apostropha-t-elle avec l'insolence de la colère, lui donnant son nom de règne, serait-il vrai que Ta Majesté, au mépris de tout droit, au détriment de ta Grande Epouse royale et de ses enfants, au détriment de ceux que je t'ai moi-même donnés, a désigné le fils d'une étrangère, un bâtard, comme prince héritier, comme le successeur de ton trône ?

— Hénoutsen, que te prend-il ! s'exclama-t-il, déconcerté par une telle attaque. Que veux-tu dire ? Pourquoi m'agresses-tu de cette manière devant mon ministre ?

— Il faut que ton vizir, que toute la cour de Ta Majesté, sachent que tu t'apprêtes à déshériter les prétendants légitimes au trône des Deux Terres pour le fils d'une étrangère, d'une femme qui ne daigne même pas pratiquer nos mœurs, qui se vêt d'une courte tunique à la mode de son pays, d'une femme qui, une fois son fils sur le trône, livrera l'Egypte aux intrigues des étrangers, à la rapacité de ces gens qui viendront de la mer et imposeront leur joug et leur morgue au peuple de la Terre noire.

— Mon épouse, tu déraisonnes, la colère te fait dire n'importe quoi... répliqua Khéops qui, malgré son pouvoir royal, se sentait mal à l'aise devant les accusations de la jeune femme qui lui avait donné trois fils qui, selon le droit, devaient évidemment passer avant Didoufri, sans compter les trois autres fils de sa Grande Epouse royale.

— Je ne répète que ce que j'ai entendu, que ce dont s'est vantée cette femme que tu as ramenée de Byblos pour notre malheur à tous.

— Hénoutsen, je t'interdis de parler ainsi de Noubet, de celle que j'aime, de celle qui est aussi l'épouse du souverain des Deux Terres. Retire-toi ! Je t'accorderai une audience quand tu te montreras plus calme.

Hénoutsen s'inclina, sans ajouter une parole. Dès qu'elle eut quitté la salle d'audience, elle se rendit dans ses appartements, appela ses domestiques et ordonna qu'on fît ses bagages, qu'elle retournait dans sa résidence de Memphis avec ses enfants. Elle alla ensuite voir Méritités à qui elle fit part de l'incident :

— Vois, lui dit-elle, tu es la sœur de Khéops, c'est

par toi que vos enfants ont reçu le sang divin, qu'ils descendent d'Osiris et d'Horus. Or, songe à ce qu'a osé déclarer cette femme, cette étrangère ! As-tu jamais entendu dire que moi, ta sœur, ton amie, j'aurais osé déclarer que mon aîné, Khoufoukaf, allait être désigné comme prince héritier au détriment de tes trois fils ? Car, en droit, il n'y a qu'un seul prince héritier, c'est ton aîné, c'est Kawab. Vas-tu laisser cette femme le dépouiller de ses droits ? Et tu peux être certaine que, si d'aventure notre époux allait rejoindre son ka et que ce Didoufri ceigne la double couronne, sa mère aurait tôt fait de nous chasser, d'éliminer nos enfants qui représenteraient toujours une menace pour le trône de son fils.

— Hénoutsen, avait commencé Méritites, il me semble que tu t'emportes trop facilement. Après tout, Noubet n'a peut-être fait que se vanter... On a même pu déformer ses paroles. Car comment Sa Majesté pourrait-elle passer outre aux droits héréditaires de six de ses fils pour favoriser le septième ?

— Mérit, tu le vois bien ! Quoi, voici maintenant plus de deux ans que nous sommes installées dans le grand palais. Or, Khéops s'est-il plus intéressé à nous ? T'a-t-il plus souvent honorée ? Non, il partage son temps entre sa pyramide et cette étrangère. Nous, c'est comme si nous n'existions pas, nous ne sommes plus rien à ses yeux. Pour moi, je ne resterai pas un instant de plus dans ce palais. Je retourne à Memphis et je vais me hâter de faire savoir à la reine, ta mère, que son fils s'apprête à déshériter les descendants directs du dieu Snéfrou, les enfants qu'il a eus de toi. Pour toi, reste encore ici s'il te plaît de recevoir des affronts sans réagir.

Lorsque, mettant enfin un terme à ses entretiens avec son vizir, Khéops s'était rendu dans le harem d'Hénoutsen, elle l'avait déjà quitté avec ses enfants et ses servantes et serviteurs. Ce départ avait d'abord provoqué sa fureur, car il lui semblait intolérable qu'une femme agisse avec une telle autorité face à lui, sans nul respect pour sa puissance royale, d'autant plus que, au fond de lui-même, il se sentait en tort. Mais il avait acquis suffisamment de sagesse pour ne pas s'aveugler et décider qu'il avait raison, que ses décisions transcendaient tout droit et toute morale. Aussi, lorsque sa mère vint devant lui pour l'interroger sur ce qui s'était passé, car Hénoutsen, à peine rentrée à Memphis, s'était empressée de lui rendre visite pour lui faire part de ses plaintes, il avait éloigné de lui toute colère.

— Serait-il vrai que tu as dit à Noubet que tu ferais de son fils le prince héritier ? lui demanda-t-elle.

— Je lui ai prêté un tel serment dans un moment de passion amoureuse, reconnut-il.

— Un tel serment demeure sans valeur, mon fils. Il ne t'appartient pas de décider à qui doit revenir la double couronne. Sans doute tu pourrais désigner de préférence l'un des fils de Méritités, à la limite l'un de ceux d'Hénoutsen, mais il revient à l'assemblée des Grands de sanctionner ta décision. Or, jamais ils n'accepteront que monte sur le trône des Deux Terres le fils que tu as eu d'une étrangère, alors que viennent avant lui à la succession les fils de ta Grande Epouse royale, ma propre fille.

— Qui oserait aller contre une décision de Ma Majesté ? interrogea Khéops, menaçant.

— Mon fils, répliqua Hétep-hérès, le pouvoir te rendrait-il soudain comme un homme ivre ? As-tu déjà oublié ce qui t'a été enseigné lors de tes initiations, et même simplement par ce Philitis dont tu m'as rapporté les sages avertissements ? Sans doute, nul n'oserait aller contre les décisions de Ta Majesté. Mais n'oublie pas que tu es mortel et qu'une fois devenu un Akh tu ne disposes plus d'aucun pouvoir sur la terre. Dès lors, que vaudra ta décision ? Et si celui que tu as désigné pour te succéder, contre tout droit, s'accroche à ses prérogatives, il ne fera que susciter une véritable guerre de succession.

Cette si judicieuse remarque laissa un instant

Khéops rêveur. Puis, comme pour éluder la question, il déclara :

— Il n'en reste pas moins qu'Hénoutsen m'a offensé par son intrusion lors de mon conseil et son éclat devant Hémyounou. Elle a osé quitter le grand palais sans ma permission. J'ordonne qu'elle revienne ici avec mes enfants.

— Khéops, mon fils, rentre en toi-même et réfléchis à la réalité. Sans doute, tu peux contraindre Hénoutsen à revenir dans le grand palais, mais ce serait une grave erreur. Elle hait ta troisième épouse et ce n'est pas en la forçant à cohabiter avec elle que tu pourras l'obliger à l'aimer. Tu ne peux, en agissant ainsi, que tendre encore leurs rapports. Il est mieux qu'Hénoutsen reprenne son ancienne existence dans sa résidence plutôt qu'elle ne se ronge le sang dans ce palais où elle se sent si mal à l'aise. Et je pense qu'il serait aussi bien de laisser Mérit rentrer à Memphis avec ses enfants. Tu as eu tort de les vouloir auprès de toi. Ou, en tout cas, si tu les as appelées à venir s'installer dans ton palais, il te revenait, pour le moins, de les traiter sur le même pied que Noubet. Or, tu n'en as rien fait, tu as continué de les tenir éloignées de toi malgré leur proximité. Lorsqu'elles vivaient à Memphis, tu pouvais trouver un prétexte dans leur éloignement pour les délaisser comme tu le faisais, mais tu ne pouvais plus agir ainsi une fois que tu les as eues auprès de toi. Il convient alors que tu les renvoies, chacune dans sa résidence, ou, si tu persistes à les vouloir dans ce palais, traite-les alors comme les épouses qu'elles sont toujours pour toi et non comme des étrangères.

Ainsi Khéops se persuada-t-il si vivement des arguments de sa mère qu'il ne chercha pas à faire revenir Hénoutsen dans le grand palais et qu'il alla trouver Mérititès pour lui suggérer de regagner son ancienne résidence dans le cas où elle ne se sentirait pas heureuse auprès de lui.

— Je le serais, heureuse, lui dit-elle, si tu me traitais comme une épouse aimée. Mais à quoi me sert-il de vivre dans la même demeure que toi si c'est pour ne jamais te voir ? Aussi, tant que tu ne modifieras pas tes sentiments et ton attitude envers moi, je préfère, en effet, retourner vivre à Memphis, d'autant que je n'ai vraiment pour compagne qu'Hénoutsen et qu'elle s'est éloignée d'ici.

C'est ainsi qu'après une courte expérience de cohabitation les deux premières épouses de Khéops étaient revenues vivre dans l'Opet de Memphis avec leurs enfants.

Avec le lent écoulement des années, les anciennes rancœurs semblaient s'être éteintes ou, tout au moins, apaisées, tandis que la passion des jours anciens s'était lentement transformée en un amour serein dans les cœurs de Khéops et de Noubet. Didoufri, objet innocent de l'éclat d'Hénoutsen, avait maintenant quatorze ans, sa sœur aînée Khentetenka en avait moins de deux de plus et sa jeune sœur Hétep-hérès, qu'on appelait Tépi pour la distinguer de sa grand-mère, était une charmante adolescente de treize ans qui avait hérité de sa mère sa blonde chevelure et sa pure beauté. Or, la séparation des familles faisait que, quoique enfants d'un même père, ceux de Noubet ne connaissaient pas leurs frères et sœurs, qu'ils n'avaient jamais fait que vaguement entrevoir lors de certaines cérémonies. C'était, ce jour-là, la première fois qu'ils allaient se voir de près, se retrouver dans le même bateau et pouvoir se parler. Rencontre que, par ailleurs, redoutait Noubet, bien qu'elle fût sûre de son ascendant sur Khéops et de son empire sur les courtisans, qui la voyaient presque chaque jour lors des conseils restreints et des audiences royales.

Hénoutsen, de son côté, était tout aussi sûre d'elle-même car, quoique son aîné Khoufoukaf eût maintenant dix-neuf ans et son cadet, Khéphren, dix-huit, elle avait conservé une sveltesse de corps et un visage de jeune femme ; elle avait même gagné en maturité, de sorte que, parvenue à un âge où les femmes de la vallée commençaient à craindre les rides de la vieillesse, elle conservait toujours un air étonnant de jeunesse. Il est vrai que Sabi, devenu en quelque sorte son vieil amant, qui ne vivait plus que des « présents » dont elle le comblait, lui fournissait toutes sortes de crèmes et d'onguents dont il disait qu'ils lui conserveraient une jeunesse prolongée, bien que certainement pas éternelle. Mérititès aurait pu rivaliser avec elle si elle ne s'était pas abandonnée à son amour de la bonne chère, qui faisait qu'elle avait pris un visage de lune et une croupe à l'avenant, ce qui, décidément, convenait à son genre de beauté.

Afin de se rendre au port et à la darse royale où était amarré le bateau, Mérititès et Hénoutsen avaient pris place dans leur chaise, tandis que leurs enfants suivaient à pied, accompagnés des porteurs d'éventails et de serviteurs. Pour l'occasion, et selon les désirs de leur père, les six garçons manièrent les rames du bateau et les deux filles se placèrent à l'arrière pour tenir les rames de gouverne. Car Khéops n'avait pas permis à des étrangers à la famille royale de l'accompagner, dans les canaux souterrains, jusqu'à l'île de l'Embrasement, maintenant aménagée, à laquelle n'avaient désormais le droit d'accéder que des prêtres désignés par Sa Majesté elle-même.

Les deux épouses royales prirent place sous le dais aménagé entre les rameurs, qui restaient debout pour manœuvrer les longues et élégantes rames terminées par des pales hastées, et les rames de gouverne disposées à la poupe. Au milieu du dais se dressait un fauteuil destiné à servir de trône au roi, tandis que les épouses étaient assises sur d'épais coussins.

Depuis plusieurs jours, les enfants royaux s'étaient exercés à manœuvrer le bateau avec son équipage habituel, afin d'en avoir la maîtrise, ce qui leur avait été un amusant divertissement. Aussi était-ce sans hésitation et avec une parfaite coordination qu'ils dirigeaient la grande embarcation vers le canal qui

conduisait au port de la pyramide et aux quais sur lesquels s'ouvrait le grand palais.

Khéops y était venu lorsqu'on lui avait annoncé l'approche de la barque royale, ayant à sa droite Noubet et derrière lui les trois enfants qu'elle lui avait donnés. La troisième épouse avait revêtu non la robe en forme d'étroit fourreau portée par toutes les femmes dans la vallée du Nil, mais la tunique courte et ample des femmes de son pays d'origine, et elle avait fait revêtir à ses deux filles le même genre de tunique, si lâche à la hauteur de la poitrine qu'elle laissait paraître partiellement les seins dans certains mouvements brusques. Il est vrai que le fourreau égyptien, lui, moulait si étroitement le corps qu'il en laissait paraître tous les accidents et, lorsque le tissu de lin était de grande qualité, fin et délicat comme celui dans lequel avait été taillée la robe d'Hénoutsen, la femme qui s'en vêtait paraissait presque nue. En revanche, afin de ne pas étouffer dans sa robe et faire éclater le tissu, Mérititès l'avait fait tailler large, la laissant flotter tout autour de son corps.

L'embarcation vint accoster, et son équipage princier lança les amarres aux matelots qui attendaient sur le quai. Une large passerelle fut lancée, et Khéops s'y engagea tandis que ses enfants et ses épouses le saluaient tout en chantant un petit hymne à sa gloire. Noubet le suivait de près et salua à son tour les deux premières épouses qui, à cette occasion, lui rendirent son salut. Khéops prit place sur le siège et ses trois femmes s'assirent à ses pieds, Mérititès s'étant placée au milieu, entre Hénoutsen et Noubet, comme pour les séparer. Les trois enfants de Noubet vinrent saluer les deux premières épouses, et ensuite leurs frères et sœurs. Comme quatre rames étaient liées sur chaque flanc du bateau, Khentetenka et Didoufri en reçurent chacun une, tandis que la petite Tépi allait s'asseoir à l'avant.

— Mes enfants, dit alors Khéops, Ma Majesté est satisfaite de vous voir tous réunis sur ce bateau. Il me plairait maintenant que vous me montriez votre habileté à conduire cette barque là où elle doit aller. Car qui sait diriger un bateau révèle déjà ses capacités à gouverner un pays. L'un comme l'autre requièrent adresse, constance, fermeté.

Les amarres furent déliées, la passerelle retirée et, dans un harmonieux mouvement de rames, l'élégante embarcation fendit les eaux calmes en direction de la sombre bouche des galeries souterraines qui s'ouvrait dans la falaise, au fond du bassin artificiel. Dès ce moment, chacun des enfants royaux examina ses frères retrouvés, sans antipathie, bien que les fils d'Hénoutsen aient été chapitrés par leur mère. Kawab et Baoufrê offraient une frappante ressemblance avec leur père, avec cette différence que, outrageusement gâtés par leur mère, ils étaient déjà corpulents, bien que n'ayant respectivement que vingt et un et vingt ans ; cependant, le visage de Kawab avait hérité du charme de sa mère, tandis que son frère avait les traits plus rudes de son père. Djedefhor était plus grand que ses deux aînés, et il avait conservé un corps endurci par les exercices et un visage sans nulle mollesse. Il avait alors dix-neuf ans, le même âge que l'aîné d'Hénoutsen, Khoufoukaf, qui avait emprunté à sa mère la grâce du corps et du visage, ce qui était étrange chez un garçon, réputé pour son peu de goût pour les femmes. Il avait été avec Djedefhor le meilleur élève de l'école de scribes attachée au temple d'Héliopolis, et il vouait un attachement très profond à ce demi-frère dont il admirait le savoir et la vigueur physique. Khéphren, bien que d'un an plus jeune que ces deux derniers, avait suivi avec eux les mêmes études de scribe, mais il les dépassait en vigueur et en taille. Il restait le fils favori d'Hénoutsen, bien qu'elle ne manifestât pas ses sentiments et évitât de marquer cette préférence, car il était physiquement proche d'elle, avec un beau visage aux traits réguliers, fins mais virils, et un corps splendide. Quant à Minkaf, maintenant âgé de treize ans, il restait fort mince, n'avait que peu de ressemblance avec Khéops et, songeait Hénoutsen, tenait beaucoup de son vrai père, ayant sa finesse d'ossature qui le faisait paraître presque maigre et le même type de visage allongé au front haut.

Mérésankh, la fille de Méritités, avait pris Hénoutsen pour modèle et nourrissait un certain mépris pour la manière dont sa mère, au lieu de se dresser contre l'attitude désinvolte de son père, se laissait mollement vivre dans une totale indolence. En revanche, elle portait à son frère Djedefhor une admiration et une tendresse qu'elle ne cachait pas et, afin de mieux le séduire, sans doute, elle soignait son visage gracieux et son corps, pratiquant tous les exercices susceptibles de lui conserver sa sveltesse, sans le muscler comme si elle était un garçon. Elevée avec sa demi-sœur Khamernebti, de moins de deux ans sa cadette, elle vouait aussi à cette dernière une grande amitié, qui lui était rendue, chacune s'étant érigée la confidente de l'autre.

Les regards des enfants des deux premières épouses se portaient avec curiosité sur leurs sœurs et frère inconnus. Didoufri, si différent d'eux, avec un visage grave, des pommettes saillantes, un sourire énigmatique, ou peut-être plutôt ironique, parut à tous peu avenant, voire antipathique, alors que la beauté des deux sœurs ne manqua pas de séduire les garçons. Et, plus particulièrement, Kawab attacha ses regards à Tépi, qui lui parut une compagne idéale, tout au moins dans son apparence, car il ne pouvait juger de son caractère et de sa sociabilité. Didoufri, élevé par sa mère dans l'idée qu'il était destiné à succéder à Khéops sur le trône des Deux Terres, était si sûr de sa future gloire qu'il marquait une certaine condescendance à l'égard de ses frères, et en particulier des deux aînés dont il se disait que ces gros sacs de graisse manquaient, en effet, de cette majesté et de cette prestance nécessaires pour faire un roi digne d'un trône divin.

Khéops restant silencieux, assis hiératique sur son siège, personne n'osait prendre la parole. Ainsi la longue barque glissait discrètement sur la surface miroitante du lac artificiel. En raison de cette sortie de l'embarcation royale, tout trafic avait été interrompu, les ouvriers de la pyramide ayant reçu l'autorisation de vaquer aux occupations qui leur convenaient à la seule condition de rester loin du grand bassin et du chantier de la pyramide, de prendre cette journée de repos, de sorte que le bassin et les canaux, habituellement sillonnés de barques, de radeaux lourdement chargés de blocs de pierre et de chalands, étaient désertés. Les appels, les cris, les encouragements, les chants des mariniers s'étaient éteints, remplacés par un silence à peine troublé par le bruissement du vent du nord qui ridait la surface des eaux et les cris des oiseaux qui tournoyaient haut dans le ciel.

Habilement conduite par l'équipage princier, l'embarcation s'engagea sous la haute arcade du grand canal souterrain. A la suite d'un travail d'une grande perfection, les parois en avaient été lissées et les parties supérieures égalisées en forme de voûte. La lumière du jour se diffusait en profondeur dans la spacieuse galerie, dont le plafond était percé de larges puits par où passait la lumière. Par ces trouées, étaient élevés les blocs de pierre pour être remontés en surface. La barque poursuivit sa route sur le sombre miroir du canal, percé de part et d'autre de galeries vernaculaires, elles aussi aménagées, qui présentaient d'obscures ouvertures chargées de mystère. Tous les passagers de la barque royale ouvraient de grands yeux pour tenter de percer la pénombre, remplis d'admiration et d'étonnement en découvrant ce monde souterrain, demeure du silence éternel. On ne percevait plus, maintenant, que le bruissement mouillé des pales des rames qui fendaient en cadence la surface mouvante des eaux

Soudain, le canal déboucha sur un vaste lac dont on ne parvenait pas à distinguer les bords noyés dans les ténèbres. Le seul point de repère consistait en des lueurs vacillantes, dans un proche lointain, qui se reflétaient sur la surface noire des eaux en miroitements dorés.

— Continuez de ramer en direction des lumières, dit alors Khéops. Là-bas a été bâti par Ma Majesté le palais souterrain dans l'île de l'Embrasement, la demeure d'Osiris, l'image mystique de l'Univers. C'est là que sera déposé mon corps mortel lorsque mon âme sera devenue un Akh lumineux.

CHAPITRE XXIII

La barque vint se ranger le long d'un quai dont la hauteur avait été calculée pour se trouver de plain-pied avec le bastingage du bateau. Les fils royaux sautèrent à terre, fixèrent les amarres et formèrent une haie à leur père lorsqu'il quitta l'embarcation suivi de ses épouses et de ses filles. La terre de l'île avait été égalisée et le sol couvert de grandes plaques de gypse poli. Au centre se dressait la masse sombre d'un mastaba rectangulaire, dont les côtés étaient sculptés comme les façades des palais, pourvus de blocs en avancée striés de larges rainures sur la hauteur, ornés de sculptures dans leurs tranches supérieures ; les parties en retrait entre chaque avancée étaient pourvues de fausses portes étirées en longueur et de fausses fenêtres dans leur prolongement. Au haut des murs courait tout autour du monument un ensemble superposé de frises élégantes aux dessins multiples de formes géométriques. Le chemin qui y menait depuis l'embarcadère était délimité par des piédestaux de pierre disposés tout au long face à face. Ils se terminaient à hauteur d'homme par une grande coupelle remplie d'une huile étrange qui, en brûlant, donnait une flamme haute et lumineuse. Le monument central était aussi entouré d'une colonnade basse identique, qui éclairait ainsi chacune de ses quatre façades, créant une illumination qui semblait là pour justifier le nom d'île de l'Embrasement que lui avait donné Khéops.

La porte d'accès était étroite et haute. On avait du mal à la distinguer des autres fausses portes qui constellaient tout le pourtour de l'édifice, d'autant plus qu'elle n'était pas située au centre, mais aménagée sur la partie droite de la façade. On pénétrait alors dans une large galerie d'où, par une suite de couloirs labyrinthiques, on parvenait dans une vaste salle entourée d'un portique fait de piliers carrés soutenant le toit de pierre. Au centre, sur un podium de pierre, était déposée une cuve rectangulaire en granit rose de Syène, dont les flancs reproduisaient en bas-reliefs la façade du monument qui l'abritait. Sur le fond bleu-nuit du plafond se détachaient des représentations d'animaux fantastiques symbolisant les constellations du ciel nocturne. Toutes les parois des diverses galeries et salles étaient peintes de scènes de la vie des habitants de la Terre noire, et en particulier des laboureurs et des vachers parmi lesquels avait souvent vécu Khéops dans sa jeunesse. En revanche, sur les parois de la salle centrale, où étaient aménagées des niches, étaient représentées les divinités de l'Egypte, des scènes de caractère initiatique et le roi en personne, coiffé d'un côté de la couronne blanche du sud, d'un autre de la couronne rouge du nord, nu et effectuant à grandes enjambées la course de la fête *Sed*, laquelle n'avait pas encore eu lieu. Cette cérémonie du jubilé royal devait se dérouler en principe lors de la trentième année d'un règne, mais Khéops, ne sachant s'il régnerait si longtemps, avait décidé que son *Heb Sed* aurait lieu la vingtième année de son règne. Il pourrait alors montrer à son peuple combien grande était sa vigueur et que son corps n'avait rien perdu de la puissance de sa jeunesse.

Chacune des niches abritait la statue de l'une des grandes divinités du panthéon, manifestations sensibles du dieu caché d'où était né le monde :

Khnoum, à tête de bélier avec ses cornes torsadées, autre théophanie du dieu créateur que Khéops avait élu comme sa propre divinité tutélaire, Sobek, à tête de crocodile, Sekhmet, la déesse lionne, Bastet, maîtresse de Bubaste, elle aussi à tête de lionne, Hathor, couronnée de cornes de vache, Isis, portant le siège royal sur sa tête, sa sœur Nephthys, avec son symbolique château, Horus, sa tête de faucon couronnée du *pschent*, Anubis, l'Ouvreur de chemin avec Oupouat, son double, à tête de chien noir, Seth, avec son mufle d'animal fantastique, Neith, la déesse archère coiffée de la couronne rouge, Osiris, Seigneur de la Douat enveloppé dans son suaire, Min, le dieu fertile au phallus toujours en érection, et même Ptah qui, bien que privé par le roi de son clergé, avait conservé dans ce cosmos symbolique sa place dans le monde divin. Nout, déesse du ciel courbée sur son époux Geb, la terre, couché sur le dos, le couple primordial séparé par les soulèvements de Shou, sous la forme d'un homme debout, les bras levés, soutenant la déesse nue, étaient figurés sur le plafond, au milieu du grouillement fabuleux des constellations. Le grand dieu créateur d'Héliopolis, Atoum, magnifié sous la forme du soleil source de lumière, Rê, représenté par un homme, assis sur un trône, porteur d'un sceptre et de la croix ansée, le signe de vie, et couronné du pschent, avait les traits de Khéops. Sa statue colossale, toute en or, était placée dans une grande niche centrale, au fond de la salle, percée de niches où étaient logées les statues d'Isis, d'Hathor et de Neith. Or, Isis avait le visage de Méritités, Hathor celui d'Hénoutsen et Neith celui de Noubet.

Toutes les galeries et les salles étaient généreusement éclairées par un nombre si considérable de lampes qu'Hénoutsen osa s'en étonner et ouvrir la bouche :

— Mon seigneur aimé, dit-elle, nous ne pouvons qu'admirer la magnificence de ce palais souterrain, mais ce qui m'étonne le plus est son illumination. Or, nous sommes seuls ici, nous n'apercevons aucun serviteur, comme si ces lampes brûlaient de leur propre substance ou si elles étaient entretenues par des génies invisibles.

— Ma Majesté a voulu que ce soit dans une totale solitude que la famille royale découvre le mystère de l'île qui sera la dernière résidence de ma dépouille mortelle. Ses noms mystiques sont île de l'Embrasement ou encore île du Ka. Mais sachez que cent vingt prêtres formés à Héliopolis sont déjà attachés à mon culte et à l'entretien de l'île souterraine, sans compter un grand nombre de servantes.

— N'ai-je pas entendu dire, avança à son tour Khéphren, que lorsque Ta Majesté sera montée dans la barque de ton père Atoum-Rê l'accès du grand canal sera fermé, que toute communication avec le bassin extérieur sera désormais coupée par une si grande masse de terre et de pierres que personne ne pourra la percer pour s'introduire dans ce monde souterrain ?

— Il en sera bien ainsi, et les puits seront aussi complètement obstrués, leur trace en surface entièrement éradiquée. Mais vous pourrez découvrir qu'il restera cependant un accès secret à ce lac souterrain, dont l'eau sera renouvelée par une mise en communication avec la nappe phréatique alimentée par le Nil et ses débordements.

Khéops invita ensuite ses femmes et ses enfants à s'approcher de la grande cuve de pierre. Elle était dépourvue de couvercle, soigneusement creusée, et sur les parois étaient gravés des signes sacrés.

— Voici, dit alors Khéops, le sarcophage qui symbolise la mort et la résurrection. Celui dans lequel a été enfermé notre ancêtre Osiris était en bois ; celui-là est en belle pierre de Syène, il est éternel. C'est en y entrant que l'initié reçoit l'expérience de la vie et de la mort, de la mort et de la vie, il y goûte les prémices de l'éternité. Maintenant, qui d'entre vous va nous traduire les signes sacrés qui en couvrent les parois intérieures ? Toi, Djedefhor, le plus savant de mes enfants ?

— Mon père, répondit avec modestie le jeune homme, cet honneur me semble devoir revenir à mon aîné, à Kawab qui est aussi savant que moi dans la connaissance des livres sacrés.

— Lis donc, Kawab, tous nous t'écoutons, dit Khéops.

Kawab se pencha sur le bord du sarcophage et déchiffra le texte :

— Toi qui es passé par cette cuve de purification, tu ne pourras plus connaître les plaisirs de la volupté. Mais il te sera donné l'illumination à la place de l'eau, de l'air et des plaisirs du corps, tu auras la sérénité à la place de pain et de vin. Ainsi a parlé Atoum. Chaque dieu a sa place dans la barque solaire ; avec eux tu navigueras pour l'éternité. O Atoum, voir ton visage est un don de vie éternelle, je ne pourrai être privé de ta présence sans m'anéantir. Le dieu m'a parlé, il a prononcé ces paroles : « Ta place est à ton fils Horus. Il enverra les Grands en mission. Alors il gouvernera de son trône, il héritera du trône divin, dans l'île de l'Embrasement. Alors il est dit que mon visage sera devant la face de mon Seigneur Atoum. Pour l'Eternité. »

Kawab se tut, leva les yeux vers son père, attendant un commentaire, une explication.

— Ceux d'entre vous qui auront accepté de recevoir comme Ma Majesté les initiations qui sont données dans les temples d'Héliopolis, d'Hermopolis et d'Abydos, ceux qui auront connu les mystères du dieu, ceux-là pourront comprendre le sens caché de ces paroles aux significations multiples, se contenta-t-il de déclarer.

Ayant ainsi parlé, le roi alla prendre place sur un siège placé à la tête du sarcophage.

— Maintenant, mes épouses, mes enfants, prêtez une oreille attentive à mes paroles, commença-t-il sur un ton sentencieux. J'ai attendu ce jour et la solennité de ce lieu pour vous faire part des volontés de Ma Majesté. Kawab, mon aîné, voici maintenant vingt et un ans que tu es venu dans ce monde, et toi, Tépi, la cadette de notre famille, tu as atteint l'âge où une fille est nubile. Nul d'entre vous n'est encore marié. Vous tous, écoutez donc les décisions que Ma Majesté a prises dans son cœur. Il me déplaît que les enfants que j'ai eus de mes trois épouses royales continuent de vivre séparés. Je ne veux pas imposer aux mères des relations qu'elles refusent pour de mesquines raisons de jalousie. Mais il n'en peut aller de même avec les enfants, qui ne doivent pas avoir de raisons défendables d'épouser les querelles de leurs mères. Kawab, il te revient de prendre pour femme ma petite Hétep-hérès. Il est bon que l'aîné s'unisse à la dernière, car telle est ma volonté.

Malgré ce qu'elle avait d'incongru, cette décision satisfaisait tout le monde : Kawab qui, dès qu'il avait vu l'adolescente, s'était enflammé pour elle, Mérititès qui trouvait heureux d'avoir une si charmante bru, Noubet à qui il ne déplaisait pas que le fils aîné du roi épousât l'une de ses filles, dans le cas où ce serait lui qui, malgré les pressions qu'elle exerçait sur Khéops, monterait sur le trône des Deux Terres, et même Tépi qui se disait que par ce mariage elle avait bien des chances de devenir un jour la Grande Epouse royale, outre le fait que, malgré un certain embonpoint, Kawab offrait un visage doux et avenant. Le seul qui en ressentit du dépit fut Didoufri, car il nourrissait une secrète passion pour sa jeune sœur, en qui il retrouvait tout ce qui l'attirait chez sa propre mère devenue pour lui le plus beau modèle de la femme.

— Khoufoukaf, poursuivit Khéops, tu recevras pour épouse Khentetenka, afin que l'un des fils d'Hénoutsen devienne le lien avec la famille de Noubet. Pour ce qui te concerne, Didoufri, malgré votre différence d'âge, Ma Majesté a décidé de te donner pour épouse Mérésankh.

Cette décision inattendue d'unir le plus jeune des fils royaux à l'aînée des filles royales provoqua un moment de stupeur, car une telle union avec la fille de Mérititès confortait la famille dans ses craintes relatives à la volonté du roi de faire de Didoufri le prince héritier. Un tel mariage ne faisait qu'ouvrir son droit à un trône qui se transmettait par lignée maternelle. Malgré sa passivité, Mérititès ne put s'empêcher de protester :

— Khéops, mon frère, mon seigneur, grave est la décision que tu nous annonces sans avoir pris conseil ni de notre mère ni de moi-même, moi qui, en tant que fille d'Hétep-hérès, ai justifié ton accession légitime au trône d'Horus.

— Mérit, c'est moi qui suis désormais assis sur ce trône et, en ce qui concerne les unions de mes enfants, il n'appartient qu'à moi d'en décider.

— Le dieu, notre père, n'a jamais agi de la sorte. Lorsqu'il nous a unis, toi et moi, ce fut avec le plein accord de notre mère dont j'ai hérité le sang d'Osiris et d'Horus, mais aussi d'Isis, modèle des mères et des divinités.

— Il te revient alors de me donner gracieusement ton accord, trancha-t-il péremptoirement avant de poursuivre. Et maintenant, entendez la suite de mes paroles. Il reste encore à marier Khamernebti : elle sera l'épouse de Baoufrê. Pour ce qui vous concerne, mes autres chers fils, toi Djedefhor, sur les lèvres de qui fleurit le savoir et la sagesse malgré ton jeune âge, toi Khéphren, si proche de Ma Majesté par l'apparence et les goûts, toi, enfin, Minkaf, encore trop jeune pour songer au mariage, comme votre rang dans la famille royale ne vous laisse aucun espoir de monter un jour sur le trône des Deux Terres, je vous laisse le choix de vos épouses. Vous pouvez les prendre chez n'importe quel Grand, ou même ailleurs : je ne m'y opposerai pas.

Un lourd silence tomba sur le cercle de famille, les visages restant fermés bien que ces décisions royales si soudainement assénées en réjouissent certains mais remplissent d'autres de dépit. Seul Djedefhor osa finalement ouvrir la bouche :

— Mon père, dit-il, nous pouvons tous admirer les paroles qui sortent des lèvres de Ta Majesté. Cependant, puisque tu as daigné mentionner cette sagesse que je tiens sans doute de Ta Majesté, je me permets, au nom de cette même sagesse, de faire une simple remarque, si Ta Majesté le permet.

— Parle mon fils, répliqua Khéops. Ma Majesté t'écoute.

— Pour ce qui me concerne, il est vrai que je n'aspire pas au pouvoir royal et je me sens heureux d'être, comme Ta Majesté vient de le déclarer, exclu de la succession au trône, bien que je vienne selon le sang et le droit familial en troisième position. Mais ne préjuges-tu pas de l'avenir en assurant que mes deux autres frères en soient aussi exclus ? Et le fait que tu aies donné pour épouse ma sœur utérine à Didoufri, cela ne signifie-t-il pas que, contre tout droit et toute justice, tu es disposé à faire du plus jeune de tes fils, d'un enfant qui, aux yeux des hommes de la Terre noire, est un étranger, le véritable prince héritier ? Dès lors, même si tu as pouvoir d'imposer ta volonté de ton vivant, irait-elle contre la tradition établie dans notre famille et contre le sentiment de ton peuple, ne crains-tu pas que, une fois que tu seras monté dans la barque de ton père Rê, les membres de la famille du dieu, les Grands et tous ceux qui ont une autorité en Egypte ne se dressent contre un souverain dont ils ne voudront pas reconnaître la légitimité ?

Contrairement à ce que craignaient sa mère et Hénoutsen, le roi ne fut pas scandalisé par les paroles de son fils et ne manifesta aucun mouvement de colère. Il se contenta de répondre, sur un ton neutre :

— Ainsi que tu viens de le faire remarquer à Ma Majesté, mon fils, nul ne peut réellement préjuger de l'avenir. C'est pourquoi j'ai voulu unir mes filles à chacun de mes fils. Dans ton corps et dans ceux de tes deux frères aînés coule directement le sang d'Osiris que vous a transmis votre mère. Mes autres fils le recevront de par leur mariage. Ainsi la succession au trône de Ma Majesté reste ouverte, et c'est aussi préjuger de la volonté dernière de Ma Majesté que de laisser entendre que c'est Didoufri que je placerai sur le trône des Deux Terres.

Djedefhor inclina la tête et dit :

— Seigneur, nous ne pouvions attendre moins de la sagesse de Ta Majesté, car il aurait été bien insensé de provoquer de graves troubles dans le royaume en suite d'une décision prise sans en avoir pesé toutes les conséquences.

Khéops, qui savait en son cœur mal agir envers ses autres fils en se soumettant à la volonté de Noubet, ne releva pas la pointe d'insolence qui émanait des paroles apaisantes de Djedefhor. Mais ce dernier suscita contre lui la haine de Didoufri, qui vit en lui le seul homme suffisamment audacieux pour aller contre les décisions de son père et entraîner dans la révolte ses autres frères. Il redoutait que, finalement, à la suite de remontrances habiles et d'une contestation concertée, Khéops n'abandonnât son premier projet d'en faire le prince héritier.

Khéops se leva de son trône et, toujours suivi de ses épouses et de ses enfants, revint lentement vers le bateau où il reprit sa place. Les amarres une fois larguées, il désigna aux rameurs un point lumineux situé au fond du lac souterrain et leur ordonna d'y mettre le cap. Des colonnettes coiffées de coupelles d'où s'élevaient de hautes et lumineuses flammes éclairaient une digue à laquelle on accédait par quelques degrés dont les derniers plongeaient sous les eaux. Suivant les directives de leur père, les rameurs vinrent ranger l'embarcation contre les marches, d'où ils prirent tous pied sur la jetée. Celle-ci était très courte et s'arrêtait à la paroi du fond de la vaste salle souterraine, paroi dans laquelle était aménagée une porte basse faite de deux vantaux, chacun taillé dans un bloc plat de pierre monolithique. Khéops, qui marchait en tête, saisit dans une anfractuosité de la paroi une conque faite d'un grand coquillage dans laquelle il souffla, en tirant un son modulé aigu. Aussitôt, les deux vantaux de la porte se murent, manœuvrés par deux prêtres qui les poussaient de l'intérieur vers l'extérieur. Les deux prêtres flairèrent le sol devant le roi puis, se relevant, saisirent chacun une torche placée dans un anneau de cuivre fixé dans la roche et ouvrirent la marche dans le couloir. Celui-ci s'étendait sur une certaine distance avant de présenter encore une paroi de pierre, comme s'il s'agissait d'un cul-de-sac. A leur tour, les prêtres soufflèrent chacun dans une trompe de cuivre, et le mur s'ouvrit, la pierre de fermeture ayant glissé sur le côté, mue par un homme préposé à cette tâche. Ils pénétrèrent dans une nouvelle galerie dont le plafond, comme le fit remarquer Khéops, était fait de dalles de pierre.

— Un mécanisme, expliqua-t-il alors, permet de faire tomber les blocs de couverture les uns après les autres. Chacun libérera de la terre et de la pierraille accumulées au-dessus, destinées à combler ce boyau, de sorte que nul ne pourra croire qu'il ait existé.

Ce couloir s'étendait encore sur une bonne longueur avant de paraître à nouveau se terminer par une paroi de pierre. Il s'agissait encore d'une dalle de fermeture, qui donna accès à un couloir court d'où ils débouchèrent sur une grande salle au sol inégal, comme si la chambre avait été abandonnée en cours de construction.

— Vous êtes ici, commenta brièvement Khéops à l'intention de ses enfants, dans la salle inférieure de la pyramide. Elle représente le monde souterrain, le monde de la mort, un monde rugueux, obscur, inachevé : c'est pourquoi elle-même est inachevée, que son sol est irrégulier. C'est le domaine de l'angoisse et des ténèbres.

Sur un signe de Khéops, les prêtres qui servaient de guides avec leurs torches s'engagèrent dans un corridor ascendant qu'ils suivirent jusqu'à l'embranchement d'une nouvelle galerie, elle aussi ascendante, mais qui allait en sens contraire, tandis que le premier couloir conduisait jusqu'à la sortie au jour, hors de la pyramide. La pente de ce nouveau boyau était aussi forte que celle du précédent, mais il était beaucoup plus court, et ils parvinrent bientôt à un autre embranchement. De là, le conduit se poursuivait avec la même pente en s'élargissant, et sa hauteur devenait telle qu'il fallait lever les torches à bout de bras pour en distinguer vaguement les dalles formant le plafond ; il s'ouvrait aussi sur un couloir horizontal plus étroit et bas, qui s'enfonçait dans les ténèbres. C'est ce dernier qu'empruntèrent les prêtres, suivis du cortège royal. Le plafond en était si bas qu'il fallait progresser le buste ployé. Ce n'est qu'après avoir parcouru une certaine distance que, le plancher s'abaissant soudainement, ils purent se redresser et se tenir debout. Ils débouchèrent enfin dans une salle de taille moyenne, aux parois et au sol soigneusement égalisés et polis. Le plafond était fait de dalles inclinées, disposées en chevrons. Sur les pierres du sol étaient jetées d'épaisses nattes et des fourrures de bêtes fauves ; les murs étaient aussi ornés de peaux de panthères tachetées. La chambre était meublée comme une pièce d'une demeure de vivant, avec des sièges, des coffres, des tables étroites chargées de nourriture, de cruches de boissons et de jeux du serpent et du senet[1]. Sur les tapis de fourrures étaient épars des instruments de musique, un attirail de scribe et d'autres objets de la vie courante : vases de pierre et d'argile, coffrets à bijoux ouverts, pots d'onguents, aiguières, flacons émaillés à parfums...

— Ici, vous vous trouvez dans le monde des vivants, avec tous les plaisirs qu'offre la terre avec ses productions, dit alors Khéops. Mais, comme vous

1. Le jeu du serpent se jouait avec des pions sur une plaque circulaire rappelant notre jeu de l'oie. Le senet présentait un damier sur lequel on faisait avancer des pions, comme nos jeux de dames ou d'échecs. Nous ignorons les règles de ces deux jeux qui, à l'origine, revêtaient certainement un caractère sacré.

avez pu en faire l'expérience, son accès n'est pas aisé et il faut baisser le front, s'humilier pour parcourir le chemin qui y mène. Cette salle se trouve à peu près au-dessus de celle d'où nous venons, mais elle en est séparée par une énorme épaisseur de terre et de pierres. L'autre a été aménagée en profondeur dans le sol naturel ; celle-ci est construite au cœur du monument. Maintenant, nous allons monter vers l'ultime salle, celle du ciel et des étoiles, dont on vient de terminer la construction, au-dessus de celle où nous nous trouvons.

Ils rebroussèrent chemin jusqu'à la grande galerie, dans laquelle ils s'élevèrent. Au bout de cette voie, qu'on pourrait qualifier de royale, se dressait une haute paroi au bas de laquelle s'ouvrait une porte basse qu'on ne pouvait franchir qu'en se courbant en deux. Le couloir bas auquel elle donnait accès était court et son plafond percé de quatre larges cavités.

— Dans ces cavités, expliqua Khéops, seront placées de larges pierres qui, par un système ingénieux, tomberont pour enfermer l'audacieux qui oserait violer le secret de la pyramide.

Aussitôt après, ils débouchaient dans la salle supérieure dont la construction venait d'être terminée. La chambre, relativement spacieuse, était en partie occupée par une grande cuve de pierre, dépourvue de couvercle, comme celle du palais de l'île souterraine. Mais elle n'était pas ornée et ne présentait aucune inscription.

— Vous êtes ici, expliqua alors le roi, dans la salle divine, la chambre céleste des initiations aux mystères du dieu. La dernière dalle du plafond n'a pas encore été mise en place. Vous pouvez voir, par l'ouverture qu'on a aménagée, que se trouve au-dessus une chambre basse qui occupe la même surface que la salle où nous sommes. Sa couverture est faite de dalles affrontées en chevrons. Il y en aura encore deux autres qui se superposeront à celle-ci. C'est ce moyen que Ma Majesté a trouvé pour éviter que la pression des pierres qui vont être accumulées au-dessus de la chambre, jusqu'au sommet de la pyramide, ne fende les dalles du plafond et que celui-ci ne s'effondre sur cette salle. Et ici, vers la base de la salle, ces ouvertures sont le point initial d'où partent deux longs conduits, trop étroits pour que puisse s'y glisser un homme, qui déboucheront à l'air libre : par là l'air sera renouvelé dans cette salle.

— Pardonne mon étonnement, seigneur, dit alors Khoufoukaf, mais de quelle utilité pourront être ces bouches d'air puisque l'air viendra aussi par les couloirs d'accès ?

— Il n'y parviendra plus lorsque seront closes les portes de ces couloirs, répliqua Khéops. Or, j'ai appris dans ma jeunesse, auprès de Bénou, le prêtre qui m'a initié aux mystères du Phénix, que, si l'on brûle des torches ou si se consument des mèches de lampes à huile dans des lieux confinés, finalement l'air lui-même est brûlé et les êtres vivants qui se trouvent enfermés dans ces lieux clos meurent asphyxiés. La raison, je l'ignore, mais c'est un phénomène constaté.

— Il en est sans doute ainsi, puisque Ta Majesté l'assure, concéda Khoufoukaf. Mais je croyais avoir compris que cette salle serait celle où serait déposée la momie de Ta Majesté, dans cette cuve qui ne semble être autre chose qu'un sarcophage. Dans ce cas, même si après qu'on a fermé tous les accès il ne vient plus d'air, en quoi cela importe-t-il puisque nous savons tous qu'un mort ne respire plus, même si les rites d'ouverture de la bouche sont censés lui rendre le souffle de vie. Mais ce n'est jamais que pour la vie dans l'autre monde, dans celui des esprits.

— Mon fils, n'as-tu pas encore compris que mon enveloppe humaine sera exposée, non dans cette chambre, mais dans le palais de l'île de l'Embrasement, et qu'avant ce temps Ma Majesté a l'intention de célébrer dans cette salle le culte secret du dieu Grand, du dieu caché dont le soleil est l'image d'éternité ? Voilà pourquoi des aérations sont indispensables si l'on ne veut pas que s'éteignent les flammes qui éclaireront ces mystères et que meurent avant leur heure ceux qui les célébreront. Car il est bien vrai que les pyramides déjà construites et destinées à recevoir les momies de mon père et de mon aïeul, celle qui s'est effondrée et qu'on appelait pyramide du Soleil, ainsi que les deux autres, celle du Sud et celle du Nord, ne comptent que des chambres simples et dépourvues de prises d'air, inutiles pour abriter des morts. Il en va bien différemment de ce monument, qui n'est pas une simple sépulture, mais aussi un temple divin. On n'y verra aucun ornement, aucune inscription, et même le nom de Ma Majesté restera caché ; il ne sera inscrit que dans les chambres de décharges, dont les habiles artisans de ce monument termineront ces jours prochains la construction. Voyez aussi : cette cuve n'a pas de couvercle et ses côtés ne présentent aucun ornement, alors que les sarcophages des Grands prétendent imiter, grâce aux gravures qui en marquent les parties extérieures, les palais des vivants, ceux dans lesquels ils ont vécu sous le soleil. C'est volontairement, pour marquer le dépouillement de l'âme et du corps, que cette cuve est ainsi nue. Et voyez encore : si Ma Majesté avait décidé de faire de cette salle son tombeau, en aurait-on fait le couloir d'accès si bas et si étroit ? Car même un simple sarcophage en bois ne pourrait y passer. Or la momie d'un roi ne repose-t-elle pas dans un ensemble de sarcophages en bois précieux et en or ? Comment pourrait-on les y introduire par une porte si étroite ? Mais, en vérité, ce couloir est l'accès symbolique à la Douat : c'est pour quoi ceux qui veulent y pénétrer doivent se courber, baisser le front face au mystère divin qui leur sera révélé dans cette salle.

Ils restèrent un instant silencieux dans la pénombre de la salle, puis Khéops ouvrit à nouveau la bouche et dit :

— Cette salle, vous ne la reverrez jamais, à moins que vous ne soyez initiés à ses mystères. Mais pour accéder à cette ultime initiation, il vous faudra passer par Héliopolis, Hermopolis, Abydos et Dendérah, où Ma Majesté a fait ériger un temple à Hathor, la déesse universelle par qui tout vit, par qui tout se multiplie, par qui les êtres et les choses s'attirent mutuellement, celle qui suscite l'amour dans les cœurs. Mes fils, et vous aussi mes filles, qui avez été élevés dans la sagesse et le savoir, il tient à vous de subir les épreuves de ces initiations et de parvenir à la connaissance de la nature du dieu. Mais il faut que vous sachiez que c'est une dure ascèse qui vous sera imposée, un long labeur ; vous vous engagerez sur un chemin semé d'embûches. Tout savoir ne s'acquiert que par de longues veilles, une volonté toujours tendue vers une plus grande connaissance des choses, une incessante recherche en soi et hors de soi, une étude sans relâche du monde visible et invisible, une quête qui ne connaît pas de répit.

Sur cet avertissement, il sortit de la chambre et s'engagea dans les galeries, jusqu'à la sortie au jour. L'entrée des salles de la pyramide se trouvait à une trentaine de coudées au-dessus du sol. Un escalier temporaire en bois avait été installé pour permettre d'y accéder. L'éclat du soleil fit cligner les yeux déjà habitués à une demi-obscurité. Hémyounou et Khaesnéfrou, suivis de prêtres de la pyramide et de quelques Amis du roi, attendaient Sa Majesté et la famille royale au bas de l'escalier. Ils se prosternèrent, puis le vizir prit la parole :

— Seigneur, les ouvriers ont profité de ce que Ta Majesté leur avait accordé ce jour de repos pour envoyer devant moi leurs contremaîtres afin de me transmettre leurs plaintes, bien que je sache de quoi ils souffraient. N'en ai-je d'ailleurs pas déjà averti Ta Majesté à plusieurs reprises ?

— Ces plaintes, Ma Majesté les connaît : le grain manque, la nourriture manque, ils sont fatigués par tant d'années de labeur. Mais que peut Ma Majesté si ces trois dernières inondations ont été mauvaises, catastrophiques même. Pour leur travail, ces maux n'ont rien changé, grâce à la prévoyance de Ma

Majesté, grâce aux canaux que j'ai fait construire, grâce au barrage par lequel nous avons pu garder l'eau des torrents et la redistribuer judicieusement. Maintenant, cette réserve d'eau est vidée, mais elle a assumé sa fonction, jusqu'à son épuisement. Est-ce ma faute s'il n'est pas tombé une goutte d'eau depuis deux ans ? Si le réservoir que nous avons ainsi aménagé ne s'est plus rempli ?

— Sans doute, seigneur, mais il est visible que le peuple souffre trop, et la révolte gronde. Vois, seigneur : les envoyés des ouvriers ont fait savoir à Ta Majesté par ma voix qu'ils ne reprendront plus le travail, qu'ils sont trop affaiblis pour pouvoir encore manipuler de si lourdes pierres. Tant qu'ils n'auront pas à manger, tant qu'une solide nourriture ne renouvellera pas leurs forces, ils n'auront plus le courage de reprendre le travail.

— Alors, qu'on ouvre les derniers greniers royaux, que la nourriture qu'ils renferment leur soit distribuée.

— Seigneur, quand ces greniers seront vides, il n'y aura plus de grains, même pour les Grands du pays, même pour la table de Ta Majesté.

— Nous jeûnerons tous. Mais encore, qu'on abatte une partie du bétail des temples et du domaine royal. Il nous restera aussi le recours à la chasse. Nous irons chasser dans le désert pour alimenter les tables des Grands. Le temps est aussi venu d'ouvrir le trésor royal. Qu'on fasse venir devant Ma Majesté Ayinel, le commandant des bateaux de haute mer. Je lui donnerai de l'or vert de Nubie, de la malachite et de la turquoise des mines d'Attica, et nombre de beaux objets enfermés dans le trésor de la pyramide du Sud. Il chargera tous ces biens dans les flancs de ses vaisseaux et il ira dans les ports de Qedem, chez les gens de Canaan et du Kharou, pour leur acheter du grain. Je sais par mes messagers qu'ils ont fait de bonnes récoltes. Ils nous vendront du blé et de l'orge, des dattes, et aussi des moutons et des chèvres. Toutes ces bonnes choses, Ayinel les rapportera en

Egypte, et nous pourrons encore nourrir tout le peuple jusqu'au retour de l'inondation car, Ma Majesté l'atteste, elle sera haute cette année, elle rendra la vie au pays, et de nouveau nous pourrons engranger pour l'avenir. Ma Majesté a parlé. Qu'il soit fait selon la volonté de Ma Majesté.

CHAPITRE XXIV

— Visiblement, le roi s'est bien établi dans sa volonté de faire du fils de l'étrangère son successeur sur le trône d'Horus.

En prononçant ces mots, Hénoutsen s'était tournée vers Mérititès, mais elle s'était exprimée d'une voix forte afin d'être entendue par ses enfants et ceux de la première épouse, tandis que l'embarcation se dirigeait vers les docks royaux, après qu'en eurent débarqué Khéops, Noubet et leurs enfants.

— Je crains, soupira Mérititès, que, quand ma royale mère va apprendre les décisions de notre époux pour les mariages de nos enfants, elle n'en ressente un tel choc qu'elle ne s'en remette pas. Elle qui voulait marier mon grand Kawab à Khamernebti et ton aîné à Mérésankh, ce qui était un heureux choix d'unir nos fils aînés avec nos filles.

— C'est à leur détriment que se feront ces mariages, insista Hénoutsen. Qu'en dis-tu, Kawab, toi qui es le premier intéressé dans cette affaire, celui qui va se voir lésé de son héritage ?

— Pour moi, répondit Kawab, qui se montrait très libre et amical envers la seconde épouse, je suis comme Djedefhor, je ne sais s'il me plairait de monter sur le trône des Deux Terres, bien que je sois blessé d'être déshérité au profit du fils de cette étrangère, d'autant que je n'aime pas ce frère qui m'a été imposé. Sans savoir pourquoi, car je ne le connais pas. En revanche, je ne cacherai pas qu'il me plaît de recevoir pour épouse cette petite Tépi, que je trouve belle comme un rayon de soleil. Contrairement à son frère, j'ai été séduit dès que mon regard s'est posé sur elle et j'aurais bien volontiers embrassé mon père pour le remercier de ce choix. Mérésankh, ne t'en offense pas, car je t'aime bien, comme un frère peut aimer une sœur qui lui est chère, mais nous nous connaissons trop pour pouvoir nous aimer autrement, alors que Tépi est pour moi comme une étrangère et sa beauté m'a ému si profondément que, notre père n'aurait pas parlé comme il l'a fait, je serais allé lui demander de me la donner en mariage. Contre elle, je vous abandonne le trône, à toi Baoufrê, si tu le désires, ou encore à vous, Khoufoukaf et Khéphren.

— Ce qui ressort de cette entrevue avec Sa Majesté, remarqua Khéphren avec amertume, c'est que ni toi Kawab, ni Baoufrê, ni toi non plus Khoufoukaf n'êtes destinés à monter sur le trône d'Horus. Et moins encore Djedefhor, Minkaf et moi-même, comme l'a trop bien précisé notre père. Mais comme tu l'as fait judicieusement remarquer, Djedefhor, notre père, tout roi et dieu qu'il est, est mortel, et viendra le jour où il ira rejoindre nos aïeux Snéfrou, Houni et Djeser dans le monde des morts où ils résident, à ce qu'on rapporte. Dès lors, que pèsera le petit Didoufri dans la balance des Deux Terres ? Qui se lèvera pour défendre ses droits usurpés ? L'héritier légitime pourra alors revendiquer son trône, et personne ne le lui contestera.

Est-ce la série de décisions prises par Khéops sans avoir consulté sa mère, et en particulier sa volonté de marier Didoufri à sa fille aînée, ce qui, en effet, légitimait le droit du fils de Noubet au trône d'Horus, toujours est-il que la reine mère, Hétep-hérès, peu de jours après avoir appris ces faits, eut son âme dans la main. Elle alla rejoindre son époux, entourée de ses deux filles, de son royal fils, de Noubet et de ses petits-enfants. Elle fut pleurée de tous, car chacun trouvait en soi une bonne raison pour l'aimer, pour lui souhaiter la plus longue vie possible, et en particulier Hénoutsen et Noubet, qu'elle avait accueillies comme ses propres filles. Son corps, une fois embaumé et déposé dans un riche cercueil, fut emmené, avec un grand cortège dans lequel avait pris place toute la famille royale, dans la tombe qu'elle s'était fait préparer, près des pyramides de son époux, du Nord et du Sud.

Or, ce même jour, un autre cortège funèbre emprunta le canal du Nil et navigua parallèlement à celui de la reine. Mais au lieu de s'arrêter à la hauteur de la pyramide du Sud, il poursuivit sa route vers le sud ; tandis que le cortège de la reine s'était réparti sur une dizaine de bateaux, l'autre était réduit à une seule grande embarcation.

— Qui ensevelit-on ce même jour des funérailles de ma mère ? s'enquit Khéops auprès des Amis qui le suivaient. Comment se fait-il qu'il ne soit pas conduit vers la nécropole de Sokaris, car, visiblement, ce convoi funèbre troublé par les lamentations des pleureuses semble poursuivre sa route vers le sud, peut-être vers la nécropole de la pyramide du Soleil...

— C'est précisément cela, lui fit savoir un proche conseiller. L'homme qu'on enterre ce jour, Ta Majesté le connaît bien : il s'appelle Abedou, c'est lui qui a construit la pyramide du Soleil, la pyramide effondrée. Il a voulu être enseveli dans son voisinage. C'est là qu'il a reçu du dieu Snéfrou le droit d'y avoir sa tombe, et ce droit, personne ne le lui a retiré, même après sa disgrâce.

— Il est bien qu'il en soit ainsi, dit Khéops qui, d'un seul coup, se retrouva au temps de sa jeunesse, une époque heureuse, sans doute, mais qu'il ne regrettait pas, surtout maintenant que s'élevait dans le ciel son rêve de gloire pétrifié, en voie d'achèvement.

La brève maladie de la reine, et ensuite ses funérailles, furent pour Kawab de nouvelles occasions de voir la jeune Hétep-hérès, celle qui lui était destinée par son père, et il s'en réjouit encore. Lors du banquet funèbre qui suivit la cérémonie, il trouva l'occasion de l'approcher et de lui parler.

— Tépi, ma sœur, ma fiancée, lui dit-il, mon cœur se réjouit en voyant ta beauté. Mais ce qu'il ne sait pas, c'est quels sont les sentiments que tu me portes, dans quelle mesure tu es heureuse du choix de notre père.

— Kawab, lui répondit-elle, je te connais bien peu, quoique tu sois mon grand frère. Mais je crois que tu mériteras mon affection et que je saurai t'aimer, car tu me parais un homme doux et rempli de bonté.

— Tépi, tu peux être assurée que je ne te décevrai pas, que je saurai t'aimer comme tu le mérites, comme tu peux le désirer, comme tu es en droit de l'attendre.

Tandis qu'ils parlaient ainsi, en aparté, Didoufri les observait et ses yeux brillaient de colère. Car le jeune prince nourrissait en secret pour sa sœur une véritable passion. Son caractère renfermé et fier l'avait conduit à garder pour lui son amour, à ne se confier à personne, pas même à l'intéressée. D'autant qu'il n'avait que peu de relations avec elle. En effet, tandis que les deux sœurs vivaient auprès de leur mère et recevaient une instruction princière avec un scribe placé auprès d'elles à cette fin, Ibdâdi venant souvent leur dispenser son propre savoir, comme il le faisait avec les autres princes à Memphis, Didoufri, dès l'âge de sept ans, avait été mis par son père dans l'école de scribes rattachée au palais, mais située à l'écart, près du temple d'Isis, maîtresse des pyramides, que Khéops avait fait bâtir dans le voisinage avant même que ne soit entreprise la construction de la pyramide. Lorsque Didoufri avait commencé à maîtriser plus ou moins bien les écritures, la sacrée et celle des scribes, Khéops l'avait envoyé à Hermopolis, dont le clergé était toujours dirigé par Ibébi. L'estime qu'il portait au Grand des Cinq l'avait incliné à lui confier l'éducation du prince qu'il destinait à lui succéder sur le trône des Deux Terres. Cependant, décevant les espoirs de son père, Didoufri s'était révélé un élève rebelle, orgueilleux, peu désireux de s'instruire. Trop souvent, on le rencontrait dans les tavernes où, à peine âgé de treize ans, il avait déjà commencé à abuser de la bière avec des garnements de la ville. Les punitions, les corrections que lui faisait distribuer Ibébi ne portaient aucun fruit, elles n'avaient pour effet que de le cabrer plus encore et de le rendre plus revêche et obstiné dans ses vices. Khéops avait finalement dû se résoudre à le rappeler auprès de lui. Il n'était rentré auprès des siens que quelques jours avant que Khéops n'introduise sa famille dans le secret de sa pyramide et n'annonce ses décisions quant à sa politique maritale.

Didoufri avait commencé par se plaindre à sa mère de l'obligation qui lui était faite d'épouser Mérésankh.

— Vois, lui avait-il dit, Mérésankh est mon aînée de près de six ans. Elle sera une vieille quand moi je serai dans la force de l'âge. D'ailleurs, je la trouve moche, alors que mes deux sœurs sont si belles, et surtout Hétep-hérès qui te ressemble.

— Mon enfant, lui avait répondu sa mère, apprends à obéir aux ordres de ton père et ne va pas te hasarder à l'irriter par des considérations ineptes. Je trouve qu'il est bon que tu épouses la fille de Méritités, et sache que c'est sur mes conseils que ton père l'a choisie pour toi. Car c'est par elle que tu recevras la légitimation de la couronne des Deux Terres. Or, elle est la seule fille de Méritités, la seule en qui coule le sang du dieu. En droit, c'est Kawab qui aurait dû l'épouser : par ce mariage, ton père te désigne officieusement comme le prince héritier, suivant un serment que je lui ai fait prêter il y a bien longtemps. Tu ne vas pas provoquer sa colère par je ne sais quel sentiment fantasque. Lorsque tu seras sur le trône d'Horus, tu pourras délaisser ton épouse royale et prendre qui il te plaira comme épouse secondaire. Mais, pour l'instant, fais bonne figure à ton père, montre-toi attentionné et obéissant, réjouis-toi de tout ce que tu pourras recevoir de lui, même si, dans le fond de ton cœur, tu en ressens du déplaisir. Au demeurant, cette petite Mérésankh est loin d'être laide, tout au contraire, et comme elle est largement ton aînée, elle sera capable de te donner un plaisir qu'une fille trop jeune, de ton âge et innocente, ne saurait t'apporter.

Didoufri avait été contraint de se rendre à ces arguments et de renfermer en lui sa rancœur. Il se contenta de placer Kawab à côté de Djedefhor parmi ceux contre qui il aurait le plaisir d'exercer sa vengeance lorsqu'il serait devenu le maître de l'Egypte.

Khentetenka, usant de la licence donnée par son père qui avait déclaré qu'il ne voulait pas que ses enfants épousent les querelles des mères, et s'unissent par mariage, se rendit à la résidence d'Hénoutsen, dans le palais de Memphis. Elle y trouva Khéphren qui se baignait avec sa sœur Khamernebti dans le grand bassin à la surface duquel flottaient des nénuphars et entouré de dattiers et de sycomores. Khentetenka n'avait de sa sœur Tépi ni la blondeur ni la grâce un peu mièvre du fait de son jeune âge, mais son ample chevelure châtain lui était une belle parure et ses yeux clairs dans son visage hâlé, car elle partageait avec sa mère ses goûts des exercices physiques et des grandes promenades dans le désert avec un arc et un javelot, exerçaient un grand charme qui rehaussait sa beauté. Elle portait, comme sa mère, la tunique légère et lâche qui tombait autour de son torse en plis moelleux et laissait nues ses jambes musclées mais bien modelées.

Après avoir salué le frère et la sœur, elle déclara sans autre préambule :

— J'obéis à notre père en venant vous rendre visite. Pour ce qui me concerne, je n'ai aucune animosité contre Hénoutsen et je comprends qu'elle soit mécontente de l'attitude de Sa Majesté à son égard et aussi au vôtre, car je n'aime pas mon frère Didoufri que je trouve sot et prétentieux. En revanche, je ne suis pas satisfaite du choix du roi. Je ne vous connais vraiment pas bien, ni toi, Khéphren, ni ton frère aîné, mais à première vue je trouve Khoufoukaf trop mièvre, trop efféminé. Moi, ce que j'aime, c'est, comme ma mère, les exercices virils, chasser dans le désert les gazelles et même les bêtes fauves. Je ne pense pas que mon futur époux partage avec moi de tels goûts.

— Pour ne rien te cacher, lui répondit Khéphren en riant, tu dois savoir que mon frère ne partage certainement pas tes goûts pour de tels exercices. Cependant, si tu aimes les beaux garçons, je peux alors t'assurer que vous vous entendrez et qu'il partage les mêmes goûts que toi.

— Je ne comprends pas ce que tu entends par là, reconnut la jeune fille.

— Si tu attends plus d'explications, dis-toi que ton époux te fera peut-être un enfant par nécessité, mais c'est tout ce que tu peux attendre de lui, car il n'aime que les jeunes et beaux adolescents, ceux qui portent encore la tresse de l'enfance mais s'apprêtent à la couper. Mais ceci, garde-le pour toi, car notre père l'ignore et je ne sais s'il serait heureux de l'apprendre.

— Dans ce cas, j'aurais préféré que ce soit avec toi qu'il me marie, déclara Khentetenka avec une belle franchise.

— Personnellement, tu ne me déplairais pas, répliqua Khéphren en sortant du bassin, comme s'il voulait faire valoir aux yeux de sa demi-sœur la perfection de son corps entièrement nu.

Il alla s'asseoir sur un siège installé dans l'ombre d'un acacia et poursuivit :

— Moi, celle que j'aime, c'est ma sœur Khamernebti, et je peux t'assurer que nous n'avons pas attendu la permission de notre père pour faire ce qui nous plaît entre nous. Aussi bien, je saurai suppléer aux défaillances de ton futur époux. Tout cela restera en famille, comme il se doit dans un clan royal. Et je suis persuadé que Khamernebti n'en sera pas plus chagrinée que Méritités ne l'a été des faveurs que Sa Majesté a données à notre mère, grâce à quoi nous sommes ici. N'est-ce pas ma Nebti ?

Il s'était tourné vers sa sœur qui, à son tour, sortait du bassin et essorait sa longue chevelure en marchant vers lui.

— Pour que la paix règne dans les ménages, même royaux, il est bon que chacun soit libre de ses agissements et de ses amours et n'ait pas à craindre les reproches des autres, assura-t-elle en se couchant sur le dos, sur un banc de pierre. La jalousie est le plus vilain des défauts, car elle est aussi nuisible au jaloux qui vit dans les pires tourments qu'à ceux dont il est jaloux.

— Je ne le conteste pas, admit Khentetenka, bien qu'il faille reconnaître que la jalousie soit le revers de toute grande passion.

— Comment peux-tu parler de passion, comme si tu pouvais déjà en avoir connu une à ton âge ? s'étonna Khéphren.

— Il m'a suffi d'observer les relations de ma mère et de mon père. C'est une incroyable passion qui les unit, et c'est pourquoi il a négligé tout autant votre mère que sa propre sœur.

— Penses-tu qu'une telle passion soit un bon sentiment ? lui demanda Khamernebti.

— Je ne sais pas, mais je la redoute et je ne souhaite finalement pas en connaître une semblable.

L'arrivée de Khoufoukaf et de Minkaf mit fin à ce dialogue.

— Vois, Khoufou, lança Khéphren, vois ta belle fiancée qui vient te rendre une visite.

— J'en suis flatté, répondit le jeune homme qui la salua en s'inclinant et portant les mains contre ses genoux.

— Tu te comportes devant ta sœur et future épouse comme un élève scribe devant son maître, remarqua Khéphren en riant. Tu devrais plutôt l'enlacer et respirer le parfum de ses lèvres, unir ton souffle au sien.

— Il sera temps de le faire lorsque notre père nous aura mariés, répartit Khoufoukaf qui reprit, aussitôt après être venu s'asseoir sur le banc de pierre, près de sa sœur : Notre mère nous suit. Elle nous a emmenés rendre visite à son magicien. Il prédit l'avenir. Elle a voulu qu'il fasse ses prédictions car, après les décisions prises par notre père, elle se demande qui de nous tous va finalement succéder à notre père. Et savez-vous ce que lui a répondu ce Sabi ?

— Si nous le savions, nous n'aurions besoin ni de toi pour nous le rapporter ni de lui pour nous le dire, fit remarquer Khéphren.

— Alors, écoutez : il a déclaré que, contre toute attente, ce serait notre petit frère Minkaf qui monterait sur le trône des Deux Terres !

— Minkaf ? Il rêve ! Il n'a pas osé dire Didoufri dans la crainte d'indisposer notre mère, ou alors il a prononcé ce nom pour lui complaire, car il doit savoir qu'il est son fils préféré. Mais toi, Minkaf, qu'en penses-tu, qu'en dis-tu ?

— Je ne sais qu'en dire. Mais je ne peux pas plus le croire que vous, car j'imagine mal notre père me désignant, non seulement au détriment de Didoufri qui est son préféré, mais de tous mes aînés, à commencer par vous, mes frères.

Hénoutsen, qui suivait ses fils de près, comme annoncé, prit un air surpris en voyant Khentetenka.

— Notre sœur est venue rendre une visite à ses frères et à son futur époux, déclara Khéphren en devançant toute question.

— Qu'elle soit la bienvenue, répondit Hénoutsen, qui n'avait aucun grief contre la jeune fille.

— Hénoutsen, lui dit alors Khentetenka, je suis destinée par notre père à devenir ta bru. Aussi, je veux avoir ton amitié et je tiens à ce que tu saches que je désapprouve Sa Majesté lorsqu'elle prend la décision de marier mon frère à Mérésankh. Nous savons tous que par ce geste il prépare la cour à l'entendre désigner Didoufri comme le prince héritier. Or je connais bien mon frère, et je suis la première à déclarer qu'il est indigne du trône d'Horus, qu'il est incapable de gouverner convenablement le peuple de la Terre noire. Mais je sais que le roi a prêté serment à ma mère et qu'elle le pousse à agir ainsi. Avant la prochaine lune, je serai unie, par la volonté de notre père, à ton fils Khoufoukaf. Dès lors, c'est à son clan que j'appartiens et auquel je me rallie, et je sais que l'âme de ce clan, c'est toi. Sois assurée que je serai aussi pour toi une fille aimante et fidèle, car je ne puis aimer mon frère Didoufri, malgré tout le respect que je dois à ma mère.

— Alors, ma petite Khenty, lui répondit Hénoutsen en la prenant dans ses bras, sois la bienvenue dans notre clan et sache que je saurai te rendre l'amour que tu me donneras. Si nous nous unissons tous, nous réussirons peut-être à détourner le roi de son projet insensé et à lui faire rendre justice à Kawab... ou même à l'un de mes propres fils... et pourquoi pas à ton époux ?

— Ou encore à Minkaf, ajouta Khoufoukaf, puisque, paraît-il, c'est lui qui montera un jour sur le trône d'Horus.

CHAPITRE XXV

Khéops avait pris place sur son trône, dans la petite salle d'audience, celle dans laquelle il tenait ses conseils avec ses ministres et où il écoutait le rapport quotidien de son vizir, Hémyounou. Ce dernier vint devant lui, leva les mains, les porta sur ses genoux en guise de salut, puis prit la parole après que, selon l'étiquette, le roi lui eut fait savoir qu'il tendait l'oreille, qu'il attendait qu'il parle.

— Seigneur, dit alors Hémyounou, le frère de Ta Majesté, Néfermaât, fait savoir à Ta Majesté que sa mère Neithotep, l'épouse royale du dieu Snéfrou, est allée rejoindre le dieu dans l'Amenti. Je rappelle à Ta Majesté qu'elle s'était installée à Eléphantine auprès de son fils, avec la permission de Ta Majesté, voici maintenant plus d'une quinzaine d'années. Le prince te fait part de ce deuil, et il rappelle respectueusement à Ta Majesté qu'il a accompli la mission qui lui était confiée de gouverner la province que Ta Majesté lui a confiée. Mon cousin se sent fatigué, il me prie d'intervenir auprès de Ta Majesté pour que tu désignes un autre prince pour le remplacer et que tu lui permettes de venir terminer paisiblement ses jours dans les environs de Memphis où mon père Néfermaât, son oncle, lui a laissé un grand domaine après que lui-même est allé rejoindre nos ancêtres auprès d'Osiris et d'Horus.

— Hémyounou, dit Khéops, tu le sais, mon seul souci, c'est la construction de ma pyramide, ma seule angoisse, c'est de voir la sombre couleur avant qu'elle ne soit achevée. Je te laisse la décision. Il te revient de désigner un nouveau prince pour gouverner une province d'une si grande importance et de rappeler Néférou. Ma Majesté n'a pas à se plaindre de lui, il m'est resté fidèle, il a bien agi en tout temps. J'agrandirai le domaine que ton père lui a laissé.

— Si Ta Majesté n'y voit pas d'objection, j'ai songé qu'on pourrait confier cette province au prince Baoufrê, le deuxième fils de Ta Majesté.

— Pourquoi me proposes-tu Baoufrê plutôt qu'un autre, par exemple son aîné, Kawab ?

— Seigneur, ton serviteur ne se sent plus très jeune, il ne sait encore combien de temps il pourra assumer la lourde tâche que Ta Majesté a bien voulu lui confier. Aussi, je songerais volontiers à mon cousin Kawab pour me succéder. Je prierais Ta Majesté de le placer auprès de moi pour qu'il apprenne à mes côtés les subtilités de la fonction de vizir, afin de le préparer à ma succession. Ton serviteur songe aussi à Khoufoukaf, l'aîné de la reine Hénoutsen. Il a étudié dans l'école des artisans. Il pourra seconder Khaesnéfrou dans la direction du chantier de la

Grande Pyramide de Ta Majesté, car il a aussi appris les secrets de la construction des monuments divins.

— Hémyounou, nous avons presque le même âge, tu es encore loin de la vieillesse, lui fit remarquer Khéops.

— Il est bien vrai que Ta Majesté est l'incarnation de la vie, de la santé, de la force, mais il n'en est pas ainsi de ton serviteur. Vois : alors que tu es resté mince et robuste, je me suis empâté, je sens le poids de ma graisse et des ans. Ma santé chancelle, je ne sais combien de temps encore le dieu m'accordera de vivre sous la lumière du soleil. Kawab me paraît être en âge d'apprendre son métier de prince, peut-être de roi. Voilà pourquoi je te propose Baoufrê pour ce poste. Je sais que Djedefhor a décidé de poursuivre ses études, et Khoufoukaf est tout indiqué pour participer à la grande œuvre du règne de Ta Majesté. Quant à Khéphren, il ne me paraît pas encore suffisamment mûr pour assumer une quelconque tâche administrative. J'oserais même dire qu'il me paraît trop insouciant, il aime trop la chasse dans le désert, la pêche dans les marais, pour pouvoir faire un bon fonctionnaire de Ta Majesté. Il serait plus souvent dans les tavernes à faire une maison de bière qu'au poste qui lui serait affecté. C'est le moins grave des fils de Ta Majesté, le moins sérieux de mes cousins.

— Qu'il en soit donc fait selon tes suggestions. Que Kawab te soit adjoint, que Khoufoukaf devienne le disciple de Khaesnéfrou, que Baoufrê soit nommé gouverneur du Sud et que Khéphren continue de faire des maisons de bière. Ainsi, aucun de ces enfants ne viendra se mettre en travers des décisions de Ma Majesté car, tu le sais, en suite d'une promesse que j'ai faite à ma reine, c'est Didoufri que je veux désigner pour succéder à Ma Majesté sur le trône des Deux Terres.

— Ceux à qui Ta Majesté ne l'a pas déclaré ouvertement s'en doutent à la suite de ta décision de faire épouser Mérésankh par Didoufri, lui fit remarquer Hémyounou. Il est vrai que, pour l'instant, Ta

Majesté a une longue vie devant elle, tandis que Didoufri est encore bien jeune.

— Tu parles avec Maât sur la langue, Hémyounou, reconnut Khéops avec un sourire, heureux que son cousin ne lui opposât quelque argument contre un choix dont il savait qu'il paraissait scandaleux aux regards de tous les Grands du pays ainsi qu'à ceux de sa propre famille. Qu'y a-t-il encore d'important ?

— Ton serviteur se sent rempli de crainte pour t'annoncer ce qui se passe, commença alors Hémyounou.

— Parle : tu m'étonnes, tu m'inquiètes. De quoi s'agit-il ?

— Permets, seigneur, que je fasse venir en ta présence la personne la mieux placée pour parler à Ta Majesté.

— Fais... laissa simplement tomber Khéops.

Hémyounou se tourna vers un officier de la cour et lui ordonna de faire entrer Néterapéref.

Le premier prêtre de la pyramide de Snéfrou, chargé du service des deux pyramides du Sud et du Nord, entra et vint se prosterner devant le trône. Puis, sur l'injonction du roi, il se redressa et, à genoux, les mains sur les cuisses, parla d'une voix tremblante, une voix qui était sans doute celle d'un vieillard, mais aussi d'un homme terrorisé.

— Seigneur, c'est un grand mystère que nous avons découvert dans la pyramide du Sud, dans la pyramide où Ta Majesté a fait enfermer ses trésors.

Ce discours préliminaire fit froncer les sourcils de Khéops, qui esquissa un geste d'impatience de la main :

— Que veux-tu dire par ces mots ? Que vas-tu m'annoncer ? Hâte-toi de parler.

— Voilà, seigneur. Hémyounou, mon seigneur, est venu devant moi, voici déjà quelque temps, pour me demander de retirer du trésor royal de l'or en quantité et d'autres objets précieux pour acheter des grains et de la nourriture dans le pays de Qedem, en Canaan et dans le Kharou. Comme il se doit, le serviteur de Ta Majesté tient un compte précis des biens enfermés dans les chambres du trésor. Or ton serviteur a constaté des disparitions d'objets, et surtout d'or, depuis déjà quelque temps. Dès que j'ai constaté les larcins, j'ai interrogé les gardes, je les ai fait bâtonner, je les ai renouvelés. Mais aucun n'a avoué et, à la suite d'enquêtes menées dans leurs demeures, dans leurs familles et auprès de leurs voisins, nul n'a pu témoigner contre eux, personne n'est venu dire qu'ils vivaient sur un grand pied, qu'ils se procuraient des biens avec de l'or. Des fouilles de leurs pauvres maisons n'ont rien rendu, nous n'y avons retrouvé aucun objet. Comme le renouvellement des gardes et une plus étroite surveillance de l'entrée de la pyramide n'ont rien changé, n'ont pas empêché que se continuent les vols, ton serviteur en personne, malgré son grand âge, malgré sa fatigue, s'est chargé de surveiller chaque nuit la pyramide. Moi-même j'ai fait des rondes, j'ai placé auprès des gardes des Medjaï qui ne comprennent pas notre langue et qu'on ne peut corrompre. Mais rien n'y fait, les vols se renouvellent et ton serviteur a vu qu'une partie du trésor a été ainsi dérobée. J'en ai parlé à Hémyounou, le seigneur vizir, et lui-même a détaché d'autres gardes dont il était sûr, mais cela n'a toujours pas eu d'effet, et les vols se sont poursuivis, comme si c'étaient les larcins de démons qui logent au cœur de la pyramide, de génies mystérieux qui vivent sous la terre et passent sans difficulté à travers les murailles les plus épaisses.

Khéops maîtrisa sa colère, car il songea que le vieux prêtre avait certainement fait tout ce qui lui était possible pour protéger le trésor royal, ce que lui confirma son vizir qui déclara qu'il était venu en personne examiner le trésor et la salle où il était enfermé.

— Seigneur, poursuivit-il, tu connais les lieux. Il n'y a dans la salle basse, à laquelle on accède après la première chambre, aucune échelle, et nul homme ne pourrait s'introduire dans la pyramide avec une si grande échelle sans être aussitôt repéré par tous les gardes placés auprès de la porte. Or, il est certain que des objets disparaissent.

— Hémyounou, ce que Ma Majesté peut assurer, c'est qu'il n'y a pas d'êtres invisibles vivant sous la terre susceptibles de s'introduire sans effraction dans la chambre au trésor et d'y dérober des objets. Et si d'aventure il existait de tels génies, qu'auraient-ils besoin d'or et de beaux bijoux ? Nous allons sans différer rendre une visite à la pyramide afin que Ma Majesté voie ce qu'il en est réellement.

Khénou fit appeler le palanquin royal, sur lequel s'installa Khéops, suivi de quelques Grands, du prêtre et de son vizir. On prit ensuite place sur la grande barque royale amarrée au quai du palais, et les rameurs souquèrent en direction du sud pour suivre le canal qui passait au pied du temple d'accueil de la pyramide du Sud. Khéops était trop impatient de découvrir par lui-même l'étendue du désastre pour se laisser porter sur le palanquin une nouvelle fois. Il sauta le premier à terre et remonta le long de la chaussée de pierre qui menait jusqu'à la pyramide d'un pas si rapide qu'il devança largement le gros Hémyounou et le vieux Néterapéref. Les gardes ôtèrent la dalle servant de porte. Précédé de deux porteurs de torches et suivi d'hommes chargés d'une longue échelle, d'Hémyounou et de Néterapéref, Khéops se rendit par le long couloir dans la salle basse de la pyramide. Il l'examina en détail, tenant lui-même une torche, et se rendit à l'évidence : sans le secours d'une échelle, il était impossible de s'élever jusqu'à l'ouverture qui permettait d'accéder à la salle supérieure.

— Je ne vois pas comment on peut accéder à la salle supérieure sans échelle, dit-il, à moins d'être une mouche ou encore de disposer d'une longue corde et d'être suffisamment habile pour l'attacher à un solide javelot. Il est alors possible de projeter la lance dans l'ouverture et, en tirant adroitement la corde, on peut arriver à entraîner la hampe en travers de l'orifice. La corde peut ainsi être fixée là-haut et le voleur a alors le moyen d'atteindre la salle supérieure.

— Seigneur, objecta Néterapéref, il est bien possible que les choses se passent ainsi, mais comment notre voleur pourrait-il mouvoir la lourde dalle de fermeture et s'introduire dans la galerie d'accès sans être aperçu des gardes ?

Khéops resta un instant méditatif avant de répliquer :

— Il y a certainement des complicités que tu n'as pas réussi à découvrir. Il faut reprendre l'enquête, car ces objets ne peuvent s'être envolés. Voyez si d'anciens gardes ou des prêtres ne se sont pas installés ailleurs avec les biens volés. Qu'on fouille aussi les habitations des prêtres. Le fait que rien n'ait été trouvé chez les gardiens de la pyramide ne prouve rien. Le voleur et ses complices ont bien dû se douter qu'on finirait par découvrir les vols et que des fouilles seraient pratiquées chez eux. Ils ont simplement dû accumuler les biens dérobés en un lieu secret. Ils vont sans doute attendre que le temps passe et que vienne pour eux la vieillesse. Ils iront alors s'installer dans une autre ville où ils auront toute facilité d'écouler les produits de leurs rapines.

Khéops ordonna que l'échelle fût mise en place et il s'éleva dans la salle supérieure, où il put découvrir l'importance des prélèvements effectués par les voleurs, bien qu'il n'eût même pas consulté l'inventaire, car un bon quart de la salle était libre, alors qu'il se rappelait l'avoir vue entièrement pleine quelques années auparavant.

Khéops était partagé entre la colère et l'admiration pour la subtilité des cambrioleurs. Mais son tourment tenait au fait qu'il ne parvenait pas à comprendre comment tant d'objets précieux, parfois lourds et encombrants, et de lingots et de poudre d'or avaient pu être subtilisés d'un lieu aussi difficile d'accès et étroitement surveillé. Il en était tellement préoccupé et dans le même temps si étonné qu'il ne put s'empêcher d'en parler à Noubet devant leurs trois enfants. C'est ainsi, par l'intermédiaire de Khentetenka, que cette mystérieuse affaire parvint aux oreilles des locataires de l'ancien palais de Memphis.

— Il y a là un mystère qui nous dépasse, assura Mérititès.

— Et qui, visiblement, dépasse Sa Majesté et sa police, ajouta Djedefhor. Mais comme, à notre connaissance, on n'a jamais vu des êtres capables de passer à travers les murs de pierre en se rendant invisibles, et ensuite suffisamment puissants pour faire sortir de la même manière des objets bien solides, il faut croire qu'il y a à cette énigme une clef que ne détiennent ni notre cousin le vizir ni notre père.

De son côté, Hénoutsen avait écouté avec attention le récit de Khentetenka, puis l'idée lui vint d'aller s'en ouvrir à Sabi.

— Toi qui te prétends toujours, même devant moi, non sans quelque effronterie, un si grand magicien, l'attaqua-t-elle ensuite avec la familiarité que leur donnaient de nombreuses années de complicité, peut-être pourrais-tu trouver le dernier mot de l'énigme ?

— Ce n'est pas impossible, répliqua-t-il avec un sourire. Je te demande un peu de patience, et sans doute pourrai-je satisfaire ta curiosité.

Lorsque Hénoutsen l'eut quitté, Sabi alla chercher dans un coffret le bracelet d'or que lui avait remis Abedou, il y avait maintenant de nombreuses années, comme avance pour la recherche des herbes mirifiques destinées à entrer dans la composition du rite du bris des vases. Il le caressa longuement et, enfin, appela son serviteur nain.

— Bès, lui dit-il, je veux que chaque soir, quand les rues commencent à être désertées, tu te places en faction mais sans être vu devant la demeure d'Abedou. Ses deux fils y vivent encore avec leur mère. Je suis persuadé qu'une nuit, je ne sais quand, l'un des frères ou plutôt les deux ensemble se glisseront hors de leur logis. Tu les suivras et tu surveilleras chacun de leurs gestes. Mais veille à ne pas te faire surprendre. Ta petite taille te sera utile, mais elle est encore insuffisante pour passer inaperçu. Je compte sur ton habileté.

CHAPITRE XXVI

Moins d'un mois plus tard, Sabi faisait parvenir à Hénoutsen un message pour lui demander de passer le voir. Le message n'était jamais écrit : il lui faisait simplement parvenir un pigeon car, même si dans un premier temps elle ne lui avait pas parlé de ses pigeons voyageurs, un jour était venu où elle l'avait retrouvé auprès des pigeonniers et avait réussi à lui faire avouer sa ruse.

Comme à l'accoutumée, Hénoutsen se glissa hors de sa résidence lorsque tout le palais se fut endormi et se rendit chez Sabi. Dès qu'elle fut devant lui, il lui prit la main et lui dit :

— Reste muette, ne me pose pas de question et je vais te montrer le secret de la pyramide du Sud.

Sur ces mots, il prit un court et épais bâton qui n'était autre qu'une torche, jeta un sac de cuir sur ses reins, puis l'invita à le suivre. Ils sortirent par le fond du jardin et marchèrent en silence dans la nuit, sombre ce soir-là, mais éclairée par cette faible clarté qui vient de la luminosité des cieux nocturnes lorsqu'ils sont purs de tout voile nuageux. Ils parvinrent au bord du canal, où ils prirent une barque pour le remonter jusqu'à la hauteur de la pyramide du Sud, qu'ils dépassèrent avant d'amarrer l'embarcation à un pieu. Ils s'aventurèrent alors, toujours silencieux, dans le désert. Hénoutsen marchait à côté de Sabi, non sans trembler quelque peu, bien que tout parût dormir et que nulle silhouette inquiétante ne se profilât, excepté celle, lointaine, de la pyramide. Ils firent un détour pour l'aborder sur sa face ouest, alors que son accès officiel se faisait, comme dans toutes les autres pyramides du côté du nord. Hénoutsen observait un total silence, suivant les consignes que lui avait données Sabi, car elle savait que dans le désert, et notamment la nuit, les bruits portent loin. D'ailleurs, ils entendaient les voix indistinctes des gardes en faction devant la face nord.

Les dalles de revêtement étaient mal jointes et rugueuses, de sorte qu'ils purent, l'un derrière l'autre, s'élever le long de la paroi inclinée, en s'aidant des mains et de leurs pieds nus, jusqu'à une hauteur d'une vingtaine de coudées. Sabi, dans un mouvement qu'Hénoutsen ne perçut pas, fit pivoter une dalle sans paraître faire d'effort, laissant libre l'accès à une étroite galerie. Ils s'y glissèrent, et le magicien referma la porte de pierre avant de frotter à tâtons deux silex d'où jaillirent des étincelles qui, après quelques efforts infructueux, allumèrent la torche dont la résine grésilla. Sabi s'avança alors, suivi de près par Hénoutsen, dans le sombre boyau, à la lueur vacillante de la torche. Il sembla à Hénoutsen qu'elle avait parcouru une distance infinie, en allant toujours en descente, avant de parvenir devant un mur de pierre. Mais une forte pression des deux mains de Sabi sur la partie gauche de la dalle la fit pivoter sans bruit tant la pierre avait été parfaitement lissée. Une galerie horizontale s'ouvrit devant eux. Sabi, qui allait devant avec la torche, s'arrêta devant un large orifice aménagé dans le sol.

— Vois, dit-il à sa compagne, par ce conduit, cette partie haute des salles intérieures est en communication avec les salles inférieures auxquelles on accède par un couloir ascendant dont l'ouverture est située au nord. C'est par là que les prêtres et les officiers de ton époux accèdent à ces salles. Mais personne ne connaît le chemin par lequel nous sommes entrés. Aussi, pour atteindre l'étage où nous nous trouvons quand on arrive par la galerie et l'entrée nord, on doit utiliser une échelle, car le sol de la salle inférieure est à plus de trente-cinq coudées au-dessous de nous. J'ai apporté une corde pour que nous puissions aller y faire une visite tout à l'heure. Maintenant, suis-moi, tu vas pouvoir découvrir la salle au trésor, celle où Sa Majesté accumule ses vases précieux, son or, ses bijoux...

Le couloir donnait directement sur cette salle au trésor, bien qu'une herse de pierre ait été disposée au-dessus de l'entrée, destinée à être mise en place pour l'obturer, le cas échéant. Hénoutsen pénétra dans la haute salle à la suite de Sabi et ouvrit des yeux stupéfaits devant l'amas d'objets précieux et les sacs remplis d'un or qui brillait dans la clarté de la flamme.

— Voilà, dit Sabi, d'où les fils d'Abedou tirent leurs subsides depuis maintenant bien des années. Grâce à leur père, ils se sont faits les intendants du trésor royal.

— Les fils d'Abedou ? s'étonna Hénoutsen.

— Apprends que leur père, qui a construit la plus grande partie de cette pyramide, a aménagé la galerie secrète par laquelle nous y sommes parvenus lorsqu'il a eu construit les salles destinées, au départ, à recevoir la momie du roi Snéfrou et ses trésors funéraires. Tu le sais, chaque pyramide n'a jamais qu'un seul couloir d'accès aux salles intérieures, toujours orienté vers le nord. Son subterfuge a été d'ajouter cet autre accès, à l'insu du roi et de ses scribes. Quant aux ouvriers, ils font ce qu'on leur dit de faire, sans chercher à comprendre, de sorte que cet accès est resté secret, et son existence a été si bien celée que, lorsqu'il a pris sa succession pour terminer le travail, Ankhaf lui-même ne s'est pas douté de la présence de ce couloir, dont l'entrée et la sortie ont été si adroitement dissimulées par ces dalles. Tu as pu cependant voir qu'il est facile de les faire pivoter si l'on sait où exercer une pression, et aussi si l'on y pense, naturellement, car il aurait pour cela d'abord fallu soupçonner l'existence de cette galerie secrète.

Tout en parlant, Sabi avait sorti du sac une longue corde et il le remplissait de poudre d'or et d'objets précieux, prélevés au hasard, sans qu'Hénoutsen songeât à protester.

— Comment as-tu appris de tels secrets ? ne put-elle s'interdire de lui demander.

— Très simplement, reconnut sincèrement Sabi. Te rappelles-tu le beau bracelet d'or que je t'ai donné, il y a maintenant bien des années, et que tu as cessé de mettre ?

— Comment l'aurais-je oublié ? Et, si je ne le porte plus, c'est parce que je me suis lassée de m'en parer chaque fois que je viens te rendre visite.

— Il m'a été remis par Abedou en paiement de services qu'il m'a demandés. Il m'a donné d'ailleurs d'autres objets précieux que, depuis, j'ai échangés contre d'autres biens et de la nourriture. Je n'ai conservé que ce bracelet, puisqu'il t'appartient. Lorsque l'autre jour tu es venue me parler du pillage du trésor royal, je me suis rappelé cet objet, et aussi les paroles d'Abedou qui m'assurait avoir les moyens de me combler de richesses. Alors j'ai supputé qu'en construisant la pyramide devenue la chambre au trésor du roi, cet Abedou avait prévu un moyen de s'y introduire. Comme il est mort et que le pillage semble continuer, j'ai envoyé Bès surveiller ses fils. C'est ainsi qu'il les a surpris une nuit alors qu'ils quittaient leur demeure pour se rendre à la pyramide, où il les a vus disparaître puis revenir chargés chacun d'un sac. Il m'a alors suffi de me rendre chez eux le lendemain, escorté par Tjazi, car je pouvais redouter leur perfidie. Tout l'or et les biens dérobés la veille étaient chez eux. Il m'a été facile de les confondre et de les contraindre, sous menace de chantage, de m'emmener avec eux dans une excursion nocturne et de me montrer comment ils s'introduisaient dans la pyramide : « Si vous me faites participer à l'affaire, leur ai-je dit, vous n'avez rien à perdre, car je suppose le trésor royal suffisamment important pour que ma participation au pillage ne vous lèse pas. Et il serait fou de votre part de vous débarrasser de moi une fois parvenus dans la pyramide, car Bès aura tôt fait de vous dénoncer aux Medjaï tandis que Tjazi, dont vous connaissez sans doute la férocité et la force, saura me venger. » Ils ont ainsi compris qu'il était préférable de coopérer plutôt que de se débarrasser de moi. Ils m'ont ainsi gracieusement mis dans leur secret, secret dans lequel je te mets à mon tour. Vois : désormais me voilà riche, et tu n'auras plus besoin de m'apporter vivres et autres biens pour entretenir ma maison.

— Sans doute, Sabi, admit Hénoutsen, mais en agissant ainsi tu voles le roi.

— Certainement pas, je ne fais que prendre une avance. Car maintenant que tu revois normalement ton époux et que notre petit Minkaf est devenu un adolescent, il est temps que tu le pousses devant le roi et que tu commences à le circonvenir pour qu'il s'attache à l'enfant et le désigne finalement comme le prince héritier. Dès lors que Minkaf sera monté sur le trône des Deux Terres, il sera naturel qu'à moi, son père, soit confiée la garde du trésor royal, en l'occurrence ces biens étalés devant toi et sottement inutiles puisque seules les ténèbres de cette salle jouissent de leurs beautés.

Hénoutsen soupira en opinant, mais sans confirmer ses espoirs, car elle n'osait pas avouer à son amant qu'en réalité elle n'avait plus aucune influence sur son époux et qu'il semblait bien décidé à mettre sur le trône des Deux Terres son dernier fils Didoufri.

Il lui confia alors le sac qu'elle attacha sur ses reins.

— Viens, lui dit-il, il y a dans ce sac de quoi vivre à l'aise pendant une année. Nous allons faire une visite aux salles inférieures, où sont entreposés des vivres, des sacs de grains pour le palais, des meubles et d'autres objets de moindre prix.

— Les greniers royaux sont-ils si étroits qu'il faille que le roi utilise ces salles pour conserver du blé et de l'orge ?

— Ne t'en étonne pas. Vois : tout accès à ces salles est soigneusement clos, de sorte que les grains entreposés ici sont à l'abri des rats et des souris. Ainsi, en cas de grande disette, et c'est ce qui commence à menacer le peuple d'Egypte, il restera ces grains pour nourrir la famille royale et les Amis du roi. Aussi je vais aller chercher un sac pour mon usage personnel, car on ne se nourrit pas d'or mais de pain et de bière.

Ils étaient revenus dans la galerie et s'étaient arrêtés au-dessus de l'orifice donnant accès aux salles inférieures. Sabi y lança la corde, dont il noua l'extrémité à un piton qui paraissait avoir été scellé dans la pierre à cet effet.

— Eclaire-moi avec la torche, dit-il à sa compagne. Je vais descendre et, ensuite, tu remonteras la corde pour y attacher la torche que tu me feras passer. Il est inutile que tu me suives, car la remontée doit être difficile sur une telle hauteur.

Hénoutsen le regarda se glisser dans le trou et descendre dans la pénombre, qu'elle cherchait à éclairer à l'aide de la torche en la tenant vers le bas, à bout de bras. Elle distinguait vaguement la silhouette de Sabi qui glissait le long de la corde tendue. Puis la corde mollit : il était arrivé dans la salle inférieure.

— J'y suis, cria-t-il. Tire la corde et envoie-moi la torche.

Hénoutsen posa la torche auprès d'elle et entreprit de remonter la corde. Elle l'avait ramenée jusqu'à elle et s'apprêtait à y lier la torche lorsque jaillit un grand cri qui perça les ténèbres.

— Sabi, est-ce toi qui as crié ? s'enquit-elle.

— Misère de moi... Oh... encore... non...

— Sabi ! s'écria à son tour Hénoutsen, prise de panique. Que t'arrive-t-il ?

— Malheur... J'en ai pris un... des serpents... des cobras... Il y en a plusieurs, ils m'ont mordu... Hénoutsen... Fuis, détache la corde et fuis...

— Sabi... non... Je renvoie la corde, je viens te chercher...

— Arrête, folle que tu es... Tu seras aussi mordue... Pour moi, j'ai reçu je ne sais combien de morsures... Je suis déjà un homme mort... Rien ne peut me sauver... Ils m'ont mordu partout, aux pieds d'abord, et maintenant aux bras, sur le corps... Même si j'avais encore la force de remonter, je serais mort avant de sortir de cette pyramide.

Car ce que ne savait pas Hénoutsen, ni non plus Ankhi et Djati, ni Sabi, c'est qu'il était venu à Khéops une idée soudaine dont il n'avait rien dit à sa famille, à personne d'autre qu'à Hémyounou.

— Mon vizir, lui avait-il ordonné, fais venir devant Ma Majesté l'un de ces Libyens, l'un de ces Psylles qui savent charmer les serpents, qui sont entraînés dès l'enfance à les capturer, qui ne redoutent pas leurs morsures. Qu'il vienne avec trois ou quatre serpents placés dans un panier. Il ira ensuite les déposer dans la salle basse de la pyramide. Pas dans celle au trésor, car les serpents risqueraient de tomber par l'ouverture et de se tuer. Car le voleur ne peut venir que par le bas. Il ne verra pas les serpents et, si le dieu nous est favorable, il se fera mordre et certainement il mourra avant de réussir à quitter la pyramide.

Ainsi avait-il été fait, et il fut interdit de pénétrer dans la pyramide pendant plusieurs jours. Avant que n'y reviennent les prêtres et Khéops lui-même, devait être envoyé en avant le Psylle afin qu'il récupère ses serpents.

La voix haletante de Sabi s'éleva :

— Hénoutsen, vraiment, je t'ai aimée, tu m'as donné bien du plaisir et de la beauté. Les dieux n'ont pas voulu que je voie notre fils sur le trône d'Horus. J'ai trompé le monde avec une magie qui n'en était pas une, mais je n'ai pas vraiment été mauvais, j'ai travaillé dans mon intérêt, sans vraiment chercher à faire le mal. Mais un dieu ennemi m'a tenté, il m'a fait descendre dans ce piège, il a placé la déesse brûlante, Ouadjet, sur ma route pour mettre un terme à ma vie. Maintenant, fuis, abandonne-moi vite car je vais bientôt rejoindre mon ka. Mais rends-moi encore un service. Va trouver mes serviteurs, dis-leur ce qui m'est arrivé et donne-leur le sac que tu portes. Et incite-les à fuir avec tous nos biens car, dès qu'on retrouvera mon corps, on m'identifiera, on se rendra à ma demeure. S'ils n'ont pas fui, on mettra mes serviteurs à la torture pour leur faire dire où ils ont caché les trésors volés. Or ils ne pourront rien dire, l'un parce qu'il est muet, l'autre parce qu'il n'a rien volé. Mais ils pourront parler de tes visites nocturnes dans ma demeure, ce qui te compromettrait gravement. Non plus je n'en veux à Djati et à Ankhi, les deux fils d'Abedou. Ils m'ont révélé leur secret, ils ne savaient certainement pas qu'il y avait des serpents dissimulés dans la salle basse. Car s'ils m'ont appris ce qui s'y trouvait, ils m'ont assuré qu'ils n'y descendaient jamais, que seuls les objets de petite taille, mais précieux et faciles à emporter, les intéressaient. Ma folie a été de ne pas faire comme eux, de ne pas me contenter de ce qui se trouve là-haut, à portée de la main. Va, et fais-les avertir, qu'ils ne reviennent plus dans la pyramide, car elle est maudite et eux-mêmes risquent un jour d'être mordus par des serpents. Car si le roi voit que l'or et les riches objets continuent de disparaître, il fera certainement placer des serpents dans la salle haute.

Au fur et à mesure qu'il parlait, la voix de Sabi faiblissait et il avait de plus en plus de mal à articuler les mots. Il se retenait de gémir malgré la brûlure douloureuse des morsures, et il sentait la vie se retirer de lui. Il se tut. Hénoutsen cria, l'appela une fois encore.

— Va-t'en, je t'en conjure... haleta Sabi. Je te quitte malgré moi, quitte-moi malgré toi. Pour sortir, appuie fortement à deux mains sur l'extrémité droite des dalles servant de portes. Tu verras, elles s'ouvrent aisément. Hâte-toi et cours dans ma demeure, parle à mes serviteurs, fais ce que je t'ai demandé.

Bien que son attachement à Sabi fût plus fondé sur

l'habitude que sur quelque sentiment fort, Hénoutsen éclata en pleurs, horrifiée par une fin si stupide, terrifiée de se retrouver seule dans cette pyramide, chagrinée de perdre un homme qui lui était devenu un bon compagnon et, aussi, le père de l'un de ses fils, le dernier. Elle prononça son nom, mais ne lui répondit qu'un gémissement, et elle crut percevoir un dernier « Va-t'en, quitte ce piège... », puis le silence retomba, pesant, glauque. Hénoutsen respira largement pour se forcer à retrouver son calme, pour ne pas hurler. Elle sécha ses larmes, enroula la corde qu'elle avait envie de maudire, la fourra dans le sac bourré, puis se redressa péniblement et se dirigea vers la dalle, au fond de la courte galerie. Elle eut bien du mal à faire pivoter la pierre, craignit même de n'y pas parvenir mais, finalement, elle pivota, lui ouvrant la voie de la fuite. Elle ne négligea pas de la refermer soigneusement, malgré son désarroi, puis elle entreprit la pénible et lente progression dans le couloir ascendant. La pente lui paraissait si forte et la galerie si longue qu'il lui semblait que jamais elle ne parviendrait au bout, car ses pieds, quoique nus, lui semblaient chaussés de semelles de plomb. Et tout en avançant, traînant les pieds, elle éclairait le sol dans la crainte que ne s'y soit glissé un serpent.

Elle dut aussi tâtonner un long moment avant de parvenir à faire pivoter la dalle donnant sur l'extérieur du monument. Elle réussit enfin à l'ouvrir et se hâta aussitôt d'éteindre la torche, qu'elle déposa à l'intérieur, à l'entrée du couloir, car il lui semblait inutile de s'encombrer d'un tel objet.

Elle respira avec soulagement l'air de la nuit avant de redescendre le long de la paroi rugueuse. Elle eut presque envie de rire en songeant qu'à tout moment elle risquait d'être prise et saisie par les gardes, dans le cas où ils feraient une ronde, elle, l'épouse de Khéops, et elle se verrait accuser de vols dont elle n'était coupable en aucune manière ! Cette idée l'effraya soudainement, et elle scruta la nuit en écarquillant les yeux afin de déceler la moindre silhouette. Elle se rassura en ne discernant rien. Une fois parvenue sur le sol sableux, elle se mit à courir, suivant en sens inverse le chemin qu'ils avaient emprunté pour venir, afin d'être certaine de ne pas risquer d'être aperçue par les prêtres dont les demeures étaient bâties sur le côté nord. Elle se sentit soulagée en retrouvant la barque, dans laquelle elle jeta le sac puis, empoignant les rames, elle souqua dur malgré sa fatigue, malgré la sueur qui ruisselait sur son visage jusqu'à l'aveugler et imprégnait toute sa robe. Elle restait cependant sur ses gardes, dans la crainte de voir apparaître une barque de Medjaï, ou même une ronde de police qui aurait pu suivre l'une des rives du canal.

L'aube commençait à blanchir le ciel à l'orient lorsqu'elle se glissa dans sa chambre, épuisée, profondément triste, mais heureuse d'avoir pu faire tout ce que lui avait demandé Sabi avant qu'elle ne le quitte.

Hénoutsen resta couchée, enfermée dans sa chambre, pendant les trois jours qui suivirent son escapade fatale. On vint la voir —, ses enfants, Méritités et les siens, même Khentetenka et Ibdâdi —, car on la croyait malade. Elle était pâle, les yeux rougis par ses pleurs, fiévreuse. On fit venir la directrice des doctoresses du palais, la fille de cette Péséshet qui avait rendu tant de services par ses pratiques à la famille de Khéops que ce dernier lui avait accordé le droit d'avoir sa tombe dans les environs de la Grande Pyramide, où elle avait été récemment inhumée. La nouvelle directrice portait le nom de sa mère, mais elle n'avait peut-être pas la même compétence, sans doute par manque d'une certaine expérience. Elle ne sut précisément diagnostiquer la maladie qui avait atteint la reine.

— Un poison est entré dans son corps, déclara-t-elle, il a provoqué la fièvre.

Elle remit à Hénoutsen des amulettes : pilier Djed, croix ansée, nœud d'Isis. Elle prononça la formule :

— Ecoule-toi, poison, sors à terre. C'est Isis qui te

parle, c'est Isis qui te conjure. Isis elle-même fut atteinte de ce mal, elle l'a chassé au loin par la puissance de sa magie.

Cependant, comme Hénoutsen se plaignait de migraines, elle ordonna des applications locales de térébinthe, et encore, pour nettoyer les entrailles, des décoctions de plantes qu'elle préparait elle-même, refusant d'en dévoiler la recette. Médication sans doute efficace car Hénoutsen, remise de son chagrin et fortifiée par de longues nuits de sommeil, aidée en cela par les décoctions lénifiantes qui lui avaient été infligées, se retrouva bientôt sur pied, ayant chassé loin d'elle les angoisses de la terrible nuit qu'elle avait connue dans la pyramide du Sud.

Elle s'était remise de ses émotions depuis à peine quelques jours lorsqu'elle apprit, de la bouche d'Ibdâdi qui prenait chaque jour les nouvelles au grand palais, qu'on avait découvert dans l'une des salles inférieures de la pyramide du Sud le corps d'un homme, tuméfié à la suite de nombreuses morsures de serpent. C'était évidemment lui le voleur, mais ce qui restait mystérieux, c'était la manière dont il s'était introduit dans la salle, car les gardes jurèrent qu'ils ne l'avaient pas vu entrer. On avait alors découvert qu'il s'agissait d'un célèbre magicien, et c'est sans doute grâce à ses pouvoirs magiques qu'il avait réussi à s'introduire sans effraction et sans être vu dans la pyramide. Les sa-per avaient investi sa demeure, mais elle était vide, entièrement abandonnée. En vain avait-on cherché ses serviteurs, connus dans le quartier : on n'en avait trouvé nulle trace.

Hénoutsen apprit plus tard que la famille d'Abedou avait aussi quitté Memphis pour aller s'installer dans un grand domaine qu'il avait acquis avant sa mort dans le voisinage de Bouto, dans le delta.

CHAPITRE XXVII

En ces jours qui suivirent la fin de l'inondation, Khéops se montra gai, manifestement satisfait des biens que se décidaient à lui apporter les dieux. La flotte envoyée vers Qedem sous le commandement d'Ayinel, avec une partie du trésor prélevée dans la pyramide du Sud, avait rapporté du blé et de l'orge en quantité, de quoi nourrir pendant un certain temps les travailleurs de la Grande Pyramide et, maintenant, la crue s'était montrée modérée, ni trop basse, ni trop haute, pleine de promesses pour l'avenir. Le trésor de la pyramide, largement entamé par les prélèvements effectués par lui-même pour financer l'achat de nourriture à l'étranger, n'était plus pillé depuis qu'avait été retrouvé le cadavre du présumé voleur, et, il recommençait même à se renflouer grâce aux tributs des Libyens et des Nubiens, et surtout aux expéditions vers les mines d'or, d'argent, de malachite et de turquoise, toutes matières précieuses que les orfèvres des ateliers royaux transformaient en bijoux ou en objets précieux : vases, diadèmes, pectoraux... Le premier mariage des enfants royaux s'était déroulé avec faste : Kawab avait épousé la jeune Hétep-hérès le mois précédant l'inondation et, avant que ne vienne la décrue, le nouveau marié avait fait savoir à son père que son épouse était enceinte. Cependant, Sa Majesté avait été contrainte d'apporter quelques modifications à sa politique d'unions familiales telle qu'il l'avait prévue.

D'abord, lorsqu'il était rentré d'Eléphantine, Néférou avait passé de nombreux moments avec Khéops pour lui faire un compte rendu détaillé de son action et de l'état des affaires nubiennes :

— Seigneur, lui avait-il finalement déclaré, les tribus nubiennes sont pacifiées, mais il pèse toujours une menace de réveil guerrier, causé soit par l'ambition de chefs, soit par une famine qui pousse les gens de ces déserts à venir se servir en Egypte de ce dont ils manquent chez eux. Ton serviteur a réussi à nouer d'étroites relations avec la tribu la plus puissante, celle des Ouaouat ; elle constitue un véritable glacis entre les autres tribus plus au sud, Satou et Medja, et la passe méridionale qui donne accès à la province d'Eléphantine. Il serait facile aux Ouaouat de nous couper la route des mines d'or ou encore d'occuper nos carrières de granit rose, si voisines de leurs territoires. Leur roi m'a laissé entendre qu'il verrait d'un œil favorable le mariage de sa fille avec l'un des fils de Ta Majesté. Je précise qu'il n'a pas de fils, que sa fille est la seule héritière de son royaume, si l'on peut appeler royaume les territoires que contrôle la tribu dont il est le chef. Puisqu'il est arrêté par Ta Majesté que mon neveu Baoufrê a été désigné pour me remplacer à la tête de la province d'Eléphantine, qu'il épouse la fille du seigneur des Ouaouat. Ta Majesté peut alors être tranquille de ce côté : les Ouaouat resteront de fidèles alliés de l'Egypte et, peut-être, lorsque leur roi ira rejoindre ses ancêtres, nommeront-ils à sa place Baoufrê lui-même ou le fils qu'il aura eu de son épouse nubienne.

— Néférou, ton raisonnement est judicieux et Ma Majesté te félicite pour la manière dont tu as conduit nos affaires dans cette région. Cependant, j'avais prévu de marier Baoufrê à Khamernebti, la fille que m'a donnée Hénoutsen. Il convient donc que, avant de prendre une décision, je réfléchisse à la chose, car il me tient à cœur de marier mes filles à mes fils.

— Par la vie de Satis, seigneur, si tu ne maries pas Khamernebti à Baoufrê, tu lui trouveras un autre époux. Par exemple, tu la donneras à son frère Khéphren. Je peux t'assurer, entre nous, qu'ils n'y verront aucun inconvénient.

Si Néfermaât avait parlé ainsi, c'est parce que, depuis son retour à Memphis, il avait rendu plusieurs visites aux résidences de Méritités et d'Hénoutsen. Or il avait pu voir que Khamernebti ne pouvait plus cacher un ventre si arrondi qu'au lieu de revêtir la robe fourreau habituelle elle devait s'envelopper dans une large tunique, semblable à celle que portait Khentetenka et fournie d'ailleurs par Noubet qui les faisait tisser et découper dans l'atelier royal du grand palais. Comme Néfermaât l'avait félicitée en lui demandant qui était l'époux que Sa Majesté lui avait donné, elle avait répondu avec désinvolture :

— Mon père ne m'a donné aucun époux, bien que son désir soit de me marier à Baoufrê. Mais celui qui me plaît, le père de mon enfant, c'est Khéphren. Aussi le roi sera-t-il bien contraint de nous marier, une fois que l'enfant sera né.

Khéops ayant montré un visage surpris devant l'assertion de son frère, ce dernier l'avait regardé avec un air amusé car, malgré la sagesse acquise avec l'âge, l'oubli des anciennes rancœurs et même une certaine reconnaissance à l'égard de son frère pour les pouvoirs qu'il lui avait concédés, il ne lui déplaisait pas de le voir dans l'embarras ou, tout au moins, en butte à la volonté de ses enfants.

— Quoi, mon bon frère, s'était-il étonné en prenant un air ingénu, Ta Majesté ne sait-elle pas que Khamernebti va te rendre grand-père, peut-être même avant Hétep-hérès ?

— Que me dis-tu là ? avait demandé Khéops en fronçant les sourcils.

— Seigneur, vraiment tu vas trop rarement rendre visite à tes premières épouses et à leurs enfants. Sans quoi tu aurais pu admirer la belle rondeur du ventre de ta fille Nebti.

Khéops, malgré des sentiments mêlés de colère et de surprise à l'ouïe de cette nouvelle, avait conservé un visage serein : l'un des effets positifs de ses initiations à la grande sagesse avait été de lui enseigner la maîtrise de soi.

— Néférou, l'avait-il interrogé avec calme, sais-tu aussi qui est le père ?

— Ne crains rien, mon frère. Ta fille ne s'est pas mésalliée. Le père est l'un de tes fils. D'après ce que j'ai cru comprendre, elle aime Khéphren qui lui rend cet amour, et ils se sont unis sans attendre ton royal consentement. Ce qui arrive à point, car cette affaire laisse libre Baoufrê de tout engagement envers sa demi-sœur.

Khéops n'avait pas voulu montrer moins de sagesse que son frère, qui avait trouvé un bien dans ce qu'il aurait pu lui-même regarder comme un mal. Aussi, afin que les Amis et les scribes de la cour ne puissent penser que les unions princières se nouaient selon la fantaisie des intéressés, au mépris des décisions royales, Khéops s'était hâté de faire proclamer que Sa Majesté avait finalement décidé de marier son fils Khéphren à sa fille Khamernebti. Le mariage avait été célébré dans l'intimité familiale, au contraire de celui de Kawab. Peu après, Baoufrê s'était embarqué sur une cange royale, à la tête d'une flottille, pour aller prendre possession de sa province. Il avait reçu la recommandation de son père de prendre pour épouse la fille du roi des Ouaouat, dont Néférou lui avait vanté la sombre beauté.

— Mon fils, si tu es habile, si tu sais manœuvrer, tu pourras devenir le roi des Ouaouat et dominer tout le pays de Kouch, avec ses riches mines d'or et les belles terres qui, loin au sud, sont irriguées par le fleuve pour en faire une seconde Egypte, lui avait dit le roi.

Il est vrai que Khéops n'avait parlé que par ouï-dire, car il n'avait jamais mis les pieds dans ces contrées merveilleuses, et n'était même jamais allé au-delà d'Abydos.

Afin de ne pas voir encore une fois ses décisions traversées par les fantaisies amoureuses de ses enfants, Khéops s'était ensuite hâté de marier Khoufoukaf à Khentetenka et Didoufri à Mérésankh, deux mariages officiels mais malheureux, destinés à ne porter aucun fruit.

La pyramide étant maintenant en voie d'achèvement et sa finition n'exigeant plus qu'un nombre restreint d'ouvriers, une grande partie d'entre eux avaient été affectés aux constructions annexes voulues par Khéops. Il avait décidé de faire construire trois petites pyramides, côte à côte, sur la face est de sa pyramide et, du côté sud, avait demandé à Khaesnéfrou de déterminer le lieu où seraient aménagées les fosses dans lesquelles il voulait que soient enterrées les grandes embarcations royales. Il ne resterait plus ensuite qu'à édifier les temples, l'un pour l'accueil contre la pyramide pour son propre culte, l'autre dans la vallée, chacun à une extrémité de la chaussée unissant le débarcadère au monument.

— Encore deux inondations, se disait-il avec satisfaction, trois peut-être, et le monument que j'ai rêvé dans ma jeunesse sera parvenu à son achèvement. Du dieu Grand, de Celui dont le nom est caché, de Celui qui est dans le monde et hors du monde, de Celui dont les choses sensibles sont la chair et les choses invisibles l'esprit, je célébrerai les mystères dans son temple éternel. Et mon nom, gravé dans les salles secrètes de la pyramide, mon nom fleurira et, bien que nul ne puisse le lire dans les parties accessibles du monument, il sera transmis de bouche à oreille de génération en génération, éternellement à travers le temps.

Cependant, un dernier projet commençait alors à envahir son esprit, de plus en plus totalement absorbé par ces gigantesques entreprises monumentales qui avaient occupé la plus grande partie de son règne, et l'avaient ainsi conduit à négliger sa famille au profit d'un rêve de pierre. Il avait remarqué, au bas de l'éperon sur lequel se dressait la Grande Pyramide, du côté oriental où la falaise descendait en pente douce vers la plaine, un tertre rocheux qu'on avait d'abord songé à araser. Or, une nuit, il avait vu en rêve Philitis qui lui déclarait qu'il restait toujours auprès de lui, invisible, et qui lui rappelait qu'il lui avait déclaré un jour que lui, Khéops, aurait toujours besoin de lui.

« Philitis, lui avait répondu Khéops, il est vrai que ta présence me manque. Je te croyais mort, mais tu es bien vivant, toujours auprès de moi. Si tu viens me rendre visite, c'est pour m'annoncer une grande nouvelle ou, pour le moins, me donner un conseil. »

« Tu ne te trompes pas, avait répondu le berger. Tu as réalisé le plus grandiose monument qu'un humain ait jamais construit, et bien des millénaires se passeront avant que ne soient érigés des monuments plus gigantesques. Ta gloire sera éternelle et ton nom fleurira sur toutes les lèvres jusqu'à la fin des temps. Poursuis cette œuvre unique, que ta tombe soit dans le même temps le temple secret du soleil, reflet sensible et lumineux du dieu de lumière qui anime l'Univers, qui imprègne toutes choses de sa nature divine, qui a fait de sa chair la matière des choses, de son esprit leur âme. Mais il manque encore un monument à cet ensemble, symbole de l'harmonie universelle, conçu en étroite relation avec le ciel et ses constellations. Il lui manque son gardien de pierre, image vivante du monde et aussi du soleil à son lever. Là, par la grâce magique de cette puissance créatrice que l'homme tient du dieu Khnoum, le modeleur de toutes les formes, ce chaos rocheux informe doit devenir une créature hybride, un lion couché à tête humaine. Cette tête sera celle du roi, de Ta Majesté, en qui s'incarne l'ensemble de ton peuple, comme le corps léonin symbolise la vie en soi, formée par l'union de tout ce qui vit dans l'Univers. Fais qu'il soit le gardien des seuils interdits, celui qui veille au bord des éternités sur tout ce qui fut et tout ce qui sera. »

Sur ces mots, Philitis s'était soudainement estompé pour laisser place à la vision d'un lion couché, mais à tête léonine. Khéops, s'étant alors réveillé en sursaut, n'avait pu percevoir quel visage revêtirait la tête humaine du sphinx.

Il s'était aussitôt levé, sans attendre l'arrivée de ses serviteurs et chambellans, avait en hâte revêtu son pagne et, devant gardes et Amis stupéfaits, avait quitté le palais, traversé l'étroit canal à la nage et couru jusqu'au tertre en question, destiné à devenir le monument rêvé. A Hémyounou et Khaesnéfrou, venus en toute hâte auprès de lui, il avait fait part de son rêve prophétique et de la décision qu'il avait aussitôt prise de faire épanneler le roc, de le faire sculpter dans la forme voulue de lion à tête humaine, gardien de cette cité éternelle, face au soleil levant, dont il saluerait chaque matin le lever dans toute sa gloire, et ceci jour après jour, mois après mois, année après année, siècle après siècle, millénaire après millénaire, jusqu'à la fin des temps.

CHAPITRE XXVIII

On était à la fin de la saison de la germination, *peret*, au début du dernier des quatre mois que comprenait chacune des trois grandes périodes de l'année égyptienne, celle qui précède la saison de la chaleur appelée *shemou*. Noubet songea que ce jour-là correspondait au début du printemps dans le pays de son adolescence, et aussi au début de l'année, alors que, dans la vallée du Nil, l'année commençait quatre mois plus tard, avec l'apparition de Sothis sur l'horizon en même temps que se levait le soleil, annonce de la montée des eaux du Nil et début de la troisième saison, celle de l'inondation, appelée *akhet*.

La période fraîche, parfois accompagnée de pluies, que Noubet continuait d'appeler hiver, avait été agréable, assez pluvieuse même, surtout au nord, dans le delta, ce qui lui avait rappelé le climat de Byblos. Elle se tenait assise sur un fauteuil, dans la salle voisine de sa chambre, ouverte sur l'un des jardins privés et clos du grand palais. Par la colonnade qui donnait accès au jardin rempli d'arbres et d'oiseaux pénétrait un air frais, chargé de la senteur des plantes exaltée par une dernière pluie qui venait de tomber du ciel redevenu déjà parfaitement limpide.

Noubet tenait à la main un miroir, plaque de

cuivre circulaire soigneusement polie attachée à une poignée en forme de tige de papyrus, façonné dans de la turquoise et serti d'or. Elle avait renvoyé ses servantes après qu'elles eurent terminé sa toilette matinale. Elle avait éprouvé le désir de se retrouver seule, peut-être pour se retourner sur son passé. Elle examina longuement le reflet doré de son visage dans le miroir métallique. Elle tâta doucement les petites rides qui s'étaient formées, indélébiles, à l'extrémité de chaque œil et aux coins des lèvres. Il s'en dessinait même sur le front. Ce qui lui rappela qu'une vingtaine d'années s'étaient écoulées, déjà, depuis qu'elle s'était éprise de Khéops et qu'il l'avait emmenée en Egypte pour en faire sa reine favorite, comme il le lui avait juré. Sans doute son rêve ancien s'était réalisé, tout autant que la prophétie prononcée sur son berceau. Mais elle se demandait si, pour autant, elle en était heureuse. Au fait, que pouvait être le bonheur ? En quoi pouvait-on se dire heureux ou malheureux ? Elle n'avait manqué de rien, jamais d'ailleurs durant toute sa vie, et elle avait vécu une grande passion avec Khéops, avec l'homme qui était devenu le souverain le plus puissant du monde. Mais elle avait bientôt compris que la véritable passion que vivait son époux, ce n'était pas l'amour d'une femme, le sien, ou encore celui qu'il avait éprouvé pour Hénoutsen, c'était la réalisation de son propre rêve, la construction de cette pyramide et de tout son environnement qui avait été son obsession jusqu'à ce jour, qui occuperait certainement la plus grande partie de sa vie, voire tout son règne, car l'œuvre n'était pas encore achevée. Mais le serait-elle jamais ? Car maintenant que la Grande Pyramide dressait vers le ciel sa pointe audacieuse, que son revêtement de calcaire blanc brillait dans le soleil, au point qu'on lui avait donné le nom d'Akhorit, « La Lumineuse », quoique son appellation officielle voulue par le roi fût Akhet Khoufou, « L'Horizon de Khéops », maintenant que les temples étaient achevés tout autant que toutes les galeries souterraines transformées en canaux et en lacs, n'avait-il pas fait entreprendre la construction d'un sphinx gigantesque et des pyramides destinées à ses épouses ?

Jamais l'œuvre désirée ne verrait son achèvement, car il voudrait toujours l'agrandir, y ajouter de nouvelles constructions. D'ailleurs, n'avait-il pas accordé à tous ses Amis, à tous les Grands de sa cour, des concessions autour de sa pyramide pour qu'ils y fassent édifier leurs propres tombes monumentales ? Ceci afin qu'ils participent de l'immortalité royale, mais aussi que sur eux s'étende le rayonnement du culte solaire qui devait être célébré au cœur de La Lumineuse.

Pendant ce temps, elle, Noubet, continuerait de végéter dans sa solitude. Une solitude plus pénible que celle des autres reines, car ces dernières vivaient ensemble, proches de leurs enfants, tandis que ses propres enfants s'étaient éloignés d'elle : Khentetenka, quoique officiellement l'épouse de Khoufoukaf, vivait plus souvent dans la résidence de Khéphren, et ce n'était un secret pour personne qu'elle partageait sa couche avec Khamernebti, tandis qu'Hétep-hérès, installée dans la demeure de Kawab, ne vivait plus que pour l'enfant qu'elle lui avait donné, une fille à qui on avait attribué le nom de sa tante et de son arrière-grand-tante, la sœur du dieu Houni, Mérésankh. On l'appelait d'ailleurs Méret pour ne pas la confondre avec la sœur de Kawab devenue l'épouse de Didoufri, et donc sa belle-fille. Noubet savait aussi que Khéops ne reviendrait pas vers elle, même s'il était parvenu à la fin de ses entreprises architecturales. En effet, on voyait de plus en plus souvent Sa Majesté dans la résidence de la deuxième épouse, Hénoutsen, dont on disait qu'il avait même recommencé à partager la couche. Ce retour s'était accompli à la suite de la naissance de Mykérinos, le fruit des amours de Khéphren et de sa sœur Khamernebti. C'était le seul héritier mâle de la double couronne dans cette nouvelle génération. Khéops y avait été sensible, voyant que Kawab n'avait qu'une fille depuis maintenant trois ans qu'il avait épousé Tépi, que la princesse nubienne, épouse de Baoufrê, ne lui avait toujours pas donné d'héritier, que Khoufoukaf n'était toujours pas père — mais il ignorait que son fils n'avait encore jamais touché son épouse —, pas plus que Didoufri.

Etait-ce cette naissance qui avait ramené Khéops vers Hénoutsen ? Ou encore le fait que ce phénomène de femme, à plus de quarante ans et maintenant grand-mère, avait encore un corps d'adolescente et un visage qui semblait embellir à mesure que passaient les ans, sans la moindre ride, un visage de jeune fille ? Nul ne savait par quelle magie elle se conservait de la sorte, si jeune, car personne ne savait non plus que, si Sabi n'avait jamais été un grand magicien, il avait exercé son habileté dans d'autres domaines moins aléatoires et avait été un véritable savant dans bien d'autres sciences. Ainsi avait-il appris à Hénoutsen à préparer des pommades et des décoctions aux recettes secrètes, qui avaient permis à sa maîtresse de conserver cette peau de jeune femme. Pour le reste, la pratique de la danse et d'exercices quotidiens, les soins qu'elle donnait à son corps, la modération aussi bien dans l'usage de la nourriture que de la boisson, lui conservaient cette sveltesse et cette grâce que lui enviait même sa fille Khamernebti. Ce dont avait d'ailleurs été frappé Néférou lorsqu'il l'avait revue après tant d'années de séparation, lors de son retour à Memphis :

— Vraiment, Hénoutsen, lui avait-il dit en la voyant, tu sembles n'avoir pas vieilli d'un jour depuis que nous nous sommes quittés.

— Toi, en revanche, avait-elle remarqué en riant, tout en se laissant enlacer par lui, tu n'as peut-être pas tellement vieilli, mais tu n'as pas maigri ! Tu as maintenant tout du bon scribe parvenu au sommet de sa carrière. Te voilà rond comme une cruche à vin ! Heureusement que je ne t'ai pas épousé !

— Les hommes dodus te déplairaient-ils ? avait-il

répliqué en plaisantant. Pourtant, on prétend que ce sont de bons vivants, qu'ils aiment faire des maisons de bière et que ce sont de puissants amoureux qui en remontreraient à Min lui-même.

— Moi, lui avait-elle répondu, je n'ai pas l'expérience des gros, mais je n'aime que les minces.

— Comme ton époux ?

Elle avait hoché la tête, mais sa pensée était allée vers Sabi.

— On raconte pourtant que, depuis qu'il a ramené de Byblos cette fille à la chevelure d'or, il ne vit plus que pour elle et avec elle, qu'il a délaissé ses deux reines.

— Ce n'est qu'une apparence, avait répliqué Hénoutsen. En réalité, il n'a jamais vécu que pour lui-même et surtout pour son rêve de pierre. Il veut devenir un dieu immortel ; c'est, visiblement, ce qui ressort de ces initiations qu'il a reçues dans les temples les plus sacrés de la Terre noire.

Non seulement Khéops était revenu dans une certaine mesure vers ses premières épouses, mais encore il lui arrivait souvent de prendre conseil auprès d'Hénoutsen, dont il avait soudainement mesuré la sagesse et la détermination. Il s'était alors rappelé avec quelle audace elle avait mené une véritable enquête pour découvrir l'homme qui s'était caché sous le masque de Thot ibis pour perpétrer ses crimes, et la manière dont elle l'avait découvert, en même temps que sa propre mère.

Lorsqu'elle se retrouvait ainsi seule, Noubet songeait que, si elle n'avait pas réellement raté sa vie, car par certains côtés les dieux l'avaient comblée en lui donnant pour époux un homme de la stature de Khéops et en faisant d'elle l'une des trois reines d'Egypte, elle n'en était pas pour autant heureuse, maintenant que son époux la délaissait. Encore jusqu'à une époque relativement récente, il l'avait accompagnée dans les grandes promenades qu'elle aimait faire dans le désert, que ce soit pour chasser armée de son arc ou tout simplement pour jouir de la vie secrète et puissante qui animait ces immenses solitudes, pour sentir la caresse du soleil envelopper son corps, pénétrer sa chair ou pour respirer le vent au parfum sauvage qui soufflait de l'ouest. Mais depuis maintenant deux ans, lorsqu'il quittait son palais et les salles d'audience et de conseil, c'était pour aller surveiller le chantier voisin, suivre les travaux, faire part de ses observations à Kawab et à Khoufoukaf. Car la mort avait fait sa moisson et emporté d'abord Khaesnéfrou et ensuite Hémyounou. Aussi Khéops avait-il fait des deux aînés de ses deux premières épouses son vizir et le chef des travaux des chantiers des pyramides. Mais, malgré les compétences dont ils faisaient preuve, il ne pouvait leur accorder la confiance qu'il avait mise dans ces hommes d'expérience qu'avaient été les deux défunts. C'est pourquoi on le voyait plus souvent encore que par le passé aussi bien dans la salle d'audience du grand palais que sur le chantier.

Noubet reposa le miroir en soupirant. Elle se leva dans l'intention de se rendre elle-même sur le chantier, comme elle le faisait parfois, pour découvrir où en étaient les travaux, espérant toujours les voir définitivement achevés, contre toute possibilité. La femme qui dirigeait sa domesticité et sa résidence vint alors lui annoncer la visite de son frère Ayinel et de son fils Didoufri.

— Fais-les vite entrer, lui ordonna-t-elle. Il y a bien longtemps que je n'ai vu mon frère.

Ayinel, définitivement nommé par Khéops commandant des flottes royales, se vêtait toujours du pagne égyptien, laissant ainsi nu son torse hâlé par le soleil et le vent de cette Grande Verte qu'il ne cessait de sillonner à la tête de ses vaisseaux, soit qu'il dirigeât une expédition commerciale vers les ports phéniciens, soit qu'il entreprît une chasse aux pirates qui écumaient parfois les voisinages des bouches du Nil, soit, comme cela lui était arrivé déjà deux fois, qu'il commandât des équipes venues sur la mer Rouge pour construire des vaisseaux avec lesquels il allait ensuite chercher des produits précieux, et en particulier de l'encens et de la myrrhe, vers les rivages lointains que baignait cette mer du Midi. Chez Didoufri, maintenant âgé de dix-huit ans, s'étaient marqués les traits aigus de son visage triangulaire et la pénétration de son regard que, pourtant, d'aucuns disaient sournois.

C'est à peine si le jeune homme salua sa mère avant de déclarer :

— Ma mère, dit-il, j'ai prié mon oncle de m'accompagner devant toi afin que nous nous concertions.

— Que nous nous concertions sur quoi ? s'étonna Noubet.

— Sur ce qu'il convient de faire pour que mon père prenne une franche décision et me désigne comme le prince héritier. Vois : demain vont s'ouvrir les cérémonies de son jubilé. Tout le peuple sera rassemblé et aussi toute la cour, tous les gouverneurs des provinces venus spécialement à Memphis pour participer à cette fête exceptionnelle. N'est-ce pas l'occasion ou jamais pour qu'il me désigne comme son successeur officiel sur le trône des Deux Terres, devant tous les Grands du royaume ?

— Que ce soit une heureuse occurrence, mon fils, on n'en peut douter, mais encore faudrait-il pouvoir persuader ton père d'en tirer profit.

— Vois, Khershet, dit à son tour Ayinel, notre avenir à tous trois est suspendu à la décision de ton époux. S'il ne se résout pas à désigner officiellement Didoufri comme son successeur, ce sera Kawab ou l'un de ses frères qui montera sur le trône d'Egypte. Khéops n'est pas encore vieux, il est vrai, mais on ne sait jamais combien il reste à vivre à chacun d'entre nous, nés du sein de la femme. Hénoutsen ne nous aime pas, pour elle nous sommes toujours des étrangers et Didoufri ne peut être qu'un usurpateur. Elle exerce une grande influence sur le clan formé par les deux premières épouses et leurs enfants. Je ne sais de quelle importance sera le fait que Kawab et Khoufoukaf ont épousé chacun l'une de tes filles, mais je crains que, si l'un des deux monte sur le trône des Deux Terres, tu ne sois éloignée de la cour, peut-être exilée dans je ne sais quelle lointaine fondation royale, tandis que je risque de perdre des fonctions qui font de moi l'un des hommes les plus puissants et les plus riches de ce pays. Quant à mon neveu, son existence même peut représenter un danger aux yeux des deux premières épouses. Ainsi, tant qu'il n'est pas désigné par le roi comme son héritier, notre avenir à tous trois est bien incertain.

— Ayinel, lui répondit Noubet, je partage tes convictions, mais qu'y puis-je ? Sa Majesté ne me rend plus que de rapides visites, et voici déjà bien des nuits qu'elle n'est venue partager ma couche. Cette merveilleuse influence que j'ai pu exercer sur son âme voici encore quelques années s'est maintenant amoindrie au point que je ne sais si j'en ai encore une. Le fait que toi, Didoufri, tu n'aies pas été capable de donner au roi un petit-fils, ce qu'a réussi de son côté Khéphren, se tourne à notre désavantage.

— Ma mère, pardonne-moi, mais pour réussir dans une telle entreprise il faut être deux.

— Alors ? Je te croyais marié à la fille aînée du roi ?

— Je le suis, officiellement. Mais cette fille de Seth me déteste. Elle me l'a franchement dit et elle m'a déclaré que jamais elle ne se donnerait à moi, que je ne suis qu'un avorton, bref, elle m'a lancé un certain nombre d'aménités de cette farine et, depuis, nous dormons loin l'un de l'autre.

— Quoi, Didoufri, que m'annonces-tu là ? Tu n'as jamais couché avec ton épouse ?

— Non, jamais.

— Mais pourquoi ne m'en as-tu jamais rien dit ?

— Par vergogne ! Crois-tu qu'il soit agréable pour un homme d'avouer que son épouse le haït, le repousse chaque fois qu'il tente de l'approcher ? Si je me suis décidé à te l'avouer ce jour, c'est sur les instances d'Ayinel auprès de qui je m'en suis ouvert.

— N'as-tu pu user de ton droit d'époux ?

— De quelle manière ? En la frappant ? En la violentant ? J'y ai bien songé et elle-même a pu le craindre car, un jour où je me suis montré un peu vif, elle m'a juré que si j'osais user de violence ses frères me tueraient, et en particulier ce Djedefhor pour qui elle manifeste une affection déplacée parce que excessive.

— Tu es bien pusillanime de t'être arrêté à de si sottes menaces ! s'irrita Noubet.

— Je ne suis pas violent de nature, tu le sais, mère. J'aurais pu, il est vrai, passer outre, mais je répugne à utiliser de tels moyens pour séduire. Visiblement, Mérésankh ne m'aime pas, et moi-même je ne ressens pour elle ni désir ni affection. Il n'y a que deux personnes de mon âge que j'aime, ce sont mes sœurs, et plus particulièrement Tépi. Je le lui ai dit, elle le sait et je ne crois pas qu'elle me haïsse, même si la volonté de notre père nous a séparés. Qu'on me la donne pour épouse et nous aurons des enfants. Mais moi-même je ne veux pas de Mérésankh, même maintenant si elle acceptait de s'unir à moi.

— Pour l'instant, rien de tout ça ne fait notre affaire.

— C'est parce que nous en sommes conscients que nous avons tenu à te rendre cette visite, intervint Ayinel.

— En avez-vous parlé à Ibdâdi ?

— Nous n'y tenons pas. Ibdâdi a éduqué les fils des deux reines et il manifeste une ostensible affection pour Djedefhor. Et encore, par son mariage avec Néferkaou, il est devenu le beau-frère du roi et l'oncle des princes.

— C'est facile, précisa Didoufri. Djedefhor le flatte, il ne se lasse jamais de l'interroger sur ses voyages, sur les nations qu'il a connues, il manifeste à toute occasion son admiration, il déclare partout qu'il veut faire comme lui, connaître le monde et les hommes.

— Grand bien lui fasse, conclut Noubet. Qu'il aille

de par les routes du monde, il nous débarrassera de sa présence. Au reste, les candidats à redouter sont Kawab et Khoufoukaf. Leur père leur a confié les plus hautes charges, ils sont toujours auprès de lui. Baoufrê est trop loin pour représenter une menace, Khéphren trop léger et tourné vers ses plaisirs, Minkaf trop jeune.

— Il te revient, ma sœur, insista Ayinel, de rappeler au roi la promesse qu'il te fit un jour, là-bas, à Byblos, cette promesse que tu nous as dit lui avoir arrachée. Il faut que d'ici demain tu le persuades de profiter de ce jour pour désigner son héritier.

— Si Sa Majesté daigne m'entretenir, si le roi vient me rendre une visite avant la cérémonie, soupira Noubet, je tenterai de le persuader, mais je ne puis rien promettre. L'avenir ne dépend plus de moi.

— On prétend qu'il dépend surtout des dieux, répliqua Ayinel. Mais il dépend aussi de nous, de notre volonté de parvenir au but que nous nous sommes fixé. Réfère-t'en à ta propre expérience, Khershet. Si tu n'avais pas pris la décision de faire de Khéops ton époux alors qu'il était à Byblos et si, dans ce dessein, tu n'étais pas allée dans nos forêts à sa rencontre, tu n'aurais pas eu l'occasion de lui sauver la vie et sans doute aurait-il été tué par cet Inéki. Le destin de l'Egypte aurait été alors tout différent, et c'est certainement Rahotep qui serait assis sur le trône des Deux Terres, tandis que nous-mêmes serions encore à Byblos. Nous étions ruinés, orphelins, sans grand avenir. C'est ta détermination qui a complètement modifié notre destin et, dans le même temps, celui de ce pays où nous occupons des situations exceptionnelles. Il tient encore à nous que ton fils en devienne le roi et que nous en soyons les maîtres. Et surtout à toi, car il te revient de rappeler au roi sa promesse, un engagement qu'il lui serait difficile de renier sans se parjurer. N'aie de cesse de le lui ressasser tant qu'il ne se sera pas décidé à le remplir, à te donner satisfaction, à faire de ton fils l'héritier du trône d'Horus.

Didoufri avait serré les poings et, redressant le torse, il déclara :

— Il sera meilleur pour tous et surtout pour mes demi-frères qu'il en soit ainsi, que le roi se résolve rapidement à me déclarer son héritier légitime. Sans quoi, je saurai utiliser les moyens les plus sûrs. Kawab est mortel tout autant que Khoufoukaf. Il peut leur arriver d'étranges accidents, et aussi à Baoufrê, dans sa lointaine province.

— Didoufri, à quoi songes-tu ? lui demanda sa mère en fronçant les sourcils.

— Si mon père ne se décide pas à tenir sa promesse, je saurai bien l'y contraindre en réduisant convenablement le nombre de ses héritiers, précisa-t-il avec détermination.

— Mon fils, ce serait une grande folie ! C'est ce que ton oncle Rahotep a tenté de réaliser. En vain a-t-il cherché à plusieurs reprises à tuer ou à faire assassiner ton père. Il a échoué, et ce fut une grande justice. Moi-même j'ai d'ailleurs participé à sa défense, et c'est mon intervention contre l'un de ces criminels qui a finalement décidé de notre sort.

— Ta mère a raison, intervint à son tour Ayinel. Bien que je sois disposé à t'aider en tout pour que tu montes sur le trône d'Horus, je me mettrais en travers de ton chemin si tu songeais à utiliser de tels moyens. Laisse faire les dieux et que s'accomplisse le destin qu'ils t'ont assigné. Si tu dois coiffer la double couronne, tu la recevras sans avoir à souiller tes mains du meurtre de tes frères.

— Va, mon fils, reprit Noubet. Conserve dans ton cœur les paroles d'Ayinel et chasses-en toute mauvaise pensée. Il ne sera jamais dit que ton oncle et ta mère auront pu se faire les complices de tels crimes. Sans doute nous désirons que tu deviennes un jour le maître de ce beau pays, mais pas à un tel prix.

CHAPITRE XXIX

Khéops avait voulu que son jubilé fût une fête unique, la célébration de la grandeur inégalée de son règne. L'origine de cette fête, appelée *Heb Sed* par les Egyptiens, se perdait dans la nuit des temps. Elle remontait sans doute à l'époque où les dieux régnaient sur la terre, voire à l'époque de la création du monde, car elle renouvelait la création, elle était destinée à rendre au roi, image vivante du dieu, sa jeunesse, sa verdeur. Depuis le règne de Djeser le Magnifique, jamais on n'avait de nouveau célébré cette fête qui, officiellement, ne pouvait avoir lieu que la trentième année d'un règne. Or Khéops ne fêtait là que le vingtième anniversaire de sa montée sur le trône des Deux Terres. Mais sa volonté était que la fête soit célébrée, et la volonté de Sa Majesté faisait force de loi. La célébration du *Heb Sed* était l'une des prérogatives du clergé de Ptah, et c'est dans l'enceinte du temple du dieu memphite qu'elle devait se dérouler. Cependant, Djeser n'avait-il pas déjà donné l'exemple de la rupture de la règle en installant dans le périmètre de son temple funéraire et de sa pyramide à degrés une cour du *Heb Sed* ? Au demeurant, la fermeture du temple du dieu des artisans et la dispersion de son clergé excluaient d'office la localisation traditionnelle de cette fête dans le vieux sanctuaire. Mais même s'il avait encore été en activité, Khéops serait passé outre. Car il voulait par cette cérémonie, qui coïncidait avec l'inauguration de sa pyramide et des temples qui lui étaient attachés, non seulement sacraliser le monument, mais en faire le centre du monde. La cérémonie était censée se dérouler dans le Taténen, sur la butte primordiale où s'était manifesté le dieu créateur. Par ce subterfuge, il resituait le Taténen, et l'installait à l'emplacement où était érigée sa pyramide, devenue l'axe du monde et le symbole du cosmos.

Dans cette perspective, le territoire sacré de la

pyramide avait été délimité par des bornes appelées *denbou*, déjà utilisées dans les anciens palais royaux pour déterminer les circuits où se déroulaient les courses rituelles. Le grand palais de Snéfrou présentait une aire ainsi circonscrite, mais Khéops n'avait pas voulu en établir dans le sien propre ; il avait décidé de réserver à cet usage un espace dominé par la pyramide Lumineuse, son propre Horizon, selon le nom qu'il lui avait attribué. Dans cet espace sacré où devait se dérouler l'essentiel de la cérémonie, et qui englobait la pyramide et ses monuments annexes, avait été dressé le pavillon du jubilé, une salle du trône double, élevée sur une estrade, entourée de minces colonnes en bois supportant un toit galbé en feuillages et en palmes, rappelant celui du temple archaïque d'Osiris qu'il avait vu à Abydos. Les deux salles étaient séparées par une rangée de colonnes. Placés dos à dos, se dressaient deux trônes tournés chacun vers l'intérieur de l'une des deux salles. Ainsi étaient symbolisées la Haute et la Basse-Egypte, dont la réunion constituait le royaume des Deux Terres.

Le clergé chargé d'officier en cette circonstance était celui qui avait été créé pour desservir la pyramide et dont les membres avaient été sélectionnés, pour la majorité d'entre eux, parmi les prêtres de Rê à Héliopolis, et pour le reste parmi les différents clergés des principales divinités du pays : à Bouto, Saïs, Busiris, Athribis, Mendès, Bubastis dans le delta, à Héracléopolis, Hermopolis, Lycopolis, Antaeopolis, Abydos, Dendérah, Coptos, Hiérakonpolis, Apollinopolis[1], Eléphantine, Philae en Haute-Egypte.

Dès avant le lever du soleil, les prêtres, les scribes royaux, les Amis du roi, les Grands, les gouverneurs

1. Il s'agit de la cité d'Horus, l'actuelle Edfou. Il n'est pas question de Thèbes qui, à cette époque, n'existait pas, ni non plus le culte de son dieu Amon, bien que ce dernier ait été par ailleurs connu dans les textes, tels ceux qui seront inscrits à la fin de la dynastie suivante, la Ve, sur les murs intérieurs des pyramides (textes dits pour cela « des Pyramides »).

des provinces et leurs adjoints, le peuple de Memphis et les pèlerins venus des cités voisines avaient occupé les places réservées aux groupes auxquels ils appartenaient, sous la direction des nombreux soldats et scribes chargés de faire régner l'ordre et d'imposer une discipline. Les femmes de la famille royale avaient ensuite fait leur entrée, chacune portée dans une chaise et escortée de femmes frappant et secouant en cadence les unes un tambourin les autres un sistre. En tête venait Mérititès, la Grande Epouse royale, la première dame du royaume depuis la mort de sa mère ; elle était suivie d'Hénoutsen et de Noubet, les deux autres reines, et de Néferkaou, deuxième sœur du roi. Venaient ensuite Mérésankh, qui, par sa mère, conservait le sang d'Osiris et d'Isis, Khamernebti et enfin les deux filles de Noubet. Elles furent toutes installées sur des sièges à dossier, sur une estrade protégée par un grand vélum de tissu brodé, tendu sur des colonnettes en bois ouvragé. Les différents cortèges venaient par la longue chaussée de pierre, bordée de dalles sculptées, qui menait de la vallée jusqu'au temple de la pyramide. Lorsque le cortège des reines et des princesses avait quitté le temple d'accueil, où les avaient accueillies les prêtres de la pyramide, pour se diriger vers leur podium, à travers les rangs des Grands et des hauts fonctionnaires, tout le monde sur leur passage s'était incliné, les mains sur les genoux.

Enfin, au moment où le soleil surgit de l'horizon oriental, le cortège royal se déploya au bas de la chaussée, afin que l'apparition du roi coïncidât avec celle de Rê, dont Sa Majesté était l'incarnation sur terre. En tête s'avançaient les prêtres portant les enseignes du dieu chacal Oupouat, Seigneur de l'Occident, l'Ouvreur des chemins, ces chemins étant tout aussi bien ceux des morts se dirigeant vers le royaume d'Osiris que ceux du soleil dans sa course céleste en direction du couchant. Ils étaient tout de suite suivis par des musiciens qui rythmaient au son de flûtes, de tambourins, de cymbales, les danses des jeunes filles qu'ils précédaient. Ces dernières, vêtues seulement d'un étroit pagne, ouvert sur le devant et maintenu par une large ceinture de tissus dont les pans tombaient en travers du ventre, les chevilles ornées de larges bracelets, avaient leur chevelure réunie en une longue tresse étroitement serrée dans un filet à l'extrémité duquel était liée une boule faite d'argile enfermant des fibres végétales. Elles progressaient tout en exécutant une danse vive et acrobatique, mais gracieuse, dans laquelle elles projetaient alternativement une jambe si haut vers le ciel qu'il était admirable qu'elles conservassent leur équilibre sur l'autre jambe, tandis qu'elles rejetaient fortement en arrière le buste et élevaient les bras dans la lignée de la jambe. Et, dans ces gestes, exécutés avec un ensemble parfait, le pompon suspendu à leur tresse tournoyait, symbole de la trajectoire du soleil dans l'empyrée, à ce qu'on rapportait, mais aussi du mouvement des sphères, étoiles et planètes, et de leur harmonie.

La troupe des danseuses était suivie de Pygmées à la peau sombre, des Dang amenés des régions lointaines du haut Nil, tribu des alliés Ouaouat qui participaient à la procession avec des masques de lions et de panthères dont les peaux flottaient dans leur dos. Ces Nubiens avaient accompagné Baoufrê, revenu à Memphis pour cette occasion, avec son épouse noire. A ces Dang se mêlaient des nains égyptiens, appelés Nemou, et des bouffons coiffés de simulacres de la couronne blanche de Haute-Egypte faits de roseaux. Tout ce monde s'agitait en des danses parodiques, en des gestes anarchiques, manifestation du chaos primitif, du monde inorganisé.

Khéops venait tout de suite derrière eux, comme l'ordonnateur futur de ce chaos, le dieu créateur devant le Taténen. Il se tenait assis sur son trône, fixé sur un palanquin, élevé sur les épaules de douze robustes porteurs. La moitié d'entre eux étaient affublés d'un masque à tête de faucon, les autres à tête de chacal : ils représentaient les premiers les âmes de Pe et Dep, les deux cités antiques réunies dans Bouto, les autres les âmes de Hiérakonpolis, la cité royale du sud. Ces âmes, appelées *Baou* en égyptien, étaient les personnifications des ancêtres de ces deux cités primordiales de la vallée du Nil. Le torse de Khéops était enveloppé dans un manteau de lin blanc, sa tête coiffée du *némès*, le turban à raies horizontales, alternées blanches et rouges, pourvu de deux larges pans triangulaires de part et d'autre du visage. Sur chaque côté se tenaient trois Amis de Sa Majesté, qui élevaient vers le roi leurs longs éventails en plumes d'autruche. A la suite du palanquin royal s'avançaient des serviteurs et servantes des temples incarnant les divinités de l'Egypte, reconnaissables chacune à son masque ou à son symbole. A leur tête venaient les huit dieux de la Grande Ennéade d'Héliopolis : Shou et Tefnout, Geb et Nout, Osiris, Isis, Seth et Nephthys. Le neuvième, le dieu créateur d'où le monde était issu sous les formes symboliques des dieux de l'Ennéade, Atoum-Rê, n'était pas représenté, car il était censé être figuré par le roi lui-même, en qui s'incarnaient le dieu soleil et Horus.

A la suite des divinités du Nil marchaient les fils de Khéops. En tête venaient Kawab et Khoufoukaf, le vizir et le maître d'œuvre de la pyramide du dieu. Ils étaient suivis de Baoufrê et de Didoufri, bien que celui-ci fût l'avant-dernier des fils royaux. C'est tout ce qu'avait voulu accorder Khéops à Noubet, qui lui avait demandé, au cours d'une rapide entrevue la veille, de placer son fils en avant, de profiter de son jubilé pour le présenter à tout le peuple d'Egypte comme son successeur. A cette prière, il avait rétorqué sèchement :

— Sache que cette fête *Sed* est destinée à renouveler la jeunesse et la puissance de Ma Majesté, à montrer au peuple d'Egypte que son souverain a conservé toute la vigueur de la jeunesse. Ce serait une étrange contradiction que de lui présenter dans le même temps mon successeur comme si Ma

Majesté n'allait pas tarder à rejoindre son père Rê dans sa barque céleste.

Djedefhor, Khéphren et Minkaf fermaient la marche des princes avec Ibdâdi, devenu lui aussi prince à la suite de son mariage avec Néferkaou. Le groupe suivant était celui des Grands du royaume : Amis du roi, scribes du palais, tous les fonctionnaires de la capitale, gouverneurs des provinces, chefs des divers corps armés : sa-per de Memphis, Medjaï, gardiens des frontières, des déserts, des campagnes et des villes, marins.

Le peuple était massé tout le long de la voie, contenu par les lances des soldats qui faisaient une barrière de la hampe de leur arme. Au passage du palanquin royal, chacun se jetait le ventre à terre et flairait le sol pour ne se relever que quand s'était éloignée Sa Majesté. Lorsque le cortège royal parvint à la hauteur du temple d'accueil, le soleil s'élevait dans le ciel, qu'il illuminait de ses rayons déjà ardents. Khéops descendit de son trône pour pénétrer dans le temple, où l'attendaient les plus hauts dignitaires du clergé de la pyramide. Son manteau lui fut ôté et remplacé par un étroit suaire semblable à celui dans lequel était représenté Osiris. Ainsi vêtu, il resta droit, debout devant le premier prêtre, gardien des secrets de la pyramide. Ce dernier récita alors les incantations :

— Horus Medjedou, roi de Basse-Egypte, roi de Haute-Egypte, Khnoum-Khoufoui, vivant à jamais, comme Atoum-Rê. Première fête *Sed*, pour le rendre vivant à jamais, comme Rê. Dieu parfait, seigneur des Deux Terres, vie, stabilité et prospérité, que la déesse Gat accorde vie et prospérité, qu'elle donne au roi une durée éternelle, comme Rê.

Les autres prêtres répétèrent en chœur ces paroles, puis le grand prêtre psalmodia à son tour :

— Que la déesse Ménet accorde vie et prospérité, qu'elle donne au roi une durée éternelle, comme Rê.

La prière fut encore reprise par les prêtres puis, au nom des deux divinités invoquées, le prêtre déclara :

— Je t'accorde de connaître un million de *Heb Sed*, restant vivant en toute santé et en toute joie, comme Rê.

Khéops quitta le temple et revint dans la chaleur éblouissante du soleil, quittant la pénombre du sanctuaire. Il s'avança, suivi des prêtres, tous ceux qui avaient constitué son cortège s'étant, entre-temps, répartis dans les places qui leur étaient destinées. Les princes avaient été installés sous un baldaquin, face aux reines et aux princesses, à l'intérieur de l'aire sacrée, au pied de la pyramide brillante qui dominait les humains de sa masse gigantesque, semblable à une montagne de lumière.

Tandis que se déroulait cette cérémonie dans le temple, les membres du cortège royal avaient chacun occupé la place qui lui revenait sur la grande esplanade devant la pyramide, au centre de laquelle avait été dressé le pavillon du jubilé, la double salle du trône. L'espace sacré ainsi créé était délimité par les deux estrades en vis-à-vis, où se tenaient les reines, les princesses et les princes, et par les hommes et les femmes incarnant les divinités de l'Egypte, qui avaient pris place chacun sur l'un des piédestaux qui leur étaient réservés, alignés tout autour. Les représentants des clergés des cités du Nil étaient rassemblés autour du pavillon du jubilé. C'est vers eux que s'avança Khéops, avec une majestueuse lenteur, le corps serré dans son suaire, escorté par les prêtres de la pyramide. Il fut reçu à l'une des entrées du pavillon, celle de la Haute-Egypte, par le grand prêtre de Nekhbet, la déesse vautour de Nékheb, la vénérable capitale religieuse du sud, la cité de la couronne blanche. Le grand prêtre et les prêtres qui l'accompagnaient se prosternèrent devant le roi, puis ils l'invitèrent à gravir les degrés conduisant dans le pavillon. Là, ils le dépouillèrent de son suaire, le firent asseoir sur le trône dressé au fond de la salle, lui ôtèrent le *némès* pour le remplacer par la couronne blanche, puis le grand prêtre lui remit les insignes royaux, le fouet et le sceptre, et il attacha à son menton la fausse barbe royale.

Khéops se leva alors. Deux prêtres lui ôtèrent son pagne, nouèrent une ceinture à deux pans sur sa taille puis, ainsi nu mais toujours porteur des insignes royaux, Khéops ressortit sur l'esplanade inondée de soleil, dans un complet silence. Il vint alors se placer sur la large bordure empierrée qui entourait la base de la Grande Pyramide, puis il s'élança en courant sur ce chemin processionnel. Tout le peuple d'Egypte put admirer l'élégance du corps de son souverain, sa belle musculature, sa souplesse, sa verdeur. Mais, pendant toute cette course autour du monument, ne s'éleva aucun cri, aucun encouragement. Chacun restait le souffle suspendu, dans l'attente de l'accomplissement de cet exploit qui démontrait la jeunesse et la vitalité du roi. Si jamais il faiblissait, s'il se montrait incapable d'accomplir jusqu'au bout cette course rituelle, il ne pourrait garder le sceptre de l'Egypte. On savait d'ailleurs que, dans des temps anciens, lorsque le roi se révélait incapable de réussir cette épreuve, il était mis à mort et remplacé par l'héritier désigné par lui ou par les Grands du royaume.

Or, c'est sans paraître avoir dû déployer un grand effort que Khéops boucla le tour de la pyramide. Il revint alors dans le pavillon du jubilé, où il rendit au prêtre sa couronne et ses insignes royaux et remit son pagne. Après qu'un serviteur eut essuyé son corps en sueur et qu'un autre lui eut offert une coupe d'eau qu'il avala d'un trait, il fut de nouveau enserré dans le suaire, avant de sortir du pavillon pour se présenter à l'entrée opposée, où l'attendait le grand prêtre du temple d'Ouadjet, la déesse cobra de Bouto. Pour son apparition en tant que roi de la Basse-Egypte, le prêtre d'Ouadjet le dépouilla une nouvelle fois de son suaire et du *némès*, le coiffa de la couronne rouge du sud, après qu'il se fut assis sur le trône, lui remit le sceptre et le fouet puis, après avoir été adoré par les prêtres, Khéops se leva. On lui ôta son pagne, on noua sur sa taille la large ceinture à pan, et il ressortit sur l'esplanade pour faire la seconde course autour de la pyramide en tant que maître de la couronne rouge.

Alors que, pour de la première course, Khéops n'avait ressenti aucune fatigue, quoiqu'il ait été hors d'haleine, le second tour lui fut pénible. Il avait voulu courir vite, trop vite, si bien que, après avoir accompli la moitié du parcours, il commença à s'essouffler et dut ralentir la course. C'est finalement un harassant effort qu'il dut fournir pour boucler la course, mais il réussit à dominer sa fatigue et à ne pas montrer sa faiblesse, tandis qu'il revenait vers le pavillon, d'un pas lent, les poumons douloureux, en essayant de retrouver forces et souffle. Les serviteurs essuyèrent son corps ruisselant de plus en plus fortement de sueur, mais il eut la sagesse de refuser une grande coupe d'eau. Il prit le temps de respirer largement avant de ceindre un nouveau pagne large, de laisser attacher sur sa poitrine le pectoral aux deux déesses, les maîtresses du sud et du nord, et de recevoir des mains de Sendjemib, toujours Grand Voyant du temple de Rê à Héliopolis, la double couronne, le *pschent*.

Il sortit sur le podium du pavillon pour se manifester aux yeux des hommes et des femmes des Deux Terres en tant que fils d'Horus, roi et dieu de l'Egypte. Tout le peuple présent, les prêtres qui l'entouraient, la famille royale qui s'était levée, les divinités incarnées, tous les Amis du roi et les Grands qui se tenaient debout à l'extérieur de la limite de l'aire sacrée, et tous les hommes, les femmes et les enfants qui formaient une mer houleuse tout alentour se prosternèrent devant le dieu-roi puis, se relevant, l'acclamèrent. En d'amples vagues sonores, les voix issues de tant de milliers de gorges s'élevèrent vers Khéops qui, pendant un long moment, huma le parfum de ces acclamations. Il songea alors à ce que lui avait dit un jour Zouhor à Abydos : « Les peuples ont besoin de croire, ils ont besoin d'adorer. C'est pourquoi le roi doit leur apparaître comme un dieu. Incarnation de la divinité, il est son vrai dieu, son vrai seigneur... C'est aussi lui qui possède la vraie puissance dans le monde terrestre. »

Lorsqu'il put enfin s'asseoir sur le trône installé devant le pavillon, Khéops dut faire un effort pour continuer de se tenir le torse raide, la tête droite, tant il se sentait étrangement faible, son cœur continuant de battre avec force dans sa poitrine. Il songea que, si son corps avait conservé l'apparence de sa jeunesse, le temps avait fait son œuvre d'usure intérieure. Car à vingt ans il aurait pu faire encore plusieurs fois le tour de la pyramide à la course sans en ressentir une telle fatigue. Tandis qu'il songeait ainsi à sa faiblesse réelle, les hauts dignitaires défilaient devant son trône pour lui rendre hommage, puis commencèrent les rites destinés à commémorer la création du monde.

Sur l'esplanade vinrent prendre place les musiciens, avec harpes, cymbales, tambours, trompettes en cuivre. Le son strident de ces dernières annonça le début de la cérémonie. Neuf jeunes filles s'avancèrent sur l'esplanade. Comme celles qui avaient dansé dans le cortège royal lors de son arrivée, elles avaient les reins ceints d'un étroit pagne ouvert sur le devant, mais leurs cheveux étaient relevés sur la tête et retenus par des bandeaux, et elles ne portaient aucun bijou. Elles vinrent, légères sur la pointe de leurs pieds nus, et dansèrent la danse appelée *khéby*, une danse acrobatique dans laquelle les mouvements consistaient en contorsions, sauts périlleux en avant et en arrière — d'autant plus périlleux que, sur le sol de pierre, la moindre chute pouvait être fatale — ponts en arrière et en avant, pirouettes multiples, roues sur le côté. Les sons des trompes et les battements des tambours accompagnaient ces mouvements anarchiques, car elles semblaient agir sans ensemble, chacune selon sa fantaisie. Ces mouvements saccadés, qui tenaient plus de l'acrobatie que de la danse, rappelaient le Taténen primordial, le monde chaotique, disharmonique, d'avant la création, avant que Maât ne naisse, avant qu'Atoum-Rê ne surgisse du lotus dans l'œuf divin pour établir l'harmonie dans la matière brute.

Suivant les directives du maître de cérémonie, qui se tenait debout auprès du trône, Khéops se leva et fit un pas en avant. Aussitôt cessèrent les danses, et les danseuses semblèrent se figer. Elles restèrent sur place, immobiles, courbées en avant ou en arrière, les bras levés ou abaissés, comme si elles avaient été soudainement pétrifiées, comme si le temps s'était arrêté. Alors Khéops prononça les paroles primordiales, les mots magiques reçus lors de l'initiation royale :

— Je suis le Taureau du ciel, articula-t-il à voix forte afin d'être entendu le plus loin possible, l'Un unique, je suis Atoum à son lever, l'Unique venu à l'existence dans le Noun. Je suis Rê lorsqu'il apparaît à l'origine du monde, prince de sa création.

— Qui es-tu ? demanda alors le prêtre de Nékheb.

— Je suis Rê, répliqua le roi, dans son commencement qui se lève dans Hiérakonpolis, comme un roi à son lever, alors que n'existaient pas les supports de Shou, que le dieu n'avait pas séparé le ciel de la terre, Geb de Shou. Je suis le dieu Grand venu à l'existence par lui-même, qui est le Noun, le créateur de son nom « dieu des origines », comme dieu.

— Qui es-tu ? demanda à son tour le prêtre d'Ouadjet.

— Je suis Rê, répondit Khéops, le créateur du nom de ses membres. Ainsi sont venues à l'existence les formes des dieux qui sont dans la suite de Rê. Je suis celui qui ne peut être expulsé parmi les dieux.

— Qui est-il donc ? reprirent en chœur les deux prêtres.

— Il est Atoum dans son disque. Il est Rê lors de son lever dans l'horizon oriental du ciel, annoncèrent d'une seule voix tous les prêtres qui entouraient le roi. Il est le dieu primordial, le créateur de toutes choses, l'ordonnateur du monde, le maître de Maât.

Il est celui qui a été, celui qui est, celui qui sera, de toute éternité. Il est l'hier et le demain, celui qui est dans l'œuf et hors de l'œuf. Celui qui est toujours en devenir, celui qui est devenu. Il est l'Être et le non-Être. Il est le dieu, il est le roi, Khéops pour l'éternité.

Alors Khéops cracha, puis il se saisit d'un arc que lui avait remis un prêtre, avec quatre flèches dépourvues de pointe afin de marquer l'aspect pacifique de l'arme, mais aussi pour qu'il n'y ait pas de risque de blessure. Il plaça l'une des flèches sur la corde qu'il banda et il lâcha le premier trait en direction du ciel, vers le nord. Les trois autres flèches furent tirées l'une après l'autre, chacune vers l'un des points cardinaux, prise de possession du monde par le roi d'Egypte devenu dieu. Puis il revint s'asseoir sur son trône. Eclatèrent alors les sons des trompettes, suivis aussitôt après, sans nulle transition, de la musique harmonieuse des harpes, accompagnée de celle des flûtes.

Les danseuses figées recommencèrent à se mouvoir, tandis qu'une nouvelle troupe de jeunes filles à la longue chevelure, portant les unes des tambourins les autres des cymbales, venait les entourer en tourbillonnant lentement. Les danseuses acrobates se lancèrent alors dans une suite de pas harmonieux, avec un parfait ensemble. Elles ne se projetaient plus en l'air en des sauts périlleux, mais se ployaient avec lenteur en avant ou en arrière, courbant leurs beaux corps ou le cambrant en prenant appui sur le sol avec leurs pieds et leurs mains. Ainsi était mimé le monde créé, dansée la mélodie des sphères, chanté l'Univers harmonieux établi par l'intervention du dieu. Car à la musique des instruments s'étaient joints les chants des nouvelles venues, qui n'en continuaient pas moins de tourner sur elles-mêmes, enfermant dans leur large cercle les danseuses acrobates, toutes ensemble évoquant la ronde universelle et l'équilibre des forces régissant les planètes et les étoiles.

CHAPITRE XXX

Djedefhor était rentré d'Hermopolis l'avant-veille du jubilé de Khéops. Il y avait reçu la seconde série d'initiations, suivant dans la marche vers la sagesse suprême le cheminement qu'avait emprunté son père un quart de siècle plus tôt. La préparation du *Heb Sed* avait empêché le roi de recevoir son fils avant la fête. Il lui accorda une audience le jour qui suivit la fin des cérémonies. Il le reçut non pas en public mais en privé, dans son jardin clos, au fond du palais, car il voulait l'interroger sur son initiation, sur ce que l'ascèse et la connaissance lui avaient apporté de sérénité d'âme.

Le jeune prince s'agenouilla devant son père pour lui rendre hommage. Mais, comme ils étaient seuls, Khéops quitta son siège pour relever son fils et le serrer entre ses bras :

— Hori, mon cher fils, lui dit-il, je suis heureux de te voir, heureux et fier. Car de tous mes fils tu es celui qui est le plus proche de moi, le seul qui suive mon chemin vers la connaissance suprême des choses. Ma volonté serait que tu ailles plus loin que moi, que tu parviennes à cette connaissance que je n'ai jamais pu atteindre. En son temps, alors que je revenais d'Abydos et que j'avais reçu l'initiation royale, le sage Philitis m'avait rappelé que j'avais franchi déjà de nombreuses portes du savoir, mais qu'il en restait encore à ouvrir. Celles-là, jamais je ne les ai franchies.

Ayant ainsi parlé, Khéops reprit place sur son fauteuil. Il invita le prince à s'asseoir près de lui et reprit :

— Je n'en ai pas de regrets, car j'avais le choix entre partir en quête de cette sagesse suprême ou monter sur le trône d'Horus. Une grande œuvre m'attendait en tant que souverain des Deux Terres, je me devais de l'accomplir. Vois : alors que de folles ambitions poussent les rois à étendre leur pouvoir, à conquérir des territoires, ce à quoi ils sacrifient de nombreuses vies, moi j'ai voulu laisser une œuvre immortelle construite dans la paix et dans la ferveur. On prétend que mon peuple a dû souffrir en réalisant une œuvre aussi gigantesque, mais est-ce vrai ? Car pendant ces vingt ans consacrés aux travaux de construction de la pyramide de Lumière, mon peuple a mangé à sa faim et, si la maladie et quelques accidents ont emporté quelques-uns des ouvriers qui ont participé à cette prodigieuse entreprise, je crois que cela a provoqué incomparablement moins de morts que n'importe quelle guerre de conquête. Vois : la paix a toujours régné sur nos frontières et, si je n'ai pas agrandi l'empire transmis par nos pères, je ne l'ai pas amoindri. Et même je sais qu'un jour viendra où cette Nubie que le dieu Snéfrou le justifié a ajoutée aux tributaires du royaume se révoltera, elle sera perdue pour nous. Car même si le mariage de ton frère Baoufrê a pu nous rallier temporairement les Ouaouat, ce n'est qu'un état précaire de stabilité qu'il nous aura apporté. Mais Ma Majesté en est satisfaite, car il vaut mieux obtenir l'amitié de nos voisins par des alliances et la diplomatie que les dominer par les armes. Or, nous perdrons un jour la Nubie, et même viendra sans doute un temps où ce beau royaume qui nous est échu se scindera, où il éclatera en principautés indépendantes, comme était la vallée avant que le dieu Narmer ne l'unifie sous son sceptre. Et l'Egypte elle-même pourrait disparaître, mais ce qui subsistera éternellement, ce sera mon œuvre. Car ma pyramide a été conçue pour défier le temps. Les générations passeront, les empires s'écrouleront, mais elle, elle sera toujours là, symbole muet de la grandeur infinie et éternelle du dieu caché, du dieu immanent. Vois, mon fils : je ne dis pas de ma propre gloire car, même si mon nom a été inscrit dans les chambres secrètes de la pyramide, nul ne pourra le lire qu'il n'y ait accès. Car ce n'est pas à la gloire de Ma Majesté qu'elle est construite. Elle est le témoin de l'existence de l'Être, le symbole de la durée éternelle de l'Univers.

— Mon père, mon seigneur, répondit Djedefhor, nous sommes tous conscients de la grandeur de l'œuvre de Ta Majesté et nous admirons la constance et l'acharnement que tu as mis à la réaliser. En vérité, il est meilleur d'avoir érigé ce monument avec toutes les constructions qui l'environnent comme une barque royale entourée d'une multitude d'embarcations privées que d'avoir conquis le Kharou et les cités des Sumériens. Et moi, je comprends d'autant mieux ton œuvre que je suis tes traces sur les chemins de la connaissance.

— C'est pourquoi il plairait à Ma Majesté que tu poursuives plus loin encore cette quête, que tu deviennes l'un de ces sages qui sont les meilleurs conseillers des rois.

— Je m'y astreins, et c'est parce que tel est le but que je me suis fixé dans cette existence que je n'ai pas été outré par les choix de Ta Majesté, que j'en ai mesuré la sagesse, même lorsque, par tes décisions de mariage, tu as laissé entendre que tu favorisais Didoufri dans la compétition pour le trône d'Horus.

— Mon fils, ne préjuge pas d'un simple choix. Jusqu'à ce jour, je n'ai désigné personne pour succéder à Ma Majesté. Le fait d'avoir élu Kawab comme vizir devrait même laisser penser que je n'ai pas l'intention de favoriser Didoufri au détriment de ses frères. Mais il est vrai que ni toi ni tes frères Khéphren et Minkaf n'êtes destinés à régir les Deux Terres. Tes deux frères parce qu'ils viennent normalement en quatrième et cinquième positions après tes aînés et toi-même, mais toi parce que je tiens à ce que tu réalises ce que Ma Majesté n'a pu achever, ayant eu à choisir entre la connaissance et mon rêve de pierre. Mais lorsque tu auras acquis la science absolue, alors tu deviendras le gardien des secrets de ma pyramide, ce qui, en réalité, te placera au-dessus du roi lui-même. Maintenant, il te revient de découvrir le grand livre secret de Thot, celui qu'en vain j'ai recherché, celui dont il est dit qu'il se trouve dans la mer de Coptos. Mais nul encore n'a pu me dire ce qu'était cette mer. Car un moment j'ai cru qu'il s'agissait de la partie du Nil qui baigne les rives où se dresse la cité de Coptos. Mais il faudrait un bien grand magicien pour séparer les eaux, pour mettre la partie droite du fleuve sur sa partie gauche, afin de pouvoir en découvrir le fond et le labourer pour trouver la cassette d'or dans laquelle ce manuscrit est enfermé.

Djedefhor regarda son père, puis il ouvrit la bouche et dit :

— Seigneur, lors de mon séjour à Hermopolis, j'ai rencontré un sage, un vieillard qui vit dans une demeure à la lisière du désert. Son nom est Djédi. Il paraît encore jeune et vert, bien qu'ayant un grand âge. Il vit entouré de serviteurs qui lui massent le corps et les pieds, et chaque jour il se baigne et se purifie. Dès qu'il m'a vu, il a su qui j'étais : « En paix, demeure en paix, fils royal aimé de son père, m'a-t-il déclaré. Puisse ton ka, ton double, vaincre tes ennemis, et tu connaîtras les chemins qui mènent à la porte d'Hebsbagaï. » Mon père, je sais qui est cet Hebsbagaï : n'est-ce pas le Génie qui Cache-la-mort ? L'un des gardiens des portes de l'Amenti ?

— Si fait, mon fils, confirma Khéops. Il est une manifestation d'Osiris, du maître de la Douat.

— Alors, sache, seigneur, que, lorsque j'ai mieux connu Djédi et qu'il m'a eu accordé sa confiance, il m'a dit que cet Hebsbagaï n'est pas ce que l'on croit ou, plutôt, que la porte qu'il garde n'est pas l'une des portes du monde des morts. Elle ne se trouverait pas quelque part vers l'Occident, mais au contraire vers l'Orient. Et lorsque je lui ai parlé du livre secret de Thot, il m'a fait savoir que c'est en vain que je le chercherais dans une cache secrète du temple d'Hermopolis. On m'a confié les deux livres de Thot, comme on l'a fait pour toi-même lorsque tu as reçu l'initiation de Thot. Il m'a été confirmé qu'il n'y en a pas d'autre dans le temple. Je lui ai alors parlé de la mer de Coptos dont Ta Majesté m'avait entretenu, mais il m'a appris que ce n'était qu'une expression symbolique. Car cette mer de Coptos n'est pas la partie du fleuve qui baigne les rives de cette cité, c'est une mer bien plus lointaine. Sans doute faut-il partir de Coptos pour s'engager dans la vallée qui conduit aux rivages de la mer du Sud, de la mer du Pount, mais c'est dans cette mer ou encore au-delà de cette mer que se trouve le lieu secret où est enfermé le livre de Thot. On dit que c'est une île habitée par des serpents gardiens du livre, ou encore que c'est une haute montagne qui se dresse au-dessus des nuages comme une île sur une mer moutonneuse.

— Hori, ce que tu m'apprends par ces mots surprend agréablement mon âme, car je vois que tu réaliseras peut-être ce que moi-même n'ai pas réussi à accomplir. Mais il plairait à Ma Majesté que tu ailles quérir ce sage, que tu l'amènes devant moi.

— Seigneur, il en sera fait comme tu l'ordonnes. J'irai moi-même chercher Djédi et je le conduirai devant Ta Majesté. Mais encore, voici ce que ton serviteur désire dire à Ta Majesté.

— Parle Hori, je t'écoute : tu dois être assuré que ton père ne peut rien te refuser, car je sais que tu ne me demanderas rien qui ne soit frappé au sceau de la sagesse.

— Seigneur, lorsque Ta Majesté a décidé de marier tes enfants, tu as déclaré que ton serviteur et ses frères qui n'étaient pas destinés à monter sur le trône d'Horus auraient toute liberté de choisir leur épouse.

— Je l'ai dit et je te le confirme.

— Vois, mon père. Lors de la fête du jubilé de Ta Majesté, mon regard est tombé sur l'une des danseuses, l'une des acrobates qui a fait merveille plus que ses compagnes par la grâce de ses gestes et l'audace de ses sauts. Elle a un corps d'une grande beauté et son visage s'égale à son corps. Donne-la à ton serviteur comme épouse, et il sera comblé, il bénira son père éternellement.

— Hori, si ce n'est que cela, ta demande est accordée. Mais sais-tu qui est cette fille ? Car moi-même, lorsque j'avais ton âge, j'ai rencontré chez ma mère vénérée une jeune fille parmi les autres, mais belle entre les belles, une fille pleine de grâce qui dansait et chantait à ravir. L'amour de la Dorée, de la céleste Hathor, est entré dans mon cœur. Elle était la fille d'un Grand, d'un Ami de mon père, Snéfrou le justifié, mais même si elle avait été la fille d'un simple paysan je ne l'en aurais pas moins aimée, et je n'en aurais pas moins fait mon épouse. C'est ainsi qu'Hénoutsen est devenue reine des Deux Terres. Comment pourrais-je alors te refuser ce que je me suis accordé, ce que m'a donné mon propre père ? Dis-moi son nom, apprends-moi qui elle est.

— Son nom, je ne le connais pas, pas plus que je ne sais qui elle est. Je l'ai vue, puis elle a disparu à mes yeux avec ses compagnes, à la fin de la cérémonie. Je ne lui ai pas adressé la parole, je ne sais même pas si elle m'a vu parmi les princes, car notre tribune était éloignée et je me trouvais derrière mes frères aînés.

— C'est bien, c'est même très bien, mon fils. Ecoute donc les conseils de ton père. Cette fille, il te sera facile de la retrouver. Ces danseuses sont formées dans les annexes du temple d'Isis. Le maître de danse les choisit toutes jeunes dans n'importe quelle famille, aussi bien des paysans qui creusent les canaux et sarclent la terre que des artisans qui travaillent à la nécropole ou dans les ateliers des villes, ou encore chez les nobles, les Amis de Ma Majesté. Va te promener dans les salles où elles sont entraînées, tu la verras, tu pourras lui parler. Rencontre-la, parle-lui, soupèse son âme, apprends à la connaître. Tu pourras ensuite mesurer la force de ton désir, voir si elle-même éprouve quelque sentiment favorable à ton égard. Ce n'est qu'après t'être pénétré d'elle, avoir pris chacun la mesure de l'autre, que tu pourras décider si elle t'est destinée, si tu peux la faire entrer dans ta demeure pour qu'elle devienne la maîtresse de tes biens. Mais il ne faut pas qu'elle sache qui tu es, nul ne doit lui apprendre que tu es le fils de Ma Majesté. Sans quoi le jeu serait faussé, elle verrait en toi non pas l'homme que tu es vraiment, mais le fils du roi, un prince royal. A moins qu'elle ne soit douée d'une divine sagesse, elle tomberait dans l'illusion de l'apparence et tu courrais le risque que son amour soit gouverné par un plus haut intérêt. Il serait même bon qu'elle puisse penser que tu n'es qu'un simple fils de paysan ou d'un couple de petite condition. Si elle accepte alors de s'unir à toi, si son choix est entièrement dirigé par l'amour qu'aura pu éveiller en elle la beauté de ton âme, ou simplement la communion de vos deux âmes, alors tu pourras être certain qu'elle est digne de toi, que son amour n'est pas un leurre. Tu pourras sans plus hésiter en faire ton épouse et lui révéler qui tu es en réalité.

— Mon père, je te rends grâce pour ton accord et pour de si sages conseils. Ainsi ferai-je. Mais il ne faudrait pas que le maître de danse me chasse s'il ne sait qui je suis, ou qu'il ne me découvre à ses yeux s'il reconnaît en moi l'un des fils de Sa Majesté.

— Ne te fais pas de soucis à ce sujet, Hori. Je ferai venir le maître de danse devant Ma Majesté, afin de le féliciter pour la manière dont il a éduqué ses danseuses, et j'en profiterai pour lui faire savoir que tu vas venir lui rendre visite à son école de danse. Il te recevra comme un simple garçon, comme un jeune homme qui veut entrer dans son école afin de se perfectionner dans la musique et la danse. Car tu n'es pas maladroit dans les mouvements de la danse, et n'as-tu pas déjà appris à jouer du luth avec Hénoutsen ?

— Il est vrai, admit Djedefhor, que je ne suis pas trop malhabile à faire vibrer les cordes de cet instrument, bien que je sois loin d'avoir la maîtrise qu'en possède la deuxième épouse de Ta Majesté.

— Raison de plus pour entrer dans l'école du temple d'Isis. Si la mémoire de Ma Majesté ne me trompe, je crois me rappeler que le maître de danse a pour nom Sebekni. Je le convoquerai en privé dès demain. Tu peux aller en toute tranquillité, Hori. Mais de ton côté, envoie un bateau chercher ce Djédi, car il me plairait de m'entretenir avec lui. Maintenant, mon cher fils, retire-toi, laisse ton père se reposer.

— Seigneur, s'étonna le prince, comment peux-tu demander à ton serviteur de te laisser te reposer, toi qui nous es toujours apparu comme la vitalité personnifiée, toi qui ne daignes jamais prendre de repos, toi qui as accompli avec tant de rapidité les deux tours de la pyramide Lumineuse ?

— Je crains, mon fils, que cette course ne m'ait révélé ma véritable faiblesse et qu'elle n'ait fatigué mes membres et mon cœur. Car, depuis, je ressens une étrange fatigue, et parfois une lancinante douleur me traverse la poitrine, comme un coup de couteau. Mais cela passera, il suffit que je sois raisonnable et que je me résolve à prendre soin de moi-même.

— Les paroles de Ta Majesté rassurent mon cœur. Oui, il convient que tu ménages ta santé, mon père, car nous avons tous besoin de toi, longtemps encore. J'espère rapporter à Ta Majesté le livre de Thot que ton âme désire depuis tant d'années. Je prétends réussir à réaliser au nom de Ta Majesté ce que tu aurais désiré accomplir si tu ne t'étais pas engagé dans cette prodigieuse et unique entreprise qu'a été la construction de la pyramide Lumineuse.

CHAPITRE XXXI

Le petit temple d'Isis dressait sa masse de granit rose allégée par les ouvertures des piliers de sa façade à l'ouest de la Grande Pyramide, celle que tout le monde appelait La Lumineuse, car non seulement elle reflétait les rayons du soleil, mais elle était le temple du dieu de lumière. Tout autour étaient construits les bâtiments destinés à loger ses prêtres, les étudiants de sa maison de vie, les danseuses et les musiciens qui lui étaient attachés, les magasins destinés à abriter les offrandes. Djedefhor avait erré un long moment sur l'immense chantier où se pressaient les ouvriers. Il était resté longtemps à contempler le monument pareil à une montagne qui semblait rayonner sa lumière propre et non pas celle du soleil, puis à regarder les ouvriers qui tiraient les pierres, de taille modérée, destinées à l'achèvement des petites pyramides des épouses royales. Cela l'inclina à méditer un bref instant sur la brièveté de la vie, la fragilité de l'homme, la précarité de son existence. Il sentit même son cœur se déchirer en songeant que le jour viendrait bientôt où sa propre mère et Hénoutsen, qui semblait encore si jeune et pour qui il avait toujours ressenti une admiration et une affection teintées de désir, allaient être enfermées dans ces monuments de pierre, pour l'éternité. Il avait secoué la tête pour chasser de son esprit ces moroses pensées, puis s'était dirigé d'un pas ferme vers l'école de danse, ce qui n'empêchait pas son cœur de battre fortement à l'idée de voir bientôt cette jeune fille qui avait exercé si soudainement une telle fascination sur lui. Il se sentait si curieusement troublé de cette perspective qu'il avait retardé le moment de se lancer dans cette aventure, que pourtant il aspirait à vivre. Malgré l'impatience qui le talonnait, il avait d'abord attendu dix jours avant de se décider à se présenter devant le maître de danse qui, pourtant, avait été averti par le roi de la venue imminente du prince, le lendemain de l'entretien qu'il avait eu avec son père. Puis, une fois venue la date limite qu'il s'était fixée pour agir, il commença par errer longuement dans les environs de la pyramide avant de se décider à prendre le taureau par les cornes, comme on dit.

Il avait pris soin de préparer sa présentation et de

se donner une nouvelle personnalité. Tout d'abord, il avait mis Hénoutsen dans le secret et lui avait demandé de passer pour sa mère. Avec sa rapidité d'esprit, son goût du mystère et sa prédilection pour tout ce qui fleurait bon l'aventure, Hénoutsen s'était faite sa complice. Elle avait acquis, à l'insu de tous, la vieille demeure de Sabi, où elle avait installé Inkaf, le fils de l'ébéniste Ptahmaaou. Contrairement à ses frères aînés, il n'avait jamais réussi à s'adapter à la vie d'artisan qu'avait voulu lui imposer son père. Il avait finalement quitté la demeure paternelle et avait un moment vécu de mendicité avant de se faire embaucher sur une barge qui faisait le transport des pierres entre la Haute-Egypte et Memphis. Il était resté loin de la grande cité du nord pendant de longues années, faisant toutes sortes de métiers, ayant même volé dans les villes et étant entré dans une bande de brigands qui écumait les campagnes, avant de finalement rentrer à Memphis, la bande ayant été dispersée par la police. C'est alors qu'Hénoutsen l'avait rencontré dans la rue et avait appris de sa bouche son histoire. Il avait alors recommencé à mendier et vivait dans la misère, sans cependant pouvoir se décider à retourner chez son père comme un enfant prodigue. Sans doute Ptahmaaou lui aurait-il pardonné, mais il l'aurait mis au travail dans ses ateliers avec ses frères, et c'est précisément ce qu'il voulait éviter : ne s'était-il pas enfui de la demeure paternelle par dégoût de ce travail du bois ? Hénoutsen avait trouvé là une occasion de faire une bonne action envers un homme qu'elle avait connu tout enfant et qu'elle avait même surveillé alors qu'elle était adolescente, à la demande de son père, tout en en tirant profit. Elle lui avait proposé de s'installer dans la demeure de Sabi avec, pour charge, de l'entretenir, d'en cultiver le jardin et de nourrir les pigeons.

— En revanche, lui avait-elle proposé, je satisferai à tous tes besoins. Tu recevras la nourriture qu'il te faudra, des vêtements, et je te donnerai aussi de l'or pour que tu puisses t'acheter ce qu'il te plaira.

— Hénoutsen, lui avait répondu Inkaf, tu es vraiment une fille prodigieuse ! Et j'admire que le fait d'être devenue épouse royale ne t'ait pas rendue prétentieuse et pleine de morgue. J'accepte avec joie et reconnaissance de devenir ton serviteur. Mais ne viens-tu pas de déclarer que tu satisferais à tous mes besoins ?

— Je l'ai dit, confirma-t-elle.

— Dans ce cas, sans doute viendras-tu souvent dans cette demeure, qui semble te plaire sans que je sache pourquoi, puisque tu l'as acquise ?

— Certainement, et c'est pour cela que je tiens à ce que tu l'entretiennes et qu'elle soit toujours propre et fleurie.

— Vois : n'es-tu pas surprise qu'à mon âge je n'aie pas pris d'épouse ?

— C'est, m'a-t-il semblé, parce que tu es un effronté noceur et que tu veux rester libre d'aller faire des maisons de bière quand ça te chante.

— Il est vrai que j'aurais répugné à prendre une épouse qui aurait tenu les comptes de la maison, qui m'aurait imposé de rester auprès d'elle lorsque je serais rentré de mon travail quotidien et qui m'aurait interdit d'aller m'amuser avec de joyeux compagnons. Mais si tu acceptais de devenir mon amie, tu satisferais réellement à tous mes besoins et tu comblerais le désir que j'ai de toi depuis les lointaines années où j'ai pris conscience de ta beauté et du penchant que j'ai dès lors ressenti pour toi.

— Inkaf, avait répondu Hénoutsen sans s'offenser, je veux bien continuer d'être ton amie, mais uniquement comme nous l'étions dans le passé. Car si je te conserve une belle amitié, je n'en suis pas pour autant amoureuse de toi.

Inkaf avait compris qu'il serait vain d'insister, en tout cas pour l'instant. Il se dit qu'il avait patienté tant d'années qu'il n'en était plus à quelques mois, voire une année près. Il se trouvait satisfait d'avoir déjà pu avancer son pion et avouer son amour secret.

Hénoutsen avait ainsi emmené Djedefhor dans cette demeure et lui avait présenté son nouveau locataire. Il avait été décidé qu'Inkaf passerait pour son père et Hénoutsen pour sa mère.

— Ainsi, avait conclu Hénoutsen, tu pourras même l'emmener dans la maison de tes parents afin de lui donner réellement l'illusion que tu es le fils d'un obscur couple.

— Je t'en rends grâce, Hénoutsen, avait-il répondu en acceptant la proposition, mais s'il sera facile de faire passer Inkaf pour mon père, considéré son aspect, ce sera plus difficile pour toi, qu'on prendrait plutôt pour ma sœur.

— N'empêche que je pourrais pourtant facilement être ta mère et je me sens un peu telle, lui fit-elle remarquer, flattée au fond d'elle-même de ce compliment sans fard. N'oublie pas que, lorsque tu es né, c'est moi qui t'ai pris dans mes bras pour te présenter à ton père. Quant au métier de ton père putatif, tu pourras prétendre qu'il est jardinier dans les résidences des reines et que ta mère y est servante.

Ainsi Djedefhor avait-il acquis une famille de fantaisie et, de la sorte, paré à toute éventualité, dans la mesure où il parviendrait à séduire la jeune fille dont il ne savait même pas le nom.

Lorsqu'il se présenta aux gardiens du temple sous le nom d'Hori, qui était aussi son joli nom, Sebekni se hâta de venir au-devant de lui et renvoya le portier qui était venu l'avertir de la visite et l'avait accompagné.

— Seigneur, lui dit-il, sois le bienvenu dans mon école. Sa Majesté a fait venir devant elle son serviteur et l'a averti de ta visite.

— C'est bien, Sebekni, mais veille surtout à ne pas me traiter comme le fils du roi, ne me dis jamais seigneur, comme tu viens de le faire. Je ne dois être pour tous les gens d'ici qu'un simple jeune homme, fils d'un jardinier et d'une servante. Je ne sais ce que t'a dit mon père...

— Sa Majesté s'est contentée de me faire savoir que l'un de ses fils allait se présenter à moi sous le nom d'Hori. Que je devais le recevoir et le faire entrer dans mon école pour qu'il s'y perfectionne dans la danse et le maniement du luth. Ce que ne m'a pas dit Sa Majesté, c'est pourquoi l'un des fils royaux me fait l'honneur de désirer étudier dans mon école les arts que j'y enseigne, et ceci sous le sceau du secret, alors qu'il lui serait aisé de faire venir dans sa résidence tous les meilleurs maîtres du royaume.

— C'est sans doute parce qu'il m'a paru que tu étais l'un des meilleurs parmi les maîtres établis à Memphis, lui répondit Djedefhor. Mais je ne te cache pas que c'est aussi parce que tu as parmi tes élèves une danseuse d'une beauté exceptionnelle dont je me suis épris rien qu'en la regardant l'autre jour, lors de la cérémonie du jubilé du roi. Car il paraît que c'est dans ton école que sont formées les jeunes filles qui ont dansé devant Sa Majesté sur la grande esplanade de La Lumineuse et qu'elles continuent de s'entraîner sous ta direction.

— On ne t'a pas trompé. Et je suppose que tu ne désires pas que cette fille sache qui tu es ?

— Tu l'as compris. Je veux paraître à ses yeux comme un simple garçon désireux de devenir danseur et musicien dans le temple d'Isis. Voilà pourquoi tu dois me traiter comme tes autres élèves et que mon nom est simplement Hori.

— Mais encore, connais-tu le nom de cette fille ?

— Je ne sais rien d'elle. Ni son nom, ni qui elle est, ni quelle est sa famille. Mais si elle compte bien parmi tes danseuses, il me revient de faire sa connaissance et de la séduire. Dès maintenant, peux-tu me dire si ces filles logent ici même ou chez leurs parents ?

— Certaines d'entre elles, pour la plupart des filles de pauvres paysans ou encore recrutées dans de lointaines provinces, logent ici, entièrement aux frais de

Sa Majesté, qui leur constitue une dot. Car celles qui exécutent les danses acrobatiques, en particulier, ne peuvent exercer cette profession que peu d'années. Il faut pour cela toute la vigueur et la souplesse de la jeunesse. Il est rare qu'au-delà de vingt ans, vingt-cinq ans au plus, elles puissent continuer de danser de la sorte. Et celles qui exécutent les danses acrobatiques avec ces sauts périlleux arrêtent même à peine passé leur vingtième année, car la moindre défaillance peut leur être fatale. Je les prends en main alors qu'elles sont tout enfants, dès cinq ou six ans, et elles peuvent commencer à danser pour les dieux six ou sept ans plus tard, car il faut tout ce temps pour former une bonne exécutante. Au-delà de vingt ans, elles ne font plus que des danses simples, comme celles qui formaient une ronde en chantant autour des petites acrobates. Néanmoins, la plupart d'entre elles ont alors trouvé un époux, et elles abandonnent leur métier pour s'occuper de leur famille.

— Certaines d'entre elles vivent-elles aussi chez leurs parents ?

— Quelques-unes. Ce sont des filles de scribes ou de Grands qui ont des demeures opulentes à Memphis ou dans les environs. Car c'est un grand honneur et aussi un bonheur pour une famille que d'avoir une fille sélectionnée pour devenir danseuse du dieu dans un temple, et plus particulièrement dans le temple d'Isis, Dame de la pyramide. Ce sont les meilleures qui y sont reçues, celles qui vont s'exhiber devant Sa Majesté. Pour les filles des riches, les pères savent qu'ils seront honorés du titre d'Ami unique du roi, s'ils ne le sont pas déjà ; pour les pauvres, non seulement leur fille ne leur est plus à charge, mais ils reçoivent des biens du roi et ils ont l'assurance qu'elle aura ensuite une dot qui lui permettra de faire un bon mariage avec, pour le moins, un scribe de village.

Djedefhor s'était présenté comme un simple hôte de la Terre noire, nu-pieds, les reins ceints d'un pagne étroit, son bagage composé d'une gourde en bois attachée à un bâton qu'il tenait sur l'épaule, ses sandales de papyrus maintenues par un lacet autour de son cou. Aussi, quand il entra dans la grande cour où les danseuses exécutaient leurs exercices quotidiens, personne ne lui prêta une attention particulière.

De tout temps, les Egyptiens avaient considéré que la danse était une activité avant tout féminine, conception qu'ils conserveront tout au long de leur civilisation propre. Aussi bien dans les temples pour les cérémonies religieuses et funéraires que dans la vie civile lors des banquets ou dans les tavernes, les danses étaient exécutées par des femmes ou, plus précisément, par des jeunes filles. Ils considéraient que seules les femmes dans l'éclat de leur jeunesse pouvaient répondre à l'exigence de grâce des mouvements de la danse et que seules les courbes élégantes de leurs corps pouvaient procurer un agrément pour les yeux des spectateurs, à commencer par les dieux auxquels les danses étaient consacrées dans leur majorité. Les chants et la musique étaient aussi avant tout du ressort des femmes. Aux hommes revenaient le maniement des grandes harpes, parfois du luth ou encore de bâtons qu'on heurtait en cadence pour accompagner certains pas de saltation, et quelques danses à l'occasion de fêtes populaires, telles celles des moissons, lors du transport de statues royales, et, plus rarement, en accompagnement des sauts féminins lors de quelques cérémonies religieuses. Aussi Djedefhor ne s'étonna pas de voir que la majorité des élèves de Sebekni étaient des jeunes filles.

Le maître frappa dans ses mains pour demander un instant d'attention. Lorsque les musiciennes eurent fait silence et que les danseuses se furent figées, il présenta Djedefhor à l'assemblée :

— Hori, dit-il, vient parmi nous pour se perfectionner dans les arts de la musique et du chant. Au nom d'Isis, je vous demande de l'accueillir avec joie.

Les filles battirent des mains, tandis que les garçons vinrent devant le nouveau venu pour le saluer, les mains sur les genoux. Tout en rendant les saluts, Djedefhor cherchait du regard celle qui l'avait attiré en ce lieu et dans ce milieu si nouveau pour lui, qui n'avait jusqu'alors connu que les maisons de vie des temples et les résidences royales. Aussi sa déception fut-elle grande de ne pas retrouver la jeune fille élue parmi les danseuses.

Il suivit ensuite Sebekni jusqu'à l'étroite cellule destinée à lui servir de chambre.

— Sebekni, demanda-t-il en déposant sur la couche de roseaux et de papyrus sa gourde et ses sandales, ai-je vu dans la cour toutes les filles inscrites dans ton école ?

— Il n'en manque pas... excepté une seule.

La réplique réveilla l'espoir chez Djedefhor.

— Une seule, dis-tu ? Si les danseuses qui ont participé à la fête du jubilé de Sa Majesté appartiennent toutes à ton école, ce ne peut être qu'elle.

— Sans doute, car je peux t'affirmer que toutes sont mes élèves.

— Apprends-moi alors qui elle est ?

— Son nom est Persenti. Son père travaille dans un atelier d'ébéniste à Memphis et sa mère est employée de son côté dans les ateliers de filature qui étaient jadis rattachés au temple de Ptah et qui sont maintenant directement dirigés par la première épouse royale, Mérititès. Mais de loin, car la reine ne vient y faire que de rares visites, lorsqu'elle a à passer des commandes pour sa propre maison ou pour les familles des enfants royaux.

— Si je comprends bien, elle appartient à une honorable famille d'artisans, et non à des paysans qui ont les pieds dans la glèbe, conclut Djedefhor.

— Seigneur, tu peux être assuré que, si c'est bien la personne que tu espères, elle est digne de toi. Car non seulement c'est une excellente danseuse, sans doute l'une des meilleures qui soient passées par mon école, mais, comme toutes les filles formées sous ma férule, elle a appris à lire et à écrire. Elle connaît nombre de poèmes et de sagesses, et n'ignore pas les textes divins qui doivent être récités et chantés dans les temples. Elle s'exprime comme une fille de noble et elle apprend vite, avec persévérance. Il faut d'ailleurs avoir dans le cœur un grand désir de réaliser de belles choses pour parvenir à la maîtrise qu'elle a de son corps dans les exercices de danse et les acrobaties qui les accompagnent.

— Sebekni, cet éloge ne fait que me conforter dans mon désir de la rencontrer, et fassent les dieux que ce soit bien celle dont tu me parles qui soit aussi celle qui a si vivement marqué mon esprit.

— Seigneur, je ne crois pas qu'il en puisse être autrement, car elle était parmi ses compagnes, lors de cette belle fête, comme la fleur du lotus parmi les fleurs des lacs. Elle s'est plus que jamais distinguée par l'audace de ses sauts et la grâce de ses pas, au point que je dois te confier que tu n'es pas le seul à l'avoir remarquée. Déjà plusieurs personnes sont venues devant moi s'enquérir d'elle.

— Que m'apprends-tu là ? s'inquiéta Djedefhor. D'autres hommes l'ont demandée ? Les connais-tu ?

— Je n'en connais aucun, seigneur, car c'étaient des messagers, serviteurs de quelques Grands dont ils n'ont pas voulu dévoiler l'identité.

— Les a-t-elle rencontrés ?

— Non, car elle est partie dès le lendemain de la fête pour courir au chevet de sa mère, qui, a-t-elle assuré, est malade.

— Mais encore, que leur as-tu répondu ?

— Ce que je viens de t'en dire, car je n'avais aucune raison de leur cacher quoi que ce soit au sujet de cette jeune fille. Néanmoins, ce que je peux t'assurer, c'est que je ne leur ai pas dit où habitent ses parents, car je ne le sais pas moi-même. Sache que cette fille est très secrète. Elle m'a été amenée, voici maintenant une dizaine d'années, par un serviteur de la reine Hétep-hérès. A cette époque, c'était la reine qui dirigeait les filatures du temple de Ptah ;

ce n'est qu'après son départ vers l'Amenti que sa fille lui a succédé dans cette charge.

— Sa fille qui est ma mère, lui fit remarquer le prince.

— C'est exact, seigneur. Vu la recommandation, j'ai pris l'enfant sans rien demander. Ce que j'ai alors compris, c'est que sa mère était encore fille. Ce n'est que plus tard qu'elle a épousé le garçon avec qui elle vit maintenant, sans que je sache d'ailleurs s'il en est bien le père. L'enfant avait alors dans les quatre ans et elle a été mise en pension dans mon école. Sa mère venait souvent la voir, mais elle n'a commencé à l'emmener avec elle pour seulement quelques jours ou quelques heures qu'après avoir été mariée et, sans doute, avoir eu une maison convenable. Je suppose qu'auparavant elle vivait chez son père, ou alors dans les logements des ateliers, raison pour laquelle elle ne pouvait garder l'enfant avec elle. C'est aussi parce que je l'ai prise en main très jeune que j'ai pu ainsi former cette petite Persenti et en faire une si excellente danseuse.

— Tout ce que tu me dis là, Sebekni, me la rend plus chère et m'incite à persister dans mon désir de la rencontrer. Il est bien dommage que tu ne saches où elle loge, sans quoi je serais allé vers elle.

— Il me semble, seigneur, que ce serait une maladresse. Il est mieux, puisque tu tiens à garder secrète ta véritable identité, qu'elle pense que tu es l'un de mes nouveaux élèves. Je la connais bien. Elle est fière, ombrageuse, farouche sans doute, timide certainement, mais aussi passionnée. Je doute qu'elle puisse prêter attention à un homme qui l'attaquerait de front, qui se montrerait pressant, importun, trop envahissant. Il faut agir à son égard avec de la délicatesse et une grande civilité car, même si elle est de petite origine, elle n'en est pas moins digne et réservée.

La civilité du prince, son côté ouvert et affable, firent que très vite il fit connaissance des élèves de Sebekni, filles et garçons, qui le considérèrent bientôt comme l'un des leurs. De son côté, il se montrait un élève consciencieux et doué, ce qui, grâce à ses connaissances dans les arts de la musique et de la danse, lui permit de faire bonne figure parmi ses pairs. Malgré qu'il en eût, Djedefhor s'astreignit, pendant tous ces jours, à ne pas quitter l'enceinte du temple et à loger dans sa cellule. Cependant, chaque matin, il attendait l'apparition de celle pour qui il jouait ce jeu qui, au demeurant, l'amusait, sans que son attente fût comblée. Ainsi passèrent dix jours, et il se serait finalement décidé à aller en quête de cette Persenti si un messager n'était venu porter à Sebekni une missive de la part de la jeune fille, dans laquelle elle prenait des nouvelles de sa santé et l'avisait que, sa mère étant toujours souffrante, elle devait retarder son retour dans l'école.

— Quoi ! s'irrita Djedefhor lorsque le maître lui eut fait part de cette nouvelle. Cette fille serait-elle médecin pour se sentir obligée de rester tant de temps au chevet de sa mère ? Cette dernière n'a-t-elle pas un mari pour veiller sur elle ?

— Seigneur, lui répondit Sebekni, je ne puis rien te dire que tu ne saches déjà. Sans doute est-elle très attachée à sa mère qui doit être très souffrante. Maintenant, je crois qu'il faut que je te fasse savoir qu'un envoyé d'une personne certainement haut placée est revenu à plusieurs reprises me demander des nouvelles de Persenti. Il prétend avoir un message important à lui remettre de la part de son maître. Je crains que ce ne soit l'un de ces Grands, qui l'a vue lors de l'*Heb Sed* et qui s'entête à la poursuivre de ses assiduités. Visiblement, il ne sait où elle loge, sans quoi il n'enverrait pas ici son émissaire pour s'enquérir d'elle.

Cette information inquiéta Djedefhor, qui se découvrait un rival aussi tenace qu'importun. Mais il se rassurait en se disant que, pour aussi proche du grand palais qu'il puisse être, il ne pouvait l'être autant que lui-même, le fils du roi.

Deux des premières vertus du sage, avait appris

Djedefhor dans le temple d'Héliopolis, sont la constance et la patience. Cette double vertu qu'il s'imposa pendant le premier mois passé dans l'école de Sebekni se révéla payante car, un matin, Persenti refit son apparition parmi ses compagnes. Et Djedefhor fut ébloui, fasciné par le charme infini de l'adolescente et, selon son expression, harponné comme un hippopotame de Seth assailli par un habile serviteur d'Horus. Sebekni le présenta comme un nouvel élève plein de bonnes dispositions et autant de bonne volonté. Il la salua, les mains sur les genoux, et elle lui répondit par un sourire en lui souhaitant la bienvenue. Toute sa sagesse s'effondra devant un si gracieux sourire, et il ne songea plus qu'à elle. Mais elle, de son côté, ne semblait pas lui prêter une attention particulière. Elle mettait toute son ardeur dans son entraînement, dans lequel elle faisait preuve d'une audace et d'une adresse qui la distinguaient de ses compagnes parmi les plus méritantes. Il ne pouvait lui adresser la parole que lors des pauses et des repas pris en commun. Mais ils étaient alors entourés de tous leurs compagnons et compagnes, de sorte qu'il ne voulait pas dévoiler ses sentiments, si jamais il l'avait osé. Car, en sa présence, il se sentait faible, étrangement timide, semblable à un jeune garçon, alors qu'il était largement l'aîné de Persenti.

La jeune fille était revenue depuis quelques jours lorsque, au moment du repas, pris lorsque le soleil était parvenu au zénith, un serviteur vint faire savoir à Sebekni qu'un homme venait prendre des nouvelles de Persenti et désirait lui remettre un message de la part de son maître. Comme le silence était tombé sur l'assemblée des élèves et que Sebekni demandait à la jeune fille si elle désirait aller au-devant du visiteur, elle répondit d'un ton ferme tout en marquant un agacement :

— Je ne veux pas. Qu'il s'en aille. Je t'en prie, maître, chasse-le, dis-lui que je ne suis pas là... ou plutôt que je ne veux voir personne.

— Il en sera comme tu le désires, répondit Sebekni en se levant.

Il revint au bout d'un court moment, porteur d'un papyrus roulé qu'il vint remettre à Persenti.

— Ce serviteur, lui dit-il, vient certainement du grand palais, mais je n'ai pu savoir qui est son maître. Il a longuement insisté pour te voir, mais je lui ai fait part de ton refus. Il m'a alors prié de te remettre cette missive.

La jeune fille prit le rouleau qu'il lui tendait et, sans même l'ouvrir, le froissa et le jeta loin d'elle, dans la poussière de la cour toute voisine. Car le repas se prenait dans l'ombre d'un large portique qui bordait ladite cour. Les conversations reprirent alors, sans que personne ne se souciât de ramasser le message. Personne sauf Djedefhor qui, tout en mangeant, le lorgnait dans la crainte que quelqu'un ne s'en emparât. Une fois le repas pris, on se sépara pour la sieste. Lors de la saison de la chaleur, au milieu de laquelle on se trouvait, aux premières heures de l'après-midi qui étaient les plus ardentes, les élèves se retiraient chacun dans sa cellule pour se reposer, les exercices ne reprenant que vers la fin de l'après-midi, lorsque le soleil déclinait sur l'horizon du couchant.

Djedefhor attendit que tous se fussent retirés pour ramasser discrètement le papyrus et l'emporter dans sa chambre, où il se hâta de le dérouler. Il lut alors, rédigé dans l'écriture cursive utilisée pour les textes manuscrits :

« Depuis le jour où je t'ai aperçue dans tout l'éclat de ta beauté, mon cœur t'appartient. Cesse de me fuir. Mon désir sera plus fort que tes craintes et en vain tu chercheras à m'échapper. Tu es une gazelle du désert, mais moi je suis le lion dominateur. Deviens mienne, tu n'y trouveras que bonheurs et honneurs. »

Nulle signature n'accompagnait ce texte, qui contenait autant d'aveux d'amour que de menaces. Il s'interrogea sur l'homme qui avait bien pu envoyer cette étrange déclaration à la jeune fille. Certainement un personnage haut placé. Jeune ou vieux ? C'était, en tout état de cause, un scribe habile, car l'écriture était ferme, et il ne put déceler la moindre faute. Il songea que, grâce à cette missive, s'il la confiait à son père, il parviendrait à savoir qui en était le mystérieux signataire. Il s'était levé et avait ceint son pagne pour mettre tout de suite à exécution sa décision de se rendre au grand palais, lorsque Persenti en personne entra dans la pièce et, sans lui laisser le loisir de s'étonner, ouvrit la bouche et lui dit :

— Rends-moi ce qui m'est destiné. Pourquoi as-tu ramassé ce billet que j'ai jeté ?

Il resta un instant silencieux, honteux d'avoir été surpris par elle dans cette action.

— Pardonne-moi, Persenti, se résolut-il à répondre. Mais je veux te dire que tu m'es apparue comme Hathor dans tout l'éclat de sa beauté lorsqu'elle danse pour Horus. Je sais que je ne suis rien pour toi, que tu me dédaignes, sans doute parce que je ne suis qu'un pauvre étudiant, fils d'un jardinier et d'une servante, mais tu ne peux m'interdire de t'aimer.

Elle ouvrit de grands yeux qui marquaient sa surprise et resta muette, les lèvres entrouvertes, ce qui la rendit plus charmante encore aux yeux de Djedefhor qui reprit :

— Vois : j'ai lu ce que t'écrit cet hippopotame. Il ose te menacer et dans le même temps il cherche à t'enjôler. Cet homme, je ne sais qui il est, mais je le hais déjà et je voudrais le jeter aux crocodiles qu'élèvent les gens de Shedet dans leur lac.

L'apostrophe, dans sa naïveté délibérée, fit sourire la jeune fille qui lui répondit :

— Sache alors, Hori, que je ne t'en empêcherai pas, car celui qui m'écrit, je me doute de qui il est. C'est un importun que je déteste. Il m'a abordée, il m'a longtemps importunée au point que je me suis réfugiée chez ma mère pour fuir ses assiduités. C'est la véritable raison pour laquelle je suis restée absente si longtemps. Car il n'a alors plus su où me trouver et il m'a laissée en paix. Mais voici que, à peine suis-je rentrée, il envoie son messager pour me harceler.

— Dis-moi le nom de cet importun, et je me fais fort de t'en débarrasser, déclara-t-il avec assurance.

— Non, je ne te le dirai pas, car ce n'est pas ton affaire. C'est un Grand de ce pays, un homme puissant contre qui tu ne peux rien. Mais sache que je suis assez grande pour savoir ce que j'ai à faire et pour me défendre. Maintenant, rends-moi ce papyrus, car je ne veux pas que d'autres puissent en prendre connaissance. Je veux le détruire.

Au fond de lui-même, Djedefhor était satisfait de découvrir que le fait d'être courtisée par un Grand du royaume n'impressionnait pas la jeune fille et ne forçait pas ses sentiments. Il se félicita de s'être présenté devant elle comme un jeune homme d'obscure naissance car, visiblement, le prestige des hauts fonctionnaires et des Amis du roi ne semblait pas lui en imposer. Tout au contraire, il paraissait même l'effaroucher, la faire fuir. Il tendit le papyrus à Persenti, qui le prit et, sans chercher à le lire, le déchira en petits morceaux, ce qui réjouit plus encore Djedefhor, qui craignait qu'elle n'ait voulu le récupérer pour en prendre connaissance et, pourquoi pas, y répondre. Puis, sans prononcer une parole, elle lui tourna le dos et sortit.

CHAPITRE XXXII

Djedefhor craignit un moment que l'aveu de son désir pour Persenti ne la détournât de lui, ne la rendît froide et lointaine à son égard. Il fut ravi de découvrir qu'il n'en était rien. Elle continua simplement de se comporter à son égard comme elle l'avait fait jusqu'alors, depuis qu'ils s'étaient rencontrés.

Cependant, elle ne semblait pas réellement répondre à son amour, et il eut la sagesse de ne pas l'importuner à son tour de ses assiduités et de ne pas la poursuivre comme une mouche après une génisse. Il se persuada qu'elle était tournée entièrement vers son art, dans lequel elle excellait, et qu'elle avait besoin d'être apprivoisée comme un jeune animal sauvage et indépendant. Aussi se décida-t-il à s'armer de patience, pour subrepticement l'investir, la séduire, en y mettant tout le temps nécessaire. La possibilité qu'il s'était donnée en s'inscrivant dans l'école de la voir chaque jour, de s'exercer à la danse auprès d'elle, de partager ses repas avec leurs collègues, de s'adresser à elle à tout moment, sans cependant abuser de ce privilège, lui conférait d'incontestables avantages et lui permettait de trouver toutes les occasions de se distinguer à ses yeux.

Elle-même parut reconnaissante qu'il ne l'importunât pas avec son désir, qu'il se comportât envers elle en compagnon, en ami, même en protecteur, du fait qu'il était largement son aîné, et non en soupirant éconduit, en amoureux transi. Ainsi parvint-il, lentement, à s'immiscer dans son intimité, à devenir l'un de ses compagnons préférés. Lorsqu'il s'agissait de lui donner un partenaire masculin pour quelque exercice de danse, ce qui se produisait bien trop rarement à son goût, c'était toujours lui qu'elle choisissait. C'étaient alors pour lui les moments les plus délicieux. Car, les exercices se faisant dans un état de nudité à peu près total, il jouissait de l'intense plaisir de la saisir à bras-le-corps, de la faire tournoyer, de la recevoir contre lui lorsqu'elle effectuait un saut périlleux parfois si audacieux qu'elle ne retombait pas sur ses pieds mais dans ses bras. Avec une parfaite maîtrise de soi, jamais il ne se permettait un geste déplacé, jamais il ne profitait de ces avantages pour aller au-delà de ce que permettait l'exercice lui-même.

A deux nouvelles reprises, le messager du mystérieux prétendant vint solliciter un entretien avec Persenti, laquelle l'éconduisit chaque fois, pour le plus grand plaisir de Djedefhor. Or, il advint que le tenace soupirant parut se lasser de ses infructueux assauts pacifiques et décida d'utiliser des moyens plus catégoriques, sinon plus efficaces. C'était vers la fin de la saison de la chaleur, dans cette période ardente de langueur où chacun attend avec impatience la montée des flots du Nil qui, en débordant, apportent la fécondité au sol assoiffé. En ces jours, les hôtes de l'école de Sebekni commençaient leurs exercices très tôt le matin et faisaient une longue pause pendant les heures brûlantes de la journée. Une partie de ces moments où, même dans l'ombre des préaux, il était trop pénible d'effectuer des exercices violents était consacrée à l'étude des écrits des anciens et à la musique. Mais les heures qui suivaient immédiatement le repas étaient dévolues au repos, soit que, selon l'humeur et l'énergie de chacun, on dormît — ce qui était la généralité des cas —, soit qu'on s'adonnât à la lecture ou à des jeux de société.

Djedefhor s'était retiré dans sa cellule à la recherche d'un peu de fraîcheur et il rêvait, étendu sur sa couche. Il se demandait s'il ne s'abandonnait pas à des impulsions frivoles en consacrant tant de temps à des exercices de danse et de maniement du luth, alors qu'il devait encore recevoir l'initiation conférée à Abydos et celle de Dendérah. Puis il soupirait, en se persuadant que les arts auxquels il s'adonnait participaient de la perfection de l'esprit et n'avaient rien de vain. Et encore, si Hathor avait allumé dans son cœur la grande flamme d'amour, il ne devait pas se soustraire aux arrêts de la déesse. Au reste, il songeait qu'il ne pourrait supporter d'éloigner de sa vue la beauté de Persenti.

Il fut tiré de ses songeries par des cris. Or jamais personne ne criait dans l'enceinte du temple d'Isis, où l'on connaissait la valeur du silence et où l'on n'aimait entendre que les sons harmonieux des voix qui chantaient les hymnes exaltant la déesse ou ceux des instruments de musique. Il se précipita hors de la pièce en reconnaissant la voix de Persenti. A peine aperçut-il deux hommes qui tentaient d'entraîner la jeune fille, qui se débattait en criant, qu'il se précipita vers eux pareil au grand vent brûlant du désert. Djedefhor était robuste et entraîné à la lutte, à la course et à tous ces exercices qu'on dispensait en général aux fils royaux dans les temples où ils étaient éduqués. Les ravisseurs eurent à peine le temps de le voir que déjà il était sur eux, en renversait un par son seul élan, le heurtant de son crâne, tête baissée, puis il frappa de ses poings et des pieds l'autre adversaire, qui avait relâché Persenti pour faire face à cette bourrasque bien inattendue. Lorsque, attirés par les cris et les bruits de la lutte, Sebekni apparut en même temps que plusieurs garçons de l'école, les deux hommes, vigoureusement agressés par Djedefhor, prirent la fuite, abandonnant leur proie. Laquelle, d'ailleurs, se jeta entre les bras de son sauveur en l'inondant de remerciements et d'éloges.

— Vraiment, Hori, tu es fort et courageux. Sans ton intervention, ces crocodiles seraient parvenus à m'enlever, dit-elle, une pointe d'admiration dans la voix.

— Il faut savoir qui a bien pu envoyer ces deux hommes pour tenter de t'enlever, dit Sebekni. En attendant, je vais de ce pas me plaindre aux gardiens des portes du temple qui ont laissé passer ces gaillards.

Djedefhor était au fond de lui-même reconnaissant à ces mystérieux ravisseurs, qui lui avaient donné une si belle occasion de briller aux yeux de celle par qui il vivait sans le lui laisser paraître. Il craignit cependant que, si d'aventure il s'absentait ou si la jeune fille quittait l'enceinte du temple, elle ne fût finalement enlevée par son prétendant trop entreprenant. Comme il ne doutait pas qu'il fût un proche du grand palais, il se décida à quitter le temple, d'où il n'était pas sorti depuis son arrivée, pour aller trouver son père et lui demander de faire mener une enquête afin que fût trouvé le coupable et que Sa Majesté elle-même le ramenât à la raison.

Ayant donné pour prétexte d'aller rendre une visite à ses parents, ce en quoi il ne défiait pas Maât, il se mit en route pour le grand palais au tout début du premier après-midi du mois de l'inondation. Il eut tôt fait de parvenir au palais, qui se trouvait dans une proximité immédiate. Reconnu par les gardes, ces derniers le laissèrent passer, et il parvint ainsi jusqu'aux portes de la résidence royale, où se trouvait le vieux Khénou, encore vert et actif malgré ses soixante-douze ans.

— Khénou, lui dit Djedefhor en le serrant dans ses bras, si j'ai un vœu à faire au dieu Grand, c'est qu'il me conserve aussi florissant que toi jusqu'à ton âge.

— Seigneur, répondit Khénou, je ne sais encore si c'est un bien que de vivre si vieux, car j'ai perdu ma chère Nitéti et je sais que le jour où Sa Majesté nous quittera, si je suis encore de ce monde, je partirai avec elle, car Khéops est comme mon fils, le nœud de mon existence.

— Souhaitons alors que mon père vive longtemps encore et qu'il en aille ainsi pour toi. Je viens voir le roi. Sa Majesté m'accordera-t-elle une entrevue ?

— Tu sais bien que tu restes son fils préféré, celui en qui il met les espoirs de son âme. Tu es même le seul qu'il accepte de recevoir dans son jardin à tout moment tant il a de plaisir à ta présence et à entendre tes paroles.

Ayant ainsi parlé, Khénou emmena le prince dans le jardin secret, où Khéops somnolait dans l'ombre des palmiers.

— Heureux de te voir, mon fils, dit Khéops en ouvrant les yeux lorsque Djedefhor vint vers lui avec le fidèle serviteur. Approche et assieds-toi. Vois : ton pauvre père se sent faiblir de jour en jour. Je ne comprends pas mais, depuis mon jubilé, alors que j'aurais dû y puiser une nouvelle jeunesse, un renouveau de vigueur, j'en ressens un effet tout contraire.

— Je crois, mon père, remarqua Djedefhor en

s'asseyant sur le fauteuil que lui désignait le roi, que Ta Majesté souffre de cette lourde chaleur si moite, si épuisante. Même nos jeunes corps en éprouvent de la fatigue.

— Non, non, je ne me fais pas d'illusions, je crois ne pas être encore vieux, mais pourtant je sens dans ma poitrine mon cœur chanceler. Mais je ne vais pas t'accabler de ma santé. Parle-moi plutôt de toi, dis-moi si tu t'es trouvé finalement une future épouse qui soit digne de toi et qui te convienne.

— Qu'elle soit digne de moi et me convienne, il n'y a pas de doute. Mais je ne sais encore si elle acceptera de devenir mon épouse.

— Que me dis-tu là ? Ne l'as-tu pas encore séduite et placée dans ta couche, après bientôt quatre mois que tu es entré dans l'école de danse ?

— Ce n'est pas une fille facile qui se donne au premier venu. Elle est vierge, naturellement, et je ne puis savoir si son cœur m'a élu pour faire de moi celui dans la demeure de qui elle voudrait entrer.

— C'est bien, il vaut mieux qu'elle soit ainsi.

— Je suis venu devant Ta Majesté pour porter une plainte devant mon père et mon seigneur.

— Aurais-tu à te plaindre de Sebekni ?

— Certainement pas, c'est un homme discret et fidèle, outre le fait qu'il soit un excellent professeur de danse et de musique. Je veux que Ta Majesté sache qu'un homme puissant, sans doute un courtisan, un homme proche de Ta Majesté, tente par tous les moyens de séduire celle que j'aime, cette innocente jeune fille dont le nom est Persenti. Depuis déjà plusieurs mois, il ne cesse de la harceler, il lui envoie des serviteurs avec des billets qu'elle s'empresse de déchirer, mais il ne se lasse jamais de la persécuter de la sorte. Et voici qu'hier il a envoyé deux de ses affidés afin de l'enlever, de l'emporter hors du temple saint d'Isis, pour la déposer dans sa demeure et la soumettre à ses volontés, malgré elle. Mon intervention a mis en fuite les deux ravisseurs, mais je crains qu'à la suite de cet échec cet homme irascible n'envoie des serviteurs en si grand nombre que nous nous trouverions bien en peine de les empêcher d'agir et d'enlever cette jeune fille contre tout droit et toute justice.

— Que demandes-tu à Ma Majesté ? interrogea alors Khéops.

— Que tu donnes mandat à une personne accréditée pour rechercher qui est ce voleur de femmes, qu'elle le trouve et le conduise devant Ta Majesté afin de lui interdire de poursuivre dans cette voie et qu'il cesse d'importuner Persenti aux yeux de qui il est visiblement odieux.

— Il en sera fait comme tu le demandes à Ma Majesté, mon fils. Cet homme, nous le trouverons et nous le mettrons à la raison. Ne te fais plus de soucis à ce propos. Mais cette passion nouvelle qui occupe ton esprit t'a fait oublier que tu devais conduire auprès de Ma Majesté ce Djédi, ce sage dont tu m'as dit tant de bien, qui vit près d'Hermopolis.

— Il est vrai, mon père, que j'ai été en cela négligent et j'en demande pardon à Ta Majesté. Vois : dès demain je prendrai une cange et j'irai à sa recherche afin de l'amener devant Ta Majesté.

— Non, je te permets de remettre ce voyage à plus tard, après l'inondation. Pour le moment, songe à toi, ne t'éloigne pas de celle qui tient ton cœur. On ne sait jamais, elle risquerait de t'échapper si tu t'absentais trop longtemps avant d'avoir solidement ferré son cœur.

En quittant le grand palais, Djedefhor prit une barque pour se rendre à Memphis et y saluer sa mère et Hénoutsen. Bien qu'il eût peu de chose à dire à Méritités, c'est elle qu'il alla voir tout d'abord. Il la trouva en compagnie de sa fille Mérésankh et de sa belle-fille Hétep-hérès qui, chaque jour, lui apportait la petite Méret que Méritités chérissait.

— Après moi et ta tante Mérésankh, lui disait-elle, c'est toi qui portes le sang divin, c'est toi qui es la seule susceptible de légitimer tout prince qui prétendra au trône d'Horus. Tépi, donne tous tes soins à cette enfant, elle est le devenir de notre dynastie.

Chose dont la jeune mère était consciente, mais elle aimait sa fille pour une tout autre raison, tout simplement parce qu'elle était la chair de sa chair et, aussi, parce que cette naissance l'avait rapprochée plus encore de Kawab et lui avait rendu son époux plus cher. Un sentiment qu'elle ne dissimulait pas et qui avait profondément satisfait Méritités.

— Je ne doute plus, confiait-elle à sa belle-fille, que mon Kawab montera un jour sur le trône des Deux Terres, et toi, ma chérie, tu deviendras la Grande Epouse royale, tu régneras avec lui sur ce beau pays.

La jeune femme soupirait :

— Peut-être, ma mère, répondait-elle, mais qu'en aurais-je de plus que maintenant ? Toi-même, n'es-tu pas la fille du dieu, celle qui voit Horus et Seth, et pourtant, quel avantage as-tu de plus que n'importe quelle autre épouse de Grand de ce pays, sinon qu'on te respecte plus que n'importe qui d'autre ? Mais pas plus que les autres épouses du roi, mon père, pas plus qu'Hénoutsen ou que ma mère Noubet. Ce que je veux conserver, c'est plus simplement l'amour de mon époux, c'est que, contrairement à notre seigneur, il ne prenne pas d'autres épouses, qu'il soit tout à moi, à aucune autre femme. Je vois trop combien mon père n'a rendu heureuse aucune de ses épouses pour souhaiter partager votre sort.

— Cela tient surtout au fait que, en réalité, Khéops n'a jamais eu qu'une seule passion, laisser ce monument d'éternité qui vient d'être achevé. J'ai le sentiment que, cette œuvre une fois terminée, il ne se trouvera plus de raisons de vivre... A moins qu'il ne songe à construire une autre pyramide, ajouta-t-elle avec un sourire. Après tout, notre père, le dieu Snéfrou, s'en est bien fait construire deux, outre celle d'Houni le justifié dont il a voulu terminer la construction.

Lorsque Djedefhor se présenta devant sa mère, elle leva les bras en signe de bienvenue tandis qu'il s'agenouillait devant elle :

— Mon cher Hori ! Que deviens-tu ? D'où viens-tu ? Voilà quatre mois que nous ne t'avons vu ! Où étais-tu passé ? Viens-tu d'Hermopolis ? Mais non, tu en revenais lors de la fête *Sed* de Sa Majesté. Aurais-tu été à Abydos ?

— Pardonne-moi, mère, d'être resté si longtemps sans te donner de nouvelles. Pourtant, je n'étais pas loin, je suis simplement dans une école où je me perfectionne dans la danse et la musique.

— Est-ce là une idée de ton père ? Il est vrai que musique et danse sont deux arts divins, inventés par les dieux.

— Non, c'est moi qui l'ai voulu. Mais il faut que je t'avoue que je suis amoureux.

— Amoureux ? répéta-t-elle d'un ton où se mêlait la joie et l'étonnement.

— Oui, ma mère, amoureux d'une jeune fille qui est l'incarnation d'Hathor, de la Dorée aux belles danses.

— Voilà qui me réjouit le cœur. Quand vas-tu présenter à ta mère et à tes sœurs l'heureuse élue de ton cœur ?

— Point pour l'instant, car elle ne sait qui je suis en réalité et je ne veux pas le lui dire.

— Quelle idée extravagante ! Il suffirait pourtant que tu lui révèles qui tu es et elle tomberait aussitôt dans tes bras.

— C'est précisément ce que je ne souhaite pas. Je veux qu'elle m'aime pour moi-même et non pour ce que je représente. D'ailleurs, je ne représente rien, puisque je n'ai même pas le désir d'entrer en rivalité avec mes frères pour la succession au trône d'Horus.

— Précisément, tu fais preuve là d'une vraie sagesse, car il est plus difficile de renoncer à un trône de son plein gré que de nourrir l'ambition de s'y hisser un jour. La seule idée de la puissance, de la domination des autres hommes, trouble l'esprit le plus sain, fait tituber les plus sages. Il faut être parvenu à un grand détachement et à un haut degré de sagesse pour dédaigner cette gloire éphémère que confère l'autorité royale, ces divines couronnes qui placent un homme au rang des dieux, sans pour autant lui accorder l'immortalité. J'ai le sentiment, mon fils, que ton savoir, la hauteur de ton esprit, cette sagesse dont l'acquisition sera ta couronne, t'apporteront infiniment plus de joies profondes et de tranquillité de l'âme que toutes les gloires des hommes et la fragile puissance que confère la royauté.

Lorsque Djedefhor se fut retiré, après avoir salué sa sœur et sa belle-sœur, cette dernière regarda Méritités et s'étonna :

— Ma mère, j'ai admiré le discours que tu as tenu à Hori. Mais ne se trouve-t-il pas en contradiction avec ce que tu m'as souvent répété, que tu te réjouis que ton fils Kawab soit destiné à obtenir cette royauté dont tu viens, dans une certaine mesure, de faire le procès ?

— Point du tout, mon enfant, car s'il faut quelques sages, mais point trop, il faut aussi des rois pour gouverner les hommes. Aussi, je me réjouis d'avoir, parmi mes fils, et un futur roi, et un futur sage. A chacun son destin, à chacun sa place dans cette pyramide qu'est notre société humaine. Et reconnais que ce serait la preuve d'une grande perversité que d'inverser mes discours et de tenir à Kawab celui que je viens de développer devant Djedefhor et vice versa.

En quittant sa mère, Djedefhor se rendit dans la résidence voisine d'Hénoutsen. Elle s'y trouvait en compagnie de Khéphren et de Khamernebti. Ses deux enfants faisaient de la musique, l'une avec un luth, l'autre avec une harpe, et elle-même s'exerçait à des pas de danse : « La danse, à mon âge, déclarait-elle, entretient la souplesse et la beauté du corps, et la jeunesse de l'âme. » Ce qui justifiait qu'elle continuât de chanter, danser et faire de la musique, activités qui représentaient l'essentiel de ses distractions.

— Eh bien, Hori, lui dit-elle lorsqu'il apparut dans le jardin où elle se trouvait avec ses deux enfants, que deviens-tu ? Où en es-tu avec tes amours ? Je m'attendais à ce que tu viennes rendre une visite à ta nouvelle famille avec ta bien-aimée.

— Sache, Hénoutsen, que la conquête de cette jeune fille est plus délicate, plus longue, plus incertaine, que celle de ces barbares de Nubie que mon grand-père le dieu Snéfrou a soumis à son joug.

— Pour le moins, répliqua-t-elle, cet investissement d'une telle forteresse te forge l'âme d'un grand capitaine.

La réplique fit rire les jeunes gens, puis Khéphren prit la parole :

— Visiblement, je n'ai pas été mis dans la confidence. Si j'ai bien compris, notre frère Hori est amoureux d'une personne qui n'est pas disposée à se laisser facilement prendre dans ses filets.

Avec la permission de Djedefhor, Hénoutsen rapporta la mise en scène qu'elle avait conçue avec lui puis, à la demande générale, le prince fit un récit de ses approches dans l'école de danse et termina par un tel éloge de Persenti que Khéphren s'exclama :

— Par la vie d'Hathor ! J'ai du mal à te croire, Hori. Sans doute la passion que tu portes à cette jeune fille t'a ébloui et tu ne la regardes plus qu'à travers le soleil de ton esprit.

— Nullement, et si tu la voyais tu ne te moquerais plus de mes hyperboles.

— Puisque ma mère est devenue la tienne dans cette affaire, pourquoi ne pourrais-je lui être présenté comme ton frère ? Car je ne pourrais te croire que si je voyais cette grande merveille, sans doute née de l'union d'Horus et de la Dorée.

Djedefhor posa un regard inquiet sur son demi-frère, puis il se mit à rire et agréa :

— Pourquoi pas ?

— Vois, l'entreprit aussitôt Khéphren, impatient

de voir, comme il le dit lui-même, sa future belle-sœur, dans quelques jours, au début du mois prochain, je me présenterai à ton école comme ton frère, ce qui ne sera pas un mensonge. Je viendrai te dire que nos parents nous voudraient tous réunis pour la fête-*deni*, le septième jour du mois. Puisque ton père est soi-disant jardinier, il paraîtra naturel que notre famille célèbre cette fête des digues. Tu saisiras alors l'occasion pour inviter cette jeune fille et tu l'emmèneras avec toi. Ainsi nous pourrons l'admirer, et elle-même pourra voir la modeste demeure de ta pauvre famille.

CHAPITRE XXXIII

Djedefhor se demandait s'il n'avait pas eu tort d'accepter la proposition de Khéphren de le recevoir à l'école de danse en tant que son frère venu le prévenir que sa famille l'attendait pour la fête des digues. Il savait son demi-frère charmeur, épris de la beauté féminine et il ne pourrait donc rester indifférent à celle de Persenti. Dès lors, malgré l'amitié fraternelle qu'ils se portaient mutuellement, malgré le fait qu'ensemble ils avaient fait leurs études dans la maison de vie d'Héliopolis, ne pouvait-il redouter la rivalité de Khéphren ? Il est vrai que ses propres affaires étaient déjà bien avancées et que c'était lui qui vivait chaque jour dans la proximité de la jeune fille mais, si Khéphren décidait d'en faire sa concubine, Djedefhor savait trop bien que rares étaient les femmes susceptibles de lui résister tant il savait user de ses talents de séduction. Il lui revenait donc de rester sur la défensive, d'autant qu'il tenait ensuite à lui seul de garder Persenti éloignée de son frère, dans le cas où il nourrirait un quelconque soupçon.

— Comment va ta famille ? lui demanda Persenti lorsqu'elle le revit après son retour.

— Bien, bien. Tu sais, j'ai parlé de toi à ma mère, je lui ai dit que tu étais une danseuse incomparable, car elle aussi a beaucoup dansé dans sa jeunesse, et elle continue même maintenant. Elle serait heureuse de te voir ; elle voudrait que je t'amène chez nous, un jour, quand tu voudras.

— Bien volontiers, Hori. Je serais contente de connaître ta mère, et aussi ton père.

— Bien sûr... encore qu'il n'est pas souvent à la maison. Il est si occupé par son travail...

A peine eut-il parlé ainsi qu'il le regretta, car il avait oublié que son soi-disant père résidait en permanence dans la demeure qu'avait acquise Hénoutsen, sans qu'il ait songé à lui demander pourquoi elle tenait tant à cette maison, au point de l'acheter aux scribes qui l'avaient mise en vente au nom du roi. Car, à la mort de Sabi, la maison avait été saisie pour participer au remboursement des vols de son défunt propriétaire.

Khéphren se montra parfaitement ponctuel et, le premier jour du mois, le deuxième de l'inondation, il se présenta à la porte du temple d'Isis et se fit conduire à l'école de danse. Par un heureux hasard, il y entra lors d'une pause. Durant la saison chaude, Sebekni était obligé de multiplier les moments de repos, pendant lesquels les élèves allaient se rafraîchir dans le grand bassin aménagé au centre d'une vaste cour ombragée, adjacente à celle où se pratiquaient les exercices. Aussi trouva-t-il son frère assis sur un banc de pierre à côté d'une jeune fille dont il comprit dès le premier coup d'œil qu'il s'agissait de Persenti. Comme il aimait sincèrement Djedefhor, il ne voulut pas la voir, il voulut l'ignorer, car il craignait de se poser malgré lui en rival de son frère. Il se persuada qu'entre Khentetenka et Khamernebti il était suffisamment bien loti et satisfait.

— Bonne santé, mon cher frère, dit-il à Djedefhor sans paraître prêter attention à la jeune fille.

— Heureux de ta visite, Khafrê, lui répondit Djedefhor en se levant, par déférence fraternelle. Quelles nouvelles de la maison ? Comment vont nos parents ?

— Bien, en grande santé. Ils m'envoient vers toi pour te rappeler de venir le jour de la fête des digues. Nous serons en fête, nous te voulons à la maison pour ce jour.

— Je viendrai volontiers... Mon frère, vois près de moi cette amie, une bonne compagne chère à mon cœur. Persenti, Khafrê est mon frère, il vient de la part de mes parents.

— Je l'ai vu, j'ai entendu, répondit-elle en adressant à Khéphren un aimable sourire.

— Sans doute es-tu la danseuse dont Hori nous a fait les louanges, lui dit Khéphren.

— Je ne sais pas, répondit-elle en baissant les yeux.

— C'est bien elle, la meilleure danseuse de toute la Terre chérie, la maîtresse des belles danses et des beaux chants, celle qui enchante les yeux et le cœur par sa grâce et sa beauté, Persenti.

Djedefhor avait ainsi parlé avec tant de passion que la jeune fille ne put s'empêcher de rougir, tandis que Khéphren répliquait :

— Je ne sais si tu danses comme le prétend mon frère, mais il est vrai que tu pourrais rivaliser avec Hathor pour ce qui est de la beauté. Certainement mon frère va t'inviter à venir avec lui pour cette fête, à moins que tu ne doives aller chez tes parents.

— Je ne dois me rendre nulle part. Mais si Hori m'invite, je l'accompagnerai avec plaisir.

La spontanéité avec laquelle elle avait répondu à l'invitation enchanta Djedefhor, qui se persuadait que chaque jour qu'elle passait auprès de lui le rendait plus cher à son cœur. Il ne désespérait maintenant plus de réussir à la séduire et à la décider à devenir sa femme, la maîtresse de ses biens.

Khéphren s'assit près d'eux, mais du côté de son frère, non de celui de la jeune fille, par délicatesse et par scrupule vis-à-vis de Djedefhor, et il entretint la conversation, parlant, comme il savait si bien le faire, de tout et de rien, interrogeant Persenti sur sa famille, ses goûts, ses ambitions.

— Mon ambition, lui répondit-elle, est de continuer de me perfectionner dans mon art, de devenir la meilleure parmi les danseuses et les acrobates des Deux Terres.

— C'est là une belle aspiration, mais ce ne peut être le but de ta vie. Lorsque tu auras perdu cette souplesse et cette rapidité de gestes qui te permettent d'espérer te classer parmi les meilleures dans ce domaine, il te faudra bien choisir une voie nouvelle.

— Il sera alors temps de prendre un époux, assura-t-elle.

— Pas avant ? s'étonna-t-il.

— Je ne crois pas. Car si je me donnais un maître dans un mari, je redouterais qu'il m'interdise de pratiquer mon art, qu'il me contraigne à m'occuper de sa demeure. Et sans doute me ferait-il des enfants qui mettraient aussitôt un terme à mes ambitions.

— C'est sagement raisonner, reconnut Khéphren. Cependant, si tu sais bien choisir ton époux, il ne sera pas auprès de toi comme un maître, mais plutôt comme un esclave, et c'est toi qui prendras toutes les décisions, aussi bien celles te concernant que celles relatives à ton ménage.

— Encore faudrait-il trouver un tel époux.

— Je suis certain que tu n'auras pas de mal à en dénicher un de cette espèce, qui n'est pas rare chez nous.

— C'est bien possible, reconnut-elle en détournant la tête car, pour répondre aux questions du jeune homme, elle s'était tournée vers lui et vers Djedefhor, assis entre eux.

L'appel de Sebekni pour que reprennent les exercices mit fin à la visite de Khéphren, ce dont se félicita Djedefhor car, malgré la délicatesse de son frère qui s'était tenu à distance de la jeune fille, il sentait que celle-ci n'était pas restée insensible au charme qui émanait de sa personne dès qu'il ouvrait la bouche, et même avant. Ce que lui confirma innocemment Persenti qui, à la fin de la journée de travail, lui dit :

— Vraiment, ton frère est un garçon bien aimable. Il est brillant et sa conversation est pleine d'agrément.

— Mon frère est un charmeur. D'ailleurs, non content d'avoir une épouse qui lui a donné un fils, il a aussi une concubine.

Cet aveu de la réalité n'avait pas été inclus dans le statut familial prévu par Hénoutsen, mais il avait trouvé là ce qui lui paraissait le meilleur argument pour détourner Persenti de jamais avoir des vues sur Khéphren. Et il lui parut avoir touché juste, car elle hocha la tête en disant :

— Ah... Il est ainsi... Il est vrai qu'il est naturel qu'il soit marié. Ce qui est plus surprenant, c'est que toi tu ne le sois pas, car tu as bien une vingtaine d'années....

Il ne lui avoua pas qu'il en avait cinq de plus.

— Moi, lui répondit-il, je suis comme toi. Je suis en quête d'autre chose, je cherche en moi et hors de moi toute forme de sagesse. Je te l'ai déjà dit, et c'est la raison pour laquelle je n'ai pas encore pris femme. Mais en te regardant, je pourrais y songer plus sérieusement.

Elle se contenta de lui sourire avant de s'éloigner.

— Vraiment, Hori, tes parents sont merveilleux, et surtout ta mère. Elle est si belle, elle paraît si jeune, qu'on a quelque peine à croire qu'elle est ta mère. Et elle danse encore avec tant de grâce, tant de souplesse.

Ainsi parlait Persenti, alors qu'elle s'en retournait au temple d'Isis avec Djedefhor après avoir passé la journée de fête dans la demeure de Sabi, devenue pour la cause celle des prétendus parents du jeune homme.

— Il est dommage, poursuivait-elle, que ton frère Khafrê n'ait pas amené son épouse et son fils. Pourquoi n'est-elle pas venue ? Je n'ai pas osé poser la question à ta mère ou à ton frère. Seraient-elles en froid, ta mère et sa belle-fille ?

— Non pas du tout, répondit-il, cherchant rapidement une raison plausible, car il ne pouvait pas avouer que Khamernebti n'avait pas été mise au courant de l'intrigue et qu'elle était en même temps la fille et la belle-fille d'Hénoutsen.

— Peut-être ne veut-elle pas me rencontrer ?

— Encore moins ! Pourquoi ne désirerait-elle pas te voir ? Non, simplement, son père a tenu à ce qu'elle passe ce jour de fête auprès de lui.

— J'espère alors la rencontrer à une autre occasion. La maison de tes parents est si agréable avec ce jardin plein de colombes, d'arbres et de fleurs. On voit que ton père est jardinier !

— N'est-ce pas ? Je suis content que cette maison te plaise. Je te répète ce que ma mère t'a dit : tu es chez toi dans cette maison, tu y seras toujours la bienvenue.

— L'accueil de ta mère m'a beaucoup touchée et je te suis reconnaissante de ce que tu me dis car, tu le sais, je n'ai jamais eu vraiment de famille. Toute petite, j'ai été élevée par ma mère seule, car mon père ne l'avait pas épousée, et j'ai été bientôt abandonnée à l'école de Sebekni. C'est un homme estimable et honnête, mais il est sévère et strict, et il est loin de remplacer un père et une mère. Tu as pu voir qu'il m'est arrivé de séjourner chez mes parents maintenant qu'ils sont mariés, mais seulement une fois, et c'était pour fuir le harcèlement de cet inconnu. Ils me connaissent finalement peu car, lorsque je vais leur rendre une visite, je ne reste jamais plus d'un jour auprès d'eux ; il est naturel qu'ils me préfèrent ma jeune sœur et mon petit frère, qu'ils ont eus par la suite, après leur mariage. Aussi, j'ai eu l'impression de me sentir plus à l'aise chez toi que chez mes parents.

— Persenti, tu le sais maintenant, chez moi, ce

peut être ton chez-toi et ma mère peut remplacer ta mère.

— Je te suis reconnaissante de ces paroles, Hori, mais je te l'ai déjà dit, je l'ai aussi déclaré à ton frère encore récemment : je dois attendre encore pour me donner un mari. Je suis une danseuse d'Isis, et je veux le rester et continuer d'honorer les dieux par mes danses et mes sauts.

— Le fait d'avoir un époux ne t'en empêchera pas.

— Les danseuses sont toutes filles, même si certaines peuvent avoir un aimé. On dit même que certaines d'entre elles ont de nombreux amants, tous ceux qui sont disposés à payer généreusement leurs caresses. Mais moi, je ne sens pas les choses de cette manière. Je tiens à mon indépendance. Vois : si je préfère rester seule dans le temple d'Isis plutôt que d'aller séjourner chez mes parents comme le font nos compagnons et nos compagnes de l'école, c'est pour conserver cette indépendance, pour me donner la liberté d'aller où il me plaît quand il me plaît, sans avoir de comptes à rendre à personne. Mais rassure-toi, Hori. Je sais que tu as pour moi plus que de l'amitié ou de l'admiration. Sache donc que, si un jour je me décide à choisir un époux, ce sera toi, car je suis certaine que tu sauras m'aimer comme je peux le souhaiter et que tu ne t'imposeras pas à moi comme un maître.

Tout en parlant ainsi, elle lui prit la main, et ils allèrent par les rues poussiéreuses de Memphis, main dans la main, le cœur joyeux.

Le bonheur que connut Djedefhor ce jour-là fut brutalement arrêté après qu'il eut franchi la porte du temple d'Isis. Là se tenait Sebekni, qui semblait l'attendre.

— Hori, lui dit-il, je dois te parler seul.

Persenti, qui avait tout de suite compris le message, lâcha la main de son compagnon et s'éloigna, tandis que Sebekni entraînait le jeune homme à l'écart :

— Tu dois te rendre en toute hâte auprès de Sa Majesté. Un grand malheur est arrivé ce jour.

— Quel malheur ? Est-il arrivé quelque chose à Sa Majesté ?

— Non, rassure-toi. Il s'agit de ton frère, le seigneur Khoufoukaf. Il a profité de ce que les ouvriers ne travaillaient pas, que tout le monde était en fête, pour monter au haut de l'une des petites pyramides, celle qui est achevée, celle dont on dit qu'elle abritera le corps d'éternité de la reine Noubet. Or, nul ne sait comment la chose s'est passée : il semble qu'il ait glissé, ou encore qu'une pierre ait cédé sous son poids. Il est tombé au bas de la pyramide, il s'est fracassé la tête.

— Que me dis-tu là ?

— Ton frère est mort, seigneur, il est devant son père Osiris.

Un soupçon étant aussitôt passé dans l'esprit de Djedefhor, il demanda :

— Etait-il seul ? Sait-on s'il était accompagné ?

— D'après ce qu'on rapporte, il était seul. Il paraît qu'il y avait quelques personnes dans les environs, des contremaîtres, des gardes de la pyramide Lumineuse. Tous ceux qui ont déclaré avoir vu le directeur des travaux du roi ont assuré qu'il était seul, qu'il est monté sur la pyramide avec ses règles et ses instruments, sans doute pour prendre des mesures de cette hauteur.

Malgré la peine que cette annonce lui infligeait, Djedefhor se sentit le cœur plus léger tant il redoutait que son frère ait été poussé par un bras criminel.

— Certainement, je dois me rendre auprès de mon père. Si Persenti s'étonne de mon absence, dis-lui la vérité, dis-lui que je viens d'apprendre la mort de mon frère aîné et que j'ai dû m'absenter. Mais, naturellement, ne lui dis pas le nom de ce frère.

Djedefhor trouva le grand palais dans le deuil. Hénoutsen et Khéphren, qu'il avait quittés peu de temps auparavant dans la joie, arrivèrent au même moment que lui pour tomber dans la plus grande détresse tant un tel malheur était inattendu. Djedefhor demeura pendant les jours qui suivirent dans le grand palais, avec toute la famille royale rassemblée autour de Khéops, que cette mort avait abattu.

Et, comme si un sort contraire s'acharnait sur le roi, à peine venait-il de prendre le deuil de son fils qu'on vint lui annoncer que la sépulture de sa mère, la tombe d'Hétep-hérès, aménagée près de la pyramide de son royal époux, avait été pillée, on ignorait par qui. La plupart des trésors enfermés avec la momie de la reine avaient été dérobés. Seule l'intervention des gardiens de la nécropole avait mis en fuite les voleurs nocturnes. Khéops décida alors de faire aménager une sépulture secrète près des pyramides des reines et d'y ensevelir sa mère avec ses meubles et ce qui avait été épargné par les voleurs. Il trouvait une consolation dans le fait que cette mère qu'il avait tant aimée et vénérée reposerait tout près de lui, dans l'ombre de sa grande pyramide.

CHAPITRE XXXIV

— Hori, sais-tu que tu m'as manqué ? Comme tu es resté longtemps absent ! Je craignais que tu ne reviennes plus jamais, que tu m'aies oubliée. Vois : la saison de l'inondation est terminée, le fleuve est redescendu dans son lit : cela fait près de trois mois que tu es resté loin de moi. Je regrette pour ton grand frère. Je suis triste pour toi...

L'accueil que Persenti lui réservait réjouit le cœur de Djedefhor, qui avait craint que la jeune fille ne l'ait oublié de son côté. Car, après une première période de deuil à la suite de la mort de Khoufoukaf, il s'était décidé à prendre l'un des vaisseaux royaux pour aller quérir Djédi dans sa retraite, près d'Hermopolis. Il avait songé que la présence de ce sage vieillard apporterait une consolation à Khéops, que la mort de son fils avait profondément affligé, au point qu'on craignait qu'il ne tombe malade. Aussi avait-il accueilli avec un plaisir manifeste le sage qui avait su trouver les mots qui convenaient pour réconforter Sa Majesté car, à peine quelques jours après son arrivée, le roi recommençait à tenir ses audiences et revenait sur le chantier des pyramides. Kawab avait pris en main la direction des ouvriers, car il était, avec son père, celui qui connaissait le mieux les questions relatives aux travaux qui y avaient été entrepris, mais son père tenait à diriger personnellement les travaux afin que rien ne fût entrepris sans son consentement.

Ainsi la quête de Djédi, le temps passé auprès du roi, toutes les actions entreprises, avaient occupé les trois mois d'absence de Djedefhor.

— Ta compassion me touche profondément, Persenti, lui répondit Djedefhor en lui prenant la main. J'ai dû demeurer auprès de mes parents afin de les aider dans le malheur.

— Je l'ai compris. C'est pourquoi je n'ai pas voulu venir vous voir et vous importuner de ma présence, car ce sont des moments qu'on doit vivre dans l'intimité de la famille.

Djedefhor se félicita de la délicatesse de la jeune fille car, si elle s'était avisée de rendre une visite à la demeure de Sabi, elle n'y aurait trouvé qu'Inkaf, qui aurait été bien surpris de l'entendre le plaindre d'une si cruelle perte.

— Je ne savais pas, Hori, poursuivit-elle, que tu avais encore un autre frère.

— Est-ce Sebekni qui t'a annoncé la nouvelle ?

— Qui d'autre aurait pu le faire ? Vois : pendant tout ce temps, je n'ai pas quitté le temple. Bien que l'homme qui me harcelait ne se soit plus manifesté depuis le jour où on a tenté de m'enlever, j'ai toujours peur qu'il ne renouvelle une tentative semblable.

Cette remarque rappela ce rival à Djedefhor, qui

pensa alors que son père avait dû agir, et sans doute appris qui était le coupable. Il se promit de lui demander son nom la prochaine fois qu'il se trouverait en sa présence.

La vie reprit alors, comme par le passé. A plusieurs reprises, Djedefhor emmena la jeune fille dans sa famille, la faisant de plus en plus profondément pénétrer dans son intimité, sans cependant chercher à prendre d'elle plus qu'elle ne consentait à lui accorder. Khéphren s'arrangeait toujours pour être présent lors de ces visites, au point que Djedefhor suscita une occasion de se trouver seul avec lui :

— Khéfi, lui dit-il, utilisant pour l'occasion le diminutif qu'on lui avait donné dans son enfance, je ne peux douter que tu aies un penchant pour Persenti. Mais n'oublie pas qu'elle est celle que j'aime, celle dont je veux faire la maîtresse de mes biens. Tu as déjà une épouse avec notre sœur et une concubine avec Khentetenka, qui s'est bien aisément remise de la mort d'un époux qui lui était étranger, bien qu'il fût son demi-frère. Aussi, je ne voudrais pas que tu cherches encore à m'enlever ce bien si précieux pour moi.

— Hori, reconnut Khéphren, il est vrai que mes yeux sont fascinés par la beauté de cette fille et par la grâce et l'audace de ses danses. Mais sois certain que je ne chercherai pas à te la prendre. Si je viens lorsque tu l'amènes devant ma mère, c'est pour avoir le plaisir de la voir et de l'entendre, mais mes ambitions auprès d'elle s'arrêtent là, je te le dis avec Maât sur la langue.

Cette réponse rassura Djedefhor qui, de nouveau, se sentit heureux, car il était désormais certain que Persenti serait un jour sa femme, qu'avec elle il parcourrait le lent chemin de la vie.

Or, un jour, Persenti dit à Djedefhor :

— Hori, j'ai reçu ce matin un mot de mon père. Il m'a demandé de passer demain à la maison, car il veut me faire une surprise. Il m'apprend qu'il a un jeune frère, qu'il avait perdu de vue ; or voici qu'il l'a rencontré par hasard, ils se sont retrouvés après des années de séparation. Il voudrait que je fasse la connaissance de cet oncle dont j'ignorais même l'existence. Si tu le veux bien, accompagne-moi, ce sera pour moi une occasion de te présenter à ma mère et à mon père. Tu pourras les connaître et je suis certaine que tu leur plairas. Mais sois indulgent, car ma mère est loin d'avoir le charme et l'élégance de la tienne, mais mon père est un habile artisan et il me rappelle le tien par certains côtés. Il est bon qu'ils connaissent l'homme qui, un jour peut-être, deviendra mon époux, si tu as la constance de supporter mon caprice.

— Par la vie d'Isis, tu as pu voir que ma patience est infinie, autant que l'amour que je te porte.

La réponse la fit sourire et elle demanda :

— Alors, tu veux bien venir avec moi ?

— C'est un grand plaisir que tu me donnes en m'invitant à rencontrer ta famille comme je l'ai fait pour toi avec la mienne.

Djedefhor ceignit un pagne propre et chaussa ses sandales pour accompagner Persenti chez ses parents. Tandis qu'ils se tenaient assis dans la grande barque du passeur qui assurait le transport par voie d'eau des voyageurs entre le port des pyramides et celui de Memphis, Djedefhor interrogeait Persenti sur sa famille, car elle était toujours restée réservée sur ce sujet, et lui-même s'était voulu discret, de sorte qu'il ne savait d'elle que peu de chose. Ainsi apprit-il que sa mère s'appelait Iou et qu'elle ne travaillait plus dans les filatures royales depuis qu'elle s'était mariée, que le nom de son père était Chédi et qu'il était un habile artisan, que sa sœur âgée de neuf ans s'appelait Nikaânkh et que son frère Râhertépi, de deux ans son cadet, avait pour joli nom Iti.

— Peut-être verras-tu aussi mon oncle, le frère aîné de mon père, et mon grand-père Ptahmaaou, poursuivait Persenti. Depuis la mort de ma grand-mère, mon grand-père vient souvent chez mon père, car il est le seul de ses fils qui lui ait donné des petits-enfants. Il dirige un grand atelier, il en est le maître et le propriétaire.

La maison de Chédi était de petite taille, mais blanchie à la chaux et soigneusement entretenue, ce qui témoignait d'une certaine opulence, normale pour une famille dont l'artisanat était le métier, l'un des plus gratifiants.

— Bienvenue et santé, entrez mes enfants, que Bès vous protège.

Ainsi Chédi accueillit-il sa fille et son compagnon, et il les entraîna dans la grande salle où se tenait son fils, sa fille et son épouse. On fit asseoir Djedefhor non pas sur une natte, mais sur un beau siège en bois sculpté, sorti de l'atelier familial.

— Mon frère n'est pas encore arrivé, mais sans doute ne va-t-il pas tarder, assura Chédi tandis qu'une servante venait laver les pieds de l'hôte et qu'un serviteur offrait de la bière rafraîchie dans une cruche de terre poreuse.

— Titi, dit Nikaânkh à sa sœur aînée, viens dans ma chambre, je veux te montrer la poupée que m'a fabriquée notre père. Elle est en bois, entièrement articulée, comme un vrai personnage. Et mère lui a tissé une robe et lui a taillé une perruque...

Les deux sœurs sortirent, suivies de leur jeune frère. Le père profita de cette absence pour dire à son hôte :

— Hori, ma fille m'a dit beaucoup de bien de toi. Si elle a parlé avec Maât sur la langue, tu l'as respectée...

— Chédi, intervint Iou, tu sais bien que notre Titi ne ment jamais, elle est une vraie fille de Maât.

Djedefhor laissa parler, sans intervenir, attendant avec curiosité ce que voulait lui dire Chédi. Ce dernier hocha la tête et reprit :

— C'est pour moi la preuve que tu l'aimes, que tu désires en faire la maîtresse de ta maison. C'est une bonne chose, et je te demande de continuer de bien te comporter avec elle. Elle est en âge de se marier, mais elle peut encore prendre son temps et je l'approuve. Mais toi, tu es plus âgé qu'elle : auras-tu la patience d'attendre qu'elle se décide à faire de toi son époux ?

— Je crois l'aimer suffisamment pour pouvoir encore patienter, assura Djedefhor.

— C'est bien, très bien. Elle connaît ton père et ta mère, elle a vu ta maison, elle m'a dit que tu avais deux frères, ou plutôt un seul, car ton aîné a vu la sombre couleur... bien jeune.

Une nouvelle fois, Djedefhor se contenta de hocher la tête pour ne pas mentir en l'approuvant d'une manière ostensible. Chédi fit silence, puis il reprit :

— Il paraît que la maison de tes parents est assez belle et vaste. Mais ils ne sont que jardinier et servante. Penses-tu avoir assez de bien pour entretenir une maison ? Car, si je comprends bien, tu n'as pas de métier. Tu danses bien et surtout tu joues agréablement du luth. Ma fille danse aussi très bien, et tout sera au mieux tant que vous pourrez résider dans le temple d'Isis et être nourris aux frais de Sa Majesté. Mais ensuite, comment vivras-tu ? Et encore, les danseuses du temple n'ont pas de vie personnelle, pas de foyer. Il vous faudra une maison, à moins de vous installer chez tes parents ; ici, il n'y a pas de place pour un couple, car nous logeons aussi nos deux serviteurs et j'y ai installé mon propre atelier. Quand il lui arrive de passer une nuit à la maison, Titi partage la chambre de sa sœur.

Djedefhor, qui n'avait évidemment pas songé un instant à tous ces aspects pratiques du mariage, ayant à sa disposition une vaste résidence dans le palais royal de Memphis, l'écoutait avec embarras, car il n'avait pas prévu ce genre de considérations. Comme Chédi s'était tu en lui lançant un regard interrogatif, il hésita avant de répondre :

— La maison de père est suffisamment vaste pour nous loger. Par la suite, je verrai à nous faire bâtir une demeure pour nous et notre famille.

— C'est un beau projet, mon fils, mais avec quels

moyens ? Car tu ne reçois pas plus de salaire que n'en a Titi dans son école de danse.

— Il faut que tu saches que j'ai étudié dans une maison de vie et qu'il me sera facile d'être scribe. J'ai voulu me perfectionner dans la danse et la musique pour mon plaisir personnel, n'ayant pas besoin d'entretenir un ménage.

— Scribe est un bon métier, reconnut Chédi. Mais dans quelle maison espères-tu entrer ? Dans un temple ? Dans la demeure d'un Ami de Sa Majesté ? Dans un grand domaine ?

— Je n'y ai encore pas songé, avoua-t-il.

— Mais il faut y penser, dès maintenant, mon fils ! Un avenir ne s'improvise pas ! Avant de décider de te marier, tu dois chercher dans quelle administration tu vas pouvoir entrer pour accéder à de hautes fonctions. Il faut que tu saches, puisque tu désires épouser ma fille, que je ne te la donnerai que lorsque tu viendras devant moi et que tu pourras me dire : « Mon père, vois : je suis scribe dans tel temple ou tel bureau du grand palais ; je vais recevoir ceci et cela comme salaire, et je vais pouvoir faire bâtir une belle maison pour Persenti. En attendant, nous aurons tout ce qu'il nous faut dans la demeure de mon père. »

Ces considérations que tout autre prince aurait trouvées mesquines et qui l'auraient profondément agacé amusaient Djedefhor qui cherchait des réponses susceptibles de satisfaire son futur beau-père. Le retour de Persenti avec sa sœur mit un terme aux remontrances de Chédi, qui dit à sa fille :

— Titi, emmène Hori, fais-lui voir la maison.

La jeune fille prit Djedefhor par la main et l'entraîna dans les pièces voisines, puis à l'étage, jusqu'à la terrasse protégée du soleil par un dais de roseaux.

— Que t'a dit mon père ? demanda Persenti.

— Il m'a fait le détail de tout ce que je dois fournir comme garanties pour qu'il accepte de me donner sa fille.

— Je m'y attendais. Il m'a déjà fait la leçon. Ne trouves-tu pas qu'il ne manque pas d'aplomb de décider ainsi en mon nom, lui qui ne s'est jamais occupé de moi, qui a laissé ma mère m'abandonner dans le temple d'Isis pour que j'y sois élevée sans qu'ils en aient le souci, ni l'un ni l'autre ?

— C'est un fait connu que trop souvent les hommes en général et les parents en particulier usent de leurs droits mais oublient leurs devoirs.

Des voix dans la salle commune leur laissèrent penser que le frère attendu était finalement arrivé. Ils entrèrent dans la pièce et restèrent immobiles sur le seuil, stupéfaits : Inkaf se tenait assis, face à son frère ! Ils se regardèrent et, finalement, éclatèrent de rire. De son côté, Inkaf s'était tu et les regardait avec de grands yeux arrondis. Djedefhor songea qu'il devait réagir très vite avant qu'Inkaf ne fasse une bévue.

— Par la vie ! s'exclama-t-il. C'est toi, mon père ? Comment ? Persenti était ma cousine sans que je le sache ? Et toi, Chédi, tu es mon oncle ?

Et tout en parlant, il venait devant Inkaf toujours muet et s'inclinait devant lui, les mains sur les genoux.

— Ainsi, s'étonna Chédi, tu étais marié, tu avais des fils et tu ne m'en as rien dit !

— C'est que... nous ne nous sommes vus que rapidement... J'ai oublié de te le dire...

Persenti vint à son tour saluer son oncle et, après s'être réjouie d'une telle découverte, elle demanda :

— Comment vous êtes-vous retrouvés ? Mon oncle, pourquoi, après t'être éloigné si longtemps de la maison, es-tu soudain revenu auprès de ton frère ?

— C'est par un simple hasard, repartit Chédi. Je me rendais l'autre jour à l'atelier de notre père lorsque j'ai croisé Inkaf. Je l'ai tout de suite reconnu malgré les années de séparation et je l'ai emmené chez notre père Ptahmaaou. Il nous a dit être rentré de ses voyages depuis déjà quelque temps, mais il a tant d'occupations qu'il n'a pas trouvé le temps de venir nous rendre visite.

— C'est vrai, il est très occupé, assura Persenti. Il est jardinier dans les résidences royales de la ville et la mère d'Hori travaille dans l'une des demeures des reines... Au fait, je ne sais pas laquelle...

En parlant ainsi, elle s'était tournée vers Djedefhor, qui se sentait mal à l'aise.

— Oh... euh, je crois que c'est dans celle... de la reine Hénoutsen. Oui, c'est là qu'elle va dans la journée.

— Hénoutsen ? s'étonna Chédi. Mais je pourrais alors recommander ta mère. Hénoutsen, nous la connaissons bien, n'est-ce pas Inkaf ? Elle nous a gardés et elle a joué avec nous lorsque nous étions enfants.

— Est-ce possible ? demanda Persenti d'un ton joyeux.

— Bien sûr, puisque je te le dis, répliqua son père, vexé qu'on puisse s'étonner qu'il ait bien connu l'une des épouses royales.

— Pourquoi, Inkaf, n'as-tu pas amené avec toi ton épouse ? reprit la jeune fille à l'adresse de son oncle. Je suis certaine que mes parents l'aimeront. Elle est belle, charmante, aimable, enfin elle a toutes les qualités qu'on peut demander à une femme.

— C'est que... elle travaille, ce jour, elle n'était pas à la maison, répondit Inkaf qui, lui aussi, se sentait dans ses petites sandales.

Et il songeait qu'il aurait mieux fait de ne pas aller se perdre dans les environs de l'atelier de son père pour voir s'il était toujours en activité, si Ptahmaaou vivait encore. Car il n'aurait pas été fâché que sa nièce épousât l'un des fils du roi. Mais si elle découvrait la manière dont on s'était joué d'elle, n'en serait-elle pas blessée au point de ne plus vouloir être approchée du prince ? C'est d'ailleurs le même genre de question que se posait Djedefhor.

Le repas fut pris dans la bonne humeur. Contrairement à la manière dont on procédait dans les familles pauvres et à l'école de danse, où chacun s'accroupissait sur une natte pour se servir dans les plats communs déposés au centre du cercle des convives, Chédi marquait la richesse de sa maison en donnant un siège sorti de son atelier à chacun des hôtes et en faisant servir les mets sur la table personnelle placée devant.

— Mon intention est de donner une grande fête pour cette occasion, dit Chédi. Nous inviterons mon père et mon frère aîné avec sa femme. Il faudra, Inkaf, que tu amènes ton épouse et tes deux fils. Ce sera une belle fête et nous parlerons du mariage de nos enfants. Quelle aventure merveilleuse ! Que mon neveu soit tombé amoureux de ma fille sans savoir qu'elle était sa cousine ! Il y a dans cette rencontre une volonté secrète des dieux, sans doute d'Isis, car c'est dans son temple que vous vous êtes rencontrés, c'est la déesse qui t'a conduit par la main dans cette école de danse, Hori.

— C'est sans doute cela, admit Djedefhor, qui commençait à regretter l'initiative prise par Hénoutsen.

Sans doute Chédi ne serait pas fâché de découvrir que son futur gendre n'était autre que l'un des princes, fils de la Grande Epouse royale. Mais Djedefhor redoutait la réaction de Persenti. Visiblement, elle se souciait peu du rang de celui qu'elle choisirait comme époux mais, avec sa fierté et son sens de sa propre dignité, accepterait-elle de voir qu'on l'avait trompée, même si c'était pour une bonne cause ? Sans doute, elle semblait s'être suffisamment attachée à lui pour qu'il n'ait pas à redouter qu'elle sacrifiât cet amour à son amour-propre, mais pouvait-il en être certain ? Il décida que, pour révéler la vérité à Persenti, il fallait que leur liaison soit plus encore avancée, il fallait qu'il se soit uni à elle, voire qu'elle soit enceinte de lui. Dès lors, même si elle marquait quelque mouvement d'humeur, même si elle l'accablait de reproches, elle ne pourrait, sur un coup de tête, le repousser, le fuir.

CHAPITRE XXXV

Le souci que donnait à Djedefhor la découverte de la parenté de Persenti avec son père putatif fut bientôt minimisé par deux nouveaux malheurs successifs qui frappèrent la famille royale. Kawab, que l'on considérait comme le prince héritier puisque Khéops ne s'était toujours pas prononcé quant à sa succession, qu'il n'avait marqué aucune préférence parmi ses fils, mourut brusquement de ce qu'on pensait être une indigestion. Sans doute, il mangeait beaucoup et son épouse lui reprochait ces débordements de gourmandise qui le rendaient de plus en plus adipeux. Or, à la suite d'un repas copieux, il avait été pris de crampes, son ventre avait enflé au cours des jours qui suivirent et, d'une manière cependant bien inattendue, il cessa soudain de respirer, le souffle de vie le quitta.

Bien qu'il ait toujours été en relations plus étroites avec ses demi-frères, Khoufoukaf et Khéphren, Djedefhor n'en fut pas moins profondément touché par la perte de son frère aîné, et il lui fallut toute sa maîtrise de soi pour ne pas laisser paraître son chagrin aux yeux de Persenti. Il trouva cependant un prétexte pour s'éloigner d'elle pendant les jours qui suivirent cette disparition ; évoquant ce que lui avait déclaré son futur beau-père, il déclara à la jeune fille :

— Grâce à mon frère qui se soucie de mon avenir, je crois pouvoir entrer comme scribe dans le temple de Rê. Il a fait les démarches nécessaires et il paraît que le Grand Voyant désire me voir. Il faut que j'aille devant lui. Ton père sera satisfait, lui qui m'a fait savoir qu'il fallait que j'aie un bon métier si je voulais faire de toi la maîtresse de mes biens.

— C'est une bonne chose, lui répondit-elle, mais sache que je t'aimerais même si tu étais pauvre et sans avenir, car j'ai vu que tu n'étais pas un ignorant et que la sagesse était dans ton cœur. Aussi, s'il est heureux que tu puisses entrer dans le temple d'Héliopolis, ne reste pas trop longtemps absent. Vois : tu es entré dans mon cœur comme du vin dont on aurait abusé, et désormais dès que tu es absent ta présence me manque. Reviens vite vers moi.

Djedefhor quitta ainsi le temple d'Isis pour se rendre auprès de sa mère, qui ressentait le plus vif chagrin de la perte de son aîné, qui avait été son fils préféré. Ce pour quoi Djedefhor n'avait d'ailleurs éprouvé aucune jalousie, ne serait-ce que parce qu'il se sentait plus en harmonie avec Hénoutsen et ses fils qu'avec sa mère et ses deux frères aînés.

Il profita de ce séjour dans le vieux palais de Memphis pour aller saluer sa tante Néferkaou et, surtout, Ibdâdi, devenu son oncle par son mariage. Il se plaisait particulièrement dans sa compagnie et, pendant tous ces mois d'éloignement, c'était peut-être lui qui lui avait le plus manqué tant il prenait plaisir à l'entendre parler, tant il lui paraissait que de ses lèvres coulait le miel de la sagesse. Il fut tout d'abord contrarié de le trouver en compagnie d'Ayinel. Non pas qu'il nourrît un quelconque préjugé contre le frère de Noubet mais, quand il rendait visite à Ibdâdi, il aimait rester en tête à tête avec lui pour pouvoir le diriger sur les sujets qui lui tenaient le plus à cœur, notamment la moisson de connaissances qu'il avait réalisée au cours de ses voyages, au contact des peuples étrangers, ignorés par la plupart des Egyptiens.

— Sois le bienvenu, Hori, lui dit Ibdâdi en l'accueillant. Il y a si longtemps que nous ne nous sommes vus ! Mais, hélas, quelles tristes circonstances nous réunissent ! Certainement est-ce toi qui m'es le plus cher parmi les enfants de Sa Majesté. Mais j'aimais bien Kawab et aussi Khoufoukaf. C'est un bien grand malheur qui frappe le roi et sa famille !

— Sois aussi certain, Hori, dit à son tour Ayinel, que je partage ta peine et celle de la famille de Sa Majesté. C'est une bien triste chose que le roi ait perdu son fils aîné. Je crains qu'il n'en soit terriblement éprouvé.

— Ayinel vient juste de rentrer d'une longue navigation dans la mer du Sud, vers le Pount, fit savoir Ibdâdi à Djedefhor. Il ignorait la mort de Khoufoukaf, et il vient juste d'apprendre celle de Kawab.

— Ayinel, dit alors Djedefhor, évitons de parler de ces disparitions, qui pour les vivants sont de grands malheurs mais qui, pour les justifiés qui ont pris le chemin de l'Amenti, sont certainement un bonheur, une délivrance, car ils ont franchi les portes de l'Eternité, ils sont devenus des *akhou* immortels assis auprès de Rê et d'Osiris. Il me serait plus agréable que tu me parles de ce Pount, de ce pays lointain et mystérieux d'où l'on rapporte des résines divines, de l'or et de l'ivoire. Il m'a même été dit par un sage qui vivait près d'Hermopolis, ce Djédi qui réside maintenant près de Sa Majesté dans son palais, que c'est aussi vers cette mer du Sud qu'il faut chercher l'île où est conservé le livre secret de Thot.

— Djedefhor, lui répondit Ayinel, je ne sais si cette île existe, ou si c'est l'une des nombreuses îles qu'on rencontre tout près des rivages que baigne cette mer. Mais ces îles, je ne les connais pas. On passe au large, sans s'y arrêter, car bien des légendes courent à leur propos et il semble dangereux de s'approcher de certaines d'entre elles. Pour ce qui est du Pount, c'est un pays de montagnes, mais très vaste, dans lequel on trouve des rivières souvent asséchées. Je pourrais longtemps te parler de ses habitants, qui sont très divers car certains vivent dans des grottes, d'autres construisent des maisons en branchages et en feuillages au-dessus des eaux, qu'ils soutiennent par de solides pieux qu'ils enfoncent dans le sable sous l'eau. Quant aux résines d'encens et de myrrhe, je ne peux rien t'en dire. Il paraît qu'elles proviennent de petits arbres qui se trouvent loin vers l'intérieur, dans les montagnes. Mais nous n'y sommes jamais allés, car ce sont les gens établis près des rivages qui viennent nous apporter ces marchandises, que nous leur échangeons contre ce que nous apportons de chez nous.

— Mais dis-moi encore : il m'a été rapporté que la mer du Sud n'est pas large, qu'en quelques jours de navigation on atteint les côtes qui sont en face, celles du pays du Dieu. Mais ces côtes, s'étendent-elles à l'infini ?

— Evidemment pas. Vient un moment, mais après des décades et des décades de navigation, où la mer s'ouvre largement, au sortir d'un étroit goulet au centre duquel se trouve une île. Cette île, nous n'y avons jamais abordé, et c'est peut-être l'île dont tu parles, car on dit qu'elle est habitée par des serpents qui en gardent les trésors. Ou encore, il est possible qu'elle se trouve loin dans la mer du Sud, en naviguant vers le soleil levant après avoir passé ce détroit où le vent s'engouffre avec tant de bruit qu'il semble que ce sont les gémissements de géants.

— Hori, dit alors Ibdâdi, il est sans doute possible de suivre les côtes de la terre du Dieu pour atteindre cette île mystérieuse, que je ne connais pas mais dont j'ai entendu parler par les gens du pays de Sumer et qu'ils appellent Dilmoun. C'est un pays merveilleux où auraient vécu les dieux avant la création, selon ce que rapportent les gens d'Uruk. Mais c'est bien plus loin vers l'horizon où se lève le soleil qu'il faut avancer pour trouver la terre du Vivant, où réside Ziusudra, cet homme devenu immortel dont j'ai parfois parlé à ton père et à toi-même. Mais bien rares sont, à ma connaissance, ceux qui sont parvenus jusque dans ces montagnes lointaines.

— Tu n'ignores pas pourtant que c'est en quête de cette terre que j'aimerais aller, lui rappela Djedefhor, bien qu'il pensât au fond de lui que, depuis qu'il avait rencontré Persenti, il n'y songeait plus, à moins de l'emmener avec lui dans une si périlleuse quête...

— Tu sais aussi bien, Hori, que je ne peux t'en dire plus que ce que je t'ai déjà appris. Il faut que tu te rendes dans l'une des villes des Sumériens, à Ur ou à Uruk, où tu trouveras peut-être un sage qui t'en indiquera la route. Il me semble que maintenant tu maîtrises suffisamment bien leur langue pour n'avoir aucun mal à te faire comprendre des gens de ce pays. Tu vois que même Ayinel, qui a maintenant tant navigué sur les chemins de la Grande Verte, ne peut t'apporter de nouvelles précisions, sinon que ces terres sont peut-être accessibles en passant par la mer du Sud. En vérité, je te le répète, il tient maintenant à toi de prendre un contact direct avec les peuples du Levant. Je t'ai inculqué toutes les connaissances que j'avais accumulées, tu parles correctement la langue des gens du Kharou et celle des Sumériens : tu peux dès lors mener toi-même ton enquête. C'est une expérience que personne ne peut faire à ta place.

Djedefhor profita aussi de son séjour dans le palais de Memphis pour rencontrer Hénoutsen. Elle avait été mise au courant de la découverte du lien de parenté entre Persenti et Inkaf par ce dernier.

— C'est une coïncidence aussi plaisante qu'embarrassante, dit Hénoutsen à Djedefhor. Il est certain que Chédi n'aura de cesse que n'ait lieu cette réunion de famille. Il est aussi évident que, si je me présente comme ta mère, il ne pourra qu'en rire et notre mystification sera découverte. Je crains que Persenti ne le prenne mal, d'après ce que je commence à savoir d'elle. Il convient que tu lui sois devenu plus indispensable avant de lui révéler notre stratagème et que tu lui en donnes la raison. On ne peut prétendre que ta pauvre mère a rejoint son ka. J'ai pensé que tu pourrais alléguer que, à la suite de la perte de son fils, la première épouse est allée prier Osiris à Abydos. Pour ce voyage, elle a emmené tout le train de ses servantes, parmi lesquelles se trouve ta mère. Ainsi se trouvera-t-elle absente pendant un bon moment et moi-même je disparaîtrai de votre horizon : Chédi ne pourra que remettre à plus tard cette belle réunion de famille. Il te reviendra alors de hâter ton entreprise de séduction. Montre-toi plus entreprenant. J'ai le sentiment que, si tu réussis à mettre cette petite dans ta couche, elle ne pourra plus se passer de toi. Dès lors, même si elle apprend qu'elle est la concubine d'un prince et non pas d'un obscur danseur, elle ne pourra plus s'en indigner ; au pire, elle te boudera quelques jours et le tour sera joué.

Fort de la décision qu'il avait prise à la suite de sa concertation avec Hénoutsen, Djedefhor s'apprêtait à retourner à l'école de danse lorsque parvint au palais une nouvelle qui termina d'accabler Khéops : Baoufrê avait été tué lors d'une révolte des Nubiens Irdjet. Ennemis des Ouaouat, ils avaient ravagé leurs terres, en suite de quoi le roi de ces derniers avait requis l'aide des Egyptiens. Baoufrê était intervenu à la tête de sa troupe. Il les avait vaincus, les avait repoussés, ramenés dans leurs territoires, mais, alors qu'il était victorieux, il avait reçu un coup de lance et avait vu la sombre couleur. Sa mort avait eu pour conséquence la retraite des Egyptiens. Aussitôt après, les Irdjet, alliés aux Yam, une autre puissante tribu de Nubie, étaient repartis en guerre. Ils avaient à nouveau vaincu les Ouaouat, et le messager affirmait qu'ils lançaient des raids dans la province d'Eléphantine, et même qu'ils menaçaient la capitale, qui n'avait plus de gouverneur.

Khéops convoqua aussitôt Khéphren, Djedefhor et Minkaf. Ils vinrent tous les trois devant lui, se prosternèrent au pied du trône, puis le roi ouvrit la bouche et leur parla en ces termes :

— Khéphren, tu es maintenant l'aîné de mes fils avec Djedefhor. Je te nomme gouverneur de la province d'Eléphantine et des marches du sud à la place de ton frère justifié. Hâte-toi d'obéir aux ordres de Ma Majesté : réunis de nombreux bateaux, fais-y embarquer une forte troupe et, à la tête de ces hommes, remonte le fleuve jusqu'à la passe méridionale. Prends possession de ta province, impose ton autorité au nom de Ma Majesté. Puis va chez les vaincus de Nubie, châtie les vils Irdjet et les vils Yam, venge la mort de ton frère, mon fils bien-aimé.

— Seigneur, mon père, j'écoute Ta Majesté et j'obéis.

— Pour toi, Djedefhor, je veux que tu sois le directeur des travaux de Ma Majesté, que tu sois aussi le maître de la pyramide Lumineuse. Je te donnerai toutes mes directives relativement à ce que tu auras à faire lorsque Ma Majesté aura pris le chemin de la Douat. Quant à toi, Minkaf, tu vas t'initier aux fonctions de vizir. Ma Majesté te fera connaître les devoirs de ta charge, je dirigerai tes premiers pas dans cette éminente fonction.

— Mon père, mon seigneur, dit alors Djedefhor, j'écouterai les paroles de sagesse qui tomberont des lèvres de Ta Majesté mais, avant de prendre la charge que tu daignes me confier, je te prie de m'accorder encore un peu de temps car...

— Si je comprends bien, mon fils, l'interrompit le roi, tu n'as pas encore réussi à conquérir celle que ton cœur aime et tu veux encore rester dans l'école de danse à ses côtés ?

— Ta Majesté ne se trompe pas.

— Hâte-toi de la faire tienne. Je ne peux t'accorder que peu de temps, car Ma Majesté commence à ressentir une grande fatigue et je ne sais encore combien de temps il me reste à vivre. Maintenant, mes fils, allez, préparez-vous à assumer chacun la tâche qui vous est dévolue.

Ils se retirèrent tous trois, sans oser s'inquiéter de Didoufri, sans oser lui demander pourquoi il ne se trouvait pas avec eux et pourquoi il semblait ne pas avoir reçu de fonction.

Or Noubet était venue devant le roi et lui avait parlé froidement, sans marquer la moindre compassion pour la mort de ses fils.

— Seigneur, mon aimé, lui avait-elle dit, sans doute un dieu exige que tu tiennes le serment qu'un jour tu m'as prêté. Vois : tu n'es pas arrivé à te résoudre à désigner notre fils Didoufri comme ton héritier, comme celui qui est désigné par Ta Majesté et par les dieux pour monter sur le trône d'Horus.

Visiblement, ce sont aussi les dieux qui t'ont privé, l'un après l'autre, de tous tes fils aînés, de tous ceux qui étaient légitimement destinés à ceindre la double couronne. Vas-tu ainsi sacrifier tous tes fils à la vindicte de je ne sais quelle divinité protectrice du serment ? C'est bien par accident, maladie ou combat que la mort a frappé tes aînés, par la volonté des dieux. Je supplie Ta Majesté d'épargner tes autres fils. Je suis certaine qu'il suffirait que tu désignes Didoufri comme prince héritier légitime pour que la divinité vengeresse soit satisfaite. Songe au danger que court ton fils Khéphren maintenant que tu l'as envoyé guerroyer contre les vils Nubiens, et même à celui que court Djedefhor dans la fonction que tu lui as attribuée, car c'est bien en tant que directeur de tes chantiers royaux que Khoufoukaf le justifié a vu la sombre couleur.

Khéops était trop intimement persuadé que sa troisième épouse touchait la vérité, que c'était Maât en personne qui lui dictait ses paroles, pour lui opposer un quelconque argument. Il capitula, il se rendit à ses raisons, il se vit contraint de tenir sa promesse :

— Je vais ordonner qu'on prépare la cérémonie au cours de laquelle Ma Majesté désignera le prince héritier, ton fils Didoufri.

Mais cette décision, prise avant qu'il n'ait convoqué ses trois autres fils, Khéops ne leur en avait rien dit, dans la crainte qu'ils ne se révoltent, qu'ils ne lui en fassent le reproche. Il voulait attendre que Khéphren se soit mis en route avec sa flottille et sa troupe, qu'il soit loin vers le sud, que Djedefhor soit retourné dans son école auprès de sa bien-aimée et que Minkaf, qu'il savait souple, complaisant, facile à manipuler, sans grand caractère, ait pris possession de sa nouvelle charge avant de fixer le jour de la cérémonie, le jour où il allait dépouiller ses aînés au profit du puîné. Il voulait aussi que, dans la charge qu'il destinait à Didoufri, soit incluse celle de commandant des Medjaï et de toutes les armées royales, afin que ce dernier soit le maître de la puissance militaire, ce qui mettrait un terme à toute possibilité de rébellion des Grands et des Amis. Car il redoutait que sa décision ne fût, après sa mort, la cause d'une véritable guerre civile. Il comptait aussi sur Noubet, à qui il avait longuement parlé, pour qu'elle soit l'élément modérateur entre son fils et les autres reines et leurs enfants, pour qu'elle empêche Didoufri de s'abandonner à l'ivresse du pouvoir.

CHAPITRE XXXVI

Djedefhor était revenu dans le temple d'Isis depuis à peine quelques jours lorsqu'il apprit, par la voix de Sebekni, que Didoufri avait été officiellement nommé par le roi commandant des troupes royales. Quelques jours plus tard, le même Sebekni réunit ses élèves pour leur faire savoir que Sa Majesté avait décidé d'organiser une grande cérémonie pour l'inauguration de sa pyramide et de l'ensemble de la nécropole, les travaux étant parvenus à leur achèvement. Il est vrai qu'on travaillait encore à la construction du sphinx, mais le roi était trop impatient de célébrer le premier culte initiatique dans la pyramide Lumineuse pour patienter encore pendant les deux ou trois années nécessaires à l'achèvement du gardien de la nécropole. Djedefhor apprit, par la même occasion, que le roi allait profiter de cette cérémonie pour nommer devant le peuple et les Grands du royaume l'héritier de la double couronne, en l'occurrence, ce qui n'était plus un secret pour personne, le prince Didoufri. Djedefhor, qui s'attendait à cette nomination, ne s'en offusqua pas. Il ne s'étonna pas non plus que son père ne l'ait pas convoqué pour se trouver avec ses sœurs et son frère Minkaf dans le cortège des princes.

— Sa Majesté te fait dire, lui apprit le maître de

danse en aparté, que, bien que tu aies pris la décision de t'intégrer à mon école, tu ne peux pas participer à la cérémonie comme tous mes élèves. Il ne faut pas que les Amis du roi et les Grands puissent te reconnaître parmi les participants. D'autre part, si tu veux continuer de paraître aux yeux de Persenti sous l'identité qu'elle connaît, tu ne peux non plus te tenir auprès de Sa Majesté avec ses deux autres fils et ses épouses, car elle ne pourrait manquer de t'y voir et de te reconnaître. Aussi, je crois qu'il est préférable que tu restes ici, qu'on ne te voie pas à cette cérémonie. Je dois d'autre part te faire savoir, de la part de la reine Hénoutsen, qu'elle-même s'est refusée à paraître auprès de Sa Majesté et elle te fait dire qu'elle serait offensée si tu acceptais d'y figurer de ton côté, car elle considère que ce serait une honte pour toi de sanctionner ainsi le choix du roi qui, au cours de cette cérémonie, va te dépouiller de tes droits héréditaires. Il est vrai, seigneur, qu'à la suite des malheurs qui ont frappé ta famille tu es maintenant l'aîné des fils royaux, et c'est à toi que devrait revenir la double couronne.

— Je ne l'ignore pas, Sebekni, répondit Djedefhor sans acrimonie, mais, en vérité, je n'ai pas de goût pour le pouvoir. Je me suis fixé d'autres buts dans l'existence et c'est vers eux que je veux tendre ma volonté.

Djedefhor se réjouit par ailleurs de la perspective de cette cérémonie car, pendant le mois qui s'ouvrait, entièrement consacré à la mise au point des danses et des chants, les élèves n'avaient pas l'autorisation de quitter l'enceinte du temple. Ainsi était reportée à un futur indéterminé la réunion de famille que souhaitait organiser Chédi. Car Djedefhor ne pouvait se résoudre à révéler la vérité à Persenti tant il redoutait sa réaction en l'apprenant. Aussi remettait-il toujours à plus tard un aveu dont il ne pouvait mesurer les conséquences.

Pendant les jours de préparation, l'entraînement fut si intense que Persenti, regardée comme la première parmi les danseuses et destinée à être mise en vedette, devant figurer la déesse Isis lors des rites liés à la cérémonie, ne trouva aucun moment à consacrer à des entretiens privés avec Djedefhor. Lorsque venait l'heure du repas du soir, les danseurs étaient si las à la suite d'une journée si intensément remplie qu'ils ne songeaient plus qu'à dormir.

Lorsque vint le jour de la cérémonie, Sebekni justifia l'absence de Djedefhor parmi les danseurs en déclarant qu'il ne possédait pas encore suffisamment son art pour pouvoir participer à une procession aussi importante, que Sa Majesté, fin connaisseur, voulait d'une grande qualité.

— Je suis conscient de mes faiblesses, concéda Djedefhor devant ses compagnons, et, si d'aventure tu m'avais engagé à m'y montrer, c'est moi qui m'y serais refusé. Mon intention est de profiter de cette occasion pour aller rendre une visite à mes parents, que je n'ai pas vus depuis longtemps.

Grâce à ces prétextes, Djedefhor évita ainsi d'assister au triomphe du fils de Noubet. Tandis que les danseuses et danseurs s'apprêtaient à participer à la fête, il quitta l'école pour se rendre à la résidence d'Hénoutsen, afin de manifester ostensiblement son opposition à la décision du roi d'introniser Didoufri. Son père lui ayant fait comprendre par l'intermédiaire du maître de danse qu'il voulait qu'il demeurât dans le temple d'Isis pendant la cérémonie, il savait que sa visite à Hénoutsen à ce moment précis marquerait aux yeux de son père son désaccord en ce qui concernait son choix.

— Hori, lui dit la reine, tu es le seul à avoir osé défier le roi, le seul avec moi. Je te remercie d'être venu devant moi. Même Méritités, ta mère, n'a pas osé se dresser contre la volonté de son frère, ni même Néferkaou. Encore que pour elle ce soit pardonnable, car Ibdâdi est partagé entre son ancienne amitié pour Noubet et notre parti auquel il est rallié par son mariage. Quant à Minkaf, c'est un faible, et il est si fier et heureux de sa nouvelle fonction de vizir qu'il redoute trop de la perdre en affrontant la colère de Khéops. Au demeurant, je le crois même prêt à se rallier à Didoufri qui, à ce que j'ai appris, lui a juré qu'il le garderait comme son vizir s'il soutenait sa prétention au trône d'Horus.

— Hénoutsen, lui répondit Djedefhor, si, en venant te voir aujourd'hui, je veux manifester mon dissentiment devant le choix de mon père, ce n'est pas parce que je revendique mon droit à la double couronne. Ce n'est pas par ostentation que je ne prétends pas à la couronne, c'est parce que je n'ai pas de goût pour le pouvoir. En vérité, c'est mon frère Khéphren que je voudrais voir assis sur le trône des Deux Terres, c'est lui qui est le plus apte à assumer une telle responsabilité.

— Il est heureux qu'il se soit solidement établi dans ses provinces et qu'il dispose d'une bonne troupe, sûrement fidèle. Car je crains qu'une fois monté sur le trône d'Horus ce fils de Seth de Didoufri ne cherche à le faire disparaître. Et il en va de même pour toi, car vous êtes tous les deux les seuls prétendants qui puissent lui porter ombrage. Vous deux éliminés, il n'a plus à redouter la moindre contestation, puisqu'il reste l'héritier légitime, avec un Minkaf qui lui est soumis. Je n'en veux pas pour autant à mon cadet car, par ce ralliement, il sauve et sa charge et sa vie.

— Hénoutsen, crois-tu vraiment Didoufri capable de chercher à nous mettre à mort, Khéphren et moi-même ?

— J'en suis persuadée. Et le plus menacé des fils de Khéops, c'est toi. Car non seulement Didoufri t'en veut de t'être trop souvent opposé à lui, mais il faut que tu apprennes quelque chose que t'a caché ton père. Tu te rappelles que, dans les premiers temps où tu as vécu dans le temple d'Isis, un homme a tenté de séduire Persenti, et a même cherché à la faire enlever. Or j'ai appris de la bouche même de ton père que cet homme n'était autre que Didoufri.

— Que m'apprends-tu là ! éclata Djedefhor. Quoi,

c'est mon frère qui serait cet homme dont Persenti m'assurait qu'il était très puissant et dangereux, cet homme qui la persécutait ?

— C'est lui qui l'a vue tout aussi bien que toi alors qu'elle dansait lors de la fête du jubilé royal. Néanmoins, tu peux comprendre son sentiment, toi qui as été comme terrassé en la voyant pour la première fois. Cette fille est d'une rare beauté, unie à un très grand talent de danseuse : qui ne serait pas séduit ? Même ton frère Khéphren n'est pas resté insensible à tant de charmes. Mais rassure-toi, jamais il n'oserait se dresser contre toi comme rival, car je serais la première à le ramener dans le droit chemin. Or, si Didoufri n'a pas continué à harceler Persenti, c'est parce que ton père, à la suite de tes plaintes, l'a fait venir devant lui, n'ignorant pas sa passion, et l'a obligé à promettre qu'il renoncerait à poursuivre de ses assiduités par trop intempestives une fille destinée à un autre. Sur les instances de son fils, Khéops a révélé que ce tiers n'était autre que toi. Tu dois ainsi te douter qu'une fois établi sur son trône Didoufri aura tôt fait d'oublier son serment. Je sais qu'il continue de penser à elle et qu'il s'est juré de la mettre dans sa couche. Il ne s'en cache pas auprès de ses intimes : c'est ainsi que je l'ai appris par Ayinel qui, quoique son oncle, désapprouve la conduite de son neveu.

— Hénoutsen, déclara Djedefhor après un instant de recueillement, je ne peux croire que Didoufri manifeste tant de mépris des dieux et de sa propre parole pour se parjurer et chercher à me prendre Persenti. Il aura le trône d'Horus, je suis persuadé qu'il s'en suffira.

— Djedefhor, ne juge pas les autres à ta propre mesure. Je te le dis : prends garde à Didoufri.

Djedefhor s'en retourna au temple d'Isis à la fin de la journée, de sorte que les danseuses et musiciens étaient tous rentrés lorsqu'il y arriva. Persenti fut la première à venir devant lui, toute joyeuse :

— Hori, lui demanda-t-elle, où étais-tu donc passé ? T'es-tu mêlé à la foule pour assister à la fête ?

— Non, j'en ai profité pour aller rendre une visite à mes parents. Mais toi, dis-moi comment les choses se sont passées ? As-tu brillé comme un soleil au milieu de tant d'étoiles ?

— Apprends que Sa Majesté a été si satisfaite de ma prestation que, une fois les cérémonies terminées, il a envoyé un serviteur pour me conduire devant lui. Le roi m'a félicitée, il m'a aussi dit que j'étais vraiment très belle et gracieuse, et il m'a assuré que lorsque je me serais trouvé un époux c'est lui-même qui se chargerait de me donner une dot digne de moi et de mes talents.

— Merveilleux ! s'exclama Djedefhor. Il ne te manque plus que de trouver un époux.

— N'est-ce pas déjà fait ? lui demanda-t-elle avec un beau sourire.

— Le choix est peut-être fait, mais il manque l'essentiel, répondit-il en la prenant entre ses bras.

— Hori, je crois que je n'aurai pas la patience d'attendre encore de longues années le moment où je deviendrai tienne.

— Crois-tu que moi-même je pourrai encore longtemps patienter ? Il est vrai que ta présence auprès de moi, le spectacle que tu m'accordes chaque jour de ta beauté, suffisent à maintenir mon âme dans la joie, mais je ne serai comblé que le jour où tu deviendras la maîtresse de mes biens et où nous partagerons la même couche. Et sois certaine que, si tu deviens mienne, tu pourras continuer de pratiquer ton art, car tu m'as séduit tout autant par la grâce de tes danses et l'audace de tes sauts que par ta beauté et ta gentillesse.

— Dans ce cas, Hori, devrons-nous attendre que nos parents nous aient mariés et aient échangé les cadeaux pour faire ce que font entre eux les époux et partager la même couche ?

— Certainement pas, reconnut-il bien volontiers.

Alors, sans éprouver le besoin d'ajouter une parole,

elle lui prit la main et l'entraîna dans sa propre chambre, où il n'était encore jamais entré.

Le lendemain, Sebekni fit savoir à Djedefhor que son père avait envoyé un messager pour lui ordonner de venir sans tarder devant Sa Majesté.

— Mon fils, dit Khéops à Djedefhor quand ils se retrouvèrent seuls dans le jardin royal, j'ai appris qu'hier, lors de la cérémonie, tu n'es pas resté dans le temple d'Isis, que tu as jugé bon de passer la journée avec Hénoutsen pour marquer ton opposition à ma décision, comme l'a fait de son côté ma deuxième épouse en refusant de paraître à mes côtés.

— Seigneur, tu connais mon opinion, je te l'ai déjà exposée en toute franchise. Et si Ta Majesté considère que la franchise ne doit pas toujours être la bienvenue aux yeux d'un roi, il ne fallait alors pas m'envoyer dans les temples où Ta Majesté a aussi été initiée à la sagesse divine.

Argument impeccable, qui fit sourire Khéops qui, en lui-même, admirait la franchise de son fils face à l'hypocrisie qu'il sentait dans toutes les louanges et les flatteries dont les courtisans l'abreuvaient chaque jour.

— Seigneur, poursuivit Djedefhor, je ne plaide pas pour moi, car je suis persuadé que ce que tu veux m'offrir est supérieur à un trône. Mais de tous les enfants qui te restent, le plus digne de monter sur le trône d'Horus, le seul qui ait suffisamment de vertu et de compétence pour succéder à Ta Majesté dans la difficile tâche de gouverner les hommes, c'est mon frère Khéphren. Didoufri est rancunier, prétentieux, c'est un incapable, et je crains qu'il ne conduise le pays à sa ruine.

Sans se scandaliser d'un tel discours, Khéops répondit avec sérénité :

— Djedefhor, tu portes un jugement bien trop sévère sur ton jeune frère. Je connais ses défauts, mais je ne suis pas aussi certain que toi que Khéphren soit si compétent que tu le déclares. Il n'a reçu aucune initiation, même s'il s'est montré un bon élève dans la maison de vie du Phénix. Il aime le plaisir, il est sans préjugés, on l'a trop souvent vu dans des tavernes où il passait des nuits à jouer du luth et à chanter les plaisirs de la vie. Ce n'est pas digne d'un roi.

— Didoufri n'a-t-il pas été, en revanche, un mauvais sujet, insolent à l'égard de ses maîtres ?

— Ce n'est pas suffisant pour le condamner. Au reste, ma décision est prise, je ne puis y revenir. Et, tu le sais, elle a été prise en foi d'un serment que j'ai prêté à sa mère, peut-être un peu hâtivement, dans un moment d'abandon, mais la chose est faite. Et je crains bien que ce soit parce que je m'efforçais d'oublier ce serment qu'une divinité vengeresse me l'a remis en mémoire en me prenant trois de mes fils.

— Mon père, comment peux-tu penser que les dieux, dans la mesure où ils s'intéressent suffisamment à nous et à nos actions, peuvent punir aussi cruellement la négligence d'un serment dont la valeur aux regards de Maât n'est pas sûrement établie.

— Djedefhor, ce qui est fait est fait. Je n'y reviendrai pas. Ce n'est pas pour te parler de ces choses que je t'ai fait venir. Je t'ai dit que Ma Majesté te nommait le maître des chantiers royaux, le protecteur de la nécropole royale, le berger de la pyramide Lumineuse. A ce titre, c'est toi qui devras prendre soin du culte de Ma Majesté, c'est aussi toi qui devras diriger les rites secrets que j'ai instaurés avec les prêtres de Rê dans le cœur du monument. Il commence à être temps de te décider à quitter le temple d'Isis où tu résides maintenant depuis bientôt une année. As-tu décidé cette danseuse à t'épouser ? C'est en pensant à toi que je l'ai fait venir hier devant Ma Majesté, que je l'ai félicitée pour l'audace et la beauté de ses danses, et, finalement, que je lui ai fait savoir que je la doterais.

— Elle me l'a dit, seigneur, et je t'en rends grâce. Sache que nous envisageons de nous marier très bientôt et qu'elle m'a donné des preuves certaines de son amour.

— Voilà qui satisfait Ma Majesté. Hâte-toi de porter cette affaire à un heureux achèvement, car il est temps que tu prennes en charge tes nouvelles fonctions.

— Mon père, je crois que cette heureuse fin que souhaite Ta Majesté ne saurait tarder.

— C'est bien. Maintenant, prête-moi la plus grande attention, car je vais te faire connaître les volontés de Ma Majesté pour tout ce qui concerne mon installation dans l'île de l'Embrasement et le début de ma navigation dans la barque du soleil.

CHAPITRE XXXVII

Didoufri, devenu officiellement le prince héritier, s'était établi avec sa propre cour dans une aile du grand palais dont la construction avait été commandée par Khéops, quelques années auparavant, dans le dessein d'en faire la résidence du prince héritier, laquelle avait été terminée quelques jours avant la cérémonie de la reconnaissance. Il se sentait déjà roi dans ce nouveau palais où il régnait en maître. Il y possédait aussi son jardin secret, où il recevait ses émissaires, à l'abri de toute indiscrétion. Ce jour-là, il y accueillit une jeune fille dans laquelle on pouvait reconnaître l'une des danseuses du temple d'Isis. Son nom était Iaset. Lorsque Didoufri avait distingué Persenti parmi les danseuses, lors du *Heb Sed*, il avait aussi été frappé par la grâce de cette danseuse. Les échecs qu'il avait essuyés dans ses tentatives de séduction de Persenti auraient fini par le décourager s'il n'avait appris par son père, qui l'avait convoqué pour lui interdire de continuer de harceler la jeune fille, que son rival n'était autre que son propre frère

Djedefhor. Il avait alors songé à cette Iaset, l'avait fait épier et ainsi avait trouvé l'occasion de lui parler lors d'une de ses sorties. En reconnaissant le prince, elle s'était sentie flattée et avait accepté de devenir son œil et son oreille dans l'école de danse. Il lui avait demandé de surveiller Persenti et celui qui se faisait appeler Hori, ce qu'elle avait fait d'autant plus volontiers qu'elle marquait une jalousie secrète envers Persenti, considérée unanimement comme l'étoile des danseuses. Ainsi Didoufri avait-il été tenu au courant de la progression des relations entre son frère et la jeune fille. Comme il avait aussi préposé deux sbires pour suivre l'un Djedefhor, l'autre Persenti, lorsqu'ils quittaient le temple, il apprit ainsi, le temps aidant, non seulement qui était la famille de la jeune fille et où elle habitait, mais que Djedefhor prétendait avoir pour logis familial une maison au fond du quartier des artisans et qu'Hénoutsen en personne était entrée dans son jeu en se faisant passer pour sa propre mère.

Iaset vint s'incliner devant Didoufri, qui la fit asseoir auprès de lui sur des coussins et commença à la caresser en lui demandant des nouvelles du temple.

— Seigneur, si je suis venue devant toi sans plus tarder, c'est parce que l'amour qui unit ton frère à Persenti est parvenu à son achèvement.

— Qu'entends-tu par ces mots ? Se seraient-ils séparés ?

— Tout au contraire, seigneur. Après tant de mois d'approches et de tendres paroles, ils se sont unis comme s'ils étaient mari et femme. Cela s'est passé la nuit dernière. Et, d'après ce que j'ai pu en juger au rayonnement de leurs visages, ils en sont tous deux heureux et satisfaits.

Didoufri ne parut pas s'en émouvoir. Il n'ouvrit pas la bouche, il ne s'emporta pas. Il se contenta de dépouiller la jeune fille de son étroite robe et de lui donner le plaisir qu'elle attendait de lui. Un jeune serviteur vint ensuite leur apporter des boissons et des dattes, et, une fois qu'ils eurent bu et mangé, il lui dit, ayant pris tout son temps de réflexion :

— Iaset, écoute ce que j'attends de toi. D'après ce que j'ai compris, tu n'es pas en mauvais termes avec cette Persenti ?

— Point du tout. Nous nous parlons comme deux bonnes amies.

— Parfait. Alors voilà ce que tu vas faire.

Selon les instances du prince héritier, qui lui avait recommandé d'attendre le jour où Djedefhor s'absenterait, en réalité pour répondre à une convocation de son père provoquée par Didoufri lui-même, Iaset ajourna son intervention. Enfin, un matin, Djedefhor quitta le temple après avoir déclaré à Persenti qu'il devait se rendre auprès de ses parents pour régler diverses affaires de famille.

Iaset attendit que Persenti fût seule pour l'aborder, mine de rien.

— Persenti, l'entreprit-elle aussitôt, il me semble qu'Hori a avancé son pion et qu'il t'a bien possédée.

La jeune fille lança à sa compagne un regard où se peignait sa surprise marquée d'une pointe d'inquiétude.

— Iaset, lui demanda-t-elle, qu'entends-tu par ces paroles qui ont je ne sais quoi de désagréable à mes oreilles.

— Je veux dire que tu as été bien bernée par cet Hori, précisa Iaset.

— Je ne comprends toujours pas.

— Il est vrai qu'Hori a agi habilement, mais il lui a fallu une bien grande patience pour gagner son pari avec son frère.

Les deux jeunes filles étaient assises côte à côte sur un petit muret, les jambes pendantes, les mains appuyées à plat sur la pierre. Persenti, qui balançait lentement les jambes, avait arrêté son mouvement et regardait sa compagne en fronçant les sourcils.

— Vraiment, je ne comprends toujours pas, murmura-t-elle d'une voix blanche. Explique-toi plus clairement.

— Il est mieux que je te mette au courant, le choc sera pour toi moins brutal. Voilà : tu te rappelles que Didoufri en personne, maintenant devenu le prince héritier, après t'avoir vue danser devant Sa Majesté lors de la fête *Sed*, est tombé amoureux de toi et te l'a fait savoir par tous les moyens.

— Des moyens odieux, précisa Persenti.

— Tu exagères. Il est venu te déclarer sa passion et, comme elle était violente, il a essayé de te séduire comme il l'a pu. C'est alors qu'est intervenu son frère, le prince Djedefhor.

— Son frère ? s'étonna Persenti.

— Oui, le faux danseur que tu appelles Hori. C'est d'ailleurs le joli nom du prince.

— Que me chantes-tu là ? s'inquiéta plus encore Persenti.

— Je crains que ce ne soit une bien triste chanson. Car ce Djedefhor, qui est intime avec son frère, voyant ses échecs, lui a dit qu'il ne savait pas s'y prendre avec les femmes, qu'il n'utilisait pas les bons moyens. En suite de quoi Didoufri s'est irrité en lui disant qu'il ne ferait pas mieux que lui, que tu étais visiblement insensible à l'amour, que l'homme capable de te séduire n'était pas encore né. Djedefhor a alors parié avec son frère qu'il réussirait à te séduire et à te mettre dans son lit. Et je vois qu'il y a réussi.

— Non... balbutia Persenti. Tu dis n'importe quoi, par jalousie...

— Jalouse moi ? Mais de qui ? Je ne m'en vante certes pas, mais sache que je suis la maîtresse des deux princes. C'est pourquoi je peux te parler en toute liberté et en toute franchise. Il faut d'ailleurs que tu saches que la reine Hénoutsen s'est faite leur complice. Car la demeure où Hori t'a reçue est une maison qu'elle a achetée je ne sais pour quelle raison, où elle loge cet Inkaf qui se fait passer pour son père, et qui est bien ton oncle en revanche. C'est d'ailleurs par un étrange hasard que cet oncle que tu ne connaissais pas et dont tu m'as longuement parlé a retrouvé son propre frère.

— Quoi... Tu prétends qu'Hori n'est autre que l'un des princes et qu'il n'a fait tout cela, s'inscrire dans l'école de danse, danser avec nous, vivre en notre compagnie, que pour gagner un pari ?

— C'est bien ce qu'il en est. Tu sais, ce fils de roi n'a rien d'autre à faire que passer son temps avec les filles, sans souci de leur naissance. D'ailleurs, n'as-tu pas été surprise que Sebekni ait accueilli dans l'école un homme de cet âge, alors qu'il ne choisit ses élèves que parmi des enfants qu'il prend soin de former ?

— C'est vrai, reconnut Persenti, mais je n'y ai pas songé sur le moment. Il pouvait vouloir rendre un service à un garçon talentueux.

— C'est tout bonnement parce que Sa Majesté en personne avait ordonné à Sebekni de recevoir son fils sous le nom d'Hori.

— Quoi ! Même le roi aurait participé à cette mystification ?

— Pour complaire à son fils qu'il aime par-dessus tout. Mais je t'en prie, ne dis rien de ce que je viens de te révéler à Sebekni, sans quoi il me renverrait de l'école.

— Je ne lui dirai rien, assura Persenti d'une voix brisée.

— Mais tu ne sembles pas me croire. Vois : il te suffit de courir chez sa mère où il prétend se trouver. Tu ne l'y trouveras pas. En revanche, si tu te rends vers le chantier des pyramides, j'ai le sentiment que tu verras ton Hori en compagnie de Sa Majesté et du prince héritier. Il doit même être satisfait d'avoir gagné son pari.

— Mais alors... il va m'abandonner ?

— Je ne sais pas, mais tu peux être sûre que le fils de Sa Majesté ne va tout de même pas épouser des filles comme nous. Moi, peu m'importe car, s'ils me plaisent tous les deux, je ne les aime pas particulièrement : ils me comblent de cadeaux et me donnent du plaisir. Qu'espérer de plus ? Surtout de la part de princes royaux. Si tu acceptes de faire avec eux ce que je fais de mon côté, ils te traiteront certainement pareillement. Mais pour ce qui est d'épouser Hori, je crois que tu n'as pas à y compter.

Persenti ne voulut plus rien entendre. Elle poussa un cri déchirant, sauta à terre et, sans un mot, courut hors du temple, descendit au port où étaient amarrés en permanence des bateaux et demanda au passeur de la conduire à Memphis. Et comme si un mauvais sort s'acharnait sur son bonheur enfui, le marinier lui dit :

— Je te reconnais, tu es l'une des danseuses du temple d'Isis. C'est dommage que tu ne sois pas venue plus tôt. Sa Majesté est arrivée avec un magnifique cortège et ses deux fils, le prince héritier et le prince Djedefhor. Il paraît que Sa Majesté va investir officiellement le prince dans ses nouvelles fonctions de directeur des chantiers royaux et maître de la pyramide Lumineuse.

Persenti serra les dents, prête à éclater en sanglots, car cette remarque ne faisait que confirmer les dires de sa compagne. Devant le silence qui accueillait ses paroles, le passeur se tut et se hâta de débarquer sa passagère dans le port de Per-nufer. Aussitôt, elle courut jusqu'à l'ancienne demeure de Sabi, où elle trouva Inkaf.

— Persenti ! s'exclama-t-il en reconnaissant la jeune fille sur le seuil. Que viens-tu faire ici ? Il n'y a personne...

Elle repoussa Inkaf, entra et, se tournant vers lui, lui demanda avec un ton si déterminé qu'il ne chercha pas à biaiser :

— Mon oncle, ne me cache rien : Hori n'est pas ton fils et celle qui se fait passer pour sa mère n'est pas ton épouse. Elle s'appelle Hénoutsen, elle est la deuxième épouse royale, et lui, c'est Djedefhor, le fils du roi.

— Par la vie ! Puisque tu le sais, pourquoi me le demandes-tu ?

— J'attendais de toi une confirmation. Ainsi, vous

vous êtes bien tous moqués de moi ! Je te déteste, mon oncle, je ne veux plus te voir...

— Persenti, mon enfant... Attends, écoute-moi...

Sans l'entendre, elle le bouscula et s'enfuit.

Grande fut la surprise de Djedefhor en ne trouvant pas Persenti lorsqu'il rentra au temple. Par les compagnons qu'il interrogea, il apprit qu'elle était partie sans avertir qui que ce soit, dans le courant de l'après-midi. Nul ne savait ni pourquoi elle s'était ainsi absentée, ni où elle était allée.

Ignorant tout de ce qui s'était réellement passé, Djedefhor songea d'autant moins à s'inquiéter que Iaset vint vers lui et lui dit que sa compagne lui avait demandé de lui faire savoir qu'elle n'allait pas tarder à revenir, qu'il devait attendre patiemment son retour.

— Ne t'a-t-elle rien dit de plus ? s'inquiéta-t-il.

— Non, rien de plus, répliqua-t-elle avec assurance. Mais si je peux donner un avis, il me semble qu'elle a été surprise par l'arrivée de ces choses si propres aux femmes et qu'elle a préféré passer ces jours d'impureté chez sa mère afin de ne pas t'importuner.

Cette suggestion termina de le rassurer. Il se réjouit en songeant qu'elle allait peut-être en profiter pour annoncer à ses parents la nouvelle de son bonheur et de leur prochain mariage. Ces raisons, les seules qui lui semblaient plausibles, l'inclinèrent à patienter, car il ne voulait pas aller chez elle au risque de troubler la sérénité de la maison familiale. Il préférait attendre son retour.

Or plusieurs jours s'écoulèrent sans que Persenti ne reparût. Djedefhor commença alors à s'inquiéter. Au bout de dix jours, il se décida à se rendre chez Chédi. Il le trouva dans son atelier. En le voyant paraître, l'ébéniste se leva, porta obséquieusement les mains aux genoux, mais il dit :

— Pourquoi viens-tu, seigneur ? Tu n'aurais pas dû agir ainsi avec ma fille. Elle est si sensible !

— Chédi, je ne comprends pas... Que s'est-il passé ?

— Seigneur, il est inutile de continuer à te jouer

de nous, pauvres artisans. Persenti sait tout. Elle sait qui tu es, comment tu as abusé de sa crédulité et, finalement, d'elle-même. Maintenant, je t'en prie, retire-toi, car bien que tu sois prince je suis ici dans ma demeure et tu n'es pas le bienvenu.

— Quoi, Chédi... En quoi ai-je failli ? Il est vrai que je suis le prince Djedefhor, mais je n'en aime pas moins ta fille. Dis-moi où elle est, qu'elle vienne vers moi, je m'expliquerai... Elle ne peut me fuir pour si peu...

— Pour elle, ce peu est bien trop. Quant à la voir, c'est impossible. Elle est partie avec sa mère chez la mère de sa mère, loin de Memphis. Elle a déclaré que jamais plus elle ne te parlerait, qu'elle ne veut plus jamais te revoir. Maintenant, je t'en prie, retire-toi. Laisse-nous à nos occupations, laisse-moi travailler...

Le ton amer et las de Chédi suffit à faire comprendre à Djedefhor qu'il était inutile d'insister, qu'il ne lui révélerait jamais le lieu où s'était réfugiée Persenti. Il se résolut à se retirer, bien décidé à la chercher par ailleurs. Il se rendit du même pas chez Hénoutsen.

— Comment a-t-elle pu apprendre la vérité, s'étonna la reine après avoir entendu le récit de Djedefhor et écouté ses lamentations.

— Je l'ignore, mais c'est ainsi. Ce ne peut être Sebekni. Aussi je soupçonne mon frère d'avoir délégué quelqu'un auprès d'elle pour lui révéler cette vérité que je m'apprêtais à lui dévoiler. Mais je ne parviens pas à comprendre pourquoi son amour semble s'être transformé en une véritable haine simplement à cause d'un artifice qui n'avait pour but que de ne pas l'effaroucher. Est-ce si terrible d'être aimée par un prince plutôt que par un pauvre scribe danseur ?

— Il y a sans doute autre chose. Il faudrait savoir quoi. Il est regrettable que nous n'ayons pu nous-mêmes lui apprendre ce qu'il en était en réalité. Va, rentre dans ta résidence et réconforte-toi. Demain, j'irai voir Chédi. Peut-être pourrai-je apprendre quelque chose de sa bouche. Je me fais fort de retrouver Persenti et de la persuader de ton amour.

L'assurance d'Hénoutsen rendit quelque espoir à Djedefhor, qui se résolut à suivre son conseil.

Hénoutsen ne put mettre sa décision à exécution le lendemain, comme elle se l'était proposé.

On apprit que, dans la nuit, le roi avait été saisi d'une étrange douleur alors qu'il était assis sur son siège favori, dans son jardin, ne pouvant trouver le sommeil dans son lit tant l'air était lourd et chaud.

Il était resté ainsi, roide, toujours assis, immobile, les mains sur les genoux, les yeux ouverts, figé dans son éternité.

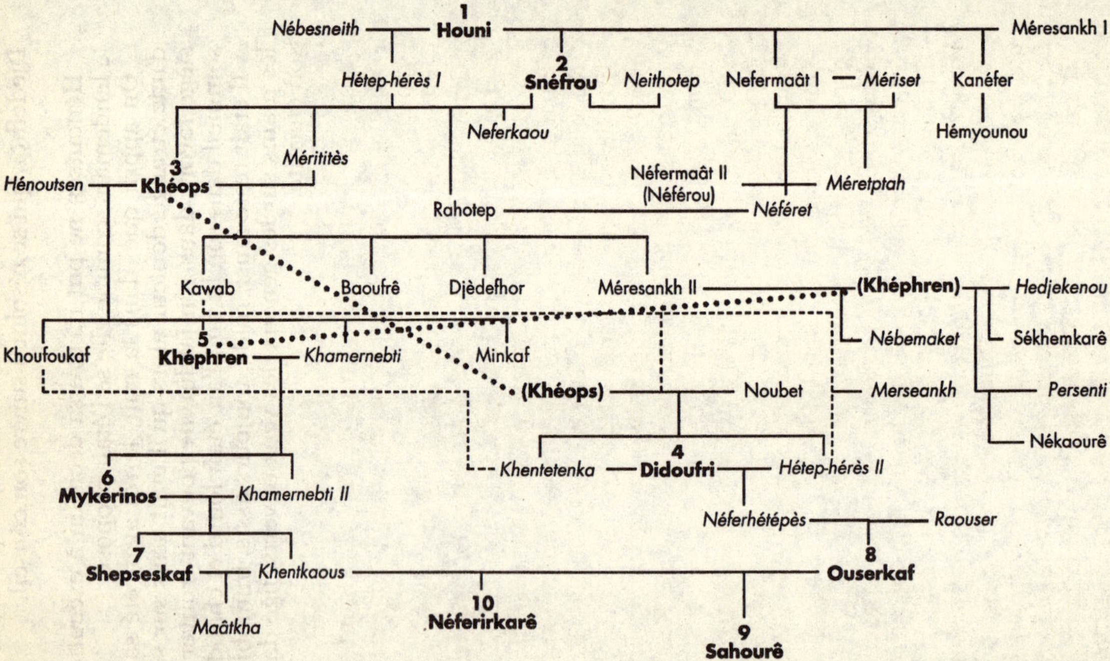

GÉNÉALOGIE DE LA IVe DYNASTIE

Du même auteur

OUVRAGES RELATIFS À L'ÉGYPTE

Dictionnaire de la civilisation égyptienne, Larousse, Nouvelle édition revue, mise à jour et largement augmentée, 1992, (trad. italienne, anglaise et portugaise).

Les Vergers d'Osiris, Olivier Orban, 1981, Prix R.T.L. Grand Public. Paru à France-Loisirs et en poche « J'ai lu ». Réédition, éditions du Rocher, 1993.

Vers le bel Occident (roman), Olivier Orban, 1981. Paru à France-Loisirs. Réédition, éditions du Rocher, 1993, sous le titre *Le Prêtre d'Amon*. Edition de poche « Le Livre de Poche ».

Néfertiti, reine du Nil (biographie romancée), Robert Laffont, 1984. Edition de poche « J'ai lu ». Réédition, Le Rocher, 1995.

L'Egypte, coll. « Merveilles du Monde », Nathan, 1986. (Trad. italienne.)

L'Egypte mystique et légendaire, Sand, 1987. Réédition, éditions du Rocher, 1996.

Egypte, Sun, 1989. Réédition, Hermé, 1996.

Voyage en Egypte de David Roberts (choix d'aquarelles et commentaires par G. Rachet), Bibliothèque de l'Image, 1992.

Voyages en Egypte, Images, histoires et impressions, Sélection du Reader's Digest, 1992.

Cléopâtre, le crépuscule d'une reine, Critérion, 1994.

Le Livre des morts des anciens Egyptiens (le papyrus d'Ani). Traduction, introduction, commentaires et notes par Guy Rachet, éditions du Rocher, 1996.

Khéops et la pyramide du Soleil (Le Roman des Pyramides*), éditions du Rocher, 1997.

OUVRAGES RELATIFS À L'ANTIQUITÉ CLASSIQUE

Dictionnaire de la civilisation grecque, Larousse, 1969. Nouvelle édition revue, mise à jour et largement augmentée, 1992 (trad. italienne, anglaise et portugaise).

Archéologie de la Grèce préhistorique, Marabout Université, 1969 (trad. brésilienne).

La Tragédie grecque, Payot, 1973 (trad. roumaine).

La Gaule romaine, tome II de l'« Histoire de la France », C.A.L., 1973.

Vie et activités des hommes dans l'Antiquité, Hachette, 1981.

Delfi, il santuario della Grecia, Mondadori, 1981. Edition française : *Delphes,* Robert Laffont, 1984.

Théodora (biographie romancée), Olivier Orban, 1984.

La Grèce et Rome, nouvelle encyclopédie Nathan, 1986.

Messaline (en collaboration avec Violaine Vanoyeke), Robert Laffont, 1988 (trad. portugaise, espagnole, grecque, coréenne, bulgare, polonaise).

Les Douze Travaux d'Hercule, éditions du Rocher, 1989. Edition de poche Gallimard/ Folio.

Civilisations et archéologie de la Grèce préhellénique, éditions du Rocher, 1993.

Le Pèlerinage de Grèce, éditions du Rocher, 1996 (trad. grecque).

OUVRAGES RELATIFS À L'ORIENT (SAUF L'ÉGYPTE)

Massada, les guerriers de Dieu (roman), Jean-Claude Lattès, 1979. Nouvelle édition partiellement réécrite et augmentée, parue sous le titre *Pleure Jérusalem,* Le Pré aux Clercs, 1991. Edition du Grand Livre du mois.

Le Roi David (biographie romancée), Denoël, 1985. Edition de poche Gallimard/Folio (trad. brésilienne).
Le Soleil de la Perse (vie romancée de Cyrus le Grand), La Table Ronde, 1988. Edition de poche Gallimard/Folio (trad. espagnole).
Tunisie, Sun, 1989.
Le Manuscrit secret du Nil, éditions du Rocher, 1993. Paru à France-Loisirs sous le titre *Caravanes d'Arabie*. Edition de poche « Le Livre de Poche ».
La Route du Roi. Le Voyage de Jordanie, en collaboration avec C. Vincent, éditions du Rocher, 1996.
Sémiramis, reine de Babylone, Critérion, 1997.

ARCHÉOLOGIE ET PRÉHISTOIRE

L'Univers de l'archéologie, 2 vol., Marabout Université, 1970 (trad. roumaine).
Préhistoire et Gaule celtique, tome I de l' « Histoire de la France », C.A.L., 1973.
Des mondes disparus, Hachette, 1976 (trad. espagnole, portugaise, allemande, hollandaise).
Guide-Explo de l'archéologie, Hachette, 1978.
Preistoria e culture primitive, volume de la *Storia della scultura del mondo,* Mondadori, 1981. Edition française : *Préhistoire et cultures primitives,* Celiv, 1983.
L'Archéologie et ses secrets, Nathan, 1983 (trad. américaine).
Dictionnaire de l'archéologie, coll. « Bouquins », Robert Laffont, 1983-1994.

MOYEN ÂGE, RENAISSANCE, XVIIe SIÈCLE

Guillaume le Conquérant (biographie romancée), Olivier Orban, 1982, prix littéraire de Normandie (téléfilm, scénario de Serge Laroche).
Le Signe du Taureau, vie de César Borgia, Mercure de France, 1987. Edition de poche Gallimard/Folio.

Catherine Sforza, la dame de Forli (biographie), Denoël, 1987.
Duchesse de la nuit (série romanesque), Robert Laffont :
Tome 1 : *Le Sceau de Satan,* 1986. Edition de poche « J'ai lu ».
Tome 2 : *Le Lion du Nord,* 1988. Edition de poche « J'ai lu ».
Tome 3 : *Les Chemins de l'aurore,* 1988. Edition de poche « J'ai lu ».
Le Jardin de la Rose. Les amours de Pétrarque et de Laure, Editions R.M.C., 1989.

Conception, direction, choix de textes et présentation de :
La Grande Aventure de l'archéologie, 15 vol., Robert Laffont, 1979-1982.

Conception, direction, choix des textes, présentation, lexique et notes de la « Bibliothèque de la Sagesse » (France-Loisirs, 1994-1995) :
Traités de Sénèque ;
Livre des morts des anciens Egyptiens ;
Confessions (saint Augustin) ;
Marche à la lumière et *Entretiens du Bouddha* (Sûttânta) ;
Sagesse du confucianisme (*Ta Hio, Tchoung-young, Lun-Yu, Meng-tseu*) ;
Sagesse biblique (*Proverbes, Ecclésiaste, Job, Sagesse de Salomon*) ;
Lois de Manou ;
Livre des morts (Bardo Thobol) tibétain et Milarépa ;
Dialogues de Plutarque ;
Sagesse taoïste (*Tao-tê-king, Lie-tzeu, Tchouang-tzeu*).

Direction, présentation, lexique et notes de la collection « Spiritualité-Sagesse », éditions Sand, 1995-1996 :

Plutarque, *Traité d'Isis et d'Osiris* ;

Pythagore, *Les Vers d'or, avec les commentaires d'Hiéroclès* ;

Philostrate, *Vie d'Apollonius de Tyane* ;

Les Upanishads ;

Hermès Trismégiste ;

L'Avesta, tome I ;

Lalitâvistara. Vie et doctrine du Bouddha (version tibétaine sous le titre de *Rgya tch'er Rol pa*).

Direction et rédaction partielle d'ouvrages collectifs :

Petite encyclopédie Larousse, 1976.

Chefs-d'œuvre du génie humain, Sélection du Reader's Digest,
1986.

Participation à des ouvrages collectifs :

Encyclopédie Groslier.

Le Monde autour de... l'an 33, Larousse, 1972.

La Grande Encyclopédie Larousse, 1971 sq.

Larousse des citations françaises et étrangères, 1976.

XXe siècle. Encyclopédie du monde contemporain, Larousse.

Les Grandes Civilisations disparues, Sélection du Reader's Digest, 1980.

La Mer, Larousse, 1982.

L'Egypte, collection « Monde et Voyages », Larousse, 1987.

Dictionnaire des citations de l'histoire de France (ouvrage dirigé et conçu par Michèle Ressi), éditions du Rocher, 1990.

Encyclopédie Atlas (rédacteur et conseiller scientifique), 1997.

Traductions et adaptations :

L'Aventure de l'archéologie, Hachette, 1977 (trad. de l'italien).

Pompéi, résurrection d'une cité, Hachette, 1979 (trad. de l'anglais).

Lire et comprendre les hiéroglyphes, de Hilary Wilson, Sand, 1996 (trad. de l'anglais).

Guy Rachet a aussi publié de nombreux articles dans des revues spécialisées françaises et étrangères et dans divers magazines (*Archéologia, Science & Vie, Géo, Historia, Historama, Le Figaro Magazine,* etc.), ainsi qu'un grand nombre de critiques littéraires dans les *Nouvelles littéraires,* soit un total de plus de deux cents articles et conférences.

Composition réalisée par JOUVE

IMPRIMÉ EN FRANCE PAR BRODARD ET TAUPIN
La Flèche (Sarthe)
LIBRAIRIE GÉNÉRALE FRANÇAISE - 43, quai de Grenelle - 75015 Paris.
ISBN : 2 - 253 - 14627 - 7

31/4627/1

KHÉOPS, LE RÊVE DE PIERRE

Guy Rachet est né à Narbonne. Dès l'âge de dix-huit ans, il commence à voyager. Au cours d'un séjour de près de trois années au Sénégal et en Mauritanie, il se passionne pour l'archéologie, l'histoire, l'Orient, l'Antiquité, l'ethnologie... Rentré en France, il poursuit ses travaux de recherches puis repart pour de longs voyages d'où il ramène de nombreuses photos et une riche documentation. Dès 1960, il commence à écrire des articles dans des revues spécialisées ou de vulgarisation comme *Archéologia*. A partir de 1968, il publie régulièrement des ouvrages de référence sur les civilisations anciennes, tels que *Archéologie de la Grèce préhistorique, La Tragédie grecque, La Grèce et Rome, L'Egypte mystique et légendaire...* Entre 1968 et 1972, il collabore aux *Nouvelles littéraires*, puis dirige la *Petite Encyclopédie* Larousse, de 1974 à 1976. Il est également l'auteur de romans historiques dont *Le Manuscrit secret du Nil, Les Vergers d'Osiris, Le Prêtre d'Amon, Khéops et la pyramide du Soleil, Le Rêve de pierre de Khéops, Képhren et Didoufri* ainsi que du *Livre des morts des anciens Egyptiens,* traduction d'un papyrus d'Ani.

Depuis 1984, Guy Rachet a ajouté à ses activités celle de conférencier, qu'il dispense au cours de voyages culturels en Egypte, en Grèce, dans le Proche-Orient.

Guy Rachet est membre, entre autres, de la Société des études grecques, de l'Oriental Institute de l'Université de Chicago...

Paru dans Le Livre de Poche :

LE PRÊTRE D'AMON

NÉFERTITI

KHÉOPS ET LA PYRAMIDE DU SOLEIL

Avec Soliman Khattab

LE MANUSCRIT SECRET DU NIL